마지막 주문

LAST ORDERS

Graham Swift

마지막 주문

그레이엄 스위프트

손영도 옮김

KU PRESS
고려대학교
출판문화원

Last Orders
by Graham Swift

▌이 번역서는 2020년 고려대학교 특별연구비 지원을 받았음

그러나 인간은 고귀한 동물이어서, 재가 되어도 빛나고,
무덤 속에서도 당당하다.

토머스 브라운 경, 《유골함Urn Burial》

나는 바닷가에 있고 싶다.

존 A. 글로버-카인드

차례

버먼지

오늘은 보통날하고는 다르다.

버니는 맥주 한 파인트를 따라서 내 앞에 놓는다. 개를 닮은 축 늘어진 얼굴로 어리둥절해하며 나를 쳐다보지만, 내가 전혀 수다를 떨고 싶어 하지 않는다는 것을 알고 있다. 그 이유는 문 연 지 오 분 만에 내가 여기 맥주 한 잔을 놓고 조용한 작은 모임을 기다리고 있어서이다. 그는 장례를 치른 지 나흘이 지났지만 내가 매고 있는 검은 넥타이를 보고 있다. 나는 오 파운드 지폐를 그에게 건네고 그는 현금 서랍으로 가져가 잔돈을 가져온다. 나를 쳐다보면서 카운터 위 내 맥주잔 옆에 아주 살며시 동전을 놓는다.

"예전 같지 않겠지?" 그가 고개를 흔들며 아무도 없는 공간을 쳐다보듯이 카운터의 먼 쪽을 바라보며 말한다. "예전 같지 않을 거야."

내가 말한다. "자넨 그의 마지막 모습을 못 봤지?"

그가 말한다. "뭐라고?"

나는 맥주 위의 거품을 마신다. "그의 마지막 모습을 자네가 못 봤다고 했어."

그는 찡그린 얼굴로 볼을 긁으며 나를 쳐다본다. "물론이지, 레이." 그는 카운터 저쪽으로 간다.

나는 그 말을 진담으로 하려는 건 아니었다.

나는 맥주를 조금 마시고 담배에 불을 붙였다. 나 말고도 서너 명 정도 이른 손님들이 있는데, 이곳은 이제 그리 좋아 보이지 않는다. 으스스하고 소독약 냄새가 확 풍기고 텅 빈 공간이 너무 많다. 창문으로 들어오는 한 줄기의 햇빛 속엔 작은 먼지들이 가득하다. 교회를 연상케 한다.

나는 거기 앉아 카운터 뒤편의 오래된 시계를 쳐다본다. *서더크의 시계공, 토마스 슬래터리*. 병들이 오르간의 파이프처럼 선반에 얹어져 있다.

레니가 다음으로 도착한 사람이다. 검은 넥타이를 매고 있는 것이 아니라 넥타이를 전혀 매고 있지 않다. 그는 내가 어떻게 옷을 입고 있는지 재빨리 한번 쳐다보고 우리는 둘 다 잘못 판단했다고 느낀다.

"내가 살게, 레니." 내가 말한다. "맥주 파인트 한 잔?"

그가 말한다. "오늘은 특별한 날이니까."

버니가 다가와서 말한다. "시간이 바뀐 거야?"

"잘 있었나?" 레니가 말한다.

"레니한테 맥주 한 파인트 주게." 내가 말한다.

"이제 은퇴해서 그런 거야, 레니?" 버니가 말한다.

"나야 그럴 나이는 지났지, 버니. 여기 있는 레이처럼 한가한 사람이 아니잖아. 청과물 장사를 하려면 내가 있어야 돼."

"근데 오늘이 아니잖아?" 버니가 말한다.

버니는 한 잔을 따르고는 현금 서랍으로 간다.

"아직 얘기 안 했어?" 레니가 버니를 쳐다보면서 말한다.

"응." 내가 맥주잔을 쳐다보고 나서 레니를 보면서 말한다.

레니는 눈썹을 치켜뜬다. 얼굴이 노골적으로 붉어진다. 곧 상처로 뒤덮일 것처럼 늘 그렇게 붉어진다. 타이가 없는 쪽의 칼라를 잡아당긴다.

"오늘이 그걸 해야 하는 날이라고." 그가 말한다. "근데 에이미는 안 온대? 마음이 바뀌지 않았냐 말이야."

"응." 내가 말한다. "우리 잘못인 것 같아. 친한 친구들 말이야."

"자기 남편이잖아." 그가 말한다.

그는 맥주잔을 들고 천천히 마시기 시작한다. 마치 오늘은 맥주 한 잔을 마시는 데도 다른 규칙이 있는 것처럼 말이다.

"빅이 있는 곳으로 갈 건가?" 그가 묻는다.

"아니. 빅이 이리 올 거야." 내가 말한다.

그는 고개를 끄덕이고는 잔을 들어 입으로 반쯤 가져가다가 갑자기 멈춘다. 그의 눈썹은 더 치켜 올라간다.

내가 말한다. "빅이 이리 올 거야. 잭과 함께. 마셔, 레니."

빅이 오 분쯤 후에 도착한다. 그는 검은 넥타이를 매고 있는데,

그게 당연하다고 생각할 수밖에 없는 이유는 그가 장의사라는 걸 알고 있고 자신의 사업장에서 바로 온 것을 알 수 있기 때문이다. 하지만 장례복장을 다 차려입고 있는 것은 아니다. 엷은 황갈색 레인코트를 입고 있는 데다 납작한 캡 모자는 당장 내던질 작정인 듯 한쪽 주머니에서 삐져나와 있었다. 그는 우리 중 하나일 뿐이니 이번 일이 직업상의 용무하고는 다른 일이다.

"잘 있었나?" 그가 말한다.

나는 그가 무엇을 가지고 올지 궁금했었다. 아마 레니도 마찬가지일 거다. 빅이 술집 문을 열고는 황동 장식이 달린 참나무 상자를 들고 아주 엄숙하게 걸어 들어오는 그런 상상을 했던 것처럼 말이다. 그런데 그가 겨드랑이에 끼고 가지고 온 거라고는 가로 세로 십오 센티미터에 높이가 삼십 센티미터 정도 되는 평범한 갈색 판지 상자가 다였다. 그는 상점에 가서 욕실 타일 세트를 사온 사람처럼 보인다.

그는 레니 옆에 등받이 없는 의자에 앉아 상자를 카운터에 올려놓고 레인코트의 단추를 끄른다.

"방금 나왔어." 그가 말한다.

"그럼 저게 그거야?" 레니가 쳐다보며 묻는다. "저게 그란 말이야?"

"그래." 빅이 말한다. "뭘 마시고 있는 거야?"

"안에 뭐가 들었어?" 레니가 묻는다.

"뭘 것 같은데?" 빅이 말한다.

그는 우리가 한쪽 편에 셀로판테이프로 붙인 하얀 카드를 볼 수 있도록 상자를 돌려세운다. 카드에는 날짜, 번호 그리고 이름이 있다. 잭 아서 도즈.

레니가 말한다. "내 말은 그가 그냥 상자 안에 있는 게 아니겠지?"

빅은 대답 대신에 상자를 집어 들고 엄지손가락으로 위의 뚜껑을 열어젖힌다. "난 위스키 한 잔 줘." 그가 말한다. "오늘은 위스키를 마셔야 할 것 같아."

그는 상자 속을 만지작거리더니 천천히 플라스틱 통을 끄집어낸다. 커다란 인스턴트 커피 병 모양에 돌려 여는 뚜껑이 있다. 그런데 그 병은 유리가 아니고 약간 반짝거리는 황갈색 플라스틱 통이다. 뚜껑에는 또 다른 딱지가 붙어있다.

"자." 빅이 말하면서 통을 레니에게 건넨다.

레니는 받아 들 준비가 되어있지 않지만 받아 들지 않을 수 없는 것처럼, 손을 먼저 씻었어야 하지만 씻지 못한 것처럼 자신 없어 하면서 통을 받는다. 그 무게에 대해서도 생각해 보지 못한 것 같다. 그는 카운터 앞 의자에 앉아 그 통을 들고는 무슨 말을 해야 할지 모르지만 내가 하고 있는 생각과 똑같은 생각을 하고 있는 것 같다. 그 안에 든 것이 전부 잭의 것인지 아니면 다른 사람들, 즉 이전에 화장된 사람들과 이후에 된 사람들의 것하고 섞였는지 말이다. 그렇다면 레니는 잭의 것하고 예를 들면 다른 어떤 친구의 아내의 것하고를 함께 들고 있을 수도 있는 셈이다. 만약 그게 잭이라면 그 안에 든 것 전부가 정말로 잭의 것뿐인지 아니면 잭이 덩치가 큰 사람이었기 때문에 그 통 안에 담을 수 있는 정도만 잭인지 말이다.

그가 말한다. "불가능할 것 같지?" 그러고는 파티에서 하는 놀이인 것처럼 통을 나에게 건네주는데 온갖 기분이 들게 한다. 무게가 얼마일지 맞춰봐.

"무거운데." 내가 말한다.

"꽉꽉 채웠어." 빅이 말한다.

나는 체구가 작은 편이었으므로 그 통을 채우지 못할 것 같다. 뚜껑을 열어보는 건 좋지 않을 것 같다.

나는 그 통을 다시 레니에게 건네준다. 레니는 다시 빅에게 건네준다.

빅이 말한다. "버니 어디 갔지?"

빅은 재빠르면서도 두드러질 정도로 한결같이 공정한 사람이며 어떤 일을 시작할 때면 좋아서 두 손을 비벼대는 그런 사람이다. 그의 손은 항상 깨끗하다. 방금 내게 선물을 준 듯이 통을 들고 날 쳐다본다. 장의사인 친구를 알고 있다면 위안이 된다. 잭에게도 위안이 되었음에 틀림없다. 자신의 친구가 염을 해서 입관을 하고 필요한 일을 다 해준다는 걸 알면 위안이 된다. 그러니 빅은 오래 살아야 한다.

잭에게 자신의 가게인 *도즈 부자, 가족 정육점*이 있었고 바로 길 건너엔 밀랍 꽃과 대리석 석판과 창문에 천사가 고개를 숙이고 있는 빅의 가게인 *터커 부자, 장의사*가 있다는 것은 틀림없이 위안이 되었을 것이다. 위안이 되기도 했고 격려가 되기도 했으며, 잭의 가게엔 죽은 동물이 있었고 빅의 가게엔 시신이 있었다는 것을 보면 어울리는 면도 있었다.

아마 그래서 잭이 거기서 꼼짝도 하지 않으려고 했던가 보다.

레이

내가 잭에게 "결코 아무 데도 가지 못할 거야"라고 말한 적이 있었고 잭은"레이, 뭐라고? 안 들려" 하고 말했다. 잭은 빈스 쪽으로 몸을 기울이고 있었다.

마지막 주문 시간이 다가오고 있었다.

내가 말했다. "사람들이 이 주점을 **코치 앤 호시스**(마차와 말)라고 하는데 아무 데도 가지 않잖아."

그가 말했다. "뭐라고?"

우리는 평소처럼 카운터의 자리에 앉았다. 나, 레니, 빈스 그리고 잭. 젊은 빈스의 마흔 번째 생일이어서 우리는 모두 술에 취했다. 그리고 그 시계에 의하면 이 주점의 백 번째 생일이었다. 나는 시계를 쳐다보고 있었다. 다시 말해 시계 꼭대기에 황동으로 새긴 **코치 앤 호시스**란 상호를 쳐다보고 있었다. *슬래터리. 1984년.* 처음으로 그 시계에 대해 생각해 보았다. 그리고 빈스는 버니 스키너가 새로 고용한 여종업원을 바라보고 있었다. 브렌다였던가 아니면 글렌다였던가? 아니면 그녀가 앉을 때처럼 일어서고 있을 때 그녀의 꽉 끼는 치마를 쳐다보고 있었는지도 모른다.

나는 그저 시계를 쳐다보고 있었던 것은 아니다.

잭이 말했다. "빈스, 눈알 튀어나오겠다."

빈스가 말했다. "그녀의 엉덩이도 튀어나올 거예요."

잭이 웃었다. 우리 모두가 다시 빈스의 나이로 돌아갈 수 있었으면 하는 것 같았다.

나는 오랫동안 잭이 빈스와 그렇게 사이좋은 모습을 본 적이 없었다. 그날이 빈스의 중요한 날이었기 때문에 그도 그럴 수밖에 없었는지 모른다. 그날이 그의 중요한 날이었다면 그건 그날 저녁 화장실에서 마주쳤을 때 레니가 나한테 했던 말 때문이었다. "오늘이 그의 생일인 걸 그가 어떻게 알고 있는지 생각해 본 적 있어? 잭과 에이미가 증인이 아니었잖아? 그들에겐 출생증명서도 없어. 존은 에이미가 아무 근거도 없이 삼월 삼일로 정한 것 같다더군. 사월 일일이 더 나았을 것 같지 않아?"

레니가 항상 문제를 일으킨다.

우리는 거기 서서 몸을 흔들며 오줌을 눴다. 그러다가 내가 말했다. "아니. 난 그런 생각 해본 적이 없는데. 그 오랜 동안 한 번도 없어."

레니가 말했다. "근데 요즘 난 내 생일도 잊어버리거든. 우리 모두 사십 지난 지 한참 되었잖아, 레이?"

내가 말했다. "한참 됐지."

레니가 말했다. "저 멍청이한테도 한잔 사라고 해야 돼." 그는 바지 지퍼를 올리고는 술집으로 들어갔고 나는 거기 서서 소변기를 바라보고 있었다.

내가 말했다. "술집 이름치곤 바보 같아."

잭이 말했다. "뭐라고?"

내가 말했다. "마차, 마차 말이야. 잘 들어보라고."

빈스가 브렌다를 쳐다보면서 말했다. "레이 아저씨가 농담하는 거라고요."

"마차가 전혀 움직이지 않으니 말이야."

잭이 말했다. "그러면 자네가 바로 잡아야지, 레이. 말 하면 자네밖에 없잖아. 저기 버니한테 채찍질을 하라고 해."

빈스가 말했다. "언젠가 그녀가 내게 채찍질을 할 거예요."

잭이 말했다. "내가 네 머리를 때려줄 거다. 맨디가 못하면 말이야."

그리고 그는 그 말을 마침 제때에 한 셈이었다. 왜냐하면 삼십 초 후에 맨디가 들어오는데 빈스를 집에 데려가려고 온 것이다. 그녀는 잭의 집을 들러서 에이미와 존과 수다를 떨었었다. 빈스는 그녀를 보지 못한 채 다른 것들을 보고 있고 잭과 나는 그녀를 보았지만 알려주지는 않는다. 그녀가 빈스 뒤로 가서 벌린 손으로 그의 얼굴을 가리고 말한다. "안녕, 왕눈이. 누군지 맞춰봐."

그녀는 더 이상 브렌다와 비슷한 체격은 아니지만 거의 사십 년 동안 그리 형편없진 않았고 우선 검은 레이스 상의 위에 걸친 빨간 가죽 재킷 옷을 입고 있다. 그녀가 말한다. "당신 데리러 왔어요, 생일 맞은 젊은 분." 빈스는 그녀의 한쪽 손을 끌어내리며 깨무는 척 한다. 그는 파란색과 노란색 선이 꾸불꾸불 들어간 멋진 넥타이를 매고 있는데 매듭이 느슨할 정도로 잡아당겨져 있다. 그는 맨디의 손을 조금씩 물어뜯는 척하고 그녀는 그의 얼굴에서 다른 손을 떼어서 그의 가슴을 움켜잡는 척한다. 그들이 가려고 일어나서 문 쪽으로 가는 것을 우리가 보고 있을 때 레니가 입아귀로 혀를 내밀며 말한다. "풋사랑인가?"

그런데 그들이 가기 전에 잭이 말한다. "근데 나한테는 키스 안 해주니?" 그러자 맨디가 미소를 지으며 말한다. "물론 해드려야죠, 잭 아저씨." 우리 모두가 보고 있는 가운데 그녀는 정말 그럴 듯이 잭의 목에 두 팔을 감고 그의 양쪽 볼에 침이 묻을 정도로 큰 입맞춤을 했고, 그녀가 매달려 있는 동안 그의 손이 휘돌아 그녀의 엉덩이를 토닥이는 것을 우리 모두가 본다. 우리 모두는 그녀의 한쪽 뒤꿈치가 신발 밖으로 올라가는 것을 본다. 나는 그녀가 에이미 집에 들렀을 때 무언가 한 잔을 마셨을 거라 생각한다. 그러고 나서 잭은 몸을 뿌리쳐 떼고는 빈스를 가리키며 말한다. "어서 가거라. 여기서 나가거라. 그리고 이 얼간이 녀석도 데려가거라."

그때 잭과 빈스는 서로를 쳐다보고는 잭이 보고 싶어도 아무 때나 그를 볼 수 없을 것처럼 말한다. "생일 축하한다, 아들아. 만나서 반가웠다." 카운터 아래 옷걸이에서 재킷을 집어 들면서 빈스가 말한다. "안녕히 주무세요, 잭 아저씨." 그러고는 잠시 잭과 악수를 위해 손을 내밀려고 하는 것 같다. 용서하고 잊어라. 대신에 그는 일어나기 위해 도움이 필요한 것처럼 잭의 어깨에 손을 올려놓는다. 그런데 잭의 얼굴로 봐서 빈스가 그의 어깨를 잽싸게 꽉 쥐었다 놓은 모양이다.

잭이 말한다. "이제 겨우 한 시간밖에 안 남았어."

맨디가 말한다. "그 시간을 최대한 활용해야죠."

레니가 말한다. "늘 약속만 할 뿐이지."

빈스가 말한다. "뜻밖의 일이 일어날지도 모르죠."

그가 잔을 들고 남은 술을 천천히 마시는 동안 맨디는 그의 팔을 잡아당긴다. 그가 말한다. "늘 의욕을 가지라는 말에 전 찬성이에요." 손목으로 입을 쓱 닦는다. "필요하면 해야죠."

레니가 말한다. "이보게 높은 양반, 이제 노인네 다 됐어. 마감 시간 전에 집에 들어가. 그렇지 않으면 실려 가게 될 거야."

내가 말한다. "마차가 출발하네."

레니가 말한다. "레이는 신경 쓰지 마라, 맨디. 그에겐 운이 없는 날이다. 경마에서 엉뚱한 말에 돈을 걸었거든. 잘 푹 자거라, 맨디."

그 빨간 재킷이 레니의 얼굴에 세게 부딪혔다.

맨디가 말한다. "안녕히 계세요, 여러분."

잭이 미소를 지으며 말한다. "잘 가라, 얘들아."

그리고 빈스가 손으로 맨디의 등을 조금씩 밀면서 나갈 때 그들만이 이 술집에서 기분 좋은 일이 있는 사람이라는 것을 누구든지 알 수 있다. 멋진 자동차가 밖에 주차되어 있었는데 사업 때문에 생기는 특전이었다. 열네 살 난 작은 착한 딸이 그들을 자지 않고 기다리고 있었다. 그런데 요즈음엔 열여덟 살 같았다.

레니가 "사이좋은 연인 같지, 그렇지?" 하며 빈 잔을 만지작거린다. "대접받아야 할 사람이 누구야?" 잭이 오늘이 자신의 생일이기도 한 것처럼 말한다. "나야."

마지막 주문 시간이 다가오고 있었고 버니는 그 시간을 알리려고 종을 쳤는데, 마차가 아니라 소방차인 것처럼 말이다. 그때도 마차는 움직이지 않는다. 연기와 소음과 수다 소리와 낄낄대는 웃음소리가 있었고 브렌다는 몸을 숙이고 있었으며 카운터 위에 여기저기 쏟아진 술이 고인 곳들이 있었다. 토요일 밤이다. 그리고 내가 말했다. "올해로 백 년째가 된다는 것을 아무도 알아차리지 못했단 말인가?"

잭이 말했다. "뭐가 백 살이라고?"

내가 말했다. "술집 말이야, 코치 주점. 저 시계 좀 봐."

잭이 말했다. "열한 시 십 분 전이네."

"그런데 이제까지 아무 데도 간 적이 없잖아?"

"시계가?"

"마차, 마차 말이야."

그리고 잭이 말했다. "마차가 어디로 가야 한다고 생각하는데, 레이? 그 빌어먹을 마차가 데려가는 곳으로 우리가 가게 될 텐데 그곳이 어딘 것 같아?"

버먼지

빅이 유골함을 받아 들고 상자 속으로 천천히 넣기 시작하지만 그리 쉽지 않은 일이라 무릎 위에 있던 상자가 바닥으로 떨어져 버리자 유골함을 카운터에 놓는다.

그 함은 파인트 잔과 크기가 비슷하다.

그가 말한다. "버니!"

버니는 카운터의 반대쪽 편에 있는데 여느 때처럼 접시 닦는 행주를 어깨에 걸고 있다. 그는 돌아서서 우리 쪽으로 걸어온다. 빅에게 무슨 말을 하려다가 레니의 파인트 잔 옆에 있는 함을 본다. 자제를 하면서 묻는다. "저거 뭐야?" 하지만 벌써 대답을 알아낸 것 같다.

"잭이야." 빅이 말한다. "잭의 유골이야."

버니는 유골함을 쳐다보다가 빅을 쳐다보고는 이어서 술집을 두루 재빨리 둘러본다. 그가 잘하는 바라지 않는 손님을 내쫓아야겠다고 마음을 먹을 때 짓는 표정이 나타난다. 힘을 모으려고 하는 것처럼 말이다. 그러더니 얼굴이 차분해지면서 거의 수줍은 표정이 된다.

"잭이라고?" 유골함이 대답이라도 할 것처럼, "버니, 안녕", 하고 말할지도 모를 것처럼 몸을 숙여 가까이 다가가면서 그가 말한다.

"맙소사! 저이가 여기 왜 와있는 거지?" 버니가 말한다.

그래서 빅이 설명한다. 빅이 전문가니까 그가 설명하는 것이 최상이다. 레니나 내가 하면 쓸데없는 소리로 들릴지도 모르기 때문이다.

그때 내가 말한다. "우리는 그가 마지막으로 코치 주점을 들러 봐야 한다고 생각했어."

"알겠네", 하고 버니가 말하지만, 알지 못하는 것 같다.

"이건 반드시 해야 할 일이야." 레니가 말한다.

빅이 말한다. "스카치 큰 잔으로 한 잔 줘, 버니. 자네도 한잔하게."

"그래, 고마워, 한잔해야지, 빅." 버니가 아주 신중하고 공손하게 말하는데, 스카치가 적절하고 장의사의 술을 거부하는 것은 좋지 않은 것처럼 말이다.

그는 선반에서 잔 두 개를 꺼내 스카치 병에 대고 한 잔엔 두 잔 분량을 따르고 자기 잔엔 한 잔 분량만 따른다. 돌아서서 더블 잔을 빅에게 가만히 건네준다. 빅은 오 파운드 지폐를 내밀지만 버니는 한 손을 들어 올린다. "공짜야, 빅. 공짜라고." 그가 말한다. "매일은 안 되겠지만 말이야." 그러고 나서 잔을 들고는 뭔가 장황하고 장중한 말을 할 것처럼 유골함을 쳐다보다가 말한다.

"맙소사, 육 주 전만 해도 저기 앉아있었는데."

우리는 모두 자신의 술잔을 쳐다본다.

빅이 말한다. "자, 그를 위해 건배."

우리는 잔을 들고 중얼거린다. "잭, 잭, 잭."

"그리고 빅, 자네를 위해 건배." 내가 말한다. "목요일 날 자네 참 잘했어."

"아주 훌륭했지." 레니가 말한다.

"천만의 말씀." 빅이 말한다. "에이미는 어때?"

"그럭저럭 지내고 있어." 내가 말한다.

"그녀가 오겠다고 생각을 바꾸지는 않았어?"

"아니. 평상시처럼 준을 보러 갈 거야."

모두가 말이 없다.

빅이 말한다. "그녀가 한 결정이겠지?"

레니는 아무 말도 하지 않으려는 것처럼 잔에 코를 박고 있다.

버니는 유골함을 쳐다보다가 걱정스레 술집을 두루 쳐다보고 있다. 단지 소란을 피우고 싶지 않은 것처럼 빅을 쳐다본다.

빅이 말한다. "알았어, 버니." 그는 놓여있던 곳에서 유골함을 가져간다. 떨어진 상자를 집으려 손을 뻗는다. "장사하는 데 좋을 리가 없겠지?"

"자네 장사에도 별로 도움이 되지 않을 거야, 빅." 레니가 말한다.

빅은 유골함을 상자 속으로 조심스레 집어넣는다. 슬래터리 시계에 의하면 열한 시 이십 분이고 별로 교회 같은 분위기가 느껴지지 않는다. 경마에 돈을 거는 사람들이 더 많이 들어온다. 누군가 뮤직 박스를 틀어놓았다. *언젠가 돌아가겠지, 무슨 일이 생기든, 블루 바이유로*… 그래, 잘한다, 잘해.

마호가니 카운터 위에 처음으로 맥주잔의 결로 때문에 만들어진 동그라미들, 처음으로 떠가는 푸른 담배 연기.

빅이 말한다. "자, 이제 우리 운전기사만 있으면 되겠는데."

레니가 말한다. "그가 즐겨 부르는 노래가 나오고 있군. 그가 무엇을 가지고 올지 궁금하네. 요즈음 내가 아는 한 매주 다른 차를 몰던데."

버니가 말한다. "같은 걸로 한 잔씩 더 할 거지?"

그가 말할 때 바깥 길에서 자동차의 경적 소리가 들린다. 잠깐 멈췄다가 또다시 들린다.

레니가 말한다. "방금 소리로 봐서 그자 같은데. 빈스 같다 말이야."

다시 경적 소리가 들린다.

빅이 말한다. "안 들어올 건가?"

레니가 말한다. "우리가 그리로 나오길 바라는 것 같은데."

우리는 나가지는 않고 일어나서 창가로 간다. 빅은 누군가 훔쳐 갈까 봐 계속 상자를 들고 있다. 우리는 발끝으로 서서 몸을 끌어올리고 머리를 서로 가까이 대고 창문의 반쪽 젖빛 유리 위로 내다본다. 나는 제대로 보지도 못해서 아무 말도 하지 않는다.

"맙소사." 레니가 말한다.

"벤츠잖아." 빅이 말한다.

"저 높은 양반 믿어보자고." 레니가 말한다.

나는 창문틀을 내리누르며 몸을 좀더 들어 올린다. 감청색 벤츠 차로 좌석은 크림색이고 사월의 햇빛에 빛나고 있다.

"맙소사." 내가 말한다. "벤츠야."

레니가 말한다. 오십 년 동안 아껴둔 농담인 양. "로멜 장군이 기뻐*하겠군*."

레이

내가 편지를 읽다가 고개 들었을 때 에이미가 나를 바라본다.

그녀가 말한다. "그이는 어떻게 해서든지 결국 목적을 달성하리라 생각했던 것 같아요."

내가 말한다. "그가 이 편지를 언제 쓴 거예요?"

그녀가 말한다. "이틀 전이에요, 그이가 ㅡ."

그녀를 쳐다보면서 말한다. "그냥 당신한테 말로 할 수도 있었을 텐데요. 왜 편지를 써야 했을까요?"

그녀가 말한다. "그이는 자신이 농담을 한다고 내가 생각할 거로 생각했던가 봐요. 편지를 쓰는 게 적절하다고 생각했던 것 같아요."

긴 편지는 아니지만, 더 짧을 수도 있었을 거다. 왜냐하면 양식 서류 뒤쪽에 인쇄된 작은 글자에서 보듯이 그 편지도 말로 포장되어 있기 때문이다. 전혀 잭의 말투가 아니다. 하지만 사람이 죽을 때가 됐다는 걸 알면 아주 말이 많아지고 매우 격식을 차릴 수도 있을 것 같다.

그러나 편지의 요지는 간단하다. 마게이트 잔교 끝에서 자신의 유골을 뿌려주기 바란다는 내용이다.

편지는 "사랑하는 에이미에게"로 시작되지도 않는다. "관계자 제위"로 시작되고 있다.

그녀가 말한다. "빅한테도 말했어요. 그는 그래도 달라질 게 없다고 했어요. 유서에는 자신을 화장해서 유골을 어떡할지는 알아서들 하라고 쓰여있대요. 누군가의 소유지만 아니면 어디에다 뿌려도 좋다고 했대요."

"그래서요?"

"그러자 빅이 '에이미, 당신이 그렇게 하고 싶으면 해요. 내가 해주길 원하면 내가 할게요. 비용이 더 많이 들 것 같지는 않아요. 하지만 한 가지 분명한 게 있는데 당신이 하지 않는다고 해도 잭이 알 길은 없어요', 하고 말하더라고요."

"그래요?"

우리는 국회의사당 종탑 빅벤 맞은편에 있는 성 토머스 병원 옆 정원에 나가 앉아있다. 그녀는 자신이 지금 잭의 유골을 갖고 있고 그가 빅벤의 종소리에 맞춰 템스강에 자신을 뿌리라고 그녀에게 말한다면 어떻게 할지 자신에게 물어보고 있는 것처럼 강을 가로질러 바라보고 있다. 그러나 우리는 잭의 유골을 갖고 있지 않다. 가지고 있는 거라곤 잭의 파자마 두 벌, 칫솔, 면도기, 손목시계, 그 외의 몇 가지 잡동사니뿐이었는데, 서류들을 챙기러 갔을 때 병원에서 비닐봉지에 넣어준 것들이었다. 그래서 이제는 더 이상 거기에 갈 필요가 없고 그럴 이유도 없다. 삐걱거리는 복도를 걸어 다닐 필요도 없고 차를 마시며 남과 함께 시간을 보낼 필요도 없다. 이미 그의 침대에는 다른 누군가가, 다른 어떤 놈이 있을 것이다.

따뜻하지만 흐린 날인 데다가 강물도 잿빛이고 그녀는 말없이 강을 쳐다보고 있기에, 하고 싶은 말을 내가 해주기를 바라고 있는지도 모른다고 생각해서 내가 말한다. "에이미, 당신이 그 일을 하고 싶다면 데려다줄게요."

"그 낡은 캠핑카로요?" 그녀가 돌아보면서 말한다.

내가 말한다. "물론이죠." 그녀가 미소를 지으며 동의하리라 생각한다. 그날은 날씨가 좋아질 거라 생각한다.

그녀가 말한다. "그럴 수가 없어요, 레이. 내 말은요, 감사해요. 하지만 전혀 그러고 싶지 않아요."

그녀가 다시 강을 바라보는 바람에 그 모두를 불쾌한 농담이라고 생각하는 게 아닌지 나는 알 수가 없는데, 왜냐하면 잭이 결코 하지 않을 것 같은 일을 마침내 하려고 했기 때문이다. 가게를 처분해서 줄무늬 앞치마를 걸어두고, 시간을 보낼 다른 방법을 찾아 돌아다니는 일 말이다. 게다가 그녀와 잭이 마게이트에서 작지만 멋진 별장식 단층집을 찾아냈기 때문이기도 하다. 웨스트게이트에 말이다. 이 모두를 추진할 준비가 되었다. 그런데 잭이 증상이 심한 위암에 걸린 것이다.

내가 할 말은 아니지만 말한다. "죽어가는 사람의 부탁이잖아요, 에이미."

그녀는 날 쳐다본다. "*당신*이 해줄래요, 레이?" 그녀의 얼굴은 허탈해 보인다. "그런 식으로 해줄 거잖아요? 그런 식으로 그의 소원을 들어줄 거잖아요. 그는 '관계자 제위'라고만 했잖아요, 안 그래요?"

나는 잠시 동안 말을 멈춘다. "좋아요, 내가 할게요. 물론 내가 해야지요. 그런데 빈스는 어떻게 하지요?"

"빈스한테는 얘기 안 했어요. 이 일에 대해서 말이에요." 그녀는 고개를 끄덕여 그것이 편지임을 나타낸다. "내가 얘기할게요. 아니면 당신이나 그이가 —"

내가 말한다. "내가 빈스에게 얘기할게요."

나는 편지를 도로 건넨다. 잭의 필체는 맞지만 아주 가냘프고 힘없고 가늘어져 버린 필체다. 그의 가게 앞에 세워진 알림판에서 보던 필체와는 다르다. *갈비가 붙은 돼지고기 토막 — 가격 인하*.

내가 말한다. "에이미, 더 나빠질 수도 있었을 거예요. 이미 그 단층집을 구입했을 수도 있었을 테고 막 이사하려는 참이었을 수도 있겠죠. 아니면 새 집에 막 자리를 잡았을 수도 있었을 거고 게다가 —"

그녀가 말한다. "어쨌든 *그*가 자기 맘대로 한 거나 마찬가지예요."

나는 그녀를 쳐다본다.

“그는 쓰러질 때까지 계속 일하려고 했지요.” 그녀가 편지를 접는다. “결국 *내*가 문제였어요. *내*가 방해가 되었다고요. 모르셨어요? 나는 그가 심각하다는 것을 알았을 때, 나는 그가 정말로 모든 것을 끝내려고 하고 있다는 걸 알았을 때 말이에요. ‘준을 어떻게 하라는 거예요?’ 하고 내가 물었지요. ‘당신 말 잘했어. 내가 가족 정육점 주인 잭 도즈를 포기할 수 있다면, 여보, 당신도 매주 그런 헛일을 계속하고 다니는 걸 그만둘 수 있어야지.’ 그가 그런 식으로 말했지요, ‘헛일’이라고 말이에요.”

그녀는 다시 강물을 바라본다. “그는 자기가 생각을 바꾸면 세상 사람들도 모두 생각을 바꾸어야 한다고 생각하는 걸 당신도 알잖아요. 그는 ‘우리는 다시 새롭게 시작할 거야’라고 말했지요.” 그녀는 다시 가볍게 콧바람을 내뿜는다. “새롭게 시작할 거라고요.”

나는 얼굴에서 드러날지도 모르는 생각을 그녀가 읽지 못하도록 정원을 가로질러 바라본다. 모두의 말대로 마게이트에 있는 단층집은 새롭게 시작하기에 충분한 출발점이 되지 못한다는 생각 말이다. 정확히 말해 거기가 희망의 땅이 아니라는 거다.

멀리 모퉁이에 있는 벤치에서 한 간호사가 샌드위치를 어적어적 씹어 먹고 있다. 비둘기들이 뒤뚱뒤뚱 걸어 다닌다.

에이미도 아마 같은 생각을 하고 있는지도 모른다. 아마 같은 생각을 했는지도 모른다. 희망의 땅이 아니라고 말이다.

내가 말한다. "정말로 오고 싶지 않아요?"

그녀가 고개를 젓는다. "나한테 이유가 있잖아요, 레이?"

그녀가 나를 쳐다본다.

"잭한테도 이유가 있는 것 같은데요." 그녀의 손에 든 편지를 톡톡 치면서 내가 말한다. 손을 위쪽으로 움직여 그녀의 팔을 살짝 잡았다.

"바닷가지요, 그렇지요? 레이." 그녀는 다시 강을 바라본다. "그래요, 그에게도 이유가 있겠지요." 그러고 나서 입을 다문다.

그 간호사는 금발인 데다가 간호사들이 하는 스타일로 머리를 묶고 있다. 까만 스타킹을 신고 있다.

"어쨌든 우리가 그렇게 할 수 있었을 것 같지는 않아요." 그녀가 말한다. "모든 것을 합산해 보았지요. 가게에서 잭이 진 빚을 뺐을 때 말이에요." 그녀의 얼굴에 약간 괴로운 표정이 떠오른다.

"돈이 많이 부족했을 거예요."

그 간호사는 샌드위치를 먹고 나서 치마를 털었다. 비둘기들은 더 빨리 비틀비틀 걸어가며 먹이를 쪼아 먹는다. 비둘기들은 흩뿌려진 유골, 날개 달린 유골처럼 보인다.

내가 묻는다. "얼마나 부족했는데요?"

올드 켄트 로드

우리는 올버니 로드와 트라팔가 애비뉴를 지나 로더하이드의 굽은 길을 따라 내려간다. 그린 맨 상, 토머스 아 베켓 상, 넬슨 경 상. 하늘은 거의 자동차 색만큼이나 푸르다.

빈스가 말한다. "기분 좋게 나가잖아요?" 그러고는 운전대에서 손을 놓는다. 우리는 차가 저절로 운전하고 있는 느낌이 든다. 방향이 왼쪽으로 조금 기우는 것 같다.

그는 잭을 기쁘게 해줄 거로 생각했고, 큰 즐거움을 줄 거로 생각했다고 말했다. 어떤 고객이 결정을 내리질 못해 거의 한 달 동안 전시실에 세워놓았었고, 좀더 탄다고 주행 거리에 문제가 되지도 않을 거고, 세워두는 것도 좋지 않을 거라고. 그는 잭에게 최선을 다해줄 거로 생각했다.

그런데 우리한테도 그리 나쁘지는 않았는데, 왜냐하면 빅과 레니와 내가 놀라기는 했지만 신도 났기 때문이다. 크림색 가죽 시트에 앉아 전기로 움직이는 선팅을 한 자동 창을 통해 세상을 바라보면 세상이 아주 아름답게 보이는 데다가, 심지어 올드 켄트 로드도 아름답게 보인다.

차가 조금 왼쪽으로 기운다. 레니가 말한다. "그러지 마, 차에 흠집 나겠어, 높은 양반. 못 팔아먹으려고 그러나?"

빈스는 이런 특별한 날에 더욱 안전하고 조심스럽게 운전하기 때문에 특히 차에 흠집 내지 않을 거라고 빅이 말한다.

레니가 말한다. "운전대를 놓고도 말인가."

그때 빈스가 빅에게 장의차를 몰고 고속도로를 갈 때 어떻게 하는지 묻는다.

빅이 말한다. "속력을 내지."

빈스는 검은 넥타이를 매고 있지 않다. 매고 있는 사람은 나와 빅뿐이다. 그는 빨간색과 흰색이 섞인 정열적인 타이에 진한 푸른색 양복을 입고 있다. 그건 전시실에서 입는 복장으로 거기서 바로 와서 그런 거지만 다른 타이를 맬 수도 있었을 텐데 그러질 않았다. 상의는 벗어서 뒷좌석 레니와 나 사이에 접어놓았다. 고급 옷이다. 나는 빈스가 잘하고 있으며 어쨌든 그다지 못한 일자리를 잡은 것도 아니라고 생각한다. 그는 현금거래를 위해 점심시간에 불쑥 지나가는 런던의 상업 지구에서도 경제적 어려움에 빠져있다고 말한다.

레니가 말한다. "부추기지 마, 빅."

빅이 말한다. "장의차야 다르지. 장의차한테는 길을 다 비켜주잖아."

레니가 말한다. "여기 있는 빈스한테는 길을 비켜주지 않는단 말이야?"

빅은 앞쪽 빈스 옆에 앉아 무릎 위에 유골함 상자를 갖고 있다. 빅이 전문가이기 때문에 어째서 그래야 하는지 알 수 있지만, 그가 내내 그것을 들고 있어야 한다는 것은 옳은 일 같지 않다. 아마 우리가 차례로 그걸 들고 있어야 할 것 같다.

빈스는 가로질러 빅을 쳐다본다. 그는 미소를 지으며 말한다. "휴무에도 늘 하던 일을 하고 있는 셈이네요?"

빈스는 흰 셔츠를 입고 있는데 커프스단추가 끼어져 있고, 바른 애프터셰이브 로션에서 고약한 냄새가 난다. 머리카락은 모조리 말끔하게 뒤로 빗어 넘겼다. 셔츠는 아주 새 것이다.

우리는 일더턴 로드의 가스 공장을 지나 철교 아래로 가고 있다. 윈저 궁. 고층 빌딩 뒤쪽에서 해가 나와 우리 얼굴을 환히 비춘다. 빈스는 계기판 아래에서 커다란 선글라스를 꺼낸다. 레니는 "*블루 바이유*…" 노랫가락을 이 사이로 익살맞게 소리내기 시작한다. 그리고 우리 모두는 햇빛과 배 속에 든 맥주와 가야 할 여정을 어느 정도 느낀다. 우리 자신을 특별하게 느끼게끔, 우리에게 큰 기쁨을 주기 위해 잭이 우리한테 대단한 것을 해준 느낌이다. 마치 소풍하러, 흥청망청 떠들고 마시러 나온 것 같고, 세상이 아름답게 보이는데 그 세상이 오직 우리를 위해 있는 것 같다.

에이미

자, 준, 그들을 가게 하자꾸나, 응? 그들 모두한테 그렇게 하게 하자. 나 빼고 그들끼리만 하게 하자. 너도 빼고. 사내들의 소풍이 되겠지. 그들에게 도움이 되겠지.

잭이 그걸 알아야 돼. 일만 하고 놀지는 못하고. 코치 주점에서 카운터에 기대 술 마시는 것만 뺀다면 말이다.

지난 세월 동안 내내 내가 그에게 했던 말이다. 잠시 쉬고 좀 즐기자고, 휴가를 좀 가자고 말이다. 그에겐 멋지고 사랑스러운 에이미지. 말에서 떨어지면 곧바로 말 위에 다시 올라탄단 말이야. 우린 원래의 우리 자신으로부터 벗어나야 해. *새로운 사람으로.*

너와 그이 사이의 선택의 문제가 되지 않았을 수도 있었을 것이다.

가엾은 나의 멋진 잭.

예전엔 회전목마도 타고 그네도 탔지. 바닷가에서의 즐거운 경험. 준, 너는 그런 일들을 알 리가 없지. 당나귀 타기, 양동이와 삽으로 하는 모래 장난, 〈펀치와 주디〉 인형극. 파도가 밀려오고, 해변엔 많은 사람들이 있고, 아이들은 고함을 지르며 뛰어다니고 온 사방에 아이들이 있는데, 그는 마치 마술인 양 그 광경을 바라보지. 잔교 끝에서 새를 보다가 재빨리 나에게 키스한다.

하지만 그건 잔교가 아니었다. 그가 잘못 알았던 거다. 그건 방파제였다. 그가 기억했어야 했는데, 잔교와 방파제는 엄연히 서로 다른 것이란 것을 말이다. 비록 그 방파제가 잔교처럼 보이긴 했고, 그 잔교는 항구의 벽에 불과하긴 했다. 하지만 여러 해 전에 폭풍우에 쓸려가 버려 이젠 방파제도 없어졌고, 정말 속이 다 시원하고 좋다. 그러니 그게 그의 잘못이 아니었는지도 모르고 그 대신 준비해 놓은 것이었을지도 모른다. 그가 버려져야 한다면, 내버려야 되는 일이라면, 그래서 어딘가의 끝으로 데려가서 버려야 된다면, 잭, 나는 빼줘, 난 내다 버리는 그런 일은 안 할 거니까, 그러니까 그곳은 잔교였어야 했어. 비록 그게 방파제도 아니기는 했지만 말이야.

뉴 크로스

“팸이 안부 전해달래. 우리 생각이 날 거라면서.” 빅이 말한다.

“존도 그랬어.” 레니가 말한다.

“맨디도요.” 빈스가 말한다.

부인들 얘기가 나오면 난 입을 다물어야 할 것 같다.

“장례식에 팸이 와주셔서 고마웠어요, 빅. 가끔은 위안이 돼요.” 빈스가 말한다.

“위안은 되어도 슬프지.” 빅이 말한다.

“잘 치러졌어.” 레니가 말한다.

우리는 뉴 크로스 게이트 역 근처 신호등 쪽으로 다가가고 있고, 차들이 기어가듯이 속도를 줄이고 있다.

나는 캐럴이 소식을 듣지도 못했을 거라고는 생각지 않는다. 하지만 그녀가 장례식에 나타났다면 내 평생 가장 큰 충격이 되었을 것이다.

“다들 같이 갈 수도 있었을 텐데. 존은 채비를 다 했었거든. 아마도 에이미가 만약에 —” 레니가 말한다.

“우리가 일곱이었다면 어떻게 이 물건에 다 끼어 탈 수 있었을지 모르겠군, 레니." 내가 말한다.

"우리 넷이니 편하지. 어쨌든 사내들의 일이잖아." 빅이 말한다.

"다섯이야." 내가 말한다.

"다섯이에요." 빈스가 말한다. 그러고 나서 말을 잇는다. "물건이라뇨, 레이. 벤츠거든요."

레니가 나를 쳐다보고는 우리 주위의 차들을 둘러본다. "이보게, 교통 체증을 뚫고 나갈 수 있는 차는 아직까지 만들어지지 않았지?"

레니는 도발적인 사람이다.

"팸이 우리한테 샌드위치하고 보온병을 준비해 준다고 해서 우리끼리 충분히 알아서 할 수 있을 거라고 했어." 빅이 말한다. 그는 상자를 마치 점심 도시락인 양 들고 있다.

"너그러우시기도 하시지. 아주머니가 와주셔서 고마웠어요." 빈스가 말한다.

"존은 채비를 다 했었는데." 레니가 말한다.

우리는 오 미터 정도 기어가다가 멈춰 섰다. 보도 위를 걸어가는 사람들이 우리 옆을 지나 보통날인 것처럼 역 입구로 들어간다. **유골**이라고 적힌 번쩍이는 표지를 세워놓고 싶다.

"교통 체증 시에는 모든 차가 똑같잖아?" 레니가 말한다.

빈스는 차 핸들을 손가락으로 두드린다.

"여하튼 그이한테는 훌륭한 의장병이 있는 셈이라고 팸이 그러더군." 빅이 말한다.

우리는 모두 몸을 똑바로 폈다. 마치 우리가 다른 사람들이 되어야만 하는 것처럼, 마치 우리가 왕족이어서 보도에 있는 사람들이 멈춰 서서 손을 흔들어 인사해야 하는 것처럼 말이다.

빈스

이 차가 바로 S-클래스 380인 그런 차다. V형 8기통 엔진, 자동 변속. 육 년 되었지만 떨림이 없이 시속 이백 킬로미터 이상으로 달릴 수 있다. 뉴 크로스 로드에서도 그 속도로 달리지는 못하겠지만 말이다.

맞춤 도장에 전체 가죽 실내 장식.

그러니 후세인이 곧 현금으로 사야 될 텐데, 그가 사야 되는데 말이야. 안 그러면 난 현금이 바닥날 거다.

나는 잭의 마지막 부탁이나 나의 작은 기여에 대해서 아무한테도, 에이미나 맨디한테도 말하지 않을 거다. 잭에게 늘 말했었다, 내게 달려오지도 말고 내가 돈을 내주길 기대도 하지 말라고 말이다.

사람이 죽을 때가 자신이 바라는 것을 얻을 수 있는 유일한 기회인 것 같다. 최장 휠베이스에 월넛 대시보드의 S-클래스 벤츠 차를 그가 요구하지는 않았지만 말이다. 그러니 틀림없이 그가 고맙게 생각할 것 같다, 정말이지 고맙게 생각할 것 같단 말이다.

단연코 후세인이 사야 될 텐데.

이 차엔 측면에 화이트월 타이어가 달려있었다. 왼쪽 앞 타이어는 바람이 약간 빠져있었다.

"한 잔 더 사드릴게요, 잭 아저씨. 그러고 나서 집에 갈 거예요. 저도 이젠 가정 있는 사람이잖아요." 내가 말했다. 그런데 그가 날 쳐다보고는 모두 입을 다물라고 하는 것처럼, 효과가 있긴 했는데 그게 바로 마지막 말인 것처럼 갑자기 손을 들어 올렸고 나는 레이와 레니가 자신들의 맥주잔을 들여다보기 시작하는 것을 본다.

하지만 그건 사실이었다. 나와 맨디와 꼬마 캐시. 그 당시만 해도 그녀는 아직 목이 짧은 양말을 신고 있었다.

그가 말한다. "이보게, 미안한데, 빈스하고 개인적으로 해야 할 이야기가 있어." 그러면서 나를 구석에 있는 테이블 쪽으로 떠밀었다. 아주 힘든 한 주였다고 하면서 저기 있는 레이와 레니한테 놀림감이 되지 않도록 술 한잔 사주게 오 파운드 좀 빌려달라고, 하지만 난 오 파운드 문제가 아니라는 것을 알았고, 애초부터 나한테 들르라고 한 이유가 그게 아니라는 것을 알았다. 오 파운드라니. 오백이나 오천이 더 맞을지도 모른다. 부탁을 하려면 솔직하게 해야지.

그러나 그는 전혀 겸손하게 간청을 하는 것이 아니다. 그는 내가 간청을 해야 하는 사람인 것처럼 나를 쳐다보는데, 자기가 원하는 것이 돈을 빌리는 것이 아니라 내가 당연히 치러야 할 돈을 내야 하는 것처럼 말이다. 그가 내게 말해주지 않았지만 내가 그의 덕을 본 게 조금이라도 있다면 그건 오래전에 그와 힘을 합쳐 정말 혈육의 문제인 것처럼 행동했었다는 사실인 것처럼 말이다. 살아있는 사람이 아니었다면 그건 고기였다. 고기 아니면 자동차. 그건 선택이었다.

내가 말한다. "제가 돈으로 도움을 드릴 거란 기대는 마세요."

하지만 그는 그게 바로 내가 해야 할 일인 것처럼, 우리가 거래를 해서 이제 그가 나한테서 지급을 요구하고 있는 것처럼 날 쳐다본다. 내가 거래를 모르겠는가? 내가 판매상인데, 중고차 판매상 말이다. 중고차에는 뭔가 잘못된 것이 있고 고기에는 뭔가 엄청 대단한 것이 있는 것처럼 말이다.

내가 말한다. "코앞에 있는 것도 보지 못하면서 말이에요. 길 바로 위쪽에 슈퍼마켓이 생겨서 정육 관리자 자리를 맡을 수 있는 우선권을 제시하고 있던데요. 선택의 여지가 없잖아요?"

그가 말한다. "왜 없어?"

내가 말한다. "하고 싶으면 꼼짝 말고 계세요. 그게 아저씨가 할 일이에요."

그가 말한다. "적어도 남의 밑에서 일하지는 않을 거다."

내가 말한다. "남의 밑에서 일 안 한다고요? 남의 밑에서 일 안 한 적이 없잖아요. 할아버지 밑에서 일하셨잖아요? 가게 위 간판에 뭐라고 쓰여 있게요?"

내게 강렬한 인상을 줄 수 있다는 듯이 쳐다본다.

그가 말한다. "일장일단이 있잖아?"

내가 말한다. "제가 돈으로 도와드릴 거란 기대는 마세요. 알았죠?" 그에게 오 파운드 지폐를 건넨다. "아무것도 기대하지 마세요." 슬쩍 오 파운드 지폐를 한 장 더 건넨다.

내가 말한다. "십 파운드예요, 아저씨. 가서 친구분들한테 술 한잔 사세요. 그리고 아저씨도 한잔 드시고요. 전 꺼집니다."

근데 그는 지금까지 무얼 했는가? 에이미 때문이었다. 그가 한 일이라고는 전쟁에서 이기고 집으로 돌아온 것뿐이고, 그의 무사귀향을 축하하는 선물이었던 나는 준에게 주려고 했던 아기 침대에 누워있었다.

그 차엔 크루즈 콘트롤 장치와 파워 스티어링이 장착되어 있다.

그리고 그는 40여 년이 지난 후에 몸에 관을 박은 채 정말로 괴로워하며 저기 누워있었다. 그가 말한다. "빈스야, 이리 와봐. 너한테 물어볼 게 있어." 그는 말을 멈추지 않는다.

정말 훌륭한 자동차다.

그 스트릭랜드라는 외과 의사는 내가 다음 희생자인 것처럼, 자신의 칼을 찌를 사람이 나인 것처럼 쳐다본다. 그건 내가 실제로 근친자가 아니라는 것을 그가 알고 있기 때문이라 생각한다.

그러나 한편으로 그게 아니라 무엇보다도 이 노인네가 그를 괴롭혔기 때문이고 그래서 이제 그 고통이 계속 옮겨가고 있다는 생각이 들었다. 자신의 생명을 구해줄 수 있는 사람조차 괴롭힌다면 잭다운 짓일 거다.

그가 설명을 시작한다. "위장이 어떻게 생겼는지 아세요?" 내가 아주 멍청한 놈인 것처럼 묻는다.

그가 말한다. "그리고 그게 어디 있는지 아세요?"

이게 그 문제에 대해 생각할 수 있는 유일한 방법이다. 자동차 수리 작업을 하는 것처럼 말이다. 자동차의 실린더를 보링하거나 탄소를 제거하는 작업 같은 일. 우리 몸 내부가 어떻게 움직이는지는 모르지만 훌륭한 자동차를 보면 훌륭하다는 것을 알아보고 엔진을 어떻게 분해하는지를 안다. 나한테 물어본다면 육체는, 늘 그런 건 아니지만, 훌륭한 작품이 아니고, 훌륭한 자동차는 훌륭한 자동차다.

그러니 후세인이 사겠다고 해야 할 텐데.

레이

잭이 말하곤 했다. "유령의 무리, 그 사무실에 있을 때 자네도 바로 유령이야, 레이. 끔찍한 좀비 무리 말이야." 그가 또 말하곤 했지. "언젠가 스미스필드로 와서 진짜 인간들은 어떻게 생계를 꾸려나가는지를 봐야 할 거야."

그래서 난 때로 그렇게 했지. 이른 아침마다, 특히 캐럴과 나 사이가 벌어지고 있었을 때, 심지어 서로 말도 하지 않았을 때 말이다. 일찍 집에서 슬쩍 빠져나와 평소처럼 63번 버스를 타고 두 정류소 후에 내려서 어스름 속에서 파링던 로드에서부터 차터하우스 스트리트를 따라 올라갔다. 스미스필드에서 아침 식사. 롱 레인에 있는 그 카페에 가거나 아침 일곱 시 반에 맥주와 가벼운 식사를 제공하는 그런 술집으로 갔다. 페컴에 사는 테드 화이트, 로더하이드에 사는 조 멀론, 캠버웰에 사는 지미 펠프스가 있었다. 그리고 물론 예전에는 기술을 배우던 빈스도 있었다. 군 입대 전에 말이다.

그들이 말하곤 했지. "레이, 자네 잘 먹고 살 좀 쪄야겠어. 너무 야윈 것 같단 말이야. 고기 좀 먹어야겠어." 내가 답하곤 했지.

"원래 내 체격이 그런 걸. 플라이급이지. 삽으로 퍼 먹는다 해도 달라지지 않아."

이상한 일이지만 호리호리한 정육점 주인은 없단 말이야.

그는 예전부터 스미스필드에 있던 실없는 이야기, 스미스필드와 연관된 그 모든 쓸데없는 이야기를 내게 하곤 했다. 어떻게 스미스필드가 런던의 진짜 중심이고 진정한 핵심이었는지. 물론 정육 때문에 피투성이의 중심. 어떻게 스미스필드가 그냥 스미스필드가 아니었는지. 스미스필드는 삶과 죽음 그 자체였기 때문이라고. 그래 바로 그것이었다, 삶과 죽음 말이다. 육류 시장 바로 건너편에 세인트 바트 병원이 있었고, 병원 바로 건너편엔 중앙형사법원이 있었기 때문이라고. 그 법원은 정기적으로 죄인을 교수형에 처하곤 했던 뉴게이트 교도소가 있던 자리에 세워졌다. 그러므로 스미스필드에 있는 세 가지 것은 육류, 의료, 살해였다.

그런데 이 모든 것을 나에게 말해주었던 사람은 지미 펠프스였는데, 그는 자기 부친이 로니 도즈에게 한마디씩 해주던 얘기를 하고 있었던 것이다. 잭이 못 듣는 곳에 있을 때, 잭과 빈스가 술을 잔뜩 마시고 버몬지로 돌아가고 있었을 때 잭이 처음에는 정육점 주인이 절대로 되고 싶지 않았다고 지미 펠프스가 내게 말해주었다. 달리 그의 부친이 그걸 인정하지 않았을 것이기 때문이었다. 도즈 부자의 가족 정육점, 1903년 설립.

그가 말한다. "잭이 뭐가 되고 싶어 했는지 자네 알아? 내가 자네에게 말했다고 잭한테는 이르지 말게, 알았어?" 그는 마치 잭이 아직 거기 있어서 그의 뒤로 몰래 다가올지도 모를 것처럼 반은 웃는 얼굴이었지만 반은 두려운 얼굴이었다. "잭이 지금의 빈스만 했고 나처럼 도제로 일을 하고 있었을 때 짬이 날 때마다 세인트 바트 병원에서 나오는 간호사들을 쳐다보곤 했지. 그가 그랬던 것은 간호사들 때문이었다고 난 생각하지만 그는 모든 의사한테는 자기 마음대로 쓸 수 있는 두어 명의 간호사가 있다고 생각을 했어. 그런데 어느 날 그가 내게 말했는데 농담이 아니었어. 그가 정말 의사가 되고 싶었기 때문에 그걸 모두 단념하고 자기 아버지한테 당신 잘못에 대한 대가를 치르라고 말할 수 있었다고 말이야."

지미가 크게 웃는다. 더러운 작업복을 입은 채 두 손으로 머그잔을 감싸 쥐고 거기 앉아서 크게 웃고 있다. 그가 말한다. "농담이 아니었다고. 흰색 가운만 바꿔 입으면 되는 일이라고 그가 말했지. 도즈가 의사가 된다는 게 상상이 돼?"

그런데 그는 내가 웃지 않는 것을 보고는 다시 침착해진다.

"잭한테는 말하지 않을 거지?" 그가 말한다.

"그래." 말할지도 모를 것처럼 나는 심사숙고하면서 말한다.

그러면서 나는 지미 펠프스가 늘 정육점 주인이 되고 싶어 했을지 생각하고 있었다. 사막에서 잭이 했던 말을 기억하고 있다. 장교나 사병이나 우리 모두는 똑같이 맨 밑바닥이고 똑같은 사람이라고 했던 말을. 견장에 있는 별도 아무것도 아니라고 말이지.

내가 보험회사 사원이 된 것도 원해서가 아니었다.

하지만 나도 잭한테 말하지 않았고 잭도 나한테 말하지 않았다. 그가 세인트 토머스 병원에 의사와 간호사들에 둘러싸인 채 누워있을 때 무심코 그런 얘기를 하기 좋을 때였을 것으로 생각하겠지만 말이다. 하지만 그가 한 말이라곤 그저 "바트 병원이었어야 했겠지, 레이? 당연히 바트 병원이었어야지"였다.

그가 의사가 되고 싶었든지 아니든지 간에 정육점 주인으로 있는 그 세월 동안 내내, 스미스필드로 걸어 올라가던 그 세월 동안 내내 그는 의사에 대한 아주 재미난 최신 농담을 기억하고 있었던 것 같다. 왜냐하면 외과 의사가 그를 보러 와서 귀에 익은 옛말인 오래된 솔직한 이야기를 했을 때 그는 알랑거리는 소릴 하고 싶지 않았다고 내게 말했기 때문이다. 아무런 객쩍은 소리도 하지 않았다고.

"레이." 그가 말한다. "의사한테 가망성에 대해 솔직하게 말해달라 했지. 자신은 도박사가 아니라고 하더군. 하지만 난 알아냈지. '반반이라 해둡시다'라고 하더군. '내가 매우 아끼는 환자라는 소리로 들리네요' 하고 내가 말했지. 그러자 그는 이건 어떻게 할 수 있고 저건 어떻게 할 수 있는지 설명을 시작하더군. 그래서 내가 말했지. '날 가지고 노는 겁니까?' 그러면서 입원복 상의를 올리면서 물었지. '어딜 잴 겁니까?' 그러자 콧대가 꺾인 표정을 짓더군. 게다가 내가 어디 규정대로 행동하는 사람인가. 그래서 내가 말했지. '직업상 관심이지요, 아시겠어요? 직업상 관심이라고요.' 그러자 당혹해하면서 쳐다보더군. 그래서 내가 말했지. '선생님이 가지고 계신 자료에 제 직업이 뭐라고 적혀있나요? 죄송합니다. 뭐였다고 적혀있지요?' 그러자 재빨리 기록을 훑어보는데 약간 수줍어하더군. 그러고 나서 '아아, 정육점 주인이셨군요, 도즈 씨'라고 하더군. 그래서 내가 말했지. '정육점 주인'이라고 말이야."

"그럼 누가 말해주겠나?" 빅이 말한다. "이유가 뭐야?"

"예전에 우리가 가곤 했던 곳이에요." 빈스가 말한다. "일요일마다 소풍을 갔었죠. 낡은 정육 운반용 밴을 타고 말이에요."

레니가 말한다. "내가 모를 것 같아, 높은 양반? 기억을 못 할 거라고 생각하는 거야? 하지만 이건 일요일 날 가던 소풍이 아니야."

내가 말한다. "그들이 신혼여행으로 갔던 곳이야."

레니가 말한다. "그들이 신혼여행을 못 갔다고 생각했는데. 그때 유모차 사려고 돈을 모으고 있었다고 생각했는데."

"나중에 신혼여행을 갔지." 내가 말한다. "준이 태어나고 나서 말이야. 어쨌든 신혼여행을 가야 한다고 생각했거든."

레니가 날 흘긋 쳐다본다. "확실히 신혼여행을 가긴 갔었군."

"근데 그건 사실이에요." 빈스가 말한다. "39년 여름이었어요."

"자네도 거기 있었지, 높은 양반?" 레니가 말한다.

모두가 조용하다.

"정육 운반용 밴에서 벤츠로 바뀐 거지?" 레니가 말한다. "레이, 생각해 보니 자네는 거기 없었잖아?"

빈스가 백미러로 우리를 보고 있다. 선글라스를 쓰고 있는 그의 눈은 보이지 않는다.

내가 말한다. "에이미가 말해줬어."

레니가 말한다. "에이미가 말해줬다는 거지. 게다가 그녀가 왜 안 오기로 한 건지도 말해줬나?"

모두가 조용하다.

빅이 말한다. "뭐가 달라지겠어? 잭은 여전히 모를 텐데. 안 그래? 사실 그녀가 모든 걸 잊어버리고 싶어 했다 하더라도 그는 여전히 몰랐을 것이라고 내가 그녀에게 말했어. 공동묘지 정원에 유골을 뿌린다고 한들 그가 알겠어?"

"게다가 자넨 장의사니까." 레니가 말한다.

내가 말한다. "준을 보러 갈 거래. 오늘이 준을 보러 가는 날이라고."

"그게 중요한 게 아니잖아." 레니가 말한다. "에이미가 준을 한 번 정도 안 보러 갔다고 준이 알 리가 있겠어? 준은 여전히 아무것도 모르지 않아? 에이미가 그걸 감당할 수 없었다면 각오가 설 때까지 기다릴 수 있었을 테고 꼭 오늘 할 필요도 없었겠지."

빅이 말한다. "자네가 판단할 일이 아니야."

레니가 말한다. "죽은 건 죽은 거지."

빅이 말한다. "제때에 해치우는 게 상책이야."

레니가 말한다. "게다가 소원은 소원이고."

빈스가 말한다. "그가 여전히 모를 거라는 걸 어떻게 알아요?"

레니가 말한다. "내가 그런 소원을 빌 만큼 바보 같다고 하는 게 아니잖아."

"구체적이진 않았어." 내가 말한다.

레니가 말한다. "뭐가 구체적이지 않았다는 거야?"

"잭이 적어놓았던 것 말이야. 자기 소원에 대해서. 거기에는 에이미가 꼭 해야 한다는 말도 없었고 그저 그렇게 해줬으면 좋겠다는 거였어."

레니가 말한다. "그걸 어떻게 알았어?"

"에이미가 보여줬지."

"에이미가 보여줬다고? 여기서 모르고 있는 사람은 나뿐인 것 같구먼." 그는 창밖을 내다본다. 그리니치 공원의 후미를 지나 블랙히스로 다가가고 있다. 도로변엔 수선화가 있다. "여기 있는 레이가 정보를 다 갖고 있구먼."

빈스는 백미러를 본다.

빅이 매우 불편해하면서 화제를 바꿀 때가 되었다는 듯이 혀 차는 소리를 낸다. 그가 말한다. "경마하고 같다니까. 요즈음은 레이한테서 알아내야 돼."

빅이 상자를 들고 있다. 난 그가 내내 상자를 들고 있어야 된다고 생각하지 않는다.

레니가 말한다. "그럴 때도 자네한테 엉터리 정보를 줄 거야."

내가 말한다. "지난번에 준 정보는 성공했어."

빈스는 여전히 백미러로 보고 있다.

레니가 말한다. "근데 우리 중엔 아무도 없었는데."

빅이 말한다. "레이, 누구한테 줬는데?" 빅은 훌륭한 심판이 될 수 있을 텐데.

내가 말한다. "그걸 말하면 비밀이 드러나지 않겠어?"

나는 창밖을 내다본다. 블랙히스는 검지 않고 히스로 덮인 황야도 아니다. 파란 하늘 아래서 온통 푸르다. 교차로만 없다면 전속력으로 달릴 수 있을 텐데. 한때 여기에 말 탄 노상강도들이 있었지. 도버까지 가는 마차들도 있었고. 돈이나 목숨 때문에.

빅이 말한다. "그런데 아직 알 수 없는 게 있어. 왜 마게이트냐 말이야?"

레니가 말한다. "우리가 정말 할지 한번 떠보려는 거 아니었을까?"

빈스가 의자에서 반쯤 몸을 돌린다. "그럼 그가 알고 있다고 생각하시는 거예요? 그가 우릴 볼 수 있다고 생각하시는 거냐고요?"

레니가 눈을 껌뻑이며 잠시 말이 없다. 그가 나를 쳐다보다가 심판을 봐야 할 필요가 있는 양 빅을 쳐다본다.

"빈스, 말하자면 어떤 의미에선, 어떤 면에서는 말이야. 물론 우릴 볼 순 없지. 아무것도 볼 수 없어."

빅의 손이 상자 위로 조금 움직인다.

그때 레니가 낄낄 웃는다. "이보게, 생각해 봐, 우릴 볼 수 없는 데다가 아무것도 볼 수 없는데 왜 벤츠를 빌려왔어?"

빈스가 도로 앞쪽을 바라본다.

풀잎에 햇빛이 반짝인다. 잭은 볼 수가 없다.

빅이 천천히 점잖게 말한다. "빈스, 마음의 표시지. 관용의 표시 말이야. 멋진 차야."

빈스가 말한다. "이건 정육 운반용 밴이 아니에요."

빈스

잭의 눈은 감겨있고 잠든 것처럼 보인다. 그래서 난 슬쩍 가버릴 수도 있고 몰래 빠져나올 수도 있을 것 같지만, 잠든 게 아니라면 몰래 빠져나온 걸 알게 될 것이고 날 시험한 셈이 될 것이다. 그래서 나는 "잭" 하고 불렀고 그는 서슴없이 빨리 눈을 뜬다.

그 간호사가 근무를 하고 있는데 내가 좋아하는 검은 머리의 켈리 간호사 말이다. 반만큼이라도 기회가 있었다면 한번 해봤을 텐데. 결국엔 특수 상황. 세상의 종말이 곧 닥칠 때처럼. 간호사, 어때 당신하고 나하고? 켈리 간호사와 몰래 빠져나갈 수 있었을 거다.

내가 말한다. "에이미 아줌마가 그러던데요, 저한테 하실 말씀이 있다고요. 저하고 둘이서요."

잠시 아무 말이 없다가 그가 말한다. "레이가 보고 싶다고 에이미한테 말했는데. 레이보고 한번 들르라고 에이미한테 말해달라 부탁했지."

그가 나를 쳐다본다.

내가 말한다. "저예요, 아저씨. 빈스라구요." 약이다 뭐다 해서 알아보지 못하기 때문이다.

그가 말한다. "정신이 없는 게 아니야." 나를 뚫어지게 바라본다.

지금은 그가 알고 있는 것 같다. 정말로 말이다. 충분히 제대로 이해가 된 것처럼 그리고 받아들이기에, *받아들이기에* 그에게 충분한 시간이 있었고 누가 농담으로 생각했던 것이 아닌 것처럼 말이다. 누군가 끝이라고 말하지만 당신한텐 아직 끝난 게 아니고 끝나려면 아직도 먼 것처럼 말이다.

그가 반드시 알아야 한다. 하지만 안다는 것이 어떤 건지 나는 모른다. 알고 싶지도 않다.

그가 말한다. "너는 빈스고 이건 나지, 알고말고. 나와 바꾸고 싶어?"

나는 바보 같은 웃음을 짓는다.

그가 말한다. "빈스, 이리 와봐. 물어볼 게 있다."

밖에 사나운 바람이 불고 비가 오는 밤이다. 병동 끝쪽에 있는 창문에 빗방울이 들이쳐 떨어지는 것을 볼 수 있다. 그러나 저기 밖에 날씨가 어떤지, 비가 오는지 맑은지 여기서는 문제가 안 되고 중요한 화제가 못 되는 것 같다.

나는 켈리 간호사가 비번이라 치마를 휘감고 가는 상상을 한다.

"이리 와봐, 빈스."

충분히 가까이 있다는 생각이 들지만, 침대를 약간 올리고 앞으로 몸을 숙인다. 그의 두 손은 이불 위에 놓여있는데 손가락은 반쯤 접힌 채였고 관들이 꽂혀있는 손목 한참 위쪽에 테이프 같은 것들이 있다. 그가 내 손을 잡고 싶어 한다는 걸 나는 안다. 그의 손을 잡는 일이 그리 어렵지는 않지만 잡으면 그에게 붙잡혀서 결코 놓아줄 것 같지가 않다.

그가 말한다. "레이하고 단둘이서 할 얘기가 있다고 에이미한테 말했어."

"잘하셨어요." 내가 말한다. "레이는 친구이시잖아요."

"레이는 친구지." 그가 말한다.

그가 나를 쳐다본다.

그가 말한다. "에이미는 어떻게 된 일인지 모르는 거지, 그렇지? 뭐가 뭔지 모르잖아."

내가 말한다. "아줌마는 괜찮아요. 잘 견디고 계세요, 앞으로도 그러실 거고요."

앞으로 잘 견디게 된다고 할지라도 현재 그렇지 않다는 걸 안다면. 그녀가 오늘 밤 맨디와 내가 잠자는 예비 침실로 들어와서 맨디 바로 앞에서 나더러 자기를 꼭 안아주기를 바랄 거라는 걸 안다면, 마치 내가 그녀의 새 남편인 것처럼, 내가 마치 잭인 것처럼.

그가 말한다. "그럼 쉬운 일만 남았네."

나는 그를 바라본다.

내가 말한다. "저한테는 식은 죽 먹기 같지 않은데요."

그가 말한다. "사람들은 겁을 내지."

켈리 간호사가 다른 형편없는 놈한테로 몸을 숙이고 있다. 내가 그녀를 처음 봤을 때 그에게 말하곤 했었다. "아저씨, 거뜬히 어려움을 이겨내고 괜찮아지실 거예요." 하지만 지금은 모르겠다. 죽을 때 켈리 간호사가 시트를 뒤집어 씌어주는 것이 고문일지 자비일지 모르겠다.

그녀의 이름은 조이이다. 간호사 조이 켈리. 그녀의 왼쪽 젖가슴 위에 달린 배지 위에 그렇게 적혀있다.

잭은 죽어가고 있고 나는 발기를 한다.

그가 말한다. "그래 그 괴짜 같은 스트릭랜드가 너한테 뭐라고 하더냐? 수술 전에 말이다. 너한테 감언이설로 꼬드기더냐?"

잠시 생각해 보다가 내가 말한다. "지금 말씀드리지만 달라질 건 없어요. 의사의 말로 확률이 십분의 일밖에 안 된대요."

그는 나를 쳐다본다. "십 대 일이라고. 내기를 한 건 아니지? 물론 아니겠지."

내가 보기에 어쨌든 빌 수도 없고 기대할 수도 없는 상태란 걸 내가 줄곧 알고 있었다는 걸 그도 알고 있는 눈치다.

지켜봐 드릴게요, 잭 아저씨.

그가 말한다. "나 좀 일으켜 줘, 빈스." 그가 내 팔을 붙잡은 채 당겨서 몸을 일으킬 수 있도록 나는 힘껏 버틴다. 배에 난 수술 자리가 분명 아플 것 같다. 붕대에는 자줏빛 핏자국이 나있지만 내가 남은 손으로 베개 위치를 바꾸는 동안 움츠리지도 않고 그저 견디고 있다. 지금은 그의 몸무게가 그리 많이 나가지 않는다. 불쌍한 아저씨.

그가 말한다. "이제 됐다." 하지만 그가 그렇게 말할 때 배 속에서는 경련이 일어나고 있는 걸 알 수가 있고, 목구멍이 실룩거리는 걸 알 수가 있다. 속의 것을 좀더 토할 모양이다. 나는 오물그릇을 하나 집어 들고 휴지를 준비해 둔다. 캐시가 어렸을 때처럼 말이다.

그는 뒤로 기대앉으며 입을 닦는다. 나는 캐비닛 위에 오물 그릇을 올려놓는다. 그는 자신의 원래 모습과는 달라 보여야 할 텐데 그렇지가 못하고 더욱 원래 모습 그대로인 것 같다. 그의 신체가 고장이 나서 모든 것이 얼굴로 다 올라와 버린 것 같고, 변하긴 했어도 그 속은 텅 빈 채 겉엔 살이 붙어있긴 하지만, 그 때문에 마치 누군가 안쪽에다 작은 등불을 켜놓은 것처럼 주요한 부분이 더 잘 드러나 보인다.

내가 말한다. "무슨 일로 절 보자고 하셨어요?" 마치 바빠서 가봐야 할 사람인 것처럼. 말이 잘못 나왔다.

그는 나를 바라본다. 그도 작은 등불을 찾고 있는 것처럼, 내 얼굴 속에서 자신의 얼굴을 찾고 있는 것처럼 내 얼굴을 빤히 바라보고, 내가 속에 아무것도 없이 텅 빈 것처럼 그의 얼굴은 내 안으로 쑥 들어오지만, 나는 눈도 목소리도 골격도 그와는 다르고, 턱을 쥐거나 눈을 별로 깜빡이지도 않고 똑바로 쳐다보는 버릇도 없다.

그때 그 순간이 끝날 것 같지 않고 끝나야 할 것 같지도 않다.

내가 실재가 아닌 것 같고 한 번도 실재인 적이 없는 것 같다. 오히려 잭이 실재고 이전보다 더 실재이다. 그는 그 이상 실재이지 못하겠지만 말이다.

그는 말한다. "내게 돈 좀 빌려줬으면 좋겠다."

내가 말한다. "현금이요?"

그가 말한다. "그래, 현금."

내가 말한다. "현금이 필요하다고요?"

그가 침대 곁 캐비닛 서랍에 손을 댄다. "여기 서랍에 시계와 빗 바로 옆에 지갑이 있다." 어중간하게 당겨 서랍을 여는데 다소 신중하기도 하고 은밀하기도 하다. 그 속에 자신의 인생이 전부 들어있는 것처럼 말이다.

내가 말한다. "그 속에 현금이 필요하다고요?"

그가 말한다. "그래, 얘야. 현금이 필요해."

그런데 이제는 내가 그의 아버지인 것 같다. 잘 시간이다, 잭, 장난 그만 치고 밤새 잘 자거라.

나는 그를 쳐다보고 어깨를 으쓱하면서 안주머니에 손을 집어넣는데 그가 내 손을 붙잡는다.

그가 말한다. "천 파운드면 될 것 같다."

내가 말한다. "천 파운드요? 천 파운드가 필요하다고요?"

그가 말한다. "이를테면 금요일까지 되겠지. 토 달지 말고 말이다."

그가 나를 쳐다보고 나는 그를 쳐다본다. 그가 내 손을 잡고 있다. 그가 말한다. "이유는 묻지 마라, 빈스. 대답하고 싶지 않아. 부탁이다. 명령은 아니지만."

나는 그를 바라본다. 그의 머리 위에 금식이라고 적힌 표지판이 매달려 있다.

내가 말한다. "빌려달라는 거예요?"

레이

그가 말했다. "고삐를 잡아라, 레이야. 어서, 아빠 대신에 고삐를 잡거라."

짐마차의 좌석 뒤편 판자에는 "프랭크 존슨 — 고철 수집"이라고 쓴 간판이 붙어있었고 때때로 그는 드라이브 삼아 갈 때 자기 옆에 나를 앉히곤 했다. 하지만 그는 내가 고물상 일에 맞지 않는다고 말했다. 내가 책상에 앉아 머리 쓰는 직업을 구해야 한다고 했는데 그게 내 체구 때문인지 좋은 머리 때문인지 아니면 사무직이 더 나은 직업이라고 그가 생각했기 때문인지 결코 알 수가 없었다. 온몸이 근육질로 태어났다 해도 달라질 게 없었을 정도로 내가 마차에서 짐 부리는 일을 하게 두지 않았다. 그런 일은 찰리 딕슨에게 맡겼다.

그는 키만 컸지 그다지 살집이 있지 않아서 코트 걸이에 걸린 코트처럼 몸이 어깨에서 축 늘어져 매달린 것 같은 모습은 그가 바닥에서 삼 센티미터나 오 센티미터 정도 더 가까워질 수 있었으면 좋겠다고 말하는 것 같았다. 게다가 때때로 나는 어머니를 기억하지 못하기 때문에 그처럼 키 큰 사람이 어떻게 나같이 키 작은 사람을 낳을 수 있었는지 또한 그게 아주 공정한 생산의 사례인지 의아했다.

그게 부끄러워 해야 할 사업이었다는 건 아니다. 고철상 말이다. 그는 넝마주이도 아니었다. 마차에 앉아 목이 쉬도록 고함치지도 않았고 폐 때문에 그럴 수도 없었다. 거래를 강요하지도 않았고 타협과 계약으로 일을 했다. 늘 그랬다.

그래서 나는 보험회사에 취직했다. 그는 사무직원이 됐다고 나를 자랑스러워했다. 물론 사장인 자신도 자랑스러워했다. 고철상의 사장이긴 했지만 말이다. 그때 전쟁이 났고 고철상은 최고 활황 사업이어서 내가 일손을 보탰다면 잘 운영할 수 있었을 테지만 나는 사무직원 대신에 군인이 되어야 했다. 그가 말했다. "너 같은 꼬마는 보지 못해서 빠뜨릴 거야." 그러나 그렇지가 않았다. 그가 말했다. "자, 어쨌든 늘 고개를 숙이고 다니면 걱정 없을 거다." 그렇게 했다. 그리고 전쟁 후에 더 이상 거기 없었던 사람은 내가 아니라 그였다. 폭탄 때문이 아니라 그의 폐 때문이었다. 그러나 나는 어쨌든 사무실로 돌아왔다. 잭 도즈와 함께 사막에서의 주둔 생활을 마치고 블랙프라이어스에 있는 사무실로 돌아왔다. 내겐 고물 야적장과 2층에 방 둘 아래층에 거실 둘인 집이 있었는데 전쟁 중 피해를 보지 않았다. 찰리 딕슨으로부터 야적장에 대한 세를 받아 집에 대한 대출금을 상환할 수 있었다. 재산가라 할 수도 있겠지만 나는 사무원으로서 매일 출근을 했다. 그 이유는 사람이 무슨 일을 하느냐와 머릿속으로 어떻게 사느냐가 별개이지만 사실 차이가 없다는 것을 그때 나는 알고 있었기 때문이기도 하다. 하지만 그가 지켜보고 있었던 것처럼 어느 정도는 그에 대한 기억 때문이었다.

그는 나한테 마구간 청소를 시키고 듀크라는 말에게 먹이를 주게 하곤 했고 때로 마차 위 자신의 옆자리에 앉히곤 했다. 하지만 나는 고철 드는 일은 할 수 없었다. 말이 다가닥 다가닥 말굽소리를 냈다. 그가 나도 말고삐를 잡을 수 있다고 해서 말고삐를 잡고 짐마차의 말을 모는 요령을 배우게 되는 날이 왔다. 그가 말했다. "고삐는 잡아당기지 말고 잡아채야 돼. 그리고 정말 제대로 혀를 차야 돼." 나는 그에게 말해본 적이 없지만 작은 사람들이, 아니 작은 사람들만 할 수 있는 그런 일이 있다. 바로 말과 관계있는 일이다.

여기는 버먼지다, 레이야. 여기가 애스콧쯤 된다고 생각하는 거냐?

여자에 대해 처음으로 음란한 생각을 한 게 그의 옆자리에 앉아서 듀크의 엉덩이를 쳐다보고 있었을 때였던 것 같다. 그게 내가 계속해야만 하는 일이었다. 내가 여자들에 대해 실제적인 지식이 있었지만, 나는 여자가 또 다른 종류의 동물이 되어버린 편이 나았을 거란 생각이 든다. 그러나 그런 생각은 행동의 근거로서 효과는 없었다. 어느 일요일 아버지가 특별한 용무로 듀크를 데리고 나가서 거기 없다는 것을 알면서도 듀크를 보러 가자며 데이지 딕슨을 데리고 갔을 때, 말의 똥과 오줌 냄새가 그녀의 동물적 본성을 자극하지는 않았다. 그 냄새는 바라던 효과가 있는 것 같지 않았다. 일부러 깨끗한 밀짚을 깔았다. 내가 말했다. "여기 전부 우리 차지네." 그러자 그녀가 내게 화가 나서 몹시 퉁명스럽게 말했다. "근데 이런 말먹이로 어쩌라는 건데?"

그 후 십 년이 지나 아버지가 오래전에 세상을 떠난 후에 그녀의 동생인 캐럴이 야적장을 팔 생각이 있는지 알고 싶다며 날 찾아왔다. 자기 아버지가 그 땅을 확보하지 않고는 트럭을 사야 할지 몰라 걱정만 하고 있다고 했다. 그런데 왜 찰리는 나한테 직접 물어보지 않는 걸까? 게다가 내가 늘 데이지를 맘에 두고 있었다는 걸 그녀도 알고 있을까? 데이지는 그녀한테 뭐라고 했을까? 그녀가 가스난로 불을 켜려고 몸을 구부릴 때 나는 생각한다, 훌륭한 엉덩이를 가졌는데 하고 말이다.

여긴 말의 세상인데 바로 그런 이유 때문이다. 마차 위 내 옆에 그가 앉아있다고 생각할 때 고철, 놋쇠, 구리, 납, 무쇠 같은 걸 생각하는 게 아니다. 듀크를 생각한다. 마부와 행상인의 삶을 생각한다. 내가 고삐를 잡은 뒤 그가 몸을 숙여 무릎 위에 팔꿈치를 대고 세상 사람들이 지나가는 걸 본 적이 없는 사람처럼 주위를 둘러보기 시작하는 것을 본다. 그가 목을 긁고 모자를 고쳐 쓰는 것을 본다. 폐에 문제가 있든 없든 그가 담배에 불을 붙이고 아랫

입술을 내민 채 처음에 들이마신 담배 한 모금을 내뿜고 손가락 사이에 담배를 끼운 채 엄지손가락 끝으로 턱을 비비다가 엄지 두덩으로 이마를 이리저리 문지르는 걸 본다. 어쩔 수 없이 이 모든 걸, 즉 똑같은 몸짓, 똑같은 동작을 내가 한다는 걸 나는 알고 있다.

그 야적장을 빈스한테 주지 말았어야 했는데.

레니

일요일마다 정육 운반용 밴을 타고 다니던 소풍을 기억하지 못하는 것처럼.

그들이 때로 반쯤 잠들어 버린 우리 딸 샐리를 내려주고 집사람 존이 "들어가서 차 한잔 하고 갈래?" 하고 말하면 에이미가 "안 돼. 집에 가서 빈스 재워야지" 하고 대답하던 걸 기억하지 못하는 것처럼. 샐리의 발가락 사이에 낀 모래, 조개껍질과 약간의 해초와 죽은 게들로 가득한 장난감 통, 머리카락과 옷 등 샐리한테 나는 해변의 냄새, 샐리의 햇볕에 탄 화상 때문에 많던 칼라민 연고를 존과 내가 다 써버린 걸 기억하지 못하는 것처럼.

가능했다면 우리가 샐리를 데려갔을 테지만 근데 기찻삯도 없었고 물론 자동차도 없어서 그러질 못했다. 자동차도 없고, 가게도 없고, 이렇다 할 만한 집도 없이, 간신히 생활비를 긁어모으는 게 우리가 하던 일이었다. 내가 생각하기에 군에 있을 때가 형편이 나았다. 게다가 에이미가 차 한잔 하러 들어오지 않겠다고 말할 때 짓던 표정을 나는 기억하지만, 그런데 그녀가 그런 표정을 지었다면 그녀 같은 사람에게는 위신이 깎이는 일이었을 테니까 하고 나 혼자 그렇게 생각했는지도 모른다. 우리는 조립식 건물에 살았고 그들은 벽돌집에 살았기 때문인 것처럼. 에이미가 우쭐해하고 있었던 것처럼. 그녀와 잭은 나들이로 바닷가를 갔다 왔지만 나와 존은 서더크파크에 오리 모이나 주러 갔던 것처럼 말이다.

에이미는 여전히 거기 서서 샐리의 손을 붙잡고 머리를 쓰다듬으면서 몸을 구부려 그녀에게 뽀뽀하고 있었는데, 나는 "너네한테는 없지만 우리한테 있는 게 하나 있지" 하고 말하고 싶었다. 하지만 말하지 않았다. 그저 에이미가 내 딸한테 뽀뽀하는 걸 지켜보았고 존은 숨만 깊이 들이쉬었다.

그런데 폭탄이 그 자리에 떨어진 게 우리 잘못은 아니었다. 아버지가 남겨준 거라곤 우체국에 있는 삼 파운드 육 실링과 버러 마켓에 있는 손수레가 전부인 게 내 잘못은 아니었다. 잭과 에이미한테도 불운이 있었다는 건 잊을 수 없는 일이었고 가엾은 꼬마 멍청이 빈스한테도 물론 마찬가지였다. 운이 있어 운이 있다고. 그래서 아마 내가 그렇게 생각했는지도 모르고 그렇게 생각한 건 나뿐인지도 모른다. 에이미는 나들이 갔을 때 몹시 행복해 보였고 바다 공기를 마셔서 그런지 아주 행복해 보였다. 에이미는 아직도 대단한 미인이야, 잭.

잭이 말했다. "어서 가자, 에이미." 그리고 빈스는 침대로 곧장 옮겨질 수 있도록 밴 앞 좌석에 앉아있었는데 그다지 졸려 보이지 않았다. 왜냐하면 그는 에이미와 샐리가 우리 집 문간에서 꾸물거리는 동안 그들을 지켜보면서 샐리가 돌아보면서 자기에게 손을 흔들어 인사를 해주기를 몹시 기대하고 있었기 때문이었다.

우리끼리만 당일치기로 소풍을 갈 수 있었을 것이다. 내가 마지막으로 물장구를 쳐본 게 이탈리아의 살레르노 해변에서였고, 나는 바닷가를 그다지 좋아하지 않는다고 말했지만, 당일치기로 소풍을 갈 수 있었을 텐데 그러지 않았다. 에이미가 수영복을 입은 모습을 볼 수 있었으면 좋았을 텐데. 그러나 부모라는 게 그런 것 같다. 자식을 위해 일부러 져주는 것 말이다. 그 밴 앞 좌석엔 우리 자리는 없다. 그들 네 사람이 간신히 끼어 앉는 것도 기적 같은 일이다. 그렇지만 이 모두가 샐리를 위해서였다. 그리고 잭과 에이미를 위해서, 물론 특별히 에이미를 위해서였다. 하지만 우리는 이해가 가지 않는 것처럼 했다.

존이 말한다. "저 애들 둘이 점점 남매처럼 되어가는 것 같지 않아?"

그런데 어느 날 샐리가 학교에서 돌아와서 애들이 운동장에서 빈스에 대해 이런저런 말을 하기 시작했다고 했다. 어떻게 그의 정신이 멀쩡할 수가 있겠나? 그의 *큰누나*하고 똑같아지는 거 아닌가? 그 애도 바나도 요양원 같은 요양원에서 지내야 하는 거 아닌가? 이 문제를 생각해 볼 때 고아원 아니면 정신병원, 둘 중 하나가 되어야 하겠지만 말이다. 샐리 말이 빈스가 점점 싸우는 횟수가 많아지고 있고 자기는 누구 편을 들어야 할지 모르겠다는 거였다.

그래서 우리는 그 애한테 말한다. 그 애가 분명 열 살쯤이었을 때다. 우리가 말했다고 아무한테도 말하지 말라고 그 애한테 당부하면서 그 애에게 말한다. 어쨌든 반쯤은 동화처럼 들렸고, 반쯤은 어린애한테 들려주려고 지어낸 이야기처럼 들렸다.

여러 해 전에 잭 아저씨하고 에이미 아줌마하고 처음 결혼했을 때, 물론 그 애한테 진짜 아저씨 아줌마는 아니고, 그 애도 이미 알고 있었는데, 그들에게 준이라는 작은 여자 아기가 있었다. 그런데 그 아기는 정상적인 아이가 아니었고, 건강하게 태어나지 않아서 특별한 보살핌이 필요했던 거다. 그런 경우는 때때로, 좀처럼 아주 드물게 생기지만 그런 일이 생기긴 한다. 게다가 에이미 아줌마는 더 이상 아기를 가질 수 없다는 걸 알았고, 가진다 해도 적어도 똑같은 위험을 감수해야 해서 아줌마는 행복하지 않았던 거다. 잭 아저씨도 마찬가지로 기분이 좋지 않았던 거다.

그 후 전쟁이 일어났다. 버먼지에 폭탄이 떨어졌는데 엄마 아빠의 옛집에도 폭탄이 떨어졌는데 그건 다른 얘기고, 프리쳇 집안에 빈스라는 갓 태어난 아기가 있었는데 그 집에도 폭탄이 떨어졌다. 그 애 이름은 말하자면 빈센트 이언 프리쳇으로 약자로 V.I.P이다. 재수 없는 부모 아니랄까 봐. 그 집은 에이미 아줌마가 그 당시 살았던 월러 스트리트에서 모퉁이를 돌면 있는 파월 로드에 있었는데 지금은 거기에 아파트가 있지. 그때가 1944년 유월이었고 로봇 폭탄이었다. 한 주만 더 있었으면 프리쳇 부인과 빈스는 피난을 가서 안전한 곳에 있었을 텐데 말이다. 준이 태어난 지 그 달로 오 년이 되었다. 그 애가 그 이름을 갖게 된 이유도 그 때문이다. 프리쳇 씨도 휴가차 집에 있었는데 그게 불운이었는지 어쩌면 아닌지 어떻게 보느냐에 다르긴 했지만 말이다. 아빠와 잭 아저씨는 독일군과 싸우느라 집을 떠나있었고, 그때는 서로 만나본 적도 없었다.

그런데 프리쳇 집안에 남은 거라곤 별로 없다. 전혀 다치지도 않고 잘 뛰어다니는 기운찬 꼬마 아기 빈스 말고는 말이다. 어떻게 된 건지 이야기하자면 빈스를 거둬서 돌봐주고 자기 자식처럼 키우기 시작한 것은 에이미였다. 그녀가 그런 데에는 몇 가지 이유가 있었는데 아마 그 답을 알아낼 수도 있을 거고, 아니면 언젠가 알게 될 거다.

고아가 된 아이를 키우는 데 대한 규정이 있고 법률이 있다. 하지만 그때는 전시였고 분명히 규정을 따질 상황이 아니었다. 그래서 일 년 정도 지나서 전쟁이 끝나고 잭 아저씨가 집으로 돌아왔을 때 그와 에이미가 아이를 입양했고, 빈스한테 새엄마 새아빠가 생겼다는 사실에 대해 아무도 뭐라 하지 않았다. 그래서 그 일은 잘 일단락이 되었고 그 후 줄곧 행복하게 되었다고 할 수 있다. 그런데 더 이상 아기일 수는 없지만, 아기 같은 준이 여전히 문제였다. 여기까지 이해가 되니? 그리고 에이미는 늘 딸을 원했는데, 특히 딸을 원했지.

"이 이야기를 한마디도 해서는 안 된다." 우리가 말했다.

그러나 얼마 지나지 않아 샐리가 우리한테 다음 주 일요일에 그들이 다시 마게이트에 갈 건데 자기를 데려가지 않았으면 한다고 말한다. 몹시 당황해하며 존이 묻는다. "가서 뭐라고 했는데?" 아무 말도 안 했는데도, 빈스가 이제는 뒷좌석에 타고 갈 거지만 밴이 너무 비좁아서 그렇다고 샐리가 대답한다. 내가 묻는다. "빈스를 뒷좌석에 태운다고?" 그녀가 대답한다. "예." 그러고 나서 얼마 후에 그녀가 학교에서 돌아와서 눈물을 글썽이며 어쨌든 빈스가 이젠 알아버렸다고 말한다. 그들이 직접 그에게 말해준 것이다.

그래, 그때가 언제일지 알 수 없는 일이지만 조만간 벌어질 수밖에 없는 일이었다.

그래서 이제 빈스한테 생각해 봐야 할 진짜 고충이 생겼다. 빈스는 그들이 놀이터에서 한 말이 사실이라는 것을 이제 알고 있다고 샐리한테 말하고, 샐리는 그것에 대해 신경 쓸 것도 없고 그는 여전히 빈스일 뿐이며 자기가 그의 옆을 지켜주겠다고 말한다. 그러자 빈스가 그녀를 때려눕힌다.

모든 세대는 다음 세대가 더 나아지기를 원하고 또 한 번의 기회가 있었으면 하고 바랄 거라 생각된다. 나는 우리 애가 누굴 좋아하면 할수록 더 짓밟히게 되는 그런 사람이라는 걸 알았어야 하는 건데 그러질 못했다. 사실 그 애는 빈스한테 설탕만큼이나 달콤하고 상냥하게 굴어서 난 그 애가 빈스한테 좋은 아내가 되었을 거로 생각하는데, 모든 여자가 사실을 알면서도 그를 받아들이지는 않았을 테니까 말이다. 모든 것이 이전처럼 그대로이지만, 그 애가 도드 부자 정육점과 엮이는 것보다 더 나빠질 수도 있었을 것이다. 정육점을 손에 넣는 것이 별 것 아니라고 말할 수 있겠지만 부친이 남긴 것이 청과물 노점뿐일 때 정육점도 한 단계 위에 있었다. 그러나 빈스가 도즈 부자 정육점과는 아무 관계가 없다고 하는 것처럼 나름대로 생각을 갖고 있었고, 그가 결국 어떻게 될지 알았더라면 "그의 마음을 더욱더 사로잡아라, 얘야" 하고 말했을지도 모를 것 같다. 아니면 "그에게서 손을 떼라, 그는 네 짝이 아니야" 하고 말했을지도 모르는 일이다.

그러나 한때는 그게 내 꿈이기도 했고 모든 가난한 놈들의 꿈이기도 했다. 번드르르한 신사복, 멋진 타이, 눈부신 승용차, 주머니에 든 파운드 지폐 다발. 매일 저녁 스코비의 체육관에 갈 때마다 성공에 대한 희망이 있었다. 그리고 모든 매력적인 여자한테 구혼을 할 수 있었다. 그런데 전쟁 때문에 끝장이 나버렸다. 권투 선수가 뭐 싸움꾼이라나? 쇼를 잘하는 게 훌륭한 선수다. 레프트 훅을 잘 치는 것이 퇴보의 구렁을 파는 꼴이 될 줄 결코 알지 못했다.

그런데 누가 먼저 거기 끼어들었는지 봐라. 리틀 미스 맨디지. 제기랄, 랭카셔 출신 아가씨 말이다.

모든 세대는 다음 세대를 위해 스스로 웃음거리가 되는 것 같다. 빈스는 도드 부자 정육점에 대해 자신만의 생각이 있었지만, 그렇다고 하더라도 자신과 같은 동갑내기들이 더 이상 징집이 없는 것을 정말로 다행으로 생각하고 있을 때 잭 근처에 얼씬도 하지 않으려고 오 년 복무를 위해 군대에 입대한 것은 사실 과장된 행동이었다. 정육사의 도제가 되는 대신에 지프 차를 수리하는 법을 배우러 중동에서 복무를 하는 것은 너무 대가가 크다는 생각이 든다. 엉덩이에 총을 맞았을 수도 있었을 거다. 그랬다고 해도 나하고는 상관없는 일이었겠지만 말이다.

그런데 얘야, 그가 돌아오면 당장 너를 보러 올 거란 허튼소리는 집어치워라. 게다가 더 나은 사내가 되기 위해 외인부대에 입대하러 갈 거라는 소리도 말고.

내가 말했다. "그런데 잭, 그 애가 자네를 그대로 따라 하는 게 아니라고는 못 하겠지. 자네도 한때는 군인이었고 또한 정육사였으니까 말이야."

그는 농담할 기분이 아니라고 말하고 있는 것처럼 나를 쳐다본다.

그가 말한다. "나는 좋아서 정육사가 된 거야."

그러나 나는 거기에 징집 문제가 약간 관련이 있었다는 것을 알았다. 레이와 따로 얘기를 한 적이 있었던 것처럼 말이다.

그가 말한다. "군인이라고? 군기 위반자라고 해야겠지. 탈영병 말이야. 그렇게 불러야 할 거야."

그의 말이 맞을지도 모른다고 나도 생각한다.

내가 말한다. "그 이유뿐이 아니지. 그가 왜 그랬는지 자네가 생각하는 이유 말고도 다른 이유가 또 있었지."

그러나 그는 듣고 있지 않다. 내 말을 들어야 하지만 듣지 않는다. 세상에 이유가 하나밖에 없는 것처럼 그리고 그게 가족 정육점 주인 잭 도즈인 것처럼 말이다.

내가 말한다. "그 애가 자네 것이 아니잖아, 잭. 자식이라고 우리 것이겠냐고?"

그가 말한다. "말이야 맞는 말이지."

그가 나를 쳐다보고 나는 생각한다. 내가 하는 말을 결국 자네가 듣게 될 때 그 애가 자네 것이 아니라는 사실에 기뻐해야 할 걸세. 왜냐하면 자네는 관대한 사람이 될 수도 있고 나는 권투 선수 생활을 시작한 지 십오 년이 될 수 있으니까 말이야, 그런데.

나는 말한다. "자식이 우리 것이 아니잖아? 우리 자식이긴 해도 우리 것은 아니란 말이야."

그가 말한다. "실없는 소리 그만해."

그래서 내가 말한다. "다른 이유는 샐리 때문이었어. 그 애가 떠나면서 샐리한테 조그만 선물을 남기고 갔지. 나는 샐리가 그것을 없애버릴 거라고 말했지."

다트퍼드

레니가 묻는다. "그런데 자네 딸 캐시는 잘 지내나?"

빈스는 한동안 대답이 없다. 마치 못 들은 것처럼 아니면 운전에 집중하고 있는 것처럼. 나는 그가 백미러로 보고 있다는 것을 알고 있다.

"아직도 자네 자동차 정비소에서 일하고 있나?" 레니가 묻는다.

그렇지 않다는 것을 레니가 알고 있고 또한 '자동차 정비소'란 말을 빈스가 싫어한다는 것도 알고 있다. 요즈음엔 그게 '전시실'이다. 어느 날 밤 코치 주점에서 "그가 그걸 전시실이라 하던데, 글쎄 뭐가 전시되어 있는지 우린 다 알고 있잖아" 하고 말한 사람은 레니였다.

"아뇨." 빈스가 말한다. "그만뒀다니까요."

레니가 말한다. "실직 중인 건 아니겠지?"

빈스는 대답하지 않는다.

레니가 대신해서 대답한다. "아니야. 실직 중인 건 아니라고 들었어."

빈스가 묻는다. "근데 왜 물어보세요?"

빈스가 가속 페달을 좀더 세게 밟는다. 우리는 모두 좀더 높아진 엔진 소릴 듣는다.

빅이 말한다. "어디 가서 좀 쉬면서 점심 먹는 거 어때?"

레니가 말한다. "호기심에 그런 거지. 들은 거라고 다 믿을 수는 없잖아."

내가 말한다. "좋아, 빅."

빅이 여전히 유골 상자를 들고 있다. 그만 계속 들고 있을 필요는 없지.

레니가 말한다. "그 애가 병원에 잭을 한 번도 보러 가지 않았다니 너무 심하군. 잭은 아마 그랬어도 이해했을 테지만 말이야. 이전에 그 애가 잭을 할아버지하고 부르곤 했던 때가 있었지."

빈스가 말한다. "하지만 그분은 그렇지 않았어요."

빅이 말한다. "로체스터 부근 어딘가가 좋겠는데."

레니가 말한다. "딸들 말이야. 누가 데려갈까?"

우리는 25번 고속도로 분기점에 다가가고 있다. 교통량이 많다.

레니가 나를 쳐다본다. 그가 말한다. "요즈음 수지한테서 소식 좀 들어?"

내가 말한다. "가끔 편지 와."

그가 말한다. "자네가 —이었으면 그 애가 올 거라고 생각하는 거지. 그 애가 나타날 것 같으냐는 말이야?"

빅이 말한다. "무슨 질문이 그래?"

레니가 말한다. "당연한 질문이잖아."

내가 말한다. "한 번도 생각해 본 적이 없어." 하지만 생각해 본 적이 있다.

레니가 말한다. "당연한 질문이야."

빅이 말한다. "잭은 우리가 잠시 쉬면서 점심 먹을 거로 생각했을 텐데." 빈스가 그를 쳐다본다.

레니가 말한다. "빅, 자네 애들은 잘 지내나? 난 자네가 잘했다고 생각하네. 아들 둘을 낳아 그 애들이 그 사업을 이어 하도록 키워서 자네는 쉽게 손을 뺄 수가 있을 테니까 말이네. 가업을 후세에 전하니 다 됐잖아."

빅이 말한다. "불만은 없어."

레니가 말한다. "'터커 부자 장의사'. 이름 괜찮지 않아, 빈스?"

빈스는 대답이 없다.

"안 그래, 빈스?"

빈스가 몹시 발끈하며 사납게 말한다. "저 여기 있어요. 들었어요."

그는 트럭을 추월하기 위해 앞으로 움직인다.

레니가 말한다. "딸들이 문제야."

하늘은 맑고 푸르며 구름 몇 조각 말고는 깨끗하다. 산들바람이 도로 옆 가로수를 흔든다. 도로 표지판에 '세븐옥스, 다트퍼드 터널'이라 쓰여있다. 런던은 벗어났지만 도로 양옆의 풍경은 도시인지 시골인지 분간이 되지 않는다. 내내 똑같은 곳을 달리고 있는 것 같다.

내가 말한다. "그 유골 상자 무거우면 여기 뒤쪽으로 보내지그래, 빅."

레니가 말한다. "빅, 그러면 자네는 언제 은퇴할 생각인가? 언제나 자네 아들들한테 물려줄 생각이냐고?"

내가 레니를 쳐다본다. 그리고 생각한다. 아직 물러나지 말게, 빅, 우리 둘이 남았잖아.

빅이 말한다. "서두를 것 없지. 아직은 내가 곁에서 살펴야 하는 고객들도 좀 있으니까 말이야."

나는 빅의 얼굴을 볼 수는 없지만, 싱긋이 웃고 있지는 않을 것이고, 그는 돌아보며 눈짓을 한 적도 없다.

"아직은 애들이 날 내보내려 하지는 않아. 레니, 배고프지 않아?"

"목은 마르네."

빈스가 말한다. "빈들거리며 지낼 수 있잖아요, 빅. 마게이트보다 더 좋은 곳에 갈 수도 있고요."

레니가 말한다. "여기 계신 높은 양반의 목표는 바하마 군도야."

빈스가 말한다. "기껏해야 한 번에 천 파운드 정도예요."

레니가 말한다. "잭한테 비용이 그렇게 들었어? 존이 저축을 시작해야겠는걸."

빈스가 말한다. "그 정도인 것 같아요."

빅이 조용하다.

레니가 말한다. "자네가 계산할 것 아닌가, 높은 양반?"

내가 말한다. "여기로 그 상자 넘겨주고 싶으면 그렇게 해, 빅."

빅이 마치 잊고 있었던 것처럼 말한다. "미안, 레이. 그럼 자네가 잠시 들고 있겠나?" 그가 돌아서서 감정을 상하게 하고 싶지 않다는 듯 점잖게 미소를 짓는다.

레니가 말한다. "빅, 그런데 자네가 언젠가 그 일을 하다 죽으면 그건 편할 거야."

빅이 말한다. "그런 생각 해본 적 있었지. 여기 있네."

그가 상자를 내게 건네준다.

"딕과 트레버가 일을 제대로 할까?"

"물론이지."

레니가 말한다. "그렇게 깔끔하고 쉽게 말이지. 딸들이 문제야. 안 그래, 레이? 말썽만 부리니 말이야."

지금은 내가 상자를 들고 있고, 잭은 내 무릎 위에 있는 셈이다. 우리는 모두 잠시 스치고 지나가는 것들을 본다. 그때 레니가 말한다. "그런데, 자네 은퇴해야 돼, 빅. 어린 캐시도 할 수 있는 걸 자네가 왜 못 하겠나?"

빈스가 말한다. "그 앤 은퇴한 게 아니에요."

레니가 말한다. "아니라고? 그러면 그 애가 고객을 찾아 돌아

다닐 필요가 없었다는 게 사실인가? 근데 이보게, 그런 면에서 자넨 대단한 자산을 잃은 셈이야, 높은 양반. 그 애가 고객들을 불러들였던 것 같으니까 말이야."

빈스는 아무 말이 없다.

"그 애 치마 한 벌 값이 자네 넥타이 여섯 개 값은 될 것 같으니 말이지."

빈스는 아무 말이 없지만 두 어깨가 감아올린 듯 올라가 있었다.

"내가 듣기로 지금은 그 애가 자기만의 고객을 불러들이고 있다지."

레니의 얼굴은 몹시 험악하고 열띠어 보였다. 나는 그의 얼굴이 오래전 권투 경기 때문인지 처음부터 전혀 매끄러웠던 적이 없어서 늘 그랬었는지 전혀 몰랐다. 그가 무릎 위에 상자를 들고 있는 나를 재빨리 쳐다보고, 나는 스스로 상자를 들고 있겠다고 했고 장난감이 갖고 싶은 아이처럼 상자를 든 채 앉아있기 때문에 지금 바보가 된 느낌이다.

빈스가 말한다. "그래요. 잠시 쉬었다 가는 게 좋겠어요."

레니가 말한다. "그녀가 잭을 보러 가지 않은 편이 나았을지도 모르겠다. 괜히 그래서 자기 손녀가 그렇게 된 줄 알게 될 필요는 없었을 테니까 말이야."

빈스가 말한다. "그의 손녀가 아니었다니까요."

"그럼 다른 쪽인가?"

빅이 말한다. "신사 여러분, 누가 타고 계신지 잊었어요?" 그가 심판관이 되어야 한다.

레니가 말한다. "그는 아무것도 들을 수 없어, 아무것도 볼 수 없는 것처럼 말이지. 여기 있는 높은 양반을 믿지 않는다면 말이야."

나는 무릎에서 상자를 들어 올린다. 레니와 나 사이의 자리에 상자를 놓으려고 했는데 거기엔 빈스의 재킷이 있다.

레니가 말한다. "재미있는 건 빈스한테 좌우명이 있는지 이전부터 물어봐서 답하는데 '눈에서 멀어지면 마음에서도 멀어진다'가 그의 좌우명이야."

레니가 곡예를 하듯 상자를 들고 있는 나를 쳐다본다. 그가 말한다. "잭이 상자 안에 있는 거지, 레이?"

나는 상자를 재킷 위에 놓고 그 옷조차 구기고 싶지 않은 것처럼 한 번 살짝 두드린다. 빈스는 백미러를 기울여 내가 뭘 하는지 보지만 어쩐지 개의치 않는다는 것을 알 수가 있는데 자기 재킷이 아니라고 생각하는 모양이다. 그는 백미러를 제자리로 돌려놓지 않는다.

우리는 말없이 가고 있다, 비록 빈스가 뭔가를 말하려고 하는 것 같기는 하지만 말이다. 그는 자기 옷 위의 상자를 계속 보고 있다. 마침내 그가 고개를 들어 한쪽으로 기울이는데 자신이 특히 누군가에게 말하려고 하는 게 아니지만, 만약 그렇다면 그게 레니라고 말하려는 것처럼 말이다. 그의 목소리에서 묘한 음조가 느껴진다.

그가 말한다. "그들이 날 볼 수 있다고 생각하곤 했어요. 나는 그들을 볼 수 없지만 그들은 날 볼 수 있다고 생각했단 말이에요."

레이

수지가 헤어드라이어를 내려놓고 머리를 두어 번 몹시 힘차게 흔들어 머리카락을 늘어뜨리고, 나는 그녀가 캐럴보다, 그녀 나이 때의 캐럴보다 미모가 더 낫다는 것을 부정할 수 없다고 생각한다. 그렇게 생각하는 것이 캐럴한테 실례고 부당할 수도 있겠지만, 그녀도 캐럴의 일부이고 그녀 안에 캐럴의 일부가 있으며 우리 모두가 서로의 일부이기 때문에 상관없는 일이다. 기회가 또 한 번 주어진다 해도 캐럴이 아니라 수지를 택할 수 있을 것 같지 않다. 왜냐하면 캐럴 없이는 수지도 있을 수 없을 테니까. 그러나 내가 다른 남자이고 젊은 남자고 내 이름이 앤디이고 오스트레일리아의 시드니에서 왔다면, 그렇다면 내가 캐럴을 좋아했듯이 수지를 좀더 좋아할 거라는 것은 여전히 사실이다. 내 딸을 마음에 두다니.

그리고 또 하나 여전히 사실인 것은 그들이 지금 더 잘할 수 있고, 더 낫게 더 쉽게 더 빨리 할 수 있다는 거다. 내가 그 애 나이였을 때는 장비를 갖추고 군 대열 속으로 들어가는 시대였다. 아마 더 늦게 태어났어야 하는 건데, 빈스처럼 말이다. 하지만 나는 빈스와는 다르다. 그랬다면 수지도 없었을 테고 지금 열여덟 살도 아니었을 테니까 말이다.

그 애의 트랜지스터라디오가 울리고 있다. *빙글 빙글 돌아간다, 나는 돌아간다*… 그 애는 앉아있지만 춤추는 것처럼 박자에 맞춰 어깨를 움직인다. 나는 반쯤 열린 문을 노크한다. 그 애가 처음에는 헤어드라이어 소리와 라디오 소리 때문에 듣지 못해서 커피가 든 머그잔을 들고 삼십 초 정도 거기 서있었다.

캐럴은 상점가로 내려갔고 수지는 머리를 감고 있다. 토요일 아침이다. 곧 나도 나가야 한다. 규칙적인 일과다. 담배 가게, 마권 판매소, 술집. 나는 커피를 한잔 마시고 편하게 외출할 수 있고 마시는 동안에 내 딸을 감시할 수도 있다.

그 애가 주위를 둘러보고는 미소를 지으며 다시 머리카락을 흔드는데, 이번에는 그냥 흔드는 거긴 하지만, 오래전에 그 애가 아직 유모차를 타고 다닐 때 처음 말했던 것처럼 나는 혼잣말을 한다. 애는 애굣덩어리야. 애교 부리는 법을 너무나도 잘 알고 있단 말이야. 자기 아버지한테 애교를 떠니 말이지. 애는 애교를 부려야 하는 때를 알고 있는데 원하는 게 있을 때 그런단 말이야.

그 애가 라디오 소리를 줄이면서 고맙다고 말하고 머그잔을 손가락으로 감아쥐고 먼저 잔 위를 훅 불고는 재빨리 한 모금을 마신다. 그러고는 잔을 내려놓고 빗질을 시작하면서 마치 내가 나쁜 일을 꾀하고 있다고 의심하는 것처럼 쳐다보고는 말한다.

"코치 주점에 가세요?" 거의 토요일마다 코치 주점에 가기 때문에 물어볼 필요도 없는 질문이지만 어쨌든 나를 당황하게 할 요량으로 물어보는데, 그 때문에 나는 그 애가 원하는 게 있다는 것을 알게 된다. 그리고 "코치 주점이 나한테로 오지 않으니 내가 가야지" 하고 고리타분한 농담을 할 때 미소를 지으면서도 인상을 쓰는 바람에 그 애의 코 바로 위에 잡히는 작지만 분명한 주름을 보며 사소한 걸 원하는 게 아니라는 생각을 하게 된다.

그 애는 미소를 거두며 커피를 다시 한 모금 마신다. "아직 가지 마세요." 천천히 한숨을 들이쉰다. 머리카락을 늘어뜨린 채 무릎 위에 들고 있는 커피 잔을 들여다보는데 마치 소원을 비는 것 같기도 하고 기도를 드리는 것 같기도 한데, 그때 나는 생각한다, *뭐라고*. 거의 큰 소리로 말해버렸다. 샐리가 떠오르고, 레니가 내게 와서 하던 말이 기억난다. "레이, 경마로 돈 좀 벌어야겠어, 빨리." 켐프턴에서 우승한 말의 이름이 볼드 버커니어(대담한 해적이란 뜻)이고 결과는 십일 대 일이었던 기억이 난다. 그 애가 올려다본다. 그 애는 경마 결과 게시판처럼 내 얼굴을 읽을 수 있다. "아니에요, 그런 게 아니라고요." 거의 안도의 웃음을 웃으며 그 애가 말한다. "그런 *게* 아니고 다른 문제예요."

그러고 나서 그 애가 침대를 가볍게 두드리며 내게 와서 앉으라 하는데, 여섯 살 때부터 그 애가 자던 작고 좁은 일인용 침대이다.

★

그 애가 말했다. "그 사람이 자신의 뿌리를 찾고 있어요."

캐럴이 물었다. "모국에 있는 사람들은 누군데?"

그 애가 말했다. "그의 조상, 그의 혈통 말이에요. 자기 족보를 조사해 보고 싶어 해요. 자기 조상이 있었던 곳을 가보고 싶어 한다고요. 여기 모국에 건너와 있는 동안 많이 그렇게들 하잖아요."

모두가 자신의 뿌리를 찾고 있다.

그의 조상이 서머싯 주 저쪽 끝에 있는 어느 마을에서 시작되었다는 것은 편리한 점이었다. 왜냐하면 그들은 그쪽으로 멋진 휴가 여행을 했는데 서부 지방으로 짧지만 멋진 여행을 했기 때문이다. 그들은 여기로 건너온 한 오스트레일리아인이 보고 싶어 할 수도 있는 스톤헨지, 솔즈베리 성당, 체다 계곡 등 온갖 명소들을 방문할 수 있었다. 친구한테서 얻어낸 텐트와 낡은 포드 앵글리아 승용차를 가지고 말이다. 또 편리했던 점은 그때가 여름이고 그 애가 대학에서 맞은 첫 번째 여름이었으며, 시대가 변하고 있어서 장발에 짧은 치마에 높은 성공확률도 있었다. 뿌리 좋아하시네, 그게 애당초 그가 여기 온 이유가 아니라고 말하지 마라, 리틀 덩홀이라던가, 뭐라고 하든 간에 결코 찾아내지 못했다 한들 함께 누워 뒹굴 풀이 무성한 들판만 찾아내기만 하면 별 상관없었을 거로 생각한다.

빌어먹을 그의 뿌리만 아니었다면 우린 결코 허락하지 않았을 것이다.

하지만 자신의 가족이 뭐라고 한들, 자기 조상이 뭐라고 한들 상관없이 허용되는 나이였기 때문에 허락하지 않을 수 없었다.

누구도 이길 수 없지 않아, 레이? 에이! 데이지 딕슨이 결혼할 거라는군.

그러나 그들이 갔을 때 그들의 건강을 빌었다. 내가 그들이었으면 했다. 그들이 잉글랜드를 가로질러 여행하는 걸 상상했다. 햄프셔, 윌트셔, 서머싯, 산을 넘어 저 멀리까지. 그들이 텐트를 치고 밤과 자신들 사이에 얇은 천 한 겹만을 두고 함께 웅크리고 앉아 풀 냄새를 맡는 상상을 했다. 얘야, 사막에서 별이 빛나는 밤하늘 아래 야영을 하다가 불알이 얼어붙을 뻔했던 일처럼 해 줄 이야기가 있다. 그리고 그런 적이 있는지는 모르지만, 그들이 숨겨진 초록빛 고요한 교회 묘지를 발견하고 묘비에 적힌 이름들을 살펴보는 상상을 하지 않을 수가 없었다.

내가 여행을 할 수 있었던 것은, 사람들이 말하는 것처럼 내가 세상 구경을 할 수 있었던 건 전쟁 때문이었다. 시드니에서 서머싯까지 먼 길을 날아온 그 친구가 있었고, 그와 여정을 같이하고자 여행을 하고 있는 그 애가 있었고, 여전히 버먼지에 살면서 찰리 딕슨을 기분 좋게 하려고 아버지의 고철 야적장에 여전히 앉아있는 내가 있었다. 술집, 마권 판매소, 다음으로 버스를 타고 블랙프라이어스로 간다. 십오 년 동안 캐럴을 아무 데도 데려간 적이 없었다.

내가 말했다. “그 차가 도중에 고장 날 수 있을 것 같아?”

그녀가 말했다. “그 애가 돌아올 때 임신을 했을 수 있을 것 같아요?”

그녀의 얼굴은 딱딱하게 굳어있었는데 처음에 허락한 사람이 자신이 아니었기 때문에 전부 나의 잘못이고 내 탓이라 생각하는 것 같았다.

그래, 너희 두 사람은 왜 함께 사랑의 도피를 하지 않느냐?

어느 게 먼전지 난 모르겠다. 자신이 잘못된 선택을 한 여자처럼 행동하게 된 것이 자라면서 자신한테는 없는 수많은 것들을 가지게 된 자기 딸 탓인지, 아니면 어쨌든 그녀가 오랫동안 그런 생각을 해왔지만 수지를 키우기 위해 그 생각을 마음속에 묻어놓은 탓인지 말이다. 그녀는 마흔이었고 마흔하나가 다 되어가고 있었다. 하나로 충분하다고 애를 더 갖고 싶어 하지 않았다. 때로 나는 그녀가 수지를 원하지 않았을 거로 생각했다. 수지는 나를 위한 자식이었다. 때로 나는 에이미를 생각하면 세상이 너무 공평하지 못하다고 생각했다.

그녀가 말했다. “어떻게 될 것 같아요? 럭키 존슨. 거기다가는 왜 돈을 걸지 않는 거예요?”

★

그 애가 다시 커피를 벌컥 마시는데 이마에 주름이 여전히 잡혀 있고, 그때 나는 생각한다, 그 애가 임신 중이 아니라면 뭐가 문제이기에 어떻게 말해야 할지 그렇게도 고민한단 말인가 하고 말이다. 내가 내 배 속을 걷어차는, 그것도 아주 세게 걷어차는 느낌이 들어서 앉아있던 침대가 흔들릴 정도로 몸을 움직이는데, 왜냐하면 너무나도 분명하게 일어날 일을 알고 있고 오래전에 그 일이 벌어질 거라는 걸 알았어야 하는 건데 못한 것이 너무 바보 같기 때문이다. 게다가 그걸 내가 알고 있다는 걸 그 애도 알고 있다는 생각이 드는데, 그 이유는 내가 그 애한테 허락을 한 것처럼 그 애가 시작을 한 게 그때이기 때문이다. 그 애는 어떻게 깜박여야 하는지를 알고 자신의 갈색 눈을 깜박이며 말한다. "아빠."

그 애가 말하기를 앤디는 겨울에 시드니로 돌아갈 예정인데 자기도 그와 같이 가서 거기서 함께 살 거란다. 오스트레일리아로 가서 살고 싶단다.

너무 바보 같다. 봉당 빌려주니 안방까지 달란다. 처음에는 서머싯까지 차를 몰고 가더니 그다음엔 시드니까지 비행기 타고 가고 싶어 한다. 오늘이 코치 주점으로 가지 못하게 될 그런 토요일이 될 것 같은 생각이 든다.

그 애는 내 팔에 손을 얹더니 꽉 쥐는데, 마침 지금은 나와 그 애 사이의 문제고, 앤디 녀석을 관련시키지 말고 그 애와 내가 해결해야 할 문제라고 말하려고 하는 것처럼 말이다. 만약 내가 안 된다고 해도 그 애가 받아들일 것처럼 말이다.

캐럴이 전적으로 자기한테 달렸다고 했을 거라면 "아니, 안 돼, 얘야. 안 된다고"라고 말했을 테지만 그 말은 내가 결코 하지 못할 말이다.

내가 말한다. "너한테 여기 집이 없니?" 그러나 그렇게 말하면서도 시작이 잘못됐다는 걸 알고 있는데, 왜냐하면 그 애가 난처해지면 "전 열여덟 살이고요, 더 이상 아버지 것이 아니라고요" 하고 말할 것이기 때문이다. 그런데 그 애는 그렇게 말하지 않지만 내게 짓고 있는 표정으로는 그렇게 말하고 있었다.

내가 말한다. "대학은 어쩌고?"

그게 그리 작은 문제는 아니고, 레이 존슨의 딸이 대학을 가서 교사가 되려고 한다는 것이 그리 작은 문제는 아니다. 아버지가 자랑스러워했을 텐데.

그 애가 말한다. "오스트레일리아에도 대학이 있고 오스트레일리아에도 교사가 있어요." 그 애는 내가 이런 식으로 논쟁을 이어가고 싶은지 보려고 준비를 하고 기다리는 것처럼 날 쳐다보는데, 왜냐하면 그 애는 자기가 그렇게 한 것이 바로 나를 본보기로 삼아 한 게 아니라는 것을 알고 있기 때문이다. 내가 가진 그 좋은 머리를 더 낫게 사용할 수 있었을 텐데 그러지 못한 것을 자신의 아빠를 죽은 것으로 치고 단념하기 시작한 것처럼 더 이상 입 밖에 꺼내지는 않지만, 그 점이 그 애한테는 늘 아픈 부분이었다.

"그럴 마음이 있었지." 잭이 말하곤 했다. "레이는 그럴 마음이 있었다고."

아빠, 아빠는 그 따분한 사무실에 나가는 것보다 더 나은 일을 하실 수 있어요.

하지만 사무실에도 나가고 마권 판매소에도 간다. 일도 하고 경마에 돈도 건다.

내가 말한다. "넌 오스트레일리아에 대해 아는 게 아무것도 없잖아."

그 애가 말한다. "배우면 되잖아요. 앤디가 가르쳐줄 텐데요." 그 이름을 말하지 않으려고 애쓰고 있었기에 움찔한다.

내가 말한다. "물론 그렇겠지. 나도 그를 거부할 수 있어."

그 애는 내 말이 부당하고 가치도 없고 나답지도 않기 때문에 무척 놀라고 불쾌하고 게다가 몹시 화가 나 보인다. 트집 잡는 말이다. 내 머리와 내 체구로 할 수 있는. 나는 앤디를 좋아하지 않는다고 말한 적은 없다. 나는 좋아한다, 그를 좋아한다, 그 거지 같은 놈을 좋아한다.

그 애의 얼굴이 벌겋게 달아오르고 눈은 이글거리지만, 작전을 바꿔 몹시 부드럽고 애원하는 자세를 취한다, 그 애도 어리석지 않기 때문이다.

그 애 엄마가 열여덟 살이었을 때보다 그 애가 더 나아 보이는 게 맞다는 생각이 드는데, 왜냐하면 세상이 더 나아지고 있고, 실제로 그렇고, 더 나아지지 않으면 안 되는 데다가 그들이 너무 일찍 태어난 게 누구의 잘못도 아니기 때문이다. 그러나 캐럴이 열여덟이었을 때 나는 그녀를 본 적이 없었고 나는 여전히 군대에 있었다. 그러니 어떻게 알겠나? 어쨌든, 사실은 그 애 엄마의 언니를 좋아했었다는 말을 수지한테 한 적이 없다는 건데 아마 이제 말할 때가 되었나 보다.

나는 늘 너의 이모 데이지를 좋아했었다.

내가 말한다. "그렇다면 앤디가 너한테 무슨 제안을 했던 거냐? 어떤 제안을 한 거냐고?"

나는 그들이 지프 차를 타고 오스트레일리아를 횡단하는 걸 본다.

그러나 그때 캐럴이 가게에 갔다 들어온다. 우리는 현관문 소리와 쇼핑백들을 비우는 소리를 듣는다. 지금쯤은 마권 판매소에서 세 배를 따고 나서 코치 주점에 가서 첫 잔을 마시고 있을 시간이다. 그때 성난 목소리가 난무하더니 나도 수지만큼 꾸중을 듣는다. 캐럴이 하는 말이 그게 모두 나 때문이고 내가 한 짓 때문이어서 만약 수지가 임신*했다*면 그 경우와 마찬가지이니 내가 이해해 주기를 바란다는 거다. 그래서 나는 자신을 방어하기 위해 수지의 편을 들면서 원하지 않는 것에 찬성해야 한다. 그게 바로 수지가 기대했던 것이란 생각이 든다. 하지만 그게 어느 쪽에도 별로 효과가 없다고 생각되는데 그 이유는 내가 보기에 그건 그들 둘 사이의 일이고 그들 둘 사이의 싸움이기 때문이다. 그들은 그저 중간에 끼어있는 나를 각자의 방패로 삼으려고 한다. 그들이 한 주 내내 고양이들처럼 맹렬히 싸우는 바람에 나는 너무 얼떨떨하고 황당해서 제대로 생각도 할 수 없고, 십팔 년 이상 그 둘하고 살았지만, 그들을 아직도 이해 못하겠다는 생각이 들 지경에 이르렀다. 수지나 캐럴을 보지 않고 듀크의 엉덩이를 보게 될 때가 되었다.

오 파운드도 따지 못할 실버 로드라는 말한테 삼십 파운드를 건다. 1965년에 삼십 파운드라는 액수. 아무한테도 말하지 않는다. 그 말이 이기면 그 애가 갈 수 있다는 뜻이고 또한 비행기 삯을 얻게 될 거라는 뜻이라 생각한다. 그 문제를 해결할 다른 방법은 없었다. 하지만 내가 이미 해결했다고 말해도 좋을 것 같은데, 왜냐하면 삼십 파운드를 잃을 생각은 없었기 때문이다. 말에 대해 알고 있는 과거 성적과 경마장 상태와 온갖 사소한 것들까지 보고 판단할 때가 있지만 느낌이 들거나 기미가 보일 때가 있는 것이다.

아무한테나 기미가 보이는 게 아니니까 사람들이 나를 럭키 존슨이라 부른다.

때로 나도 틀린다.

내가 수지의 인생에 돈을 걸고 있다는 생각이 드는데, 내가 원하지 않는 것에다 말인데, 하지만 내심 다른 생각이 파고들고, 생각하고 싶지는 않지만 생각하게 되는데, 수지도 그런 생각을 했을 테고 심지어 캐럴도 생각했을 것 같다. 수지가 여기 없다면, 우리가 볼 수 없는 머나먼 곳에 있다면 캐럴과 나한테 달리 해볼 방법이 있을지도 모른다는 생각을 말이다.

그 말의 몸통 절반이 먼저 들어와 십이 대 일이 되었고, 그 애 엄마가 없을 때 삼백육십 파운드의 돈을 그 애에게 슬쩍 건네준다. 내가 말한다. "아무 말 하지 마라." 내가 말한다. "비행기 삯 여기 있다. 필요할 때 써라. 필요하다면 말이야." 그 돈을 어떻게 구했는지 그 애한테 말하지 않을 생각이었지만 쉽게 짐작해 낼 것 같았다. 그래서 말해주었다. "실버 로드, 첩스토 경마대회. 말 몸통 절반 차이로 우승."

이번에는 '능숙한' 앤디가 결혼에 대한 자신의 의견을 말하러 왔는데 수지가 그의 옆에 앉았고 서로 꼭 잡은 두 손이 그녀의 무릎 부근에 있었다. 그는 그들이 결정을 했고 그 점에 대해 이론의 여지가 없으며 자신이 수지를 잘 돌보겠다고 말한다. 자신의 혈통을 거의 찾아냈기 때문에 지금은 훨씬 더 사이가 좋아진 느낌이 든다고 말한다. 하지만 그가 아프가니스탄 재킷을 입고 있고 있어서 그런지 믿을 수가 없다. 모든 것 때문이기도 하고 수지 때문에 지금은 훨씬 더 '함께' 된 느낌이라고 말한다. 햇빛을 내내 쳐다봐서 그런 것처럼 얼굴엔 그렇게 주름이 잡혔다. 나는 그를 퇴짜 놓고 싶다. 그놈의 어깨를 꽉 쥐어짜고 싶다.

캐럴이 방에서 나간다. 부엌문이 쾅 하고 닫히는 소리가 들린다. 잠시 아무 말이 없다가 그가 말한다. "고맙습니다, 존슨 씨. 특별한 경주마 덕분이겠지요?" 나는 입술을 깨물며 아래쪽을 내려다보는 수지를 본다. 앤디는 바보처럼 웃고 있다. 나는 일어나 캐럴에게로 간다.

그녀는 더 이상 화는 내지 않고 얼굴에 한 손을 대고 울고 있다. 부엌문이 그녀에게 마지막 방어의 수단인 것처럼 말이다. 그녀가 말한다. "그 애가 가면 다시는 보고 싶어 하지 않을 거예요, 알았어요?" 그러나 화가 나서 하는 말이 아니라 마치 애원하는 듯한 말이었다.

나는 두 팔로 그녀를 안는다. 그녀는 마흔 된 여자치곤 아직도 상당히 홀쭉한 편이어서 갈비뼈가 만져졌다. 내가 더 키가 컸더라면 그녀의 머리가 내 턱 밑으로 들어와서 머리 위에 입을 맞췄을 것이다. 그녀가 또 다른 딸이 된 것처럼 말이다. 그녀는 늘 자기 아버지의 딸, 찰리의 딸이었다. 나와 결혼한 것도 그를 위한 것이었다.

내가 말한다. "그 애를 막을 수는 없어. 열여덟 살이야."

그녀가 말한다. "하지만 난 아니거든요."

그리고 바로 그때 나는 수지가 세상 건너편에서 새로운 삶을 살기 위해 떠나는 걸 그녀가 바라지 않는 게 아니라는 걸 깨달았다.

나는 더 잘해보려고 애를 썼다. 우리가 더 낫게 살 수 있도록 애를 썼다. 그래서 심지어 도박도 포기했다. 도박 안 하고 지내는 법도 배웠다.

하지만 잘 되지 않았다. 아니 그해 십이월 그녀의 아버지가 갑자기 사망하지 않았다면 아마 잘 되었을지도 모른다. 비 온 적도 없었는데 말이다. 일하러 나갔다가 무쇠로 된 홈통이 쓰러지면서 머리에 부딪혔다. 즉사. 철거 부지 고철 수집상 찰리 딕슨.

내게 예감이 들었던 것 같지도 않았고 조짐을 봤던 것 같지도 않았지만, 그 때문에 그녀가 자유롭게 되었던 것 같지도 않았다. 정반대다.

나는 수지가 쓰던 침대에서 잠을 잤다. 아니 잠이 오지 않았다. 아침 일찍 일하러 나갔다. 스미스필드에서 아침 식사.

그 이후 그해 사월 어느 날 조짐을 봤다는 생각이 들었다. 아니면 모든 면에서 그동안 충분히 경마를 안 하고 지냈다고 할 수 있을지도 모르겠다. 한 번이라도 할 수 있다면 다시 할 수 있을 거다. 백 파운드. 이 돈은 삼 개월 동안 경마에 걸었을지도 모르는 돈이다. 어느 토요일 마권 판매소로 갔다. 돌아올 때 콧노래를 불렀다. *자유분방해서 돌아다니기 좋아한다면*… 봄이 온 것처럼 내가 기쁨을 가져다주는 사람인 것처럼 그녀의 얼굴을 쳐다보았다. "당신이 봤으면 하는 게 있는데, 바깥 길에 말이야." 내가 말했다.

그녀가 창밖을 내다보았고 나는 가리켰다.

유톡스터 경마 대회에서 로커빌리라는 말이 백 대 팔로 우승.

그녀가 말했다. "뭔데요?"

내가 말했다. "도모빌. 최고급 모델의 캠핑카야. 이인용 이동식 주택이지."

그녀가 말했다. "너무 지나친 거 아니에요?"

빈스

그때는 지금 같지가 않았는데, 지금은 고속도로로 빨리 갈 수 있어 거의 켄트 주를 지나가면서도 여전히 런던에 있는 것 같은 느낌을 지울 수 없으니 말이다. 그때는 정반대이긴 하지만 항해 같았다. 그래서 육지를 보게 되기 바라며 기다리는 대신에 맨 먼저 맞게 될 광경을 애타게 기다리며 먼저 육지 위를 이동하고 있었다. 해변. 바다.

나는 샐리의 다리를 쳐다보았다. 들판과 숲과 언덕과 암소들과 양들과 농장들을 보았고, 코끼리 가죽 같은 뜨거운 회색빛 도로가 우리가 펴서 먹고 있는 무언가처럼 우리에게 다가오는, 늘 우리에게 다가오는 것을 보았다. 그러나 한편으로 샐리의 다리가 에이미의 다리 위에 얹혀있는 것을 보았다. 아니 얹혀있는 것이 아니었다. 왜냐하면 두 다리가 움직이거나 이동하거나 미끄러지거나 했고 바다에 가까이 갔을 때는 두 발은 대시보드 아래로 들어간 채 다리는 위아래로 가볍게 흔들리기 시작했다. 마치 "과" 자로 시작하는 과수원이나 "주" 자로 시작하는 주유소처럼 알아맞히기 놀이에서 그녀가 이겼을 때나 "오" 자로 시작하는 오줌처럼 에이미가 오줌 누게 쉬어 갈까 하고 물었을 때처럼 말이다. 그때 그녀와 에이미는 함께 내려서는 따로따로 산울타리 뒤편으로 갔다. 그래서 나는 그들한테는 고추를 꺼내는 문제가 아니라 뭔가 다른 문제가 있다는 것을 알았다.

그녀의 다리가 움직이는 식에 관한 것도 아니고 그녀의 면 치마가 때때로 치켜 올라가는 것에 관한 것도 아니었으며, 치마는 샐리 자신이 툭툭 쳐서 내리지 않으면 에이미가 내려주곤 했다. 맨다리에다가 매끄러웠고 *끈적거리는* 것 없이 *끈끈했기* 때문이었고, 다리에서는 길을 가면서 나는 냄새 말고는 맡아서 알 수 없는 냄새가 있었기 때문이었지만 나는 거기에 냄새가 난다는 걸 알고 있었고 아무것도 보이지는 않지만 그래서 샐리한테 온몸에서 냄새가 나는 거라는 것을 알고 있었다. 바닷가 냄새 같았고 거기 가기 전에는 바닷가하고는 다른 것 같았다.

샐리는 에이미의 무릎 위에, 나는 가운데, 그리고 잭이 앉았다. 우리가 바꿔 앉을 수도 있었을 텐데, 내가 그리 무겁지 않았기 때문에 에이미의 무릎 위에 앉을 수도 있었을 텐데. *샐리는 내 무릎 위에 올라앉을 수도 있었을 테고*. 하지만 에이미는 그걸 원치 않았다. 나는 그걸 알았다.

그런데 어느 날 그가 아무렇게나 말했다. "앞으로 뒤에 타야겠다. 너희 둘 다 점점 커가고 있으니 말이야. 샐리도 같이 가길 바라면 넌 뒤에 타야 할 거다."

그래서 나는 뒤쪽으로 갔고 샐리의 다리를 볼 수 없었으며 맡을 수 있는 냄새라곤 마음에 들지 않는 지독한 상한 고기 냄새였다.

처음에는 거기가 그렇지 않았다. 피크닉 가방과 해변 놀이용품 가방과 그들이 나를 위해 깔아준 깔개가 있었고 뒤 칸을 문질러 닦아내던 도구에서 나는 비누 냄새가 있었다. 그러나 얼마 후에 숨겨져 왔던 것이 나오듯 고기 냄새가 새어 나왔고 좀더 후에는 역겨운 느낌이 들기 시작했으며 참아내야만 했다.

그러나 나는 한마디도 하지 않았고 아무 말도 하지 않았으며, 앞에는 창문이 열려있고 바람이 들어오고 있어서 그들이 짐작했으리라 생각지 않지만 나는 철판에 머리를 박으며 "토할 것 같으니 내보내 줘요"라고 말하지도 않았다. 왜냐하면 나는 샐리를 위해 이렇게 하고 있었는데, 그래야 그녀가 거기 있을 수 있으니까. 그녀는 내가 보거나 냄새를 맡을 수는 없는 앞쪽에 있어서 고기 냄새밖에 맡을 수 없지만, 내가 보거나 냄새 맡을 수 없는 거기에 그녀가 있다는 것이 거기 없는 것보다 나았으며, 우리가 목적지에 내렸을 때 그녀가 정말 거기에 있을 거고 바닷가도 있을 것이었다. 고기 냄새나 역겨움은 해변의 냄새로 날려버리게 될 것이고 밴 안에는 여전히 고기 냄새가 날 것이고 돌아가는 여정이 남아있다는 것을 알고 있었지만, 그것이 현실이 될 때까지는 그런 생각을 하지 않았다. 일어나지 않았다고 다르지는 않다. 집으로 돌아가기 위해 다시 화물차에 탔을 때 균형이 잡힐 거로 생각했는데, 왜냐하면 가는 방향에는 벌어질 일이 있고 돌아오는 방향에는 그 일에 대한 기억이 있기 때문이고 거기에는 그 이상 그 이하 어떤 것도 없을 것 같고, 그건 기대 이상과 이하의 어떤 것도 아니며 두 번의 좋지 않은 것 사이에 있는 좋은 것이다. 바람과 햇빛, 그리고 올 때 갈 때의 괴로운 상황.

그녀를 위해 한 일이기 때문에 그녀가 감명을 받았어야 했다고 생각한다. 그래서 아무 말도 하지 않았다. 하지만 그녀는 감명받지 않았을지도 모르고, 짐작도 못 했을지 모르며 내가 우리에 갇힌 동물처럼 뒤 칸에 있었기 때문에 웃기는 일이라고 생각했을지도 모른다. 그리고 그들이 내가 뒤쪽에 있기를 바라는 진짜 이유는 나보다 샐리를 더 좋아하기 때문이었는지도 모른다.

준은 내 누이가 아니다. 나한테는 누이가 없다.

나는 차에 탔고 그는 도즈라고 쓰인 쪽의 문과 부자라고 쓰인 쪽의 문을 닫았다. 그러고는 돌아가서 차 시동을 걸었고 나는 그를 미워하기 시작했다. 나는 그를 미워하고 고기 냄새를 싫어해서 결국 그와 고기 냄새는 똑같은 것이 되어버렸다. 그래도 그게 역겨움을 이겨내기 위해서는 무엇보다 나았고 바닷가나 샐리처럼 좋은 것들을 생각하는 것보다 나았는데, 왜냐하면 그런 증오의 감정 속엔 투쟁이 없었기 때문이다. 나는 깔개 위에 누워 그를 증오하면서 결코 정육사가 되지 않을 것이고 그게 내가 원하는 것이 아니라고 생각했다. 그리고 그를 증오하면서 거기 누워있을 때 고기 냄새 외에 그리고 그 속에 숨겨진 다른 것을 알게 되었는데 그 때문에 그 여정을 참을 수가 있었다. 나는 귀를 깔개에 대었다. 아래 철판이 진동하는 것을 느꼈고 변속기가 돌면서 맞물리는 소리를 들었으며 바퀴로 동력을 전달하는 차축의 둔탁한 소리를 들었다. 그러면서 생각했다. 자동차는 이렇게 작동을 하는구나, 이렇게 작동하는 밴 위에 내가 누워있구나. 나는 내가 아니고 나는 이 화물차의 일부일 뿐이다.

그럼에도 불구하고 어느 날 나는 토하고 만다. 깔개와 해변 놀이용품 가방과 피크닉 가방 등 모든 것 위에다가 말이다. 한마디도 하지 않았고 그저 토만 했다. 그래서 고기 냄새는 없어지고 토 냄새만 난다.

다음 번에는 샐리가 가지 않을 거니까 나더러 앞 좌석에 탈 수 있다고 그가 말한다. 그래서 이번에 내가 실수를 해서 샐리가 다시는 가지 않을 거로 생각하고 말한다. "저는 뒤에 타도 상관없어요, 상관없다고요. 다시는 토하지 않을게요, 정말이에요." 하지만 그가 말한다. "어쨌든 그 애는 못 간다. 이번에는 못 가. 그러니 앞자리에 타거라."

그들 둘 다 별로 말이 없다. 내가 뒤 칸에 탔을 때 그게 일종의 처벌이었던 것처럼 지금 앞자리에 있지만, 여전히 처벌 같다. 하지만 그때 생각이 드는데, 미안한 것은 내가 아니고, 나는 미안하지 않고, 미안한 건 그들이라고 말이다. 나를 뒷자리에 타게 했으니 그들이 미안한 거지. 그들이 이제까지 샐리의 부모 노릇을 하다가 이제 다시 내 부모 노릇을 하려고 하기에 그들이 미안한 거다. 그때 그는 전혀 바닷가로 가지 않을 것처럼 간선도로에서 갈림길로 들어선다.

우린 거의 언덕 꼭대기 근처에 멈춰 섰고 들판이 비스듬히 아래쪽으로 펼쳐져 있다. 온통 초록빛이다. 나는 아무 말도 하지 않을 거고 "여기 왜 왔어요?"라고 묻지도 않을 거로 생각한다. 언덕 꼭대기엔 낡은 등대가 하나 있다. 그게 기억난다. 아래쪽의 전망이 눈에 들어온다. 들판과 숲, 울타리와 과수원, 농가, 교회 탑, 마을, 누군가 조각을 맞춰놓은 것처럼 군데군데 펼쳐져 있다.

차 엔진을 켜놓은 채로 잠시 앉아있는데, 밖에는 바람이 분다. 그때 그들은 서로를 쳐다보더니 그가 말한다. "저 아래를 봐라. 저기가 네 엄마와 내가 처음 만난 곳이다. 홉(hop) 열매를 따다가 말이다." 그런데 그 말이 나한테는 별 의미가 없는데, 왜냐하면 뛰어올라 탄다(hop)는 말이 무슨 뜻인지는 알고 있고 그가 하는 "밴에 올라타라(hop)"라는 말은 무슨 뜻인지 알고 있지만, 홉 열매 따기가 뭔지는 알지 못하기 때문이다. 그래서 내가 말한다. "홉 열매 따기가 뭐예요?" 그는 그런 질문을 예상하지 못한 것처럼 애써 설명한다. 하지만 난 여전히 알지 못한다. 그러자 에이미가 말한다. "사람들이 켄트 주를 잉글랜드의 정원이라고 한단다." 그녀는 기묘하게 내게 미소를 짓는다. 그때 그가 이 말도 예정했던 것이 아닌 것처럼, 딴소리를 하지 않기 위해서 하는 것처럼 말한다. "도시가 있으면 시골도 있어야 하듯이 말이다. 저 과수원들을 봐라. 과수원이 없으면 레니 삼촌이 어떻게 사과를 팔 수 있겠니? 저 양들을 봐라…" 그러고 나서 말을 멈추고 묵묵히 나를 쳐다본다. 그러고 나서 에이미를 쳐다보자 에이미는 고개를 끄덕이고 그는 말한다. "같이 가보자."

우리는 차에서 내려 들판으로 걸어 들어가는데 나는 무서운 느낌이 든다. 양들이 놀라며 울음소리를 낸다. 그는 서서 경치를 바라본다. 양들이 도살되기 때문이고 고기를 베어내서 먹게 되기 때문이라는 생각이 든다. 그 풍경은 아주 멀어서 조그맣고 우리도 멀리 있어 조그마한 것처럼 말이다. 우리가 경치를 바라보는 것처럼 누군가 우리를 쳐다볼 수도 있을 거다. 그가 나를 쳐다보고 나는 내가 무서워하는 이유가 그가 무서워하기 때문이라는 걸 알고 있다. 그런데 아빠인 잭은 결코 무서워하지 않는 사람이다. 그는 아빠인 잭처럼 보이지 않고 마치 다른 사람인 것처럼 보인다. 그는 깊이 숨을 들이쉬고는 재빨리 한 번 더 숨을 들이쉬는데, 내 생각엔 그가 마음을 바꾸고 싶었지만, 그 언덕 꼭대기에서 이미 비틀거리며 서있어서 멈출 수가 없었던 것 같다.

레니

빈스는 새 양복을 입은 채 코치 주점으로 들어와서 둥근 의자에 앉아 빙글 돌면서 술을 마시고, 내가 생전 받아먹지 않았던 스카치위스키 큰 잔 한잔으로 나의 긴장을 풀어놓고는 근사하게 묻는다. "샐리 잘 있어요?"

그가 그만둔 후에 다시 시작할 수 있으리라 생각한 것과 정규군대 덕분에 합당한 속죄를 했다고 판단하게 된 게 자신의 노골적인 뻔뻔함 때문인지 아니면 어리숙함 때문인지를 내가 그를 쳐다본다고 알 수 없었을 테지만, 그가 이제 여기서 내 딸의 안부를 묻고 있었다.

나는 그가 잭의 눈을 속였다고 생각하는데, 왜냐하면 잭의 행동으로 봐서 빈스가 자신의 잘못된 습관을 보게 되어 심경의 변화가 생겼었다고 생각될 수 있기 때문이다. 빈스가 오 년 동안 도망을 친 이유가 돌아와서 용서를 빌고 예전처럼 다시 시작할 수 있기 위함이었다고 믿을 만큼 잭이 분별력이 없지는 않다고 생각되었을 것이다.

남자를 완성하는 데에는 군대가 필요하다.

돌아와서 좋구나, 얘야. 시간을 갖고 재미있게 놀면서 푹 쉬어라. 우리 가게에 네 자리는 항상 비어있다, 알고 있지?

그러나 그는 쉬지도 놀지도 않고 너무나도 빨리 일을 시작한다. 그는 상당한 액수로 저축해 놓았던 군인 봉급을 레이 존슨이 추천한 특별한 말에 걸고, 레이는 최근에 해왔던 대로 결과가 좋다. 증거인 캠핑카. 골치 아픈 문제이긴 하지만 그 얘기는 하지 않는데, 레니 테이트가 딸을 위해 특별히 해줄 일이 있었을 때 레이가 어떻게 좋은 결과를 얻게 되었는지에 대해 얘기하지 않는 것처럼 말이다.

그런데 빈스는 캠핑카를 사는 게 아니라 59년식 재규어를 사기 때문에 그가 앞으로 어떻게 살려고 하는지를 모두한테 알리려고 한다고 생각할 수 있을지도 모른다. 그는 군대를 갔다 옴으로써 진짜 건달의 이미지는 벗게 되었다. 레이가 베푼 호의 덕분에 재규어를 이전 찰리 딕슨의 고철 야적장에 주차한다. 찰리 딕슨은 하늘에 있는 고철 야적장으로 옮겨갔기 때문이었고, 그러고 나서 빈스는 연장 세트와 이동식 잭을 사고 거의 온종일 엔진을 만지작거리고 분해했다가 다시 조립하면서 시간을 보내고 나서 차체 수리 작업을 마무리하고 판매한다. 그러고 나서 또 다른 차를 사서 똑같은 과정을 거치는데, 그래서 그해가 끝날 무렵 레이의 야적장에는 캠핑카 말고도 자동차 두 대가 서있고, 나는 잭에게 말한다. "더 이상 착각하지 마. 그 애가 그 일을 취미로 하는 게 아니라니까. 온종일 차 밑에 들어가 있는 걸 좋아할지도 모르지만 그러는 게 그 때문만은 아니라니까."

그가 말한다. "레이가 잘못한 거야."

내가 말한다. "그럴지도 모르지. 그런데 레이한테도 근심거리가 있잖아."

그러나 잭은 쉽게 포기하지 않는다. 빈스를 설득해 보려고 마지막으로 한번 애를 써보는데, 블랙번 출신의 맨디 블랙을 이용한 다소 불완전하고 어리석은 시도다.

소문에 의하면 어느 날 아침 맨디가 육류 운반용 트럭을 타고 스미스필드에 나타났는데, 그녀로서는 집으로부터 멀면 멀수록 더 낫기는 했지만 집을 떠나 먼 길을 와서 지치고 배고프고 어쩔 줄 몰랐다. 그래서 잭과 친구들이 그녀에게 제대로 된 아침을 먹였다. 그런데 잭은 한술 더 떠 그날 밤을 지낼 잠자리까지 제공했다. 다른 사람이었다면 그녀가 온 곳으로 되돌아가게 해서 비웃음도 사지 않고 골치 썩지도 않았을 거지만 잭은 그렇지가 않았다. 에이미가 그 일에 대해 뭐라고 했을 거라 말할 수도 있겠지. 단순히 친절을 베풀었다고 생각할 수도 있고 길 잃은 자를 구해주는 도즈 집안의 오랜 관습을 따른 거라고 할 수도 있을 거다. 여하튼 맨디는 잭의 밴을 타고 버먼지에 나타났고 이때쯤에 벌써 잭이 빈스를 염두에 두고 있었던 것은 아닌 것 같다. 이번만큼은 준을 생각하고 있었을 거다. 에이미를 생각하고 있었을 거다.

불쌍한 놈.

빈스가 집으로 돌아옴으로써 남는 침대가 없다는 것을 생각지도 못했다. 하지만 그건 문제가 되지 않는다. 빈스가 레이의 캠핑카에서 잠을 잘 수 있을지 알아보겠다고 한다. 하룻밤밖에 되지 않는 데다 십일월 중순이긴 하지만 작은 천막에서 자는 데 익숙하기 때문이다. 게다가 자신이 소중히 여기는 자동차 가까이 있을 수도 있다. 하룻밤에 만리장성을 쌓는다는 말처럼 그녀는 그들에게 자신에 대해 아무한테도 말하지 말아달라고 애원을 하고 그들은 그녀를 내쫓을 마음이 없다 보니 그녀가 계속 동거인으로 지내는데, 그들이 익숙해졌을 때 잭은 빈스의 신붓감으로 어떻게든 그녀를 이용할 수 있겠다는 생각을 하게 되었다. 그렇지만 나는 그가 왜 그런 생각을 해버렸는지는 모르겠다. "감사해요, 아저씨. 이제부터 다시 스미스필드로 나올게요. 좋은 곳인 것 같아요" 하고 빈스가 말해주길 그가 기대하고 있는 것처럼 말이다. 마치 빈스가 자신의 주장을 할 줄 몰라서 자기가 하고 싶은 대로 하지 않았던 것처럼 말이다. 마치 맨디가 어떻게든 해결해 줄 잭의 사람인 것처럼 말이다. 그런데 사실은 미스 랭카셔 핫팟, 앤디가 빈스의 방을 쓰고 빈스는 레이의 캠핑카를 쓰고 있는데, 조만간 그녀가 자기 때문에 고생한 데 대해 빈스에게 감사 인사를 하기 위해 야적장으로 가서 온종일 무얼 하는지를 보게 된다. 그리고 그들 둘만 있고 캠핑카가 있고 빈스가 열쇠를 갖고 있다. 생각

잘못한 거야, 잭.

이번 일에 대해 맨디가 자신이 얼마나 운이 좋은 사람인지를 몰랐거나 그렇지 않으면 생각보다 그녀가 더 똑똑하며 대담한 시도를 감행할 수 있는 안목을 가졌다고 농담이 오갔다. 왜냐하면 아무도 몰랐지만 이미 빈스는 처음엔 도즈 자동차란 이름으로, 나중엔 도즈 자동차 전시장이란 이름으로 거의 사업을 벌이고 있었다. 나는 그걸 자동차 정비소라고 하겠지만 말이다. 내게는 불안한 사업처럼 보였고 멋진 본보기로 들 만한 사내한테 어울리는 훌륭한 직업으로 보이지 않았지만 도즈 부자 정육점보다 더 많은 돈을 벌어다 주었다. *저 양복 좀 봐*. 이 때문에 그녀는 아무 걱정 없이 드레스를 입고 머리 손질도 해가며 휴가도 다녔다. 때로 내 딸 샐리가 저 잘난 놈하고 다시 화해했으면 좋겠는데, 빌어먹을, 그랬으면 좋겠단 말이야. 그랬다면 그 애가 그때보다 더 나빠지진 않았을 테고, 게다가 존과 내가 가보지도 못한 마게이트로 저 애들이 소풍 갔던 기억도 날 테니까 말이다.

그가 말한다. "샐리는 잘 지내요?"

내가 말한다. "알고 싶지 않잖아?"

그가 말한다. "알고 싶어요, 레니. 한잔 더 하세요." 얼굴이 일그러진다.

내가 말한다. "그 애 결혼했다고 했잖아?"

나는 생각한다, 이 얼간이한테 뻔뻔한 데가 있다는 건 인정하겠고, 이 멍청이한테 사람을 사로잡는 매력이 있다는 것도 말이다. 군대가 한몫을 한다. 그는 그렇게 못생긴 얼굴도 아니고, 더욱 유감인 것은 멋있게 살이 쪘다. 그들은 그 꼬마 고아 아이의 행동이 급할 때 의지가 되기도 하여 그 애가 그들 자신을 깔아뭉개도 내버려 두었던 이유를 알 수 있을 것 같다. 그는 지난 오년 동안 군대 주둔지에서 매춘부나 여자 친구가 몇 명은 있었을 것 같다. 그런데 그가 한 일이라곤 예멘의 도시 아덴에서 마지막으로 철수한 병력이었다는 영광을 얻은 것이고 스패너나 윤활유 주입기 사용법을 배운 것인데도 왜 승리한 영웅처럼 술을 한턱내면서 거기 앉아있는 것일까? 잭과 레이와 나의 경우에는 달랐다. 끔찍한 사막이었다.

그 애가 결혼했지 않냐고 내가 말한다. 하지만 그 애의 남편이 펜턴빌 교도소에서 살고 있어서 남편과 살고 있지 않다고는 말하지 않는다. 어떻게든 그가 듣게 될 것이기 때문이다. 네 가지 절도 죄목에다 폭행 하나. 빈스야, 국가에 필요한 것은 병역 제도를 부활하는 것 아니겠어?

게다가 난 그 애가 어떻게 빚지지 않고 살아가고 있는지 말하지 않는다. 돈 때문에 틈틈이 일도 하고. 하숙도 치고. 지금은 마음대로 한다. 레이한테 물어봐.

난 그 애한테 자식이 없다는 말도 하지 않는다. 그게 여전히 그 애의 마음에 걸리는 일이 아니던가?

그가 말한다. "들었어요. 결혼했다는 말은 들었어요." 아무런 기색도 없다. "청과 장사는 잘 되세요, 레니?"

빈스

그런데 좋은 자동차가 그저 좋은 자동차가 아니다.

좋은 자동차는 남자한테 위안이자 친구이고 재산일 뿐만 아니라 어디든지 데려다준다. 나는 여성을 대변할 수는 없다. 맨디는 차가 핸드백인 양 특별하지 않은 것처럼 운전한다. 그러나 좋은 차는 존중을 받을 만하고 제대로 다루면 제대로 보답을 받는다. 그리고 필요하다면 분해해서 어떻게 작동하는지 볼 수도 있다. 차에는 불가사의한 것도 없다.

사람들은 차를 욕한다. 그들은 차가 우리 시대 저주의 대상이라고 한다. 그러나 나는 차가 대단하다고 말한다. 누구든지 올라타면 가고 싶은 곳에 데려다주는 이런 차가 있다는 것이 놀랍지 않은가? 자동차가 없는 세상은 상상할 수 없다. 내가 생각하는 바로 자동차보다 더 멋진 것은 아무것도 없고, 흔히 모든 것이 움직이고 이동할 수 있도록 도로 표지판과 신호등과 흰 차선들이 있어서 가속 페달을 밟아 쏜살같이 도로를 달리고 있을 때보다 우리가 바로 이 시대에 원기 왕성하게 활동하면서 살고 있다는 것을 더 잘 보여주는 것은 없다. 여기가 어디냐고? 오 킬로미터 더 가면 그레이브젠드다. 그레이브젠드에 거의 다 왔다. 아니면 어느 더운 날 선글라스를 쓰고 창밖으로 팔을 드리우고 손끝에 담배를 쥔 채 도시를 통과해 달리는데 인도 위에서 어떤 아가씨가 쳐다보고 있을 때도 그렇다. *내 자동차아아를 타고 달리고 있는데* …

나는 자동차가 그 자체만으로는 자동차가 아니고 인간과 자동차의 결합이며 상호작용을 통해 연소하는 장치라고 늘 말한다. 게다가 자동차는 기계장치를 조작하는 인간 없이는 아무것도 아니다. 그리고 때로 인간은 자동차 없이는 아무것도 아니라는 것을 나는 알고 있다. 동기 부여가 아니라 자동차 부여라고 부르고 싶다. 고객에게 자동차를 맞추는 것 말이다. 나는 그저 자동차 판매상이 아니라 자동차 재단사다. 나는 공교롭게도 일류 자동차 정비 기술자여서 사람들이 자기 아내의 옷 속을 아는 것처럼 자동차 엔진을 잘 알고 있고, 그래서 그 시절부터 이 일을 해왔다. 좋은 자동차는 좋은 양복과 같다.

그가 말했다. "미안합니다, 도즈 씨. 그것 참 안됐군요."

이놈 잘도 지껄이네.

내가 말했다. "사업은 잘 되시죠, 후세인 씨? 요 근방 한 바퀴 몰아보실래요?"

그래서 우리는 벤츠에 올라탔다.

그가 말했다. “장례식이 언제입니까?”

내가 말했다. “목요일이요. 엔진이 새것만큼이나 좋아요. 도장이나 내장도 모두 맞춤 같지요.”

그가 말했다. “부친을 잃은 충격에 얼마나 상심이 크시겠습니까, 도즈 씨? 너무 크시겠죠.”

내가 말했다. “앞쪽 완충 장치는 한번 볼 필요가 있는데 제가 조치하겠습니다. 기어가 아주 부드럽지 않나요?”

잭이 죽어서 내가 다루기 쉬운 상태라고 그가 생각하는 것 같다.

내가 말했다. “특별 보증이 됩니다.”

우리는 자메이카 로드를 따라가다가 로더하이드 로터리에서 왔던 길로 되돌아간다.

그가 말했다. “생각 좀 해봅시다.”

이 말은 사지 않을지도 모른다는 뜻이다. 이 말은 그가 캐시한테 싫증이 났다는 뜻이다. 이 말은 내가 고객을 확보하지 못해 추가 이익을 보지 못한다는 뜻이다.

그리고 나는 이미 천 파운드가 부족하다.

우리는 애비 스트리트로 내려와서 길가 보도 옆에 주차하고 잠시 앉아있었다. 그런데 늘 투자자한테 생각할 시간을 줘야 한다.

내가 말했다. “많은 문의를 받았습니다, 후세인 씨. 하지만 저를 잘 아시잖아요. 당신한테 제일 먼저 기회를 드리는 겁니다.”

그가 말했다. "글쎄요, 금요일까지는 좀. 캐시도 물론 장례식에 갈 겁니다."

내가 말했다. "물어보시는 겁니까 아니면 말씀해 주시는 겁니까?"

애인이 침울한 표정을 지을 일이 있다면 달래주는 게 맞지 않나? 가서 조의를 표해야지.

그가 말했다. "물어보는 겁니다."

내가 말했다. "그녀한테 달렸지요." 이 말은 그에게 달렸다는 뜻이다. "이 차는 정말 좋은 차예요, 후세인 씨. 게다가 당신을 빼닮았어요. 저 자신도 가야 할지 모르겠습니다."

그는 몹시 당황해하며 나를 쳐다본다. 그는 잭이 죽어서 나를 약한 상대쯤으로 생각하는 모양이다.

내가 말했다. "캐시가 얘기한 적이 없단 말씀입니까? 한 번도 말 안 했다고요?"

자동차는 이제까지 발명된 최고의 발명품이다. 발명되지 않았다면 우리가 발명해야 했을 것이다. 게다가 이건 그저 바퀴 달린 의자가 아니다. 작업 동료다. 친구다. 질문도 하지 않고 거짓말도 하지 않는다. 자신이 있을 수 있는 곳이고 자신이라는 존재가 될 수 있는 곳이다. 자신의 장소라고 할 만한 곳이 없다면 자동차 안에 있으면 된다.

빅은 상자를 들고 있지 않기 때문에 앞 좌석에 편히 앉아서 차 문 안쪽 면에 붙어있는 조종 장치로 좌석의 위치를 변경해 보고 있다.

"빅, 그 자리 편해?" 레니가 묻는다.

"편해." 빅이 말한다.

"전 좌석을 자동으로 조정할 수 있어요." 빈스가 말한다. "차 내장도 맞춤 제작이에요."

"그런데 빅은 고객이 아니야." 레니가 말한다.

"너무 장담하지 마." 빅이 말한다. "빈스, 얼마에 팔려고?" 빈스가 그 말에 끌려 갑자기 고개를 돌리자 빅은 낄낄 웃으며 눈을 깜박인다. 빅은 진지한 표정을 짓고 있다.

우리 중에서는 빅이 단연 상태가 제일 나아 보인다고 말하고 싶다. 나와 레니와 빅 중에서 고른다면 누구든지 빅이 오 년은 더 젊었다고 할 거라 말하고 싶다. 그가 우리 중에서 제일 늦게 죽을 게 틀림없다. 당연 빈스를 빼고 말인데, 물론 그도 풋내기는 아니지만 말이다. 그러니 제일 먼저 갈 사람과 그다음으로 갈 사람은—

"그저 한번 해본 말이야." 빅이 말한다.

말끔하고 진지하고 건강한 얼굴을 하고 있고 보름에 한 번은 이발하는 사람인 것 같다. 시체를 다루고 있어서 반대로 건강해질 수 있는지도 모른다. 그 모두가 방부제 탓인지도 모른다. 아니면 해군에 복무해서였는지도 모른다. 신선한 공기와 바닷물 때문에. 잭과 레니와 나는 파리가 들끓는 먼지투성이 속에 있었는데 말이다.

그러나 그건 그가 지닌 모습뿐만 아니라 그의 성품에 따른 것이다. 아무도 빅 터커의 잘못을 드러나게 하지 못할 것처럼 말이다. 그가 마치 이 짧은 여행의 안내자인 것처럼, 상자를 들었든 안 들었든 앞 좌석에 앉은 것에 대해 아무도 시비를 걸지 않는 것처럼 말이다. 차가 달릴 때 침착해라, 빈스. 네, 알겠습니다, 대장. 그것도 분명히 직업 탓인 것 같다. 그 때문에 균형 잡힌 관찰을 하고 사람을 안정되게 한다. 게다가 품위가 없으면 그가 하는 분야의 일에 물론 좋지 않을 거다.

품위, 딱 들어맞는 말이다. 품위.

언제 어디서나 쓸모 있는 빅 터커.

그는 의자에 기대앉아 반쯤 눈을 감는다.

레니가 말한다. "레이, 아직 얘기 안 했잖아."

"무슨 얘기?"

"자네 생각에 수지가 나온다면 말이야. 자넬 배웅하겠다고,"

내가 말한다. "전혀 상관없는 얘기 아냐? 상관없는 얘기지."

"그렇기는 하지만." 레니는 빅이 꾸벅꾸벅 졸고 있다고 생각하는 것처럼 나지막이 말하고 있다. "자네 곁에 누가 있어야 해."

그의 말뜻은 내 곁에 캐럴이 없다는 거겠지. 아니면 아무라도 있어야 한다거나.

내가 말한다. "오스트레일리아는 너무 멀어."

"여기서부터 저세상까지만큼 멀지는 않잖아."

나는 레니를 쳐다본다.

"저세상이라뇨?" 빈스가 묻는다.

"말이 그렇다는 거지, 높은 양반." 레니가 말한다.

빈스가 말한다. "그래도 시드넘보다 더 멀죠."

그곳은 캐럴이 이사 가서 현재 사는 곳이기 때문이다. "가전제품 수리 전문, 배리 스톡스."

레니가 빈스의 말을 듣지 못한 것처럼 말한다. "만약에."

빈스가 말한다. "저, 레이, 돌아오는 길에 들러볼까요? 사우스 서큘러로에 있잖아요."

그는 자신이 일행을 거드는 아이로 기억하고 있는 것처럼 활기를 띠고 있다.

레니가 말한다. "만약에. 특별한 부탁이 있다면 어떡하겠나? 여기 있는 잭처럼 바보 같지만 특별한 부탁이 있다면 어쩔 거냐 말이야. 누가 그걸 하겠냐?"

"난 어떤 바보 같은 부탁도 하지 않을 거야."

"어떻게 알아?"

나는 에이미가 여기 없다는 생각을 한다.

"글쎄." 내가 레니를 쳐다보면서 말한다. "자네가 있잖아."

레니가 나를 쳐다본다. 그의 얼굴은 온통 쭈글쭈글하다. 분명 청과 장사를 해서 그런가 보다. 그가 듣고 싶어 한 대답이라는 걸 알 수 있지만, 그때 그는 미소를 지으며 천천히 머리를 흔든다. "그 문제에 대해 다시 생각하고 싶지 않아? 아니면 빨리 다른 계획을 세우든지."

빈스가 말한다. "걱정하지 마세요, 레이. 제가 있잖아요. 어떤 차를 원하세요? 벤츠요 아니면 롤스로이스요?"

재치 있는 남자.

레니가 말한다. "운전이나 똑바로 해. 그렇지 않으면 아무도 남아있지 못할 테니까."

빈스가 말한다. "그런데 어디다 뿌려드리면 좋으시겠어요?"

빅이 기침을 하면서 자리에서 움직이는데 잠을 자는 게 아니다. 그가 말한다. "레이, 지금이라도 갈 수 있지 않아? 오스트레일리아로 수지를 보러 말이야. 자네한테 생길 손자들도 보고. 못 갈 이유가 없잖아. 매인 몸도 아니니까."

그가 몸을 돌려 나를 쳐다본다. 한쪽 구석에서 나를 꺼내서 다른 쪽 구석으로 몰아넣으려는 것처럼 말이다.

"적지 않은 운임 문제가 있지, 빅." 내가 말한다.

빅이 말한다. "경마에 돈 한번 걸면 되잖아. 전에 잘 되던 기억이 나는 것 같은데."

나는 빅을 쳐다본다. 무표정한 얼굴이다. 매인 몸이 아니라는 게 무슨 뜻으로 한 말일까?

"맞아요." 빈스가 말한다. "세상 구경 좀 하실 수 있잖아요. 인생을 즐기시라고요. 도중에 방콕에 잠시 들러보세요."

빈스의 머리가 백미러 쪽으로 젖혀져 있다.

그가 말한다. "관심이 생겨서 그러는데요, 어디에다 뿌려드리면 좋으시겠어요?"

그는 택시 기사 같다. 어디로 모실까요, 손님?

"난 까다로운 사람이 아니야. 그 문제는 빅한테 맡길 거야."

그러나 빅은 아무 말이 없다. "언제든지 부탁만 해"라고 말하지 않고 장의사의 인사법인 손가락 하나만 들어 올린다. 그리고 나는 빈스가 타이를 매고 커프스에 단추를 끼우고 시커먼 선글라스를 쓴 채 운전하고 있는 차 안에, 큰 차 안에 마분지 상자 속에 있는 나의 상태를 갑자기 상상한다.

나는 그에게 고철 야적장을 아주 적은 금액에 팔았다. 그리고 그는 그 땅을 상당한 금액에 팔았다.

그때 나는 생각한다. 하지만 나에게는 보이지 않을 것이다. 내게는 보이지 않을 것이기 때문에 중요하지 않은 문제이고 상관없는 일이다. 빈스가 생각하는 것같이 그들, 죽은 사람들이 지켜보고 있는 게 사실이라면, 내가 죽으면 내 장례식을 볼 수 있을 것이다. 게다가 지금도 그들이 우리를 지켜보고 있다, 아버지, 찰리 딕슨, 빈스의 부모, 듀크, 여기 마분지 상자 사이로 엿보고 있는 잭이, 그리고 재수가 좋았고 아직 죽을 차례가 아니었던 나와 잭과 레니가 전쟁에서 두고 온 모든 죽은 사람들이 말이다.

그러니 수지가 오면 볼 수 있을 거다.

레니가 말한다. "자네는 엡섬 경마장의 태트넘 코너에 뿌려져야 될 것 같은데."

나는 레니를 쳐다본다. 진지한 얼굴이 아니다.

빈스가 말한다. "그러면 경마장 땅이 잘 다져지겠네요." 그는 새로운 놀이를 찾은 것처럼 아주 활기가 넘쳤다. "나머지 분들은 어떡하실래요? 아저씨는요, 레니?"

"아, 나는 레이와 같은 생각이야. 나도 이것저것 가리는 사람이 아니거든. 별로 중요한 일도 아니고."

유골함 상자가 팔걸이처럼 우리 사이에 놓여있다.

빈스가 말한다. "유골은 중요해요."

레니가 빈스를 쳐다본다.

"빅, 아저씨는 어떡하실 거예요?"

빅은 마치 다시 졸고 있었는지도 모를 것처럼 고개를 든다.

"아, 다 준비해 놨어." 빅이 말한다.

빈스가 말한다. "어떻게요?"

빅이 말한다. "오래전에 값이 쌀 때 묘지 부지를 사놨어. 나와 팸 거로. 캠버웰 뉴 공동묘지에 말이야."

모두가 말이 없어졌다. 우리는 계속 달린다. 우리 각자가 생각하고 있는 것을 아무나 추측할 수 있지만 빅의 추측이 가장 나은 것 같다. 빅은 알고 있는 것을 다 드러내지 않는 것 같다. 아마 시체를 다루기 때문인지도 모른다.

빅

이건 좋은 사업이다. 싸게 사서 비싸게 팔거나 필요 없는 것을 잘 속아 넘어가는 아주 가까운 사람한테 떠안기는 그런 일은 없다. 아무도 원하지는 않지만, 모두가 필요로 한다. 모든 사업에는 사기꾼이 있는데 그들은 다른 사람의 불행을 이용하는 최고로 못된 사기꾼이다. 내가 아는 사기꾼들은 평범한 베니어합판으로 만든 관으로 충분한데도 안감으로 공단을 대고 놋쇠 손잡이를 단 단단한 참나무 관을 사게 해서 일주일도 채 안 된 과부를 등쳐먹을 것이다. 나는 시체가 불평하는 소리를 들어본 적이 없다. 여기 있는 빈스가 차를 팔아치우듯이 관을 팔아치우는 사람들이 있다. 그러나 사업 그 자체는 좋고 안정적인 사업이다. 손님이 전혀 끊이지 않을 것이다.

그리고 이 사업은 특전이고 교육이라고 생각한다. 인간은 아주 무력할 때도 있고 아주 강력할 때도 있다. 인간은 일상의 일들을 완전히 박탈당했을 때 자신을 심각하게 받아들이지 않을 수 없고 엄숙한 의식에 싸여 보호될 필요가 있다. 그러나 장의사가 지나치게 엄숙한 것은 도움이 되지 않는다. 그 때문에 농담도 부적절하지가 않다. 언제 어디서나 쓸모 있는 빅 터커라고 하는 이유가 여기 있다.

그렇다고 많은 사람이 선택할 사업은 아니다. 대를 이어 그 직업을 갖도록 양성되어야 한다. 죽음이 인간들에게 내재하고 있듯이 이 사업은 집안의 내력이 되고 그 속에 즐거움이 있다. 그래서 이어지는 것이다. 그렇다고 소위 말하는 인기 있는 사업도 아니다. 하지만 그 사업에 대한 만족감과 자부심은 있다. 자부심이 없이는 장의사를 운영할 수 없다. 코트에 모자에 장갑을 끼고 장의차 앞으로 나가 천천히 걸어갈 때 사과하듯이 할 수는 없다. 유족이 원하는 일이 그 순간에 일어나게 해야 한다. 세상 사람들이 멈춰서 주목하게 해야 한다. 장의사가 경찰보다 더 많은 영향력을 행사할 때도 있다. 그러나 권위 없이 장의사를 운영할 수 없다. 사람들은 어찌할 바를 모를 때 지시를 받아야 한다. 죽음을 직면했을 때 사람들 대부분이 왼쪽 오른쪽을 구별하지 못하고 앞뒤를 구별하지 못하는 것은 사실이다. 많은 다른 사람들의 장례식에서처럼 잭의 장례식에서도 똑같았다. 그러한 죽음이 떠오르고 음악이 연주되면 언제 돌아서서 가야 할지 아무도 모른다. "쇼 끝났어요"라고 말해주는 사람 하나 없다. 그래서 나는 교회 통로 옆의 앞 좌석에 에이미 옆에서 앞만 보면서 앉아있는 레이에게로 가서 팔을 살짝 치며 귀에다 속삭였다. "레이, 이제 출발해. 사람들이 따라갈 거야. 에이미도 따라갈 거고." 얼마나 많은 사람한테 했는지는 모르겠지만 그들의 귀에다 속삭였던 것처럼 말이다. 그런데 바로 그 순간 그를 알고 있는 사람들이 럭키라고 알고 있는 레이 존슨도 졸리는 아이를 잠자리로 보내는 것처럼 내가 마음대로 주무를 수 있을 것 같았다.

나는 잭이 정육 쟁반을 치우고 작고 푸른 모조 나뭇가지를 집어 들고 진열대를 씻어내는 것을 지켜보는데 이 모든 일을 눈감고도 할 수 있는 것처럼 쉬지 않고 유연하게 하고 있었고 더운 날이라 조심스럽고도 신중하게 일을 천천히 했다. 내 생각에 그는 일찍 나와있고 얼마 전까지만 해도 그 일을 혼자서 하는 것을 보았으며 늘 그 젊은이에 대해 목살과 등뼈살을 구별하지도 못하고 가격을 기억하지도 못하는 놈이라고 말했다. 하긴 그가 그에게 봉급을 주고 해고하지 않았을 때의 얘기긴 하지만 말이다. 그리고 그 붉은색과 흰색이 섞인 차양은 너무 낡아 보여서 그해 말까지 쓸 수 없을 것 같았다.

하루가 끝날 무렵 다른 가게들 문 닫는 걸 지켜보는 게 오랜 습관이다. 가게란 쳐다보라고 있는 것이고 그 때문에 창문이 건물을 둘러싸고 있다. 수족관 안에 있는 물고기처럼 상품들을 볼 수 있고 가게 주인을 볼 수 있다. 그러나 장의사의 경우에는 적용되지 않는다. 관을 파는 상점은 아무도 들여다보고 싶어 하지 않는 가게다. 따라서 거기에 맞게 설계되어 있고 말장난도 안 한다.

커튼과 칸막이가 설치되어 있다. 아무도 장의사가 일하는 걸 보고 싶어 하지 않는다.

조용한 저녁이면 종종 서있곤 했던 검은 장식 판자로 된 절반 높이의 칸막이 위로 드리워진 창문 너비의 레이스 커튼 뒤쪽에 서있었다. 이런 버릇도 이 사업을 하면서 생긴 것이다. 보고 있지만 남한테 보이지는 않는 은밀함이 있다.

트레버는 반나절 휴가를 냈고 딕은 메이드스톤에 수거하러 갔으며 나머지 직원들은 말도 없이 몰래 가버렸고 영구차는 내일 쓰려고 왁스칠을 하고 광택을 낸 다음 가게 뒤쪽에 세워두었다. 그래서 사업장 내에 나 혼자 있었다. 코널리 씨를 제외하면 말이다. 그는 아내가 자신을 보러 오기를 기다리고 있었다.

나는 잭이 밖으로 나와 손잡이를 몇 번 비틀어 돌리며 차양을 걷고는 안으로 들어갔다가 다시 나와서 문단속을 하고 창살 문을 아래로 잡아당겨 닫는 것을 지켜보았다. 분명, 이 모든 데 비용이 어느 정도 들었을 거지만, 나 자신은 번거롭게 그런 걸 설치한 적은 없었는데, 왜냐하면 최근에 장의사가 털렸다는 소리를 들은 적은 없었기 때문이다. 이러한 면에서도 호감을 받지 못한다. 그렇지만 아마도 잭의 현금 금고보다 내 금고 안에 돈이 더 많을 거다.

나는 생각했다, 그가 이제 오른쪽으로 돌아서 주머니를 톡톡 두드리고 시계를 본 다음 세탁소에 있는 데스한테 손을 흔들고는 코치 주점으로 향할 거고, 비어러 코널리가 늦지만 않으면 나도 약 한 시간 안에 거기서 그와 합류할 것이라고. 갈증 나는 날씨다. 그런데 그가 우측으로 돌지 않고 보도 가장자리까지 걸어와서 레이스 커튼 뒤에 있는 나를 볼 수 있는 것처럼 내가 손짓으로 자기를 부를 것처럼 내 쪽을 향하고 있는 것을 본다. 다음에는 차들이 지나가기를 기다렸다가 길을 건너오고, 그래서 나는 재빨리 안쪽으로 들어가 버렸다. 그러고 나서 그가 문을 흔드는 소리를 들었다.

그가 말했다. "빅, 안에 있나? 코치 주점에 올 거지?" 그런데 이렇게 묻는 건 이상했는데, 왜냐하면 그가 코치 주점에서 나를 보게 되든 아니든 간에 나 혼자서도 거기 갈 수 있기 때문이었다. 거길 가도 항상 자기보다 내가 더 늦게 간다는 걸 그는 알고 있었는데, 나는 자기처럼 정확히 다섯 시 반에 일과를 마치지 않았기 때문이었다.

내가 말했다. "그럴 생각이었어."

그가 말했다. "갈증 나는 날씨야. 화창하긴 하지만."

내가 말했다. "화창한 날이라고. 그 말 하러 왔어?"

그가 말했다. "빅, 유월 초하루야. 무슨 날인지 알잖아?"

내가 그를 쳐다보았다. 그도 돌아보았다.

그가 말했다. "혼자 있는 거야?"

내가 고개를 끄덕이면서 말했다. "좀 앉지 그래." 그는 분명히 목적이 있어 온 게 아닌 것처럼 의심스런 눈초리로 나를 쳐다보지만 내 고객들이 앉거나 유족들이 앉아 필요한 것들을 논의하는 자리에 앉는다. 그러고 나서 그가 말한다. "빅, 때가 됐어. 유월 초하루야. 가게 팔 거야."

그는 죄를 자백하고 있는 것처럼 말한다. 자신의 장례를 준비하러 온 것처럼 말이다.

내가 말한다. "그렇다면 축하할 일이 생긴 거니 그 술 마시러 확실히 가야지. 자네가 살 거지?" 그런데 그는 놀림 받기를 바라지 않았던 것처럼 잠깐 동안 눈을 가늘게 뜨고 나를 쳐다보는데, 아마 나도 다른 모든 사람들하고 별로 다르지 않은지도 모른다. 비웃는 사람들 말이다.

그가 말한다. "빅, 자네한테만 말하는 거네. 다른 사람들한테는 말하지 않을 거야. 아직은 말이야."

내가 말한다. "영광이군. 남에게 말하지 말게."

그러나 나는 생각한다, 그런데 뭐가 그리 대단한 비밀이고 뭐가 그리 수치스러운 일이라고? 예순여덟이 되면 그만둘 거라는 것은 사람들이 대부분 시대에 앞선 행동이라 생각지도 않을 텐데. 그가 쓰러질 때까지 계속할 거라고 말했었는데, 일을 계속했지만 쓰러지지는 않았다. 심지어 빈스도 말했다시피 잭이 수년 전에 했었어야 할 일을 이제 할 거라는 것. 즉 손해 때문에 그만두기 전에 손해를 줄이는 것 말이다. 그게 빈스가 그에게 한 말의 핵심인지도 모른다. 에이미도 그를 글렀다고 거의 단념해 버렸다. 그렇지만 그는 그걸 짐작지도 못했고 방법조차 짐작지 못했다.

내 생각에 자부심이란 건 참 이상하다. 그게 작은 사람은 우쭐대게 해주지만 작아 보일까 봐 걱정하는 큰 사람한테는 아무것도 아니다.

그가 말한다. "그런데 정육점이 뭘까?"

그래서 나는 생각한다, 잭, 난 모르니 자네가 말해봐. 그게 전부라고 네 얼굴에 쓰여있으니까 말이야. 그걸 인정하지 않으면 기분이 나쁘겠지. 쉴 새 없이 열심히 일하는 게 아주 비극적인 일이라고 생각하지 않았겠지. 내 생각인데 잭, 기운 내게. 내 판단에 정육점 주인은 자네가 한때 그랬던 것처럼 유쾌한 사람이고 팔뚝이 굵고 이를 드러내고 크게 씩 웃는 덩치 큰 사람이었지. 나는 직업적으로 늘 슬퍼해야 하는 사람인 거지. 은퇴일 뿐이지 패배가 아니야. 자네나 같은 나이지만 내가 여기서 일을 계속하고 있고 아들놈들한테 물려줄 수 있는데도 사무실에서 어슬렁거리는 것은 이 사업의 성격이 그래서일 뿐이야. 사람들이 대부분 장의사를 필요로 하기 시작하는 시대이고 과부들이 생겨나는 시대이기 때문이고 코널리 부인도 이해하리라는 걸 알고 있다.

그가 말한다. "인생에 베이컨보다 더 중요한 것들이 있지 않나?" 마치 그게 뭔지 모르는 것처럼 말이다. "그래야만 에이미한테 공평하지."

내가 말한다. "집사람한테 애기했어?"

그가 깜짝 놀라며 눈을 치켜뜬다. 그가 말한다. "빅, 내 말 좀 들어봐. 겨우 오 분 전에 고기 쟁반 닦다가 결심을 한 거야."

내가 알고 있는 잭 도즈답다는 생각이 더 들었다. 그래서 알지도 못하면서 이 대단한 결정에 대해 증인이 되었다. 자신이 보고 있는 시간과 장소에서 분명 무언가 중요한 것으로 인해 자신이 보이게 된다.

그가 말한다. "그래서 누군가에게 빨리 말해야겠다고, 빅한테 빨리 말해야겠다고 생각했어. 그렇지 않으면 에이미한테 말하기 전에 결심을 번복하게 될 거니까 말이야."

더욱이 내가 알고 있는 잭답다.

내가 말한다. "그 때문에 나만 곤란해지는 거 아니야? 자네가 집사람한테 말하지 않으면 말이야."

그가 화를 내며 말한다. "말할 거야." 그러나 얼굴은 낙심한 표정이다. 그 애기를 어떻게 꺼내야 할지 아직 생각해 내지 못한 것처럼, 좋은 소식을 알리는 것이 세상에서 제일 힘든 일인 것처럼 말이다.

사무실에 있는 오래된 시계는 변함없이 똑딱거린다. 그게 위안이 된다.

그가 말한다. "빅, 애들은 잘 지내나?"

나는 생각한다, 애들이라고, 둘 다 마흔이 넘었다. 그런데 나도 그렇게 부르잖아. 애들이라고.

내가 말한다. "나 때문에 애들이 바쁘지."

그가 텅 빈 사무실을 둘러보고는 나를 쳐다본다. "빅, 애들 때문에 자네가 바빠 보이는군" 하고 말하고 있는 것처럼. 그때 그의 눈이 반짝거리는데 이전에도 본 적이 있어서 그 의미를 알고 있다. "빅, 포기하고 손을 떼는 게 자네한테는 쉬운 일이겠지. 딕과 트레버가 있으니까"라는 의미다. 어쨌든 손을 떼는 일은 여전히 남아있다. 하지만 나한테는 쉽겠지.

빈스를 두고 하는 말이다.

그런데 잭, 자네가 기회를 다 망쳐놓은 거야. 남들이 도와줄 방법마저 없어.

그가 말한다. "오늘이 며칠인지 아나? 유월 초하루야."

내가 고개를 흔든다.

그가 말한다. "준의 생일이지. 준의 오십 번째 생일. 1939년 유월 초하루. 에이미가 지금 어디 있는지 알지?"

내가 말한다. "준 보러 갔군."

그가 고개를 끄덕이다가 자신의 손을 쳐다본다. "집사람이 아무 말도 안 했지만 무슨 생각을 하는지 알고 있었어. 나도 특별한 날로 생각할 수 있을 거라고 말이야. 쉰 살이 특별할 수도 있고 아닐 수도 있지. 내가 이제까지 하지 않았던 걸 할 수 있는 기회지. 집사람이 말하더군, '준을 보러 갈 거예요. 나한테야 보통 날이나 마찬가지지만 그래도 오늘은 특별한 날이잖아요?' 덧붙여서 '걔 선물을 샀어요, 팔찌 하나요' 하고 말이야. 그 이상 아무 말 할 필요가 없었겠지, 그냥 쳐다만 보더군. 거기서 포기할 사람이 아니잖아. 그래서 내가 대답했지 '보러 갈 거야, 보러 갈 거라고.' 빅, 그 말 하는데도 참 힘이 들더군."

힘은 무슨 힘, 하고 나는 생각한다.

"가게 문 일찍 닫고 거기서 볼 수 있을지도 모른다고 말했지. 그랬더니 집사람이 '거기 위치는 분명 알고 있지요?' 하고 묻더군. 분명히 대답은 하지 않았지만 약속한 거나 마찬가지였어. 그런데 시간이 되었을 때, 반 시간 전에, 할 수 없다는 걸 알았지. 그런 식으로 내가 바뀔 수는 없었어. 오십 년이야. 준은 자기가 몇 살인지 모르잖아? 팔찌가 뭔지도 모른다고. 그래서 그때 생각했지, 그런데 다른 식으로 바뀔 수는 있다고 말이야. 집사람이 내가 그 병원에 나타나는 건 볼 수 없겠지만 나한테는 그 사람한테 특별히 해야 할 말이 있어. 보상이 될 수 있는 말 말이야."

두 가지 다 할 수 있었을 텐데 하는 생각이 든다.

그가 말한다. "집사람은 포기 안 해."

잘도 지껄여 댄다는 생각이 든다.

그가 말한다. "준은 절대 바뀌지 않을 거 아닌가? 여전히 아기 같단 말이네, 쉰 살 먹은 아기 말이야. 하지만 나는 바뀔 수가 있지."

아무 생각도 들지 않는다.

그는 나를 쳐다보고는 내가 하고 있지 않은 생각에 주목한다. 자신이 어디 있는지 그리고 내가 교구 목사가 아니라 장의사 빅 터커라는 사실을 반쯤 잊은 것처럼 조심스럽게 다시 사무실을 둘러본다.

그는 사무실 뒤편에 있는 문 쪽으로 고개를 젓히면서 말한다. "잠든 사람 있어?" 늘 하는 질문이다.

내가 말한다. "한 사람."

그런데 나는 그가 그때를 기억하고 있다는 것을 거의 알 수가 있는데, 바로 내가 길을 건너 그에게로 달려갔던 때 말이다. 그때도 나 혼자였는데, 직원도 부족한 데다가 공교롭게도 시신이 두 구가 들어왔고 그중 한 구는 급히 처리해야만 했다. 그 일은 두 사람이 해야 할 일일 수 있다. 그날은 또 덥기도 했다. 그래서 나는 길 건너에 있는 잭을 생각했다. 아마 정육사를 생각했는지도 모른다. 내가 말했다. "잭, 나 좀 도와줄 수 있어?" 나는 고객이 듣지 못하게 그를 가게 뒤쪽으로 데리고 가서 설명해야 했다. 그가 나를 쳐다보더니 내가 가구 옮기는 걸 도와달라고 자기한테 부탁한 것처럼 대답했다. "빅, 문제없어." 그가 앞치마에 손을 닦으며 물었다. "이게 필요할까?" 우리는 다시 길을 건너갔고 들어가기 전에 나는 그에게 물었다. "정말 할 수 있겠어?" 그는 나를 주의 깊게 쳐다보더니 말했다. "나도 시체 본 적 있어." 나도 시신들을 보았고 네가 참전한 전쟁이 유일한 전쟁이 아니라고 생각했다. 기름 속에서 까딱까딱 움직이는 머리. 내가 말했다. "하지만 여자 시체는 아니었잖아." 그러나 그는 눈도 깜빡 안 하고 태연했다. 길을 건너다 사망한 일흔네 살 노파와 뼈가 달린 소고기 덩어리가 전혀 다른 게 없는 것처럼 말이다. 내가 말했다. "고맙네, 잭. 아무나 할 수 있는 일이 아니거든." 그가 말했다. "언제라도 괜찮아, 빅. 나니까 할 수 있지."

그런데 장남이 보러 왔을 때 길 건너편 정육점 주인이 자기 엄마를 염했다는 걸 결코 모를 거라는 생각이 들었다.

정육점 주인이라면 겁이 없으리라 생각되고 잭 같은 사람은 주저하지 않을 것으로 생각될 것 같다. 잭 도즈는 자신의 딸을 보러 가는 일에 대해서만 겁이 많다. 자신의 혈육인데도 말이다.

내가 말한다. "단 한 사람. 시신을 보러 올 사람이 있어."

그가 말한다. "그렇다면 빨리 가야겠군." 그러나 그는 꼼짝도 않는다. "사람은 마지막 순간에 바뀔 수 있을 것 같아."

그는 나를 쳐다보고 나는 그의 가능성을 추정하는 것처럼 그를 쳐다본다. 나는 준을 보러 가는 에이미를 생각한다. 코널리 부인같이.

내가 말한다. "확실히 에이미한테 얘기할 거지? 잭, 내가 이제 증인이야."

나는 생각한다. 내가 증인인 건 좋다. 그에게 얘기할까?

"말할 거야." 그가 만일을 위한 비장의 수가 있는 것처럼 말한다. "아니면 이거 좀 가지고 있어." 그러면서 주머니를 훑더니 구겨진 지폐 한 줌을 꺼낸다. 오십 파운드 이상일 리는 없다.

"하루 매상이야." 그가 말한다. "이중 맹세로서 말이야. 내 말과 내 돈. 자 이제 무슨 이유로 내가 가게를 계속 가지고 있을 수 없는지를 알겠지."

그는 지폐 한 뭉치를 내게로 떠민다. 나는 받지 않을 수가 없다.

그러면서 그가 말한다. "빅, 한때 내가 뭐가 되고 싶었는지 아나?"

나는 그를 쳐다본다.

"의사."

이건 좋은 사업이야.

레이

내가 말했다. "피라미드 보고 싶다."

그가 말했다. "난 제일 가까운 갈보집 속을 보고 싶다."

나를 처음으로 럭키라고 부른 사람은 잭이었다. 그 별명은 처음엔 말하고 연관이 없었고 나중에 생기게 되었다.

그가 말했다. "작은 녀석들이 이점이 있고, 작은 녀석들이 재수도 좋아, 알아들었겠지. 적한테 목표물도 덜 되고 이 프라이팬 같은 사막에서 들고 다닐 무게도 적고. 하지만 내 장점을 깎아내리지는 마. 원하면 아무 때나 널 때려눕힐 수도 있어. 알아들었겠지."

그러고 나서 미소를 지으며 손을 내밀고는 잠시 주먹을 쥐었다가 씩 웃으며 다시 주먹을 폈다.

"잭 도즈라고 해."

내가 말했다. "레이 존슨이야."

그가 말했다. "안녕 레이. 안녕 럭키. 그런데 어떻게 그렇게 작아졌나? 빨래 잘못해서 줄어들었나?"

일고의 가치도 없는 소리지만 나도 그렇게 생각하고 있다. 나는 신병이고 그는 이미 육개월이나 복무를 해왔기 때문에 내 마음 편해지라고 하는 소리였다. 하지만 그가 나를 집적거리려고 고른 것은 아니었다. 전혀 알 수는 없지만 무슨 이유가 있어 나를 선택할 생각을 한 것 같다. 재수가 좋고 어쩌고 하는 말은 모두 실없는 소리였다. 그런데 무언가를 자꾸 말하고 생각하고 그렇다고 하다 보면 그게 사실이 될 때도 있다. 말을 고를 때도 마찬가지다. 행운이 아니고 자신감이다. 그런데 아마 그 자신감은 경주마에 돈을 거는 고도의 기술이 필요한 일에서라면 모르겠지만 나 레이 존슨이 아주 조금밖에 가지고 있지 않은 것이다. 하지만 잭한테 나는 말이나 비슷했던가 보다. 그가 나를 골랐다. 그래서 내가 럭키 존슨이 된 것이다.

그가 말했다. "레이, 고향이 어디야?"

내가 말했다. "버먼지야."

그가 말했다. "설마 그럴 리가."

그런데 그것으로 해결이 난 것 같다.

내가 말했다. "벌레타 스트리트 알아? 프랭크 존슨의 고철상 알아?"

그가 말했다. "스프링 로드에 있는 도즈의 정육점을 알아? 자네 엄마가 거기서 분명 고기를 사셨을 거야."

엄마가 없다는 말은 전혀 하지 않았다. 그랬다면 아마 내가 운이 있는지를 그가 다시 평가했을 것 같다.

그가 말했다. "버먼지에서 최고의 소시지지. 소시지 얘기가 났으니 말인데 자네는 우리가 거기서만큼 여기서도 안전하다고 말할 수 있을 것 같군."

그는 내가 운이 좋으니 자기가 나한테 딱 붙어있어야 한다고 했지만 정반대였다. 내 생명을 보장해 주는 사람은 잭이었다. 내가 작아서 총알이 날 비껴간 게 아니라 그가 벽이나 둥근 바위처럼 컸기 때문이었다. 게다가 총알이 어쨌든 그를 비껴갔고, 그를 비껴갔기 때문에 나를 비껴갔지만, 예외가 한 번 있었다. 그건 내가 머리가 좋으니 그 머리를 써야 한다고 했던 아버지처럼 작은 사람을 지지할 필요가 있기 때문이었다. 아버지가 고집스럽게 얘기할 때까지 내가 머리 좋은 줄을 몰랐고 잭이 그걸 나의 장점으로 만들 때까지 몰랐다. "이 친구가 레이인데 레이가 여기서 능력을 발휘했어." 그런데 내가 능력을 발휘했다는 걸 알게 된 것은 오로지 잭과 붙어있으면서였다.

이 사람과 함께 있으면 괜찮을 것이고 이 사람과 붙어있으면 이 전쟁에서 살아남을 것으로 생각했다.

그는 내게 담배 한 대를 건네주었다.

그가 말했다. "근데 말이야, 레이. 우리 피라미드는 안 갈 수도 있지." 그러면서 지갑에서 주소가 휘갈겨진 구겨진 카드를 한 장 꺼냈다. "친구가 내게 준 건데. 개인적인 추천장이야."

내가 말했다. "아마 나는 할 수 있을 텐데—"

그가 말했다. "레이, 피라미드는 무덤 아니야? 피라미드는 죽은 사람들을 위한 거잖아. 매춘부의 성기는 반대지."

그러고 나서 그는 가슴 주머니에서 다른 것을 꺼내서 테이블을 가로질러 나에게로 밀었다. 그가 말했다. "자네 자지 접대 일이야."

내가 말했다. "아마도—"

그가 말했다. "왜 그래? 집사람 본 지 얼마 안 됐지?"

나는 아내가 없다고 말했다.

그가 말했다. "그래, 그렇다면." 그러고 나서 그가 커다란 구름 같은 연기를 내뿜으며 "난 있어" 하고 말했는데 마치 그 말이 자신한테는 어느 것만큼이나 중요한 것처럼 말이다. 그러고는 지갑에서 다른 무언가를 꺼내 내게 건네주었다.

나는 보면서 생각했다는데, 나한테도 그런 사람이 있으면, 그렇게 생긴 사람이 있으면 좋겠다고 말이다.

나는 그를 쳐다보았고 그는 내 표정에 나타난 의문을 알아채지 못했거나 그 의문에 답하지 않을 것처럼 나를 쳐다보았다.

그가 말했다. "다른 곳에서는 법도 다르지, 안 그래?"

내가 사진을 도로 건네주며 말했다. "운 좋은 사람."

그가 말했다. "아니, 운 좋은 건 자네지. 기억 안 나? 얼른 마셔."

그러고 나서 그는 시끄럽고 현란하고 악취 나는 곳으로 나를 데리고 갔고 나는 그 정도로 멍청이는 아니었지만 정말로 그런데는 한 번도 가본 적이 없다고 말하지 않았다. 가장 근접한 경험은 릴리 포스터가 방공호에서 나에게 수음을 해주었을 때였는데 그 당시에 방공호에서 있었던 급습은 모두 그 내부에서 일어났다. 나는 잡다한 가방 속을 뒤지는 것처럼 그녀의 팬티 쪽으로 손을 넣었지만, 그녀는 "거기는 안 된다고 했지"라고 말했다. 그리고 나는 너무나도 갑작스럽게 빨리 사정을 하는 바람에 그녀의 치마를 망쳐버렸는데 처녀가 설명하기 힘든 일이었음이 틀림없다. 정말로 나는 두 번째 가능성을 전부 망쳐버렸다.

그러나 우리가 호객꾼과 거지를 피하고 나서 그가 말했다. "그런데 말이야, 레이. 피라미드는 나중에 보러 가자." 그가 알았는지도 모른다.

그래서 그날 오후 피라미드를 배경으로 잭과 내가 낙타를 타고 찍은 사진이 있다. 피라미드를 배경으로 낙타에 올라앉아 있는 사막의 노병을 찍은 빌어먹을 사진은 틀림없이 많지만 이건 잭과 나의 사진이었다. 그리고 그 낙타는 내가 거의 기수가 될 뻔했던 경험이었다. 그가 말했다. "이거 확실히 탈 줄 알아?" 내가 말했다. "괜찮을 거야. 우리 아버지 마차를 몰곤 했거든." 그가 말했다. "그래도 이건 마차가 아니라 낙타잖아." 하필 낙타이긴 했지만, 그 때문에 그가 당황했을 거라는 생각은 들지 않았을 것이다. 내가 말했다. "나만 믿어." 그리고 그가 말했다. "믿어야지. 어쩔 수 없잖아."

그래서 우리는 잭의 식기 찬장 위 과일 그릇 옆 황동 액자에 든 사진 속에서 낙타를 타고 있다. 나는 크게 웃고 있고 잭은 웃으려고 애를 쓰고 있다. 낙타도 얼굴을 일그러뜨리고 있지 않다. 그런데 이 사진을 찍기 몇 시간 전에 우리가 무엇을 하고 있었는지 에이미는 전혀 몰랐고 아직도 모르고 있다. "레이, 그날 하루에 두 번째로 탄 거지?" 또는 내가 처음으로 그녀의 사진을 본 날이 바로 그날이었다.

내가 말했다. "근데 잭, 굉장하지? 고대 이집트 말이야. 대단한 볼거리야."

그가 말했다. "대단한 걸 좀 보게 될 거야."

그리고 나는 대단한 걸 보았고 우리 둘 다 그랬다. 나는 보험회사에서 운이 아주 좋았고 잭도 정육업에서 운이 좋았다. 내가 사막에 잭과 함께 있었다는 게 고대 역사처럼 지금도 대단한 것 같다. 잭과 함께 이집트에서 리비아로 전진했다가 그와 함께 이집트로 후퇴했고 다시 리비아로 전진했다. 대단한 역사 속에 작은 인간. 그리고 그땐 우리가 레니 테이트를 몰랐지만 같은 사막 어딘가에서 그도 전진과 후퇴를 거듭하고 있었다. 그리고 미키 데니스는 벨하메드에서 전사했고 빌 케네디는 마트루에서 전사했다. 빌의 몸 절반 이상도 그 무덤 속에 묻히지 못했는데 이집트의 왕은 피라미드 하나를 통째로 가진 것은 공평하지 않다고 잭이 말했다. 그 후에 조금도 다치지 않고 전혀 상처도 없이 트리폴리로 갔다. 딱 한 번만 빼고 말이다. 그런데 그건 내가 아니라 잭이었다. 그가 왼쪽 어깨에 총알을 맞으면서 내 머리 위로 쾅 하고 지나갔다. 그러나 그는 거기 있던 내가 자기를 재빨리 그 모래 포대로 잡아당기지 않았다면 죽음을 당했을 거라고 늘 말했다. 빌 케네디처럼 되었을 거라고 말이다. 맙소사, 천만다행이었다.

나는 그가 수술 후에 누워있을 때 그 상처를 보았다. 배에는 새 흉터, 어깨에는 예전 흉터.

간호사, 이거 보여? 좀더 가까이 와봐. 북아프리카에서 생긴 상처야. 내 친구 럭키가 거기 없었다면 나는 여기 있지 못했을 거야.

그가 말했다. "레이, 먼저 골라. 오른쪽에 있는 젖 큰 여자만 고르지 말고 말이야."

그런데 쉽지가 않았다. 왜냐하면 전에 다섯 명의 여자를 한꺼번에 본 적이 없었고 모두 목걸이와 주름 장식 달린 속옷만 입은 채 목재 발코니에 기대고 있었기 때문이었다. 일렬로 늘어선 당의를 입힌 둥근 빵을 보고 있는 것처럼 말이다. 게다가 모두 킥킥대고 있었다.

내가 말했다. "잭, 다들 웃고 있는데."

그가 말했다. "어떡하고 있으면 좋겠는데? 울고 있으면 좋겠어?"

그래서 나는 제일 작은 여자를 골랐다. 이유는 모르겠지만 후에 드러난 대로 잘한 선택이었다. 다음번엔 도움 없이 혼자 할 수 있도록 전에 해보지 못한 걸 하는 방법을 가르쳐주고 나중에 폭로하지 않을 사람이 필요했던 것 같다. 어떻게든 잭이 분명 짐작했겠지만, 걱정 없다. 장담컨대 그가 생각해 냈을 거다.

"레이, 잘 골랐어. 키도 맞고."

그녀가 나를 작은 자기 천막 안으로 데리고 들어갔을 때 파리가 열댓 마리에다가 향수 냄새가 진동했는데 그래도 문제는 행동보다는 언어에 있었다. 그녀가 "나를 핥을 거야?"라고 말했을 때처럼 말이다. 걸친 걸 모두 벗고 빙빙 돌고, 세게 흔들면서 또 빙빙 돌고 나서 한 말이었다. 나는 의사 앞에 있는 것처럼 혓바닥을 반쯤 내밀었다. 그때 그녀가 한 말은 "나를 좋아해?"라는 말이란 생각이 들었다. 그녀가 "나를 좋아해?"라는 말을 그렇게 한 거라고 말이다. 진정한 의미를 결코 알지 못할 것 같기는 하지만 말이다. 또는 침 뱉는 만큼이나 빨리 사정을 했는데 이번도 릴리 포스터와의 경우와 똑같이 문제이긴 했지만 적어도 사정을 안에다 했고 적어도 적중은 했으며 짧지만, 기분 좋게 끝냈으니, 꾸물거리지 않는 편이 좋겠다고 생각했기 때문에 가려고 일어나서 카키색 군복 바지를 입고 난 후에 그녀가 "십 분 있어. 시게 보라. 지금 가면 당신 친구 무슨 생각하니?"라고 말했을 때도 마찬가지였다.

우리가 발코니로 돌아갔을 때 잭이 이미 거기 발코니에 기댄 채 담배를 피우며 기다리고 있었고 여전히 킥킥대고 있는 여자들에게 알아듣지도 못하는 이야기도 하고 아래쪽 마당에서 마담과 흥정을 하는 두 명의 공병과 마치 자기가 값을 깎아줄 수 있는 것처럼 말을 주고받고 있었다.

그가 말한다. "레이, 근데 어땠어? 여기 있는 야시마크 마담이 막 너희를 떼어놓으려고 갈 참이었어."

하지만 나는 대답할 필요가 없었는데, 왜냐하면 내 짝이 바로 뒤에서 대신 대답을 했기 때문이다. 그녀가 말한다. "아주 훌륭해, 정말 좋아. 작은 남자지만 잠지(cuck)는 커."

잭이 말한다. "잠지? *잠지*라고!" 그러자 모두가 웃기 시작하고 나는 케첩처럼 얼굴이 붉어졌다.

"*잠지?*" 잭이 웃고 여자들이 킥킥대고 마당에 있던 공병들도 올려다보면서 웃어댄다. 우리는 한참 전쟁 중에 아프리카의 이집트의 카이로에 있었다.

"근데 레이, 그 소리는 거의 모든 게 합쳐져서 나는 한 가지 소리처럼 들리네."

운(luck)이란 말도 포함해서 말이다.

빈스

그래서 나는 그녀를 때렸다. 샐리 테이트를 때렸다.

이유는 "아기가 어디서 나오는지 아니?" 하고 내가 물었는데 그 애가 "몰라" 하고 대답했기 때문이었다. 내가 말했다. "난 알아." 그러고 나서 나는 아무 말도 하지 않았는데 그녀가 말했다. "그럼 말해줘. 아기가 어디서 나오는지 말해달라고." 그래서 내가 말했다. "홉. 아기는 홉에서 나오는 거야." 그녀는 웃음을 터뜨릴 것처럼 나를 쳐다보았다.

그녀가 말했다. "홉이 뭐야?"

잘은 모르지만 거기서 아기가 나오는 거라고 말했다. 그걸로 뭔가를 해야 하는데 홉 따기라는 거다.

그녀는 아기가 어떻게 만들어지는지를 내내 알고 있었던 것처럼 그렇게 만면에 웃음을 띠고서 나를 쳐다보고 있었다. 그런 농담을 시작했던 것은 분명 그녀였다. 비밀은 절대 공유해서는 안 된다. 작은 농담이 큰 농담에다 덧붙여지긴 하지만 없어지지는 않고 남아있다. 그래서 레니는 여러 해가 지난 다음에도 말하곤 했다. "빈스야, 맥주 한잔 더 해. 아기 주스 좀더 마시라고."

하지만 그게 내가 그녀에게 물어보거나 말한 이유는 아니었다. 홉도 아니고 홉을 어떻게 땄느냐도 아니고 *누가* 땄느냐이다. 홉을 누가 땄느냐 말이다.

그래서 그때 내가 하려고 했던 말을 했다. 내 홉을 딴 사람이 잭과 에이미가 아니었고 그들은 다른 사람의 홉을 딴 것이었다. 바로 준이라는 아이였다. 다른 아이들이 했던 말이 사실이었다. 그래서 내가 그 애들을 때렸다. *빈스한테 누이가 생겼다.* 그러나 내 홉은 다른 사람이 땄기 때문에 ―가 내 홉을 땄다는 것도 사실이 아니었다.

그녀는 알고 있었고, 이미 그걸 알고 있었다고 말했다.

그래서 나는 그녀를 때렸다. 그녀는 웃지 않았지만 다른 애들을 때린 것처럼 그녀를 때렸다.

나는 계속해서 그 애들을 때렸는데 더 많이 더 세게 때렸다. 그들이 말한 것이 사실이기도 하고 사실이 아니기도 했기 때문이었다. 그 여자애가 내 동생이 아니었기 때문이었다. 준은 *내 누이가 나한테는 누이가 없었다.* 게다가 그녀가 내 여동생이 아닌 것은 사실이었지만 그녀 때문에 훨씬 더 세게 그녀를 때렸고 그녀가 스스로 때릴 수 없었기 때문에 내가 대신 때렸다. 이전에 준에 대해 알지 못했을 때는 대신 때릴 사람이 없었기 때문에 그냥 때렸다.

그게 그녀를 위해 내가 할 수 있는 유일한 것으로 생각했다. 비록 그녀가 내 여동생이 아니었지만 어쨌든 나는 그녀와 비슷하다고 생각했다. 그들이 말하듯이 머리가 좀 이상해서 그녀와 비슷한 것이 아니라 놀림을 당했기 때문에 그녀와 비슷했다.

나는 남자아이들을 때렸다. 앨릭 클라크를 때렸고 프레디 뉴먼도 때렸다. 샐리 빼고는 여자아이들을 때리지는 않았다. 여자아이들은 때리는 게 아니다, 그들은 다르다. 하지만 그들도 때리는 걸 알고 있어서 아주 다르지는 않다. 그래서 때로 더한 남자아이들이나 마찬가지로 여자아이들 한둘이 혹은 모두가 떼를 지어 나에게 달려들 때도 나는 그들을 때리지 않았지만 "팬티나 좀 보자"라고 말하곤 했다.

내가 보기에 샐리가 합류를 해서, 놀이처럼 여자아이들이 내 앞에서 폴짝폴짝 뛰면서 지그 춤을 추듯이 돌아다니고 깡충깡충 뛰고 있을 때, "자, 빈스, 우리 하는 깡충 뛰기 홉을 봐" 하면서 내가 때리고 싶어도 때리지 못할 상황으로 몰고 가려고 했다.

그때까지 그녀가 거리를 두고 있었기 때문에 우리는 말을 나누지 않았다. 내가 그녀를 때렸기 때문이다.

그러나 그녀는 재빨리 속옷을 들춰 보이지도 않았고 다른 아이들처럼 새된 소리로 비명을 지르며 달아나지도 않았으며 더 놀려고 몰래 돌아가지도 않았다. 그녀가 말했다. "빈스야, 같이 가자." 우리는 폭격 지역, 다시 말해 잡초와 벽돌과 쓰레기로 덮인 곳을 조심스럽게 지나가고 있었다. 나는 이전에 폭격 지역이 뭔지 생각해 본 적이 없어서 그저 하나의 단어일 뿐이었다. 금세 그녀가 멈춰 서서 나를 쳐다보더니 두 손으로 치마를 들어 올리자 치맛단이 베일처럼 코까지 가려버렸다. 중요한 건 속옷이 아니었다. 속옷은 진한 푸른색이었는데, 나의 흥미를 끌지 못했다. 중요한 건 검열 준비를 마치고 식탁보를 접고 있는 것처럼 치마를 들어 올린 채 내 앞에 서있다는 사실이었다. 내가 말했다. "오줌 구멍 보여줘."

이젠 샐리한테 사정이 달라졌다.

그녀가 말했다. "안 돼." 그래서 내가 말했다. "안 그러면 때려줄 거야." 그랬더니 그녀가 말했다. "그럼 네 거 먼저 보여줘."

내가 말했다. "난 오줌 구멍 없어. 고추밖에 없어."

그녀가 말했다. "그걸로 오줌 누지 않아?" 내가 아무 말도 못하자 그녀가 말했다. "그래서?"

그녀의 얼굴은 아주 거만하고 진지했다. 나는 그녀가 이제 아이가 아니라 한 인생을 사는 여자라고 생각했다.

그래서 나는 반바지 가랑이를 재빨리 눈 깜짝할 사이에 들어 올렸지만, 자신이 지휘하고 있는 것처럼 그녀가 "다시 해"라고 말했다. 그녀가 쳐다보더니 거기에 손을 얹었다. 손을 얹고는 만졌다. 자기가 사고 싶은 것, 즉 자기 아버지가 팔고 있는 토마토 같은 것을 만지작거리듯이 말이다. 내가 네 것이 될 때까지 날 꽉 쥐지는 마.

그래서 내가 그녀를 때렸다.

그녀가 내가 때린 유일한 여자아이였다. 그녀는 자신이 특별하다는 걸 알았음이 틀림없다. 그러나 나는 남자아이들은 가리지 않고 때렸다. 테리 스펜서를 때렸다. 데이브 크로프트도 때렸다. 그래서 교장이 나를 꾸짖으려고 끌고 들어갔다. 그의 성은 스노였고 화가 날 때마다 느리지만 거칠게 숨을 쉬곤 했기 때문에 우리는 그를 거센 콧바람을 내뿜는 사람이라고 불렀다. 내가 아는 사실을 내가 알고 있다는 것을 그가 안다면 그에게 단순한 문제가 아니었을 것 같다. 하지만 그도 알았다고 생각한다. 그가 나에게 "약자를 괴롭히는 자"라는 단어의 의미를 자기에게 설명할 수 있는지 물었다. 그 나이 때는 많은 것들을 각각 지칭하는 적절한 단어를 찾기가 쉽지 않지만, 그가 어느 정도 콧바람을 내뿜고 나서 내가 그에게 어떻게든 한 말은 "고아"란 말의 의미를 나에게 설명할 수 있는지였다.

그리고 그게 아마도 잘한 응답이었을 거다. 아마도 이제까지 내가 한 것 중 가장 잘한 응답이었을 거다.

그는 의자에 기대고 앉아 콧바람을 내뿜더니 펜을 만지작거린다. 그 외과의를 만나러 갔을 때 스노 교장이 생각났다. 인생이란 남이 기어가는 꼴을 보고 싶어 하는 노인네들 앞을 걸어가는 과정이다.

그가 말한다. "빈스, 뭐가 되고 싶니? 장차 뭐가 될 거야?"

난 이미 뭔가는 되어있기 때문에 바보 같은 질문이란 생각이 든다. 그는 펜을 만지작거리면서 나를 쳐다본다. 하지만 요점은 처음부터 내가 어떤 사람인지조차도 모른다는 거다. 그래서 나는 아무 말도 하지 않고 화를 내보지만, 그는 알 수 있는 것 같다. 바깥 놀이터에서의 소음이 들린다. 배우 게리 쿠퍼가 되고 싶지만 그럴 수는 없다. 온갖 종류의 인물이 되고 싶고, 심지어 다른 가엾은 아이를 처벌하는 스노 교장이 되고 싶지만, 나는 나이기 때문에 그럴 수는 없다. 준한테도 분명 그럴 거로 생각한다. 준 주위에 있는 이 사람들 모두 준과 같지 않은데 그녀가 남들과 다르기 때문이고, 준이 조금이라도 생각을 한다면 반드시 생각해야 하는 게 있다. 나는 나처럼 되고 싶지 않고 그들처럼 되고 싶지 않지만 그럴 수 없고 할 수도 없으며 불가능한 일이다.

그러나 준은 아마 전혀 생각을 못 할지도 모르고 머릿속에 생각이란 게 없는지도 모른다. 그러니 되고 싶은 것을 생각하는 것은 전혀 다른 것이다. 무엇이 되고 싶은지 생각한다는 것은 하나의 구동축이다.

비행 폭탄에 그들이 모두 죽었지만 나는 운이 좋았다고 했다.

그가 말한다. "내 말은 무엇을 *하고* 싶으냔 말이다." 정말로 악의가 없는 것처럼 미소를 짓는다. "어떤 일을 하고 싶니?"

나는 땜장이, 양복장이, 군인 같은 직업들 모두가 옷걸이에 걸린 옷처럼 내 앞에 걸려있는 것을 본다. 그중 하나 골라잡고 남은 생애 동안 그 직업 자체가 자기 자신인 척해야 한다. 그러니 직업이란 것이 타고난 팔자나 태어난 환경과 전혀 다르지 않다. 그때는 그 말의 뜻을 몰랐지만, 나중에서야 알게 되었다. 훌륭한 말이다.

그는 내가 "정육사"라고 대답하기를 원하지만 나는 그렇게 답하지 않을 거로 생각한다. 나는 "정육사"가 되지 않을 거다.

나는 에이미한테 말했다. "그 애 보러 데려가 주세요, 준 보러 데려가 달라고요." 단 한 번이긴 했지만 나는 그가 하지 못한 일을 했다. *빈스는 누이가 있는데 얼굴이 물집처럼 생겼다.* 그가 나한테 전혀 말하고 싶어 하지 않았고 절대로 말하고 싶어 하지 않았다는 말을 해준 사람은 에이미였다. 그가 계속 나를 속일 수 있다고 생각한 것이 황당하긴 하지만 말이다. 준이 우연히 그런 팔자를 타고났다고 나에게 말해준 사람도 에이미였다. 그녀는 준이 어떻게 해서 결국 그렇게 되었는지를 말하려고 한 게 아니라 그들은 그녀를 가질 생각이 없었다는 말을 하려고 한 것이었다.

그러니 준은 그들에게 잘못 태어난 아이였고 나는 땜장이나 양복장이처럼 그들이 선택한 아이였다.

그가 말한다. "그럼, 너는 어떻게 될 것 같니?"

그는 나에게 한 가지 대답밖에 없다는 걸 알고 나를 쳐다본다. 바깥에서 노는 시간이 끝나는 호루라기 소리가 나더니 그의 숨소리를 제외하면 그 방은 너무나도 조용하다. 이런 순간이라면 나는 그들이 나를 볼 수 있다면 지금도 분명히 나를 지켜보고 있을 거로 생각했을 것이다.

지금까지 아무도 그녀에게 키스해 준 적도 없었고, 지금까지 아무도 그녀를 그리워한 적도 없었다.

나는 아무 말도 하지 않았고 아마도 그는 내가 지금 그를 때리고 싶어 한다는 걸 알지도 모른다.

그때 내가 말한다. "제가 하고 싶은 거는요 선생님, 제가 뭐가 되고 싶은가 하면요 홉 따는 사람이에요."

레이

에이미의 목소리였지만 잠시 내가 들었던 것은 캐럴의 목소리였다.

그녀가 말했다. "레이, 그들이 할 수 있는 게 없대요." 나는 그녀의 목소리에서 캐럴의 목소리에서처럼 용감성이 느껴졌다.

그가 수술 후 아직 제대로 회복되지 않았고 회복될 때까지는 스트릭랜드 선생이 그에게 자세하게 설명하지 않을 거라고 그녀가 말했다. 하지만 그가 그녀와 빈스한테는 크고 분명하게 설명했다고. 할 게 아무것도 없었고, 열었다가 다시 도로 봉합을 했다고. 그 후에 그녀가 그의 병상 곁을 지키고 있는 동안 그는 어쨌든 잠시 회복을 했는데, 그때 그녀는 아무 말도 하지 않았고, 그도 아무것도 묻지 않고 그녀를 쳐다만 보았으며, 그러다가 한 말이라곤 "럭키가 보고 싶다"가 전부였다고 말이다.

내가 물었다. "그렇다면 그도 알고 있다고 생각해요?" 그런데 내가 한 말은 이제 다 틀렸다는 걸 그가 알고 있다고 생각하느냐는 의미였다. 그러나 나는 그게 다른 식으로 받아들여질 수도 있다고 생각했고, 에이미도 아마 그렇게 생각하고 있었는지도 모른다. 아마도 그래서 그가 나를 보고 싶어 했을 수도 있고 사람들이 병상 곁으로 불러오는 이유가 그런 것이 아니었을까? 나는 어쨌든 거의 매일 그를 보러왔지만, 이번에는 럭키가 보고 싶다고 그가 부탁했다. 절대 알지 못할 일로 고통을 받지는 않겠지만 누군가가 죽음을 앞두고 있을 때는 다른데, 왜냐하면 말수는 적을수록 좋다고 말할 수 있을 것 같지도 않기 때문이고, 가장 빠를 수도 없고 가장 느릴 수도 없기 때문이고, 말할 수 있을 기회든 아무 말도 안 할 기회든 얻지 못할 것이기 때문이다.

아마 그녀도 그렇게 생각하고 있었는지도 모르는데, 왜냐하면 목이 메어 말이 없었기 때문이다.

그래서 내가 말했다. "당신도 그렇게 생각하는 건 아니지요? 내 별명이 럭키라서 그의 생각이 —"

바보 같은 말을 했다.

그때 그녀가 울기 시작했다. 복도에서 사람들이 떠드는 소리를 들을 수 있었다.

내가 말했다. "곁에 누군가 있었으면 좋겠어요?"

그녀가 말했다. "괜찮아요. 빈스와 맨디가 있잖아요. 그 애들이 밤에 있을 거예요."

내가 말했다. "내일 맨 먼저 거기부터 갈게요. 면회 시간 시작하자마자 말이에요."

이번에 그녀가 말했다. "레이, 잘 가요." 그녀는 먼 여행이라도 떠날 것처럼, 그래서 다시는 내가 그녀를 못 볼 것처럼, 지금의 에이미를 다시는 볼 수 없을 것처럼 말이다. 떠날 사람은 에이미가 아니라 잭이었고, 에이미의 목소리가 캐럴의 목소리처럼 들렸을 때가 바로 그때다.

"정말이에요, 레이. 나 돌아오지 않을 거예요. 내 말 듣고 있어요? 다시는 돌아오지 않을 거라고요."

그녀가 나의 면전에 대고 말할 수는 없었을 것이다.

잘 들리지 않는 것처럼 수화기를 귀에 바짝 갖다 대면서, 수지가 시드니에서 처음으로 전화했을 때가 기억났으며, 그때 나는 전화기 쪽으로 몸을 구부리고 전화를 받았는데 지구 반대편에서 누군가가 전화할 때는 그렇게 해야 하는 것 같았지만 수지의 목소리는 바로 길모퉁이 근처에서 전화하고 있는 것처럼 들렸다. 내가 말했다. "바로 집 근처에 있는 것처럼 들리는구나, 얘야." 그런데 지금은 캐럴이 지구 반대편에 있는 것처럼 들렸지만, 그녀가 어디에서 전화하는지 알고 있었다.

시드니가 아니라 시드넘에서다.

"당신한테 직접 대놓고 말할 수는 없지만 내 말 잘 들어요."

그러나 나는 그녀의 얼굴을 볼 수 있었는데, 전화 속을 따라 내려가 얼굴을 볼 수 있었는데 나에게 자신의 마지막 말을 하려고 하고 있었다. 아직도 그 얼굴을 볼 수 있다.

"그 남자와 같이 있어요, 레이. 지금 그와 같이 있는데 돌아가지 않을 거예요. 잘 있어요."

나는 "잘 가, 캐럴"이라고 말하지 않았다. 잘 가, 존슨 부인. 나는 그녀에게 그런 만족을 주지도 않았고 나에게 그런 치욕도 주지 않았다. 나의 무성의한 응답으로 작별 인사를 하지 않았다는 것 그뿐이었다. 수화기를 내려놓고 말없이 앉았고, 밖에는 어둠이 내리고 있었다. 코치 주점으로 가지 않을 거란 생각, 코치 주점에 갈 수 없다는 생각이 들었다. 그녀에게 다른 남자가 생겼다는 걸 알았을 때조차 다른 남자와 함께 있는 그녀를 상상할 수 없었다. 배리 스톡스. —와 함께 있는 나를 상상하는 만큼이나 바보 같다. 그런데 그녀가 다른 남자를 얻어야 했다면 적어도 돈 많은 놈이든지, 아니면 멋진 놈이든지, 아니면 잠자리에서 능숙한 놈이든지 얻을 수도 있었을 텐데. 바로 그 문제였다면 그녀가 시간제로 일하는 가전제품 서비스 센터의 부장 대신 말이다.

내가 다른 남자였다면 어두워지는데 그냥 거기 앉아있지만 않았을 테고, 가만히 앉아있었다면 완전히 사라져 버릴 것처럼 불을 켤 생각도 않고 말이다. 또 다른 사람이었다면 벽장 한두 개는 차 부수거나 팔을 휘둘러 벽난로 선반 위의 장식품들을 쓸어버렸을 것이다. 또 다른 사람이었다면 코트를 걸치고 그녀가 있는 곳으로 곧장 가서 필요하다면 문을 부수고라도 열고 들어가 그의 얼굴을 때려 다치게 했을 것이다.

그러나 나는 다른 사람이 아니고 몸집이 작은 사람이다.

먼저 딸이 시드니로 떠나가서는 편지도 안 하더니 이제는 아내가 도망가 버리는구나 하고 생각했다. 그런데도 사람들은 나를 럭키라고 부른다.

이집트의 엘 알라메인 전투에 참전했던 경험이 별로 도움이 되지 않는다고 생각했다.

다른 사람이었다면 달리 행동했을 것이다. 하지만 나는 캄캄한 데 앉아서 전혀 움직이지 않고 있다가 마침내 더 앉아있지 못하고 옷을 입은 채 웅크리고 잠이 들었는데 아침 여섯 시였다. 그때 나는 일어나서 씻고 면도를 하고 옷을 갈아입은 다음 그릴에 토스트 두 쪽을 굽고 차를 끓였다. 마치 아무 생각도 없는 사람처럼 말이다. 싱크대에 있는 식기들을 모두 설거지했다. 지갑 속을 확인하고 가방에 몇 가지 챙겨 넣었다. 그러고 나서 야적장에 들렀는데 거기에 있던 오래된 마구간은 찰리 딕슨이 차고로 바꾸어놓았다. 오는 길에 《스포팅 라이프》지와 스무 개비 플레이어스 담배 한 갑을 사면서 이 수요일 아침에 나 자신에게 활기가 있단 생각이 들었다. 사월 말이었다. 캠핑카를 후진시켜 빼내고 엔진을 여전히 켜놓은 채로 앞 유리의 먼지를 닦아냈다. 타이어를 살펴보고는 엔진실을 열어볼까 하다가 거의 차를 몰지도 않았는데 너무 쓸데없는 걱정을 하는 게 아닐까 생각을 했다. 가스버너와 가스통, 물통, 주전자와 찻잔과 행주 등이 든 비상용 상자같이 차 뒤편에 있는 물건들이 다 잘 있는지 확인을 했다.《잉글랜드와 웨일스의 명소 안내서》도 있었다. 출입문을 나와서 차를 멈추고는 내려서 찰스 딕슨, 고물 수거라고 쓰인 문을 닫고 걸쇠를 걸고 자물쇠를 잠갔다. 맑고 화창한 아침이었다. 다시 차에 타고는 뉴마켓으로 차를 몰았다.

빈스

연애용 차.

규칙적으로 섹스를 하고 싶으면 차를 구해라.

내가 말했다. "올라타, 맨디."

나는 드라이브하러 그녀를 데리고 에이 20번 도로나 세븐옥스 로드나 지금 우리가 가고 있는 도로로 갔다. 로체스터 전 어딘가에서 샛길로 들어섰다. 배저스 마운트, 쇼어럼 밸리, 브랜즈 해치, 이 모두가 켄트 주 내 그쪽 같은 지역에 있다. 하지만 나는 더 멀리 메모리 레인까지 그녀를 데리고 간 적이 없었다. 나도 잭이 했던 것처럼 멈춰서 말할 수도 있었을 것이다, 여기가 어딘지를 말이다. 하지만 행선지를 미리 알리지 않고 하는 여행을 할 필요가 없었는데 그 이유는 레이의 캠핑카의 뒤 칸에서 우리가 처음으로 관계를 할 때 나는 잭과 에이미의 모든 계획, 준에 관한 것 등 자초지종을 그녀에게 솔직하게 이야기했기 때문이다.

그녀가 말했다. "그래서 잭 아저씨와 에이미 아주머니가 나처럼 당신을 받아들이셨군요. 나한테 잘 해주신 것처럼 당신한테도 잘 해주셨고요." 그녀가 그들을 위해서 변호하는 것 같았다.

내가 말했다. "그들한테 잘해달라고 한 적 없어."

그런데 맨디와 나, 우리 두 사람은 그래도 역시 같은 종류의 사람이었다.

그 시절엔 차를 몰고 나가면 금방 지방까지 갈 수 있었고 교통량이 그리 많지 않아서 두 가지 목적을 달성하는 데 도움이 되었다. 내가 손수 작업한 최신 자동차를 시험할 수 있었고 내가 철저하게 검사를 했기 때문에 훨씬 더 잘 나가는지를 볼 수 있었다. 그다음으로 우리는 서로에 대한 사랑의 기술을 시험할 수 있었다. 그 젊었던 시절에 뒷좌석이 꽤 넓다는 걸 알았다.

사실 차에서 내려 걷다가 아늑한 풀밭 어딘가에 깔개를 펴고 토끼처럼 관계할 수도 있었을 거다. 때로 그러기도 했다. 하지만 바닥이 늘 마른 것도 아니고 공기가 늘 따뜻한 것도 아니어서 내가 차에서 하는 걸 좋아한다는 사실을 어쨌든 꽤 빨리 알게 되었던 것 같다. 오래되어 갈라진 검은 가죽 좌석이 최고였다. 나는 관계할 때 제대로 할 수 있는 마땅한 곳이 없다면 꼭 그런 식으로만 해야만 하는 것처럼 비좁은 데 밀어 넣어져 급히 하는 걸 좋아했고, 그녀도 그런 식으로 하는 걸 좋아했던 것 같은데 그 이유는 그렇게 하면 많은 애무도 표정도 동의의 고갯짓도 필요가 없고 내 목을 다리로 감은 채로 있을 수가 있었기 때문이었다. 내가 말했다. "정말 이전에 차 안에서 안 해본 거 맞아?" 그러자 그녀가 블랙번에서는 *차* 있는 남자 친구가 없었다고 말했다. 내가 말했다. "남자 친구라고? 걔들은 뭐야? 그렇다면 다른 곳에서는 분명 해봤겠지." 그녀가 말했다. "어떻게 그런 식으로 해석을 하는 거예요?"

그녀가 올라앉은 자세를 취하기도 했는데 그러면 캠핑카의 천장이 적당한 높이여서 천장에 닿으면 아래쪽으로 밀듯 움직였다.

나는 그게 그녀가 기대한 거나 상상한 게 아니었다는 것을 알지만 사람들은 빨리 적응하고 순응도 빠르다. 그들은 그림의 떡은 바라지도 않는다. 그녀는 자신이 어쩌다 보면 거기가 어디든간에 분방한 런던에서 돌아다니고 있거나 이리저리 드라이브하면서 장발의 멍청이들과 싸우는 게 아니라 잠자리하게 될 걸 예견했었다는 것을 나는 안다. 그 대신에 그녀는 런던에 온 첫날 밤 잭과 에이미가 물어보지도 않고 길에서 데려왔는데, 그녀가 다른 부모를 찾으러 자기 부모한테서 도망을 친 아이인 것처럼 말이다. 모든 것을 고려해 보고 그녀는 매우 고마워했고, 실망하지도 않았다. 그들이 오래전에도 그런 일을 한 적이 있다고 내가 말했다. 상세하게 설명하면서 내가 말했다. "그건 네가 *나한테 없는 누이로 생각되고 있기* 때문이야." 그건 그녀가 원하면 그때 재빠르게 도망칠 수 있었을 테지만 그러지 않았다.

그녀는 자신이 기대한 것 대신에 나를 얻었다. 히틀러의 로켓 폭탄 때문에 얻은 아들이자 지긋지긋한 아라비아에서 갓 돌아온 빈스 도즈를 말이다. 그녀 위에 올라타고 있지 않을 때는 대체로 자동차 밑에 들어가 있는 나를 말이다.

나도 도망을 쳤다고 말했다. 도망을 군대로 갔다고 말이다. 사람들 대부분은 군대에서 도망을 치지만 나는 군대로 도망을 쳤다. 단지 그를 위해 정육점 주인의 자식이 되지 않으려고 했기 때문이었다.

그녀가 말했다. "그런데 왜 돌아왔어요?"

이제는 상황이 달라졌기 때문이라고 대답했다. 레이 아저씨와 전기기계정비부대 덕분에 지금 나한테 계획이 생겼어. 내가 자동차 만지작거리는 걸 그만두고 다시 흰 앞치마를 두를 거로 생각했다면 잭 아저씨는 한참 잘못 생각한 거다.

그녀가 말했다. "아저씨가 그렇게도 싫으면 왜 나와서 살지 않았어요?"

내가 말했다. "자기야, 내가 나와서 사는 거 눈치 못 챘어? 자기가 들어간 거지."

그녀가 말했다. "일시적으로 말고요."

때를 기다리고 있다고 말했다. 점차로 조금씩 말이야. 먼저 사업이 잘되어야 했고 그다음에 내 집을 구할 것이었다.

그녀가 말했다. "당신 사업이라고요?"

내가 말했다. "응."

그녀는 내 문신을 핥아서 지울 수 있을 것처럼 핥곤 했다.

그녀가 말했다. "집을 구하면 내 자리도 있을까요?"

내가 말했다. "말만 잘하면 있을 수도 있지. 지금으로서는 여기도 나쁘진 않아."

그 캠핑카가 쓸모가 있었다.

우리 두 사람은 그렇게 보이지는 않았지만 같은 종류의 사람이었다. 그녀는 열여덟 살, 나는 스물세 살이었다. 나는 때로 그녀의 삼촌뻘인 것처럼 어느 다른 무리의 나이 많은 사람들과 같은 부류에 속하는 것처럼 그녀한테 보였음이 틀림없는 것 같다. 그녀는 때로 내가 변해야 하고 유행에 뒤지 않도록 유행을 좇아야 한다고 말하곤 했다. 가수 로이 오비슨도 최선의 노력을 다했었다고도 했다. 나는 오래전에 변했다고 말했다. 제대로 바뀌지 않았냐고 말이다. 다른 사람이 되지 않았냐고 말이다. 그런데 유행을 타라고? 그녀는 내가 세상 물정을 모른다고 생각했었나? 나는 예멘의 아덴까지 육로로 수색 원정을 간 적도 있었다. 그녀가 머리가 잘린 사람을 본 적이 있었겠나? 자, 그럼 됐겠지.

그녀가 눈을 껌뻑거리며 나를 쳐다보았다.

그래, 세상이 변하고 있다는 걸 나도 알고 있었어. 모르지 않았다고. 하지만 나는 큰 변화가 뭔지, 모든 변화의 이면에서 일어나고 있는 변화가 뭔지를 말해주겠다고 했다. 그건 비틀스도 아니고 롤링 스톤스도 아니며 장발이나 짧은 치마도 아니고 국민건강보험상의 무료 우유 급식이나 피임제도 아니다. 그건 이동성이고 이동하기 쉽게 되는 것이다. 블랙번에서 여기까지 어떻게 왔냐? 네 부모를 어떻게 떨쳐버렸냐? 모든 곳이 다 여행할 만하지는 않지만, 이전에는 여행할 수 있는 유일한 방법이 군대밖에 없었는데 정말이다. 하지만 지금 사람들이 이동하고 있는 것을 보라, 여기저기 여행하고 있는 것을 보란 말이다. 듣고 있어? 지금부터 십 년 후엔 비틀스고 롤링 스톤스고 다 예전 음악이 될 거지만 사람들이 여전히 원하는 건 자동차가 될 거야. 자동차 말이야. 점점 더 많아지는 자동차 말이야. 그래서 내가 그때 자동차를 팔 거라고, 빈스 도즈가 바로 그때 자동차를 팔 거란 말이야. 제대로 된 사업을 하는 거지, 여행 사업 말이야. 그러니 내가 유행을 모른다고 말하지 말라고.

그녀가 머릿속으로 자신의 거래를 하는 것처럼 나를 쳐다보았다.

그녀가 말했다. "물론 알고 있겠죠."

그녀는 여학생처럼 머리카락 끝을 배배 꼬다가 빤다.

내가 말했다. "히틀러가 없었다면 잭 아저씨는 정육점에서 꼼짝도 안 했을 거야. 하지만 언젠가 아저씨가 내게로 기어오게 될걸. 알겠어?"

그녀가 말했다. "물론 그러겠지요."

우리는 차를 몰고 교외를 지나 나아갔다, 마치 은행을 털고 도망을 치고 있는 것처럼 말이다. *겁먹은 듯 달리고 있었다! 부릉 부릉 부릉 부르릉.* 스완리를 지나 비상 주차대가 있는데, 거기에 있는 이동식 카페에서는 지글지글 구운 베이컨 샌드위치와 엔진 오일 계량봉으로 저어야만 할 것 같이 양이 많은 차를 제공하고 있었다. 차들이 빠른 속도로 지나갔고 그 때문에 찻잔에서 올라오던 김이 불려가고 그녀의 긴 머리카락이 휘날렸다. 나는 늘 길가에 서있는 그녀를 볼 거다. 그러고 나서 우리는 어딘가에 있는 우리만의 은밀한 비상 주차대를 찾아냈다. 자동차도 우리와 행동을 함께 하는 것 같았다. 우리는 사랑에 열중했다. 그 때문에 미끈거려 나중에 닦아내야 한다. 그러고 나서 숲속을 산책하고 들판을 가로지르고 새소리도 들으며 공기를 마시고 경치도 감상했다. "켄트 주를 잉글랜드의 정원이라고들 하지" 하고 말하면서 나는 그녀가 블랙번에서 와서 이 말에 감명을 받을 거고, 이 말을 내가 했기 때문에 감동할 거로 생각했다.

로체스터

2번 고속도로의 시작점까지 왔지만, 빈스는 계속 에이 2번 도로로 스트루드를 지나 로체스터로 간다. 우리는 철교 옆에 있는 오래된 다리로 메드웨이 강을 건너간다. 갑작스레 펼쳐지는 강의 전경이 놀라움으로 다가온다, 생각지도 못했고 거기 있다는 것을 까마득히 잊어버렸던 세상이 전부 보이는 것처럼 말이다. 보트, 선창, 정박장, 진흙 둑.

빅이 말한다. "썰물이네." 그러고는 시계를 본다. "마게이트에 가면 밀물이 되겠군."

레니가 말한다. "비교적 다행인 것 같은데."

특별하게 취급되는 장난감 건물처럼 앞쪽으로 두드러지게 눈에 띄는 성곽과 대성당의 첨탑을 볼 수 있다.

빈스가 말한다. "자, 로체스터에 괜찮은 술집 아시는 분 계세요?"

빅이 말한다. "아니. 그런데 예전에 채텀에는 몇 집 알고 있었지." 해군 출신이라 다르다.

빈스가 말한다. "메모리 레인에 있는 거 말이에요, 빅?"

구름이 이는 거로 봐서 날씨가 변하고 있다.

우리는 주도로에서 지나쳐 달리는 바람에 차를 되돌렸고 골목길과 일방통행 길에서는 길을 잃었다. 그래서 성곽이 세워진 언덕의 기슭에 있는 주차장에 들어간다. 레니가 말한다. "이번이 관광 여행인지 몰랐는데." 빈스가 말한다. "모두 내리세요." 그는 선글라스를 벗고 머리를 툭툭 쳐서 만진다. 나는 그가 웃옷을 가져갈 수 있도록 상자를 들어 올리자 몸을 돌려 옷을 집으려고 손을 뻗는다. 그는 레니가 그 옷을 건네줄지도 모르는 것처럼 그를 쳐다보지만 레니가 건네주지 않고 나는 상자를 좌석에 다시 내려놓는다. 그러고 나서 우리는 모두 차에서 내려 기지개를 켜고 옷을 걸친다. 차 안에만 있다 보니 바깥 공기가 매우 차다. 성곽은 햇빛을 받아 바싹 말라 앙상해 보인다. 빈스는 트렁크를 열고 코트를 꺼낸다. 낙타 털 코트다.

그때 우리는 모두 이동을 해야 하지만 그 자리에 수줍은 듯 서로를 쳐다보면서 머뭇거리기만 하고 있다.

내가 말한다. "뒷좌석에 그를 그냥 두고 오는 게 맞지 않는 것 같잖아?"

레니가 말한다. "그럼 그가 어디 있어야 한다고 생각하는데? 트렁크 안에?"

내가 말한다. "내 말은 그를 혼자 두고 우리끼리만 가는 게 맞지 않는 것 같다는 거지."

레니가 어깨를 으쓱한다.

빅은 물건을 넘겨주었기 때문에 더는 자기 일이 아니고 자기의 권한도 아니라는 것처럼 아무 말도 하지 않는다. 그는 재빨리 나를 매서운 눈초리로 쳐다보더니 모자를 고쳐 쓰고는 눈을 가늘게 뜨고 하늘의 구름을 바라본다.

빈스가 말한다. "아저씨 말이 맞아요, 레이. 그분도 우리와 같이 가셔야 하지 않겠어요?"

그는 차 안으로 몸을 숙여 상자를 집어 든다. 그가 상자를 든 건 이번이 처음이다. 상자를 옆구리에 끼고서 차 문을 잠그고 난 뒤 몸을 펴고 상자를 가슴에 안는다. 그가 상자를 들고 있어서, 코트를 입고 상자를 들고 서있어서 마치 그가 권위를 상징하는 배지를 단 사람처럼 지휘하는 것 같다. 이전까지만 해도 지휘하고 있던 사람이, 지휘하면서도 동시에 중립을 지켰던 사람이 빅이었지만 이제는 빈스다.

그가 말한다. "좋아요, 여러분, 절 따라오세요." 해병 정찰대를 인솔하고 있는 것같이 주차장을 가로질러 행군해 간다. 나는 레니가 침을 뱉을 것처럼 고개를 돌리는 것을 본다.

우리는 시내 중심가로 나왔다. 보통의 시내 중심가처럼 크지도 번잡하지도 않다. 좁고 구불구불하고 조용하며 긴 역사를 갖고 있고, 한쪽으로 기운 오래된 건물들이 가득하다. 여행객들이 걸어 다니듯 정처 없이 천천히 왔다 갔다 하는 사람들이 있다. 화보

집에나 나오는 중심가처럼 보이는데, 여기서는 사람들이 걸어 다녀서도 안 되고 바로 옆에 있는 에이 2번 도로에 차량이 질주하고 있는데 이런 중심가가 여기 있어서는 안 되는 것처럼 말이다. 이런 중심가가 처음에 여기 있었던 게 아니라면 말이다.

일류 식품점과는 반대되는 별난 차와 멋진 깡통에 든 비스킷을 파는 로체스터 식품 시장이 있는데 빈스가 불쑥 들어가는 바람에 우리는 밖에 서있다. 이내 그가 비닐 쇼핑백을 가지고 나온다. 상자를 그 비닐 백에 넣고 있는데 보기에 아무래도 비닐 백 안에는 이미 뭔가가 들어있다. 그가 말한다. "맨디가 커피 떨어졌다고 하더라고요." 그때 우리는 이리저리 쳐다보고 있는데 빈스는 머뭇거리는 사람들을 기다릴 수 없는 것처럼 다시 뛰어가 버린다. 앞에 "불 호텔"이라고 쓰인 간판이 걸려있고 그는 처음부터 거기로 갈 생각이었던 것처럼 곧장 그리로 향한다. 그가 말한다. "자, 여러분, 여기가 좋겠어요." 이곳은 턱없이 넓은 크고 오래된 장소로 구운 고기를 썰어 제공하는 카버리 식당과 일품요리 식당과 간단한 음식을 제공하는 일반 술집까지 있다. 나는 빈스가 카버리 식당을 고려하고 있다는 것을 알 수 있다. 그가 인심 좋게 돈을 쓰고 우리가 자기한테 신세를 졌다고 느끼게 하려고 생각하는 것 같기 때문이다. 이내 간단한 음식을 제공하는 일반 술집으로 정하고 그가 갔던 길을 따라 되돌아온다. 호텔 입구에서 강 위의 다리를 볼 수 있다. 중심가는 강과 주도로 쪽으로 내리막이 되고, 눈을 감았다 다시 뜨면 크리스마스 카드에 나오는 것처럼, 한때 역마차가 덜거덕거리며 비탈길을 가로질러 올라와서 아래를 굽어보는 성곽이 있는 불 호텔의 구내로 흔들거리며 들어왔을지도 모르는 그런 상상을 할 수가 있다.

이곳은 마차로 여행하던 때부터 있던 오래된 여관으로 요란하게 꾸며졌지만 별 도움이 되지 못한 것 같다. 그러나 농담이 아니다.

내부는 따뜻하고 번쩍거리고 달각달각하는 소리가 난다. 우리가 출입문을 채 통과하기도 전에 빈스가 말한다. "제가 주문할게요, 이거 좀 가져가세요, 레이." 그가 나에게 비닐 백을 건네준다. "저쪽에 있는 테이블에 자리 잡으세요. 모두 맥주 한 파인트씩 하실 거죠? 아저씨는 위스키고요, 빅?"

그는 지갑을 꺼내고 여기 주변에 있는 사람들이 모두 빈스 도즈를 알고 있는 것처럼 술집 카운터로 간다.

하얀 블라우스를 입고 선홍색 립스틱을 바른 여종업원이 있다.

우리는 테이블로 간다. 빈스가 말하는 소리가 들린다. "자기야, 식사 될 만한 거 있어?" 그는 결코 다정하게 말하는 사람이 아니었지만, 우리 들으라고 하는 말인 것 같다. 그는 우리 쪽으로 고개를 젖힌다. "돌봐야 하는 구두쇠 노인네가 셋에다 먹지도 못하는 노인네가 하나 더 있지." 여종업원이 웃어야 할지 말아야 할지 알 수 없다는 듯 어리둥절하며 우리 쪽을 쳐다보고는 다시 빈스를 쳐다본다. 나는 빈스의 얼굴이 보이지는 않지만, 그가 특별한 표정을 지으며 그녀를 보고 있다는 것을 알고 있다. 그는 자신이 약간 우습게 보일지도 모른다는 걸 알지만 그녀에게 자신이 정말 그런 사람인 걸로 잘못 생각하게 하려고 부추기고 있는 것처럼 말이다.

그가 "고철 야적장을 거래하실 생각 있으세요?"라고 말했을 때도 그랬었다.

그녀는 메뉴판을 집으려고 손을 뻗칠 때 얼굴이 약간 발그레해졌다. 나는 빈스가 "젖가슴 멋지네" 하고 생각하는 걸 느낄 수 있다.

우리는 먼저 술을 마시기 시작하고 나서 음식을 주문한다. 다음에 빅이 한 잔씩 산다. 그때 음식이 나온다. 나와 레니를 위해 소시지와 콩과 감자튀김, 빈스를 위한 스테이크와 감자튀김, 빅을 위해 이날의 특선요리인 키슈 파이가 나왔다. 오늘은 그가 고기를 먹어야 하는가 보다. 여종업원이 접시들을 들고 와서 테이블 위에 펼쳐 놓고 빈스는 그녀의 겨드랑이 사이에 얼굴을 넣고는 "아주 맛있어 보이네, 자기야" 하고 말하고 우리는 아무도 한마디도 하지 않는다. 한 가닥의 금발 머리가 의도된 것 같기도 하고 그렇지 않은 것 같기도 하지만 뺨 위로 흘러내렸다. 이내 우리는 음식도 먹고 술도 마시고 레니와 나는 담배에 불도 붙였고 이번엔 레니가 술을 사는데, 우리가 로체스터에 있는 이 불 호텔을 내내 알고 있었고 이 호텔도 우리를 알고 있었던 것 같고, 우리는 계속 여기 앉아서 만족스럽게 서서히 만취해 갈 수 없는 게 유감스럽고 잭을 마게이트까지 데리고 가야만 하는 게 유감스럽다는 생각을 똑같이 하는 것 같다. 잭도 전혀 개의치 않았을 테고 그를 위해 기분 좋게 취하는 것이 그가 심지어 우리한테 바라는 바였을 것이기 때문이다. *자네들, 내 걱정은 말고 계속 들게* 하고 말이다. 그가 지금 여기 있었다면 그걸 권했을 거고 우리랑 똑같이 하고 있었을 거다. *이보게, 유골은 신경 쓰지 말게* 하고 말이다. 그러나 그가 지금 여기 있었다면 아무 문제도 없었을 테고 아무런 구속도 없었을 거다. 유골도 없었을 테고 말이다. 애당초 우리도 여기 없었을 테니까. 도버행 도로를 따라 반쯤 내려오지도 않았을 테고.

잭이 다 계획을 세워놨는데 딴 일이 생겨 못 온 것처럼 레니가 말한다. "그가 여기 없는 건 심히 유감스러운 일이야."

"그분도 고마워하셨을 거예요." 빈스가 말한다.

"그렇게 급히 세상을 뜨지 말았어야 했는데." 내가 그 기분을 이해하면서 말한다.

"어리석은 사람." 레니가 말한다.

빅은 잠잠하다.

"몹시 불행한 일이야." 레니가 말한다.

우리가 계속 이런 식으로 말하다 보면 금방이라도 잭이 코트 단추를 끄르며 정말 문으로 들어올 것 같다. "자, 모두 속았지?" 하며 말이다.

그때 빅이 우리가 이해할 수 없는 어떤 진실을 조심스레 털어놓아야만 하는 것처럼 말한다. "그가 여기 있다면 우리가 여기 있지 않겠지? 우리가 여기 있는 건 그가 여기 없기 때문이라고."

"아무래도 상관없어." 레니가 말한다.

"그분도 고마워하셨을 거예요." 빈스가 말한다.

레니가 빈스를 쳐다본다.

"그분이 없었다면 우리도 여기 있지 못했을 거예요." 빈스가 말한다. "그분 없었다면 우리가 여기 있지 못했을 거라고요." 자기가 한 말 때문에 난관에 부딪힌 표정이다. 모든 것이 다 동시에 두 가지 의미를 지닌 것처럼 우리도 모두 난관에 부딪힌 표정을 짓는다.

내가 말한다. "소변이나 보러 가야겠어."

그러나 소변보는 게 다가 아니다. 남자 화장실을 찾아서 지퍼를 내리고 나니 눈이 뜨겁고 끈적끈적해지는 걸 느끼게 된다. 이제 위아래 양쪽에서 물이 새어 나오고 있다. 남자 화장실은 춥고 습하고 코를 쏘는 냄새가 난다. 두 대의 콘돔 자판기가 있는데 한 쪽 기계에는 "발광 돔"이라고 적혀있고 다른 쪽에는 "프루트칵

테일"이라고 적혀있다. *네 자지의 접대 일이다.* 간유리 창문이 하나 있는데 엺 창이 반쯤 열려있어서 성벽도 조금, 지붕도 조금, 나무도 조금, 더는 푸르지도 않은 하늘도 조금 보이는데, 이유가 있어 전국 여기저기 경마장이 가까이 있는 곳마다 술집과 주차장과 시장 광장에서 내가 이제까지 사용했던 모든 도자기 변기, 스테인리스 스틸 변기, 시멘트에 타르를 바른 변기에 대해 생각해 본다. 늘 간유리가 들어간 엺 창이 있는데 살짝 열려있어서 어딘가의 후미나 여관의 마당이나 건물 사이의 좁은 통로가 보이고 그 작은 틈새로 세상이 내다보인다. 경마장이 있는 도시들. 소변을 보려고 서있을 때 자신이 취했는지 알 수 있다. 술 한두 잔은 경마에 돈을 거는 데 도움이 된다. 한 잔이나 석 잔은 판단을 망친다. 잠을 이룰 수가 없을 때는 머릿속으로 내가 가본 모든 경마장을 알파벳순으로 열거하고, 도로가 종횡으로 교차하는 잉글랜드의 지도를 본다. 애스콧 경마장 브라이튼 경마장 첼트넘 경마장 동커스터 경마장 엡섬 경마장.

오줌을 털어내고 지퍼를 올린다. 코를 훌쩍이고는 소맷자락으로 얼굴을 쓱 닦는다. 다른 손님이 들어오는데 젊은 사람인데, 그가 보고 있는 것 같지도 않고 볼까 말까 잘 생각해 보고 있는 것 같지 않다. 늙은이들은 눈이 술 취한 것같이 된다. 그는 젊은 사람답게 자신의 물건을 언제나 쓸 수 있도록 잘 정비된 기계인 양 꺼낸다.

자, 그것으로 끝이다. 우는 것이나 오줌 누는 것이 같다. 특히 자동차 여행을 할 때 갑자기 소변이 마려워지는 걸 바라지 않는다.

그런데 술집으로 돌아오면서 테이블에 있는 친구들과 빈 잔을 치우는 여종업원과 멋진 엉덩이와 그 외의 모든 것, 이전에 와본 적도 없고 다시 오지 못할 술집의 모든 실내 장식, 황동 난간, 벽에 걸린 그림들을 보고 있을 때 나는 여기 있지 않은 것처럼 그들을 보고 있는 것 같다. 잭이 아니라 그게 나인 것 같고, 후에 내가 보고 있고 그들 모두 나에 관해 이야기하는 것 같다. 헤이독 경마장 켐프턴 경마장. 나는 여기 없지만 모든 것이 여전히 거기 그대로, 나 없이 계속되고 있는 것 같고, 연이어 마차를 타고 온 승객들이 마차가 머물던 여관을 거쳐 가는 것처럼, 모든 것 그대로 현장이며, 그 모두가 거쳐 가는 장소인 것처럼 말이다.

내가 말한다. "여보게들, 같은 걸로 마실 거지?"

빅이 나를 쳐다본다. 그는 생각하고 있는 것처럼 보인다.

빈스가 편 손바닥을 들어 올리며 진정으로 말한다. "저는 말고요, 레이. 다른 운전기사를 찾고 싶지 않다면 말이에요. 커피 한 잔 주세요. 절반 길이 엽궐련 한 대하고요."

레니가 경례 같은 동작을 하려는 것처럼 빈스를 쳐다본다. 그가 말한다. "난 파르페 먹을 거야."

이게 늘 레니한테 세 번째 음료였다.

나는 마실 것을 주문해서 맥주와 빅을 위한 위스키를 가져간다.

빅이 말한다. "에이미가 오지 않은 것은 좋지만 왔다면 이런 술잔치를 계획하지 않았겠지."

레니가 말한다. "빅, 자네 마시는 게 위스키야 아니면 차야?" 그는 맥주를 조금 소리 내며 마신다. "잭이 우릴 시기하지는 않을 거야." 곧이어 덧붙여 말한다. "아무래도 상관없어."

빈스가 말한다. "뭐가 상관없다고요?"

레니가 말한다. "그의 마누라가 요구를 들어줬더라면 그도 고마워했을 텐데 말이야."

내가 말한다. "그건 다 끝난 문제야. 그녀 대신 우리가 하고 있잖아."

그들 모두 연설 같은 걸 기대한 것처럼 나를 쳐다본다.

나는 맥주를 조금 꿀꺽꿀꺽 마신다.

여종업원이 빈스의 커피를 가져온다. 그는 올려다보고 미소를 지으면서 말한다. "노인네들은 최악이지 않아? 멋쟁이 아가씨."

"'대신'의 문제가 아니야." 레니가 말한다. "여기에 '대신'이 왜 나와? 솔직해야 할 필요가 있는 것도 있어. 우리 중에 친척인 사람은 아무도 없잖아? 아무도 가까운 친척이 아니라고. 빈스조차도 가까운 친척이 아니니까 말이야." 그는 독하고 쓴 맥주를 세

파인트나 마시지 않았다면 쳐다보지 않을 것처럼 빈스를 쳐다본다. 빈스가 담배에 불을 붙인다. "여기 있는 높은 양반도 친척이 아니잖아? 여기 있는 빈스도 우리만큼이나 여기 있을 권리가 없단 말이야. 안 그래, 높은 양반? 특히 내가 보는 바로는 어쨌든 서로 미워하는 사이였기 때문이고, 잭이 다 죽어갈 때까지 그랬지. 서로 미워하는 사이 맞잖아?" 레니는 온통 찌푸린 얼굴을 하고 있다.

빈스가 담배를 뻐끔뻐끔 피우고 있다. 그는 레니를 쳐다보지 않는다. 플라스틱 거시기에 든 우유를 커피에 붓고 설탕 봉지를 찢어 설탕을 쏟아붓고 내내 노는 손으로 천천히 조심스레 집중해서 커피를 젓는다. 다시는 누구한테도 말을 하지 않을 생각인 것 같다.

레니가 더 할 말이 남은 것처럼 입을 열지만, 목구멍에서 딸각 소리만 낸다. "소변이나 보러 가야겠어." 그가 말한다. 갑자기 일어나서 어지러운 듯 주위를 둘러본다. 나는 엄지손가락을 흔들면서 그가 가야 할 방향을 가리킨다.

빅이 말한다. "내 생각에 말이야 —"

빅이 평화를 유지하기 위해 자신의 역할을 할 거라고 기대할 수 있다.

레니는 구부정하게 남자 화장실로 걸어간다. 나는 그도 엉엉 울지나 않을까 생각한다.

빈스는 빈 설탕 봉지를 비웠는데도 불구하고 흔들다가 둥글게 만다. 그러고는 올려다본다. "무슨 생각 말이에요, 빅?" 차분하고도 정중하게 미소를 지으며 커피를 마신다.

"여기서 가까우니까 채텀에 잠깐 들러 추모비를 볼 수 있을까 하고 말이야. 가본 적이 없어서 —"

빈스는 빅을 쳐다본다. 눈썹을 살짝 치켜뜨고 담배를 뻐끔뻐끔 피운다. 빅의 얼굴은 내내 진지하다. 빅에 대해서는 분간하기가 어렵다.

"안 될 거야 없죠." 빈스가 말한다. "어떻게 생각하세요, 레이?" 그는 위원회의 의장이라도 된 것 같다. 나를 재빨리 흘낏 쳐다보고는 다시 빅을 쳐다본다. 레니는 까마득히 잊어버린 모양이다. "그런 일에 종사하는 분이 추모비 같은 것에 싫증이 안 난다면요." 미소를 짓다가 전혀 웃을 일이 아닌 것처럼 재빨리 미소를 지워버린다. "우리가 여기 있는 이유도 그런 거 아니겠어요? 죽은 사람을 기억하는 일 말이에요."

"그렇게 하려면 좀 돌아서 가야 할 텐데." 빅이 말한다.

빈스가 생각하더니 담배 연기를 내뿜는다. "돌아서 가면 되죠."

레니가 화장실에서 돌아온다. 얼굴은 혼자서 싸운 것 같은 표정이고 어떤 표정을 지어야 할지 모르는 표정이다.

그가 말한다. "내 차례지? 같은 걸로 할 거지? 빅? 레이? 빈스? 커피 한잔 더? 커피랑 같이 먹을 것도?"

나는 레니가 그 이상으로 해야 할 거로 생각한다.

빈스는 재빨리 레니를 쳐다보지만 아무 말도 하지 않는다. 눈을 가늘게 뜨고 담배를 빼끔빼끔 피우다가 입에서 아직도 몇 모금이 남은 꽁초를 입에서 빼서 재떨이에 뭉개서 끈다. 그가 말한다. "아저씨는 어쩐지 모르겠지만요, 레니, 저는 마게이트로 가져갈 게 있어서 여기 있는 거고, 우리 모두 그러기 위해 여기 있는 거잖아요. 그리고 여기 있는 빅이 가는 길에 우리가 별도로 가볼 곳이 있다고 해서, 생각해 보고 전 그러기로 했어요. 우리는 죽은 사람들을 기억하기 위해 여기 있는 거잖아요." 그는 시계를 본다. 레니뿐 아니라 우리 모두 갑자기 그를 반대하는 음모에 가담한 것처럼 테이블 주위를 쭉 둘러본다. "두 시 십오 분이 넘었어요. 오후 내내 여기 남아 술을 마시려면 아저씨는 그렇게 하세요. 그런데 저는 당장 차로 가서 마게이트로 갈 거예요. 가시고 싶지 않으면 역이 어디 있는지나 찾아보세요."

그는 마지막으로 커피를 한 모금 마신다. 그러고 느긋하게 일어나서 코트를 입는데 옷이 자리를 잡도록 어깨를 흔들고 옷깃을 잡아당긴다. 그러고 나서 뒤도 돌아보지 않고 걸어 나가자 그의 뒤에서 문이 흔들거린다. 빈스가 어린아이였을 때 그의 영웅은 게리 쿠퍼였다.

분명 우리에겐 아무런 선택권이 없지만 꼼짝 않고 서로를 쳐다본다.

빅이 먼저 일어나고 그다음으로 내가 일어난다.

레니는 움직이지도 않고 낮은 목소리로 말한다 "쓸모없는 놈."

빅이 말한다. "비난하지 말게."

그때 우리는 좌석에 놓여있는 *로체스터 식품 시장*이라고 쓰인 비닐 쇼핑백을 보게 되고 레니의 얼굴에 새로운 불꽃이 비치는 것처럼 그의 눈에는 새로운 표정이 보인다. 그는 쇼핑백을 집어 들고 코트를 거머쥔다. 그가 맨 먼저 문으로 가지만 빈스가 다시 들어올지도 모른다고 잠시 생각하고 있는 것처럼 잠시 기다리며 문 앞에서 멈춰 서있다. 이내 우리는 문을 밀어 열고는 따라간다.

빈스는 우리가 온 길을 다시 걸어가고 있다. 시내 중심가는 하나의 본보기처럼 보인다. 그는 돌아보지는 않지만 지나치게 앞서 가고 싶지는 않은 것 같다. 우리는 그를 따라가고 레니는 쇼핑백을 들고 앞서서 급히 가고 있다.

"이보게, 높은 양반!"

빈스는 뒤를 돌아보지 않지만, 걸음걸이가 빨라지면서 어느 정도 앞으로 나아간다.

"이보게, 높은 양반!" 생각지 못할 정도로 레니는 굉장히 빨리 가고 있다. "잊어버린 거 있잖아? 자네가 잊은 게 있다고!"

그런데 빈스의 어깨는 올라가는 만큼이나 빨리 내려가는 것 같고, 계속 걸어가고 있지만 다리가 밧줄 끝에 묶여있는 것처럼 더는 앞으로 나아갈 수 없는 것 같다. 그는 목이 고정된 것처럼 돌아보지 않는다. 이내 레니가 그를 따라잡고 빈스는 다른 사람이 대신 자기 목을 확 돌려야 하는 것처럼 천천히 고개를 돌린다.

"이거 잊어버렸잖아? 커피 말이야. 우리 없이도 할 수 있다고 생각하는지 모르지만, 이거 없이 마게이트로 가면 엄청 바보 같을 거야."

레이

그가 말한다. "내 친구 럭키가 거기 없었다면 말이야."

저 검은 머리의 매력적인 간호사, 켈리 간호사다. 그녀가 그의 링거 주사액을 교환하러 왔다. 놀이할 때 던지는 물건인 것처럼 포도당 팩을 들고 있다. 자, 이거 잡아. 말을 받아넘기는 데 익숙한 것처럼 그녀의 눈이 그렇게 반짝인다.

그는 그녀에게 보여주었던 자신의 예전 상처가 있는 어깨 위로 환자복 상의를 잡아당긴다. 그가 말한다. "내 친구 럭키를 당신한테 제대로 소개한 적 없지?"

그녀가 내게 미소를 던진다.

"우리는 그를 럭키라고 부르지만 진짜 이름은 레이야. 레이 존슨이라고."

그녀가 말한다. "안녕하세요, 레이. 안녕하세요, 럭키. 근처에서 본 적이 있어요."

"들었어, 레이? 그런데 레이, 이 사람은 조이야, 조이 켈리."

우리가 그의 집에 있고 자기 손님인 것 같다.

"이름도 조이지만 천성도 이름처럼 기쁨이야."

그녀는 이전에 많이는 들어본 적이 없는 것처럼 미소를 짓는다.

"나하고 레이는 자네가 태어나기도 훨씬 전 아주 옛날로 거슬러 올라가지. 로멜과 싸웠지. 럭키가 내 생명을 구해준 게 한 번만이 아니라고."

"틀렸어." 내가 말한다. "그 반대지."

"럭키가 내 생명의 은인이야."

그녀가 링거액을 바꾸려고 손을 뻗는다.

"그와 같이 있으면 재수가 좋아서 그를 럭키라고 부르지. 그리고 자네가 내기에 돈을 걸고 싶으면 그때 필요한 사람이 바로 럭키지."

그녀는 새 링거액을 건다.

"나하고 레이가 자네가 신고 있는 게 팬티스타킹이 아니라 그냥 스타킹이라는데 내기를 건 것처럼 말이야."

그녀는 아무 말도 없이 링거액을 만지작거린다. 그러고 나서 그녀가 말한다. "그건 좀 말씀드리기 곤란한데요."

"예상했다고 말할 생각은 없었는데."

"베개는 어떠세요? 받쳐드려요?"

그녀가 그에게로 몸을 숙일 때 그가 말한다. "이런 곳에서 일할 때는 제안을 받아들여야 해." 아직 제안도 한번 하지 않은 것처럼 말이다.

그녀가 말한다. "여자는 언제 자신이 안전한지를 알죠."

"남자는 언제 자신이 위험하지 않은지를 알지." 그는 굴복하는 것처럼 관들이 박혀있는 팔을 들어 올린다. "하지만 여기 있는 레이한테는 해당이 안 돼. 레이하고 있으면 괜찮아. 레이는 운이 좋으니까. 게다가 레이는 나처럼 결혼한 것도 아니고." 그는 다시 팔을 들어 올린다. "한 쌍의 멋진 이름인데. 멋진 한 쌍이야. 레이와 조이 말이야."

그녀는 몸을 똑바로 편다.

"그가 작기는 하지만 —"

"저게 다 된 거군요." 그녀가 말한다. "이건 가져갈게요."

그의 소변 통이다. 색이 아주 짙고 피가 섞여있다.

"봐, 레이. 그녀가 하는 일이라곤 소변 가져가는 거야."

"나중에 올게요." 그녀가 가면서 말한다. 동의 못 하겠다는 뜻의 미소를 나에게 다시 지어 보인다.

그가 말한다. "레이, 내 생각에 자네 관심 있는 것 같은데. 관심이 있는 것 같아. 내가 자네한테 데이트를 주선할 줄 모를 거라고는 하지 말게."

채텀

레니가 숨을 헐떡이며 말한다. "그게 저 빌어먹을 언덕 위에 있다고 그가 말한 적은 없잖아."

그가 그런 말 한 적이 없고, 어디 있는지 모른다고 말하지도 않았다. 우리가 발길을 멈추고 물어보고는 저 언덕 꼭대기에 해군 추모비인 하얀 탑이 있는데 보면 금방 알 수 있다는 대답을 듣는다. 모든 사람이 볼 수 있도록 등대처럼 곧추서 있고 그 꼭대기엔 등탑 대신에 둥근 초록색 구체가 있는데 육상의 지표가 되고 있다. 그러나 거기 가는 방법이 씌어있지 않고 표지판도 없다. 아무도 거기 가는 길을 기억하지 못하는 이상한 추모비다.

우리는 이 언덕이 그 사이에 있어서 반은 채텀시를 돌아서 반은 채텀 해군 공창을 돌아서 가는데, 빈스가 레니 때문에 처음부터 화가 났었고 지금도 화를 내고 있다. 빅한테까지는 화를 내지 않으려고 애를 쓰면서 레니에 대한 분노의 보상으로 빅에 대해서는 인내의 본보기처럼 보이려고 한다. 레니가 빅에게 말한다. "자네 해군에 있을 때 항해술 안 배웠나?" 빅은 이게 그의 생각이고 전적으로 그의 생각이었기 때문에 다시 앞자리에 앉아있고 그가 그런 말을 해서 미안해하는 것처럼 보인다. 그런데 심지어 그것조차 빅의 목적에 도움이 될 수 있을 것 같다. 어떤 식으로든 주위를 딴 데로 돌리고 이번만은 자신이 책임을 지고 빈스와 레니의 분노를 식히겠다는 목적 말이다. 그러나 빈스의 분노는 그릴 팬처럼 뜨겁다. 빅이 희생을 하려고 하고 있고 훌륭한 희생자가 된 것 같은데, 여하튼 한때 소위 말하는 희생을 스스로 했기 때문에 잃게 된 자신의 옛 친구들의 이름이 그 추모비에 새겨져 있음이 틀림없으며, 그러니 그들을 부정하는 것은 좋지 않다. 우리가 거기 가게 되면 말이다.

마침내 우리는 언덕을 반쯤 올라가서 시청의 건너편에 있는 주차장을 찾아낸다. 그런데 주차장이 시청 건너편에 있지만, 채텀시가 끝나고 황무지가 시작되는 것 같다. 채텀은 야영지나 다름없는 것 같다. 나지막한 덤불 숲이 있고 추모비가 있어야 하는 곳까지 그 숲 사이로 난 진흙 길이 있지만, 나무들 때문에 추모비가 보이지 않고 표지판도 없고 아무것도 없다. 우리가 마신 맥주에다가 흥분 상태에서 채텀 주변을 이리저리 왔다 갔다 하는 바람에 레니와 내가 또 몹시 소변이 마려웠는데 나무들이 있고 이곳이 사실상 나쁜 일을 꾸미고 있는 게 아니라면 아무도 가지 않을 곳처럼 보여서 다행이다. 그래서 주차장에서 멀어지자마자 편의를 보기 위해 우리는 길에서 벗어난다.

레니가 숨을 헐떡이면서 동시에 소변을 보면서 말한다. "그게 저 빌어먹을 언덕 위에 있다고 그가 말한 적은 없잖아. 그런데 우리가 책을 위해 이러는 건 알지만 오늘이 현충일인지는 몰랐는데."

내가 말한다. "빅한테는 잘된 일이지. 근데 우리 같은 육군 전몰장병들한테 경의를 표하려면 훨씬 더 힘들지 않겠어?"

그가 말한다. "사정이 어떤지 잘 모르겠군."

우리가 얼마 가지는 못했지만, 그가 거칠게 숨을 쉰다. 그의 얼굴은 딸기잼처럼 빨갛다. 빅은 저기 앞에서 제대로 보여주겠다는 것처럼 결연하게 혼자서 걸어가고 있다. 그가 돌아보다가 레니와 내가 덤불 속에서 소변을 보는 것을 본다 해도 별로 도움이 될 것 같지는 않다. 위스키 덕분에 유리한 입장이 된다. 그도 숨을 헐떡이는 게 보이지만 돌아서 서둘러 가고, 빈스는 빅보다도 훨씬 앞에 있는데 마치 자신이 팀장이고 부상을 입은 채 걸어가는 한 무리를 기다리기보다 빨리 꼭대기에 도착해서 끝내버리고 싶은 것처럼 스스로 불끈하여 뒤도 돌아보지 않고 간다.

그는 *로체스터 식품 시장*이라고 쓰인 비닐 쇼핑백을 들고 있지만, 커피는 꺼내놓았다.

나무에는 싹이 나있다. 가지 사이로 햇빛이 비친다.

레니가 말한다. "해군 의용 예비대. 빌어먹을 구축함."

우리는 계속 가고 길은 점점 가팔라진다. 숲에서부터 길이 어디로 나 있는지를 볼 수 있고 바람에 흔들리는 한두 그루의 말라빠진 관목과 엷은 색의 차가운 풀이 길게 자란 걸 볼 수가 있다. 추모비는 전혀 보이지 않는다. 빈스가 멈춰 서서는 엉덩이에 한 손을 얹고 경치를 구경하는 것처럼 주위를 둘러보는 게 보인다. 그의 코트가 바람에 펄럭인다. 빅은 빈스에게 점점 가까이 가고 있다. 무슨 말인지 들을 수는 없지만, 빈스가 빅에게 무슨 말을 하는 것이 보인다. 그러고 나서 빈스가 우리를 내려다보는데 우리가 고생하는 걸 지켜보는 걸 즐기는 것 같다.

레니가 멈춰 서서 기침을 하고는 침을 뱉는다. 빈스를 쳐다본다. "그가 이제는 그걸 놓지 않겠지?" 우리는 계속 비틀거리며 걷다가 레니가 다시 멈춰 서는데 가슴이 한 쌍의 풀무처럼 움직인다. 앞으로 몸을 구부려 손으로 무릎을 짚는다. "레이, 날 두고 먼저 가게" 하고 레니가 말하려고 하는 것 같다. 입가에 약간의 거품이 보인다. 우리가 잭에게 마지막 작별 인사를 하기도 전에 레니가 먼저 죽는다면 좋지 않을 거란 생각이 든다. 우리 누구한테도 좋지 않을 것이다. 나도 기분이 썩 좋지는 않다.

하지만 레니는 천천히 몸을 일으킨다. 잠시 한 손을 내 어깨에 얹고는 기댄다. 빈스가 쳐다보고 있다. 그때 레니는 내 등을 주먹으로 슬쩍 민다. 내 생각을 읽은 것처럼 말한다. "죽기 아니면 까무러치기지, 레이?"

우리는 아무 말 없이 계속 가는데 숨쉬기도 너무 힘들어 말할 수 없을 지경이다. 이내 숲 밖으로 나오게 되자 갑자기 추모비가 보이는데 예상하고 내내 우리를 기다리고 있었던 것 같고 탑의 기초는 산마루 뒤에 감춰져 있지만, 탑은 하늘을 배경으로 하얗게 높이 솟아있다. 거기에 해당하는 말이 있다. 우리는 언덕이 아래로 경사져 있어서 아래쪽으로 펼쳐진 경치를 볼 수 있다. 채텀은 로체스터와 만나고, 강이 굽은 곳에는 두루미들이 곧추서 있으며, 성당은 커다란 늙은 새가 둥지에 앉은 모습 같다. 어떻게 도시가 현재의 위치인 교량 옆 강가 우묵한 계곡에 자리를 틀게 되었는지를 볼 수 있고, 언덕이 생긴 모양 때문에 강이 어디에서 감돌게 되는지를 볼 수도 있다. 창문들과 자동차에 빛이 반짝이는 걸 볼 수도 있다. 구름층 아래로부터 햇빛이 엷은 색 풀밭을 비추고 있고 우리는 아직도 올라가고 있지만 이미 쉽고 편하고 안전한 지대로 들어선 것 같다. 추모탑이 우리를 자기 쪽으로 잡아당기고 있는 것 같다. 방첨탑이다. 그 말이 바로 방첨탑이란 말이다. 햇빛이 거기에 비친다. 하얗고 키가 크다. 탑은 둥둥 떠가는 것처럼 보이는데, 그 이유는 뭐하고 붙어있는지 보이지 않기 때문이고, 거기 가까이 다가가면 또 다른 곳으로 이동해 버릴 것 같다. 아직도 길을 알려주는 표지판이 없이 바람에 흔들리는 마구 자란 풀과 울퉁불퉁한 길만 있고 우리 말고는 아무도 없다. 지어진 다음에 잊힌 것 같다. 빈스는 앞에서 계속 가고 있어서 점점 가까워지고 빅은 그 뒤를 따라가고 있다. 여기 올 생각이 반쯤밖에 없어서 우리는 반만 온 것 같았는데, 이제 우리는 이 언덕 꼭대기에 함께 있다. 가치 있는 노력의 결과 같다. 바로 그거다. 엄청나게 대단한 가치 있는 노력의 결과 같다.

빅

… 그러므로 우리는 그 시신들을 바다로 보낸다.

바다가 울부짖듯 쉿 소리를 내며 치솟곤 했고 앞 갑판에 마지팬 같은 얼음이 있고 뱃머리는 곤두박질치면서 세차게 부딪히곤 했기 때문에 포탄이나 어뢰를 쏘는 또 다른 적들이 필요가 없을 만큼 바다만으로도 충분히 위험한 지경이었다. 혹은 저 높이 달빛이 비치는 밤에 바다는 엄청나게 넓고 고요하게 펼쳐지고 호송선은 호수 위의 오리처럼 흩어져 있다. 둥둥 떠가는 관들. 고요한 바다와 성난 바다 중 어느 쪽이 더 나쁠까? 혹은 흔들리고 진동하는 철판을 통해 바다를 볼 수는 없지만 느낄 수는 있다. 바다를 보기 위해 해군에 입대했지만 보게 된 것은 배 안의 어지러운 내부였고, 맡은 것은 소금기 나는 바다 공기가 아니라 배 안의 역겨운 냄새, 기름 냄새와 엉망진창인 실내의 탁한 공기와 요리사가 최근에 만든 명색뿐인 음식과 젖은 더플백과 바라클라바 모자와 에테르와 럼주와 끈 모양의 무연 화약과 구토 냄새였는데, 거대하게 솟아오르는 해협에서 언제까지나 금방이라도 있을 수도 있었을지 모르는 곳, 그곳에 이미 있었던 것처럼 말이다.

그가 내 위로 몸을 숙였고 내가 자고 있기를 그가 바라고 있다는 것을 나는 알았지만, 눈을 뜨고 있었으므로 내가 물었다. "할아버지 돌아가셨지요?" 내가 알고 있었기 때문이다. 습한 밤공기로 인해 그의 볼은 차가웠고 머리카락은 축축했지만, 옷에서는 아직도 병원 냄새가 났고 할아버지의 냄새가 났다. 그 냄새는 늘 있는 냄새와 별로 다르지 않았는데 그의 피부에서 다른 죽은 사람들의 피부에서 나는 냄새가 났기 때문이고, 그 일이 그의 일상의 업무였고 할아버지의 일이었기도 했었다면 그게 할아버지였을 때 그다지 중요하게 여기지 않을 수 있었을지도 모른다.

그가 말했다. "그래, 할아버지가 돌아가셨다." 나는 그가 내일 아침까지는 말하고 싶지 않았다는 것을 알았다. 그를 위해 모른 척할 수도 있었을지도 모른다. 그로 인해 내가 할아버지가 사망했다는 걸 알고 있는 채로 창문에 비가 치는 이 낯선 방에 혼자 남아 온 밤을 견딜 수밖에 없었을 거란 걸 그가 이제 알게 되었다. 그러나 나는 내가 그 일을 할 수 있고 내가 받아들일 수 있다는 걸 그가 알기를 원했다. 그가 한 일을 내게 말했을 때처럼 말이다. 그는 사람들이 죽었기 때문에 사람들을 상자에 넣었다. 하지만 이번은 그냥 사람이 아니라 할아버지였다.

내가 말했다. "혼자서 할아버지를 염할 거예요?"

그가 말했다. "물론이지."

그는 내 위로 몸을 숙이면서 말했다. "편히 잘 자라."

창문을 두드리는 빗소리는 바늘이 부딪치는 소리 같았고 바람은 쌩쌩 불어댔다. 할아버지가 사망했다면 비가 내렸을 텐데, 사망했을 때 정말로 온종일 비가 내렸다. 그러나 나는 그가 있던 곳에서 바깥 날씨를 알고 있었다고 생각하지 않으며 바깥 날씨가 중요했다고도 생각하지 않는다. 해가 나든 비가 오든, 춥든 따뜻하든 간에 말이다. 혹은 병실 끝쪽에 있는 커다란 창문으로 가면 보이는 바다가 빛나고 물결이 잔잔한지 물결이 일고 잿빛인지를 볼 수 있었다면 말이다. 할아버지는 볼 수가 없었지만 말이다.

그게 바로 할머니와 할아버지가 여기 온 이유였는데 바닷가에 있기 위해서다. 벡스힐온 씨 마을에 말이다. 그때 사람들이 가던 곳이다.

오늘 같은 밤이면 바다에 나간 사람들을 생각할 수 있었을 테고 자신은 따뜻하고 안전하고 편안하다고 생각할 수 있었을 것이고 바다에 나간 사람들도 자신이 따뜻하고 안전하기를 틀림없이 바랐을 거란 생각을 할 수 있었을 거지만 할아버지는 더는 그런 생각을 할 수가 없었다.

나는 그들이 아래층에서 이야기하는 걸 들을 수 있었는데 무슨 말인지는 모르겠고 목소리만 들렸다. 그날 밤 나중에 잠에서 깼을 때 그들도 깨어있다는 걸 소리로 알 수 있었다. 목소리는 들리지 않고 바람 소리와 빗소리만 들렸지만, 그들이 깨어있다는 걸 소리로 알 수 있었다. 나는 어둡고 바람에 덜걱거리는 이 집에서 우리 모두 자지 않고 누워있다는 것을 소리로 알 수 있었는데, 그 낯선 병실에서 자지 않고 누워있는 할아버지가 그 주위에 다른 사람들이 같이 있는데도 불구하고 혼자였고 다른 사람들도 모두 혼자였다는 게 우리 각자와 다를 바 없었고, 이 집에 우리 모두 함께 있었지만, 각자의 침대에서 언젠가 영영 그렇게 되듯이 시트를 덮은 채 실제로 혼자였던 것처럼 말이다.

우리는 터커 집안 사람이고 죽은 사람들을 돌본다. 생계를 위해 우리가 하는 일이다. 우리는 죽은 사람들을 염한다.

민간인으로서 직업: 장례지도사

배에서의 사정이 그렇듯이 이런 사실은 화재처럼 빨리 퍼졌다. "여기요, 부갑판장님, 우리 배에 무덤 파는 자가 있습니다." 학교 운동장에서 "너의 아버지 뭐 하는지 안다"라는 말처럼 말이지만 그 당시 나는 시신을 만져본 적도 없었고 바다나 전쟁에 나가본 적도 없었다. 터커 집안의 가업을 잇지 마라, 피할 수만 있다면 하지 마라, 터커 집안의 생업을 받아들이지 마라. 그게 자신의 장래 기회를 바꿀 방법이었던 것처럼 말이다.

나는 이것에 대해 조금 알고 있다고, 사람들이 무엇을 두려워하는지에 대해 알고 있다고 말하고 싶었다. 채텀 해군 수병이 두 달 안에 별로 배우지 못하는 것처럼 나는 배와 신호와 방위와 측심에 대해 별로 알지 못한다. 하지만 사망자에 대해 알고 있고, 죽은 사람들에 대해 알고 있으며, 여하튼 바다가 우리 모두를 둘러싸고 있다는 것을 알고 있다. 심지어 육지에서, 그 이름들을 볼 수 있는 채텀의 이 높은 언덕 위에서조차 우리는 모두 바다에 나가 있다. 선실에 있는 우리 모두 죽게 될 것이다.

떠가는 관들.

*로디언 호*가 전방에 포격을 당했고 나는 전위 사격대였지만 호스를 가지러 선미로 보내졌고 그때 두 번째 포탄이 떨어져서 뎀프시, 리처즈, 스톤, 맥리오드가 전사했을 때 나는 누구보다도 생존의 고통이 더 크다는 걸 알았다. 봤지, 터커가 아니었어. 뎀프시와 리처즈였지 터커가 아니었다고. 자신의 장래 기회를 바꿀 수 있을 것처럼 말이다.

그는 내 인생은 내가 선택하도록 나한테 가업을 지키게 하지 않겠다고 말했다. 단지 자신과 할아버지 때문에, 터커 집안이기 때문에 말이다. 하지만 적어도 나는 알지도 못하고 보지도 못한 채 결정을 해서는 안 되고 근거 없는 두려움 때문에 불리한 결정을 해서도 안 된다. 그래서 나는 시험 삼아 하겠다고 말했다. 그래서 그는 내게 보여주면서 설명했고 실제로 무서워할 게 전혀 없고 두려워할 게 아무것도 없다는 것을 알았다. 그럼으로써 오히려 더 차분해지고 확신을 하게 되었다. 나는 열네 살이었고 우리 둘은 장의사에 함께 있었다. 우리 셋이 되었다. 그래서 후에 내가 말했다. "예, 좋아요." 자신의 인생이 자신에게 맞춰져 있어서 자신의 장래가 바뀌었다. 그래서 뱃사람이 되기 위해 달아나는 것처럼 다른 어리석은 생각을 갖기에는 너무 늦어버렸다.

그 아무도 자진해서 맡으려 하지 않는 데다가 할 능력이 충분히 있는 나한테 이 일이 딱 맞는 직업이라고 그들이 말했다. 뱃사람들은 인어니 괴물이니 하는 말도 안 되는 생각과 이 호송선이 그들에게 마지막이 될 거라는 어리석은 생각을 한다. 그래서 우리가 아이슬란드를 떠난 지 나흘 만에 생존자를 구하기 위해 배를 멈추었을 때 그들은 모두 터커가 해야 할 일이 생겨서 터커가 바빠지겠다고 생각했다. 그런데 하갑판을 꽉 채웠다가 얼마 후에 도로 버릴 거라면 죽어서 반쯤 얼어버린 전사자들을 왜 구하는 걸까? 그들은 바다에서 왔다가 커다란 잿빛 파도 속에 텀벙 소리도 내지 않고 바다로 돌아간다. 터커가 그들을 처리할 것이고 터커가 그 일을 잘한다. 얼마 후에 나는 심지어 존경과 배려를 받았다. 동료들을 비난해서 안 되고 그들에 대해 편견을 가져서도 안 된다. 그로 인해 반대로 되었다. 사람들이 터커의 마음에 들고 싶어 하고 터커와 사이좋게 지내고 싶어 한다. 그래, 내가 배에서 부기맨이 될 거야. 누군가는 해야 하니까. 여기 터커가 있으니 두려워하지 마라. 터커라는 성은 빅터라는 이름과 운이 맞고 승리의 뜻이 담긴 빅터는 전쟁에 좋은 이름이다. 터커가 해줄 거고 터커가 처리할 거다. 목수나 밧줄 제작자나 외과 의사처럼 민간인 시절의 기술을 이용하는 것이 군대의 전통이다. 군대에서는 사망자를 처리하는 자체의 전통이 있다. 바다에서 건짐. 돛베를 접고 포탄으로 된 추를 달고 만약의 경우에다가 관례상으로 가엾고 불운하지만 아주 훌륭한 해군 병사의 코를 마지막으로 한 번 꿰매는 전통 말이다.

빅이 중요하게 생각하는 이름이 어떤 것인지를 우리한테 말하지 않고 그저 보기만 하면서 입 다물고 있을 것 같다.

이 방첨탑은 한복판에 있고 1914년부터 1918년 사이의 전몰 용사를 위한 추모비이고, 커다란 반원 모양의 흰색 돌로 지은 높다란 벽으로 우리가 들어온 철문이 중간에 있고 둥근 면 안쪽 벽을 이루고 있는 석판마다 이름이 새겨져 있었는데, 마권에 있는 경주마의 이름처럼 1939년까지 쭉 기록되어 있다. 함장, 부함장, 수습 장교, 부사관, 일급 해원, 이급 해원, 심지어 병사들도 있다. 그런데 배 위에 온 세상이 다 있는 것처럼 화부, 신호원, 요리사, 전신 기사, 엔진실 기술공, 병실 간호사도 있다.

이름들만 봐서는 구별을 할 수가 없는데, 왜냐하면 어림 잡힌 확률도 없고 출발 직전에 거는 돈의 비율도 없기 때문이다. 마권에 익숙하면 눈으로 마권을 훑고 내려가면서 머릿속으로는 마권 영업자가 손해를 보지 않을 거고 돈을 거는 사람이 잃을 거라는 걸 알아낼 수 있다. 보험 회사가 계산을 해서 어떠한 불운이 보통의 피보험자에게 닥치더라도 결국에는 별로 손해를 보지 않을 거란 걸 알고 있는 것처럼 말이다. 자신이 운이 좋다고 생각 들게 할 만한 도박이 항상 있고 돈을 쓰지 말고 상금도 지켰어야 하는 건데 하고 생각하게 할 더 폭넓은 수학적 계산이 항상 있다. 그건 자신의 근본적인 태도에 달려있다.

그러나 주어진 확률도 없고 폭넓은 수학적 계산도 알 수 없을 때는 아무 입장을 가지기가 어렵다. 그런데 놀랍게도 앞쪽에 튀어나온 방첨탑이 있는 언덕 꼭대기의 하얀 벽 위에 그 이름들이 황동으로 새겨져 있다는 것은 중요하지 않지만, 이름들을 훑어봄으로써 분간할 수 있는 것은 한 사람이 단지 하나의 이름이라는 것이다. 이 말은 이름이 붙어있는 사람과 한 사람의 일생에 관여한 누군가에게 중요한 의미가 있다는 말이지만 그 이상으로 중요하지는 않다. 군대나 해군이나 보험 회사나 경마에 건 돈의 금액 표시기처럼 더 오래 존속되는 것들한테 아무 가치가 없지만, 그 이름은 모두 사람이 죽어 찍소리도 못 낼 때도 계속된다. 이름들을 보면서 취하게 될 단 한 가지 현명한 태도가 있고 지혜로운 말 한마디가 있다. 미키 데니스와 빌 케네디가 전사했을 때처럼 말이다. "내가 아니야. 내가 아니었어. 절대 내가 되지 않을 거야." 그리고 얻게 되는 교훈이 딱 하나 있는데, 그건 기분 나쁜 만큼 기분 좋고, 지금 하는 것이 사는 것이 아니라는 것이며, 그걸 사는 것이라고들 하지만 그건 살아남는 것이라는 거다.

그러나 나는 살아남기를 할 수 있을 것 같고 아직도 살아남기를 다시 살기로 바꿀 수 있을 것 같다. 폭넓은 수학적 계산은 잊어버리고 도박을 취할 수 있다. 조금 살고 다시 살 수 있을 것 같다. 손자가 하나라도 생긴다면 나보다 오래 살 내 손자들을 볼 수 있을 거다. 살아남은 내 인생 동안 말이다.

나는 세상을 볼 수 있을 거다. 방콕에도 갈 수 있을 거다.

나는 에이미한테 말할 수 있을 거다. "부족한 돈에 대해서 말인데."

그가 거기 서서 말없이 바라만 보고 있다. 그의 얼굴은 이름 목록처럼 말끔하고 진지하다. 모자를 벗어서 주머니에 집어넣는다. 꼭대기에 있는 머리카락이 바람에 치켜세워진다. 빅이 수병복을 입고 선원 춤곡에 맞춰 춤을 추며 밧줄을 타고 다른 배를 향해 고함치는 걸 상상하기는 쉽지가 않다. 레니는 출입문 바로 안쪽에 몸을 구부린 채 서있는데 언덕을 올라오느라 가쁜 숨이 정상으로 돌아와야 곧바로 뭐가 뭔지 살펴볼 여유가 생길 것처럼 보인다. 그가 나를 쳐다보는데 이곳이 수병들을 위한 장소이지만 우리 같은 노병들도 자기 몫을 다해야 할 것 같다고 말하는 듯하다. 바다냐 사막이냐 딱 잘라 말할 수 없을 것 같다. 빈스가 방첨탑을 향해 살금살금 걸어갔다. 하얀 돌 위로 햇빛이 눈부시게 비친다. 출입문 양쪽으로 더플코트를 입고 긴 장화를 신은 수병 석상이 세워져 있는데 사격 자세로 허공을 바라보는 모습이 마치 레니가 빈들거리거나 실제로 몸을 수그렸을 때처럼 보인다. 출입문은 파란색으로 칠해져 있다. 문 꼭대기에 "여기 있는 모든 이는 살아서 존경을 받았고 그 시대의 영광이었다"라고 적혀있다.

빈스

노인네들.

레니

그래도 나를 위해 집사람이 나올 거로 생각하고 싶다. 비록 그녀를 그리 우스운 꼴로 만들지는 않겠지만 말이다. 그 반대라고 해도, 나도 그녀를 위해 똑같이 할 거다. 그럴 리는 없겠지만 말이다.

빌어먹을 언덕 때문에 거의 죽을 뻔했다.

도의의 문제, 바로 그 때문이다.

저 탑 같은 것 밑에서 빅은 서서 쳐다보고 있고 레이는 빈스와 얘기를 나누러 갔다. 그들은 탑을 쳐다보고 있는데 마치 넬슨 동상을 쳐다보고 있는 여행자들 같다. 거기가 어디든 간에 탑에 "헬리고랜드"라고 쓰여있다. "헬골란트 섬, 윌란 반도. 도거 뱅크." 그들이 탑에 관해 이야기하는 것 같지는 않고 뭔가 다른 것에 관해 이야기하고 있는 것 같은데, 순전히 두 사람만의 이야기 말이다.

글쎄, 나만 여기서 왕따인 것 같은데, 차를 타고 맥주를 마시고 언덕을 오르는 동안의 이 야단법석 속에서 나만 왕따다. 저기 빅은 하루 동안만으로는 충분히 보지 못할 것처럼 사망자의 명단과 함께 있고, 저 바보 같은 두 놈은 탑 아래에 도둑처럼 서있다. 나는 레이가 저 바보 같은 놈하고 어떻게 친한 사이가 될 수 있었는지 전혀 이해가 되지 않았다. 빈스 때문에 망쳐진 딸이 그에게 없었던 것 같은데, 수지가 먼저 오스트레일리아로 사라지지 않았다면 그랬을는지도 모르겠지만 말이다.

레이와 잭은 사막으로 돌아갔는데 그 사막은 포병인 나 테이트가 간 사막과 같은 사막이지만 난 그때 그들을 둘 다 알지 못했다. 빅과 잭은 오십 년 동안 대부분을 마주 보는 자리에서 도즈 정육점과 터커 장의사를 운영했다. 그리고 잭과 빈스가 있는데 하나는 쇼핑백 안에 있고 하나는 중고차에서 내렸다.

거의 오십 년 동안 규칙적으로 그의 술친구였다는 점을 고려하지 않아도 내가 여기 있는 이유는 오로지 샐리 때문이다. 우리가 할 수 없었을 때 잭이 그 애를 바닷가에 데리고 갔기 때문이다. 그건 친절한 보살핌이었고 그 애가 이제껏 별로 받아보지 못한 호의였다. 그래서 지금 나는 잭을 데리고 가는 것이다.

그건 도의의 문제다. 병사의 의무도 있고 수병의 의무도 있다. 헬골란트 섬. 윌란 반도. 하지만 나한테 묻는다면 그건 명령만큼이나 도의도 아니다. 일반적으로 평생 자신의 의무를 다하는 것은 또 다른 문제이고 더 힘든 일이다. 잭은 훌륭한 군인이었고 훈장을 받았어야 한다고 레이가 늘 말했지만 시비 스트리트로 돌아온 후 얘기라면 우리나 마찬가지로 잭은 최고사령부로부터 정육점 주인 말고는 아무것도 될 수 없다는 명령을 하달받은 듯이 자신이 아는 일에 끈덕지게 달라붙는 것밖에 몰랐던 것처럼 말이다. 사실상 그 가게가 빌어먹을 그의 평생 일자리였다.

그 당시 그는 바닷가에 가고 싶어 했다.

그들은 그 탑 옆에 서있을 때 회합을 정탐하는 두 명의 스파이처럼 보인다. 그들 중 하나는 쇼핑백을 들고 있는데, 저 봐, 수상하게 보이는 쇼핑백이다.

샐리는 높은 양반에 대한 반발로 그 미치광이 녀석하고 결혼했고, 나도 그 애를 나무랄 수 없지만, 그 애가 잘못 한 것 같다. 토미 타이슨, 펜턴빌 교도소에 수감 중이다. 그 애가 그 녀석한테 충실했어야 하는 건데 그러지 못해서 그가 출소하면 더 안 좋아질 거다. 그 애가 계속 그를 보러 갔어야 하는 건데. 에이미가 준을 보는 것처럼 말이다.

그건 자신의 과오에 대한 대가를 치러야 하는 문제이다.

캐럴이 레이를 버리고 도망가지 말았어야 하는 것처럼 레이도 수지와 화해를 했었어야 하는 것처럼 말이다. 달아나는 일도, 버리는 일도 결코 없었어야 한다. 빈스는 거의 모든 것에 대해 잭과 에이미에게 은혜를 입었고 잭은 어느 모로 보나 그 애의 아버지기 때문에 자기한테 바라는 일을 열심히 했었어야 하는 것처럼 말이다.

그리고 잭도 스스로 단념하지 말았어야 했다.

나도 마찬가지다.

샐리는 아니겠지만 집사람이 나올지도 모른다.

그들은 탑 뒤쪽으로 돌아간다.

그래서 해마다 자신의 의무를, 특별한 의무를 항상 다해온 사람이 에이미라고 할 수도 있다. 내가 들은 바로, 그렇다고 결코 불평 한마디 하지 않았다. 그녀가 준을 보러 간다면 지금 보고 있을지도 모른다. 그런데 내일 준을 볼 수도 있을 거고 어제 봤을 수도 있었을 텐데. 잭을 위해 하루 정도는 할애할 수도 있었을 텐데 말이다.

레이

빈스는 마치 방첨탑에서 갑자기 뭔 일이 일어날까 봐 눈을 떼고 싶어 하지 않고 나를 쳐다보지 않아도 되어서 다행인 것처럼 방첨탑을 아주 열심히 올려다보고 있다. 우리가 빅과 레니로부터 가만히 떨어져 나온 게 이번이 처음이다. 등 뒤로 햇빛이 비치고 경치가 보인다. 그는 양손을 주머니에 넣고 있는데 왼쪽 손목은 쇼핑백 손잡이 사이로 나와있다. 비닐 백이 분명 무겁게 느껴질 테고 자기한테 방해가 될 텐데 개의치 않는 것 같다. 그 비닐 백과 떨어지고 싶지 않은 모양이다.

… *바다 말고는 다른 무덤이 없는 자들.*

그는 방첨탑을 올려다보고 나는 그를 올려다본다. 키는 자라지 않고 나이를 먹는 것은 힘든 일이다. 그런데 방첨탑이 분명 빈스한테 조그마한 영향을 미쳤나 본데, 왜냐하면 그가 날 보려고 고개를 돌리지는 않지만 나는 그의 얼굴이 아주 순진하고 고귀해지는 것을 볼 수가 있기 때문이다.

그가 고철 야적장에 대해 내게 끈질기게 물어보는데 내가 입장을 어떻게 정해야 할지 몰랐을 때와 같다. “레이 아저씨” 하며 그가 날 찾아왔다.

그는 선글라스 가져오는 걸 잊어버려서 눈을 가늘게 뜨고 하얀 돌을 본다. 그가 다른 넥타이를 맸어야 하는 건데.

그가 말한다. "제 생각에요, 레이 아저씨."

내가 말한다. "무슨 생각?"

그가 말한다. "잭 아저씨가 돈에 대해 아저씨한테 아무 말씀 없으셨죠? 제 말씀은요, 아저씨가 그때 — 아저씨가 돈 액수에 대해 말씀 안 하셨죠?"

방첨탑 각 모퉁이에 웅크린 사자 석상이 있다.

내가 말한다. "얼마 말이야?"

그가 발을 옮기며 말한다. "신경 쓰지 마세요." 고개를 세우고 쳐다보지만, 간청을 하는 것처럼 보인다. 그가 말한다. "이를테면 천 파운드 정도요."

레드카 경마장 리펀 경마장 샌다운 경마장 서스크 경마장.

"아니." 내가 말한다. "얼마든 돈 얘기는 한 적이 없어."

그가 지금 나를 쳐다보는데 순간적으로 번득이듯 쳐다보고는 다시 다른 곳을 본다. 해가 구름에 가려 하얀 돌이 회색이 되고 바람이 목에 차갑게 느껴진다.

그가 집안의 가장이 된 것처럼 말한다. "그저 우리는 에이미 아줌마한테 잘 해드려야 하잖아요. 에이미 아줌마를 잘 보살펴드려야 한다고요."

빈스

내가 그 벽장보다 훨씬 더 클 수는 없었을 거다. 몇 년 안에 에이미 아줌마가 나를 올려다보게 될 거라고 생각 못 했을 거다.

그녀는 그 사진이 그가 군인으로 전쟁에 나갔을 때 찍은 거라고 말했다. 두 사람이 낙타를 타고 웃고 있는데 앞에 있는 사람이 레이고 뒤가 잭이다. 그리고 잭이 혼자서 찍은 사진에는 셔츠를 풀어헤치고 맨 가슴을 드러낸 채 담배를 들고 있었다. 그러나 나는 그녀의 말을 믿을 수가 없었는데, 왜냐하면 낙타를 타고 앉아 웃고 있는 게 군인인 것하고 무슨 상관이 있는지 알 수가 없었기 때문이다. 그는 다른 사진 속에서도 웃고 있었다.

나는 웃고 있는 그 사람이 아빠가 아니라고, 내 아빠가 아니라고 생각했다.

내가 말했다. "군인처럼 보이지가 않아요." 그녀가 말했다. "그래서 내가 이 사진을 좋아하는 거야." 그런데 이유는 설명하지 않았다.

그녀는 사막에서 찍은 사진이라고 했고 그들이 사막에 있었는데 레니 아저씨도 마찬가지로 사막에 있었다고 했다. 내가 태어나기도 전이었었다고 했다.

과일 그릇에 담긴 바나나는 레니 아저씨한테서 왔다.

군인이 되려면 어른이 되어야 한다고 그들이 그렇게 말했다. 어른이 되어야 할 수 있는 다른 모든 것들처럼 어른이 되어야만 죽을 수도 있는 것처럼 말이다. 그건 거짓말이었다. 그 두 가지는 어울렸는데, 왜냐하면 죽기 위해서는 용감해야 했고 군인은 용감했기 때문이었다.

그러나 이제 나는 군인이 되기 위해서는 용감할 필요가 없고 용감하기 위해서 군인이 될 필요가 없다는 걸 알고 있다.

"에이미 아줌마, 저 사진 제가 가져도 돼요? 얼마 동안만요."

"물론이지, 빈스. 네가 가지고 있어도 돼."

햇빛이 그의 얼굴에 비치고 그는 아직도 살아서 싱긋이 웃으며 너를 쳐다보고 있다. 그가 정말로 누군지 네가 모른다는 것을 그가 아는 것처럼 말이다. 그가 다른 세상에 있다는 걸 알고 너의 세상을 엿보고 있는 것처럼 황동 액자 속에서 너를 빤히 보고 있다. 그는 반바지와 셔츠를 입고 있는데 셔츠는 단추가 끌러지고 바지 속에서 빠져나와 있으며, 머리에 양철모를 삐딱하게 쓰고 있었는데 그는 재미로 쓰고 있는 것같이 보이고 주위에는 온통 모래다. 그는 군인처럼 보이지 않고 심지어 어른처럼 보이지도 않는다. 해변에 있는 어린아이처럼 보인다.

레니

만약 에이미가 여기 있었다면 우리 모두를 통제했을 것 같고 자신도 무례한 행동을 전혀 하지 않았을 테고 우리 모두 행동거지를 바로 했을 거다. 그랬다면 나쁠 리가 없었을 거다. 나는 일이 지체 없이 진행되고 있다고 생각할 수가 없다. 네 노인과 상자 하나.

그들이 이제 탑 뒤에서 돌아오고 있는데 얘기를 마치고 이제 생각을 하는 것처럼 말이 없다. 높은 양반과 왜소한 레이가 잭과 럭키 같다. 눈을 반쯤 감으면 빈스와 레이한테서 잭과 럭키를 볼 수 있을 거다. 이게 바로 상반되는 것의 매력인지도 모른다. 잭과 레이가 함께 있는 걸 볼 때 레이는 잭이 코트 속에서 꺼낸 작은 꼬마, 작은 마스코트 같다는 생각이 늘 내게 들었다.

그러나 레이는 잘 지켜봐야 한다. 그에게 유리한 게 전혀 없다고 생각될 때 그는 불쑥 나타나서 놀라게 하고 불쑥 나와서 좋은 일을 한다. 그는 작아서 뒤에 숨어있는 것 같다.

빅은 여전히 이름의 목록을 보고 있다. 얼마 동안 더 있어야 할까? 장담컨대 잭이 마게이트까지 가려면 영국 해군을 방문해야 한다는 걸 짐작도 못 했을 거다. 빅은 책을 위한 날에 책에게 특별할 게 없다고 말하는 것처럼 저 많은 이름을 보려고 우리를 여기까지 끌고 올라올 만큼 뻔뻔스럽다고 말할 수도 있겠지. 하지만 난 그를 원망하지 않는다. 빅한테 불만이 있는 게 아니다. 도의의 문제다.

채텀

해가 다시 나타나고 방첨탑은 둥근 벽 쪽으로 잔디밭을 가로지르며 가늘고 긴 그림자를 드리우는데, 그러니까 마치 우리가 해시계 위에 서있는 것 같다. 마침 해가 낮게 떠있는 한 해 중 좋은 때여서 매일 그림자는 첫 열의 이름에서 다음 열로 천천히 움직인다.

이제 우리는 탑을 떠나 파란 출입문을 향해 간다. 레니는 우리를 들여보내 주었던 사람으로서 문을 잠그기 위해 기다리고 있는 것처럼 그들 옆에서 여전히 어슬렁거리고 있다. 그에게 수고비로 일 파운드를 줘라. 빅이 참배를 마치고 모자를 도로 썼지만, 여하튼 빈스가 시간이 됐으니 차에 타라고 명령을 한 것 같다. 우리는 떼를 짓지도 않고 이야기도 하지 않고 한 사람씩 조용히 출입문을 지나간다. 쇼를 보고 나왔는데 아무도 적절한 논평을 미리 마련하지 못한 것 같다. 빈스가 제일 먼저고 내가 마지막이다.

우리는 트인 언덕 꼭대기를 가로질러 왔던 길로 다시 걸어간다. 정면으로 해가 비치고 전경이 보이고 바람이 불어온다. 주위에 우리 말고 아무도 없고 들리는 소리라곤 발을 끌며 걷는 소리와 레니가 씨근거리는 소리뿐이다. 숲 쪽으로 난 길의 내리막이 시작되는 곳에서 빈스가 갑자기 멈춰서고 우리는 모두 그가 손을 들어 올린 것처럼 그의 뒤에서 발을 끌며 멈춘다. 우리의 얼굴이 모두 햇빛을 받아 환하다. 그는 길에서 벗어나 풀밭으로 간다. 그가 말한다. "따라갈게요. 먼저들 가세요. 저 아래서 뵈어요."

우리는 그가 말하는 대로 할 필요가 없고 명령을 따를 필요도 없지만, 그가 우리를 따라잡느라 애먹지 않을 거라는 건 사실이다. 올라올 때의 경우로 판단해 보면 말이다. 그래서 우리는 천천히 한 줄로 서서 사이를 두고 계속 걸어가는데 나는 맨 뒤에 가면서 어깨 너머로 빈스를 쳐다본다. 그가 풀밭을 가로질러 걸어가는데 자신의 멋진 신사복과 구두 걱정은 하지 않는 것 같고, 나는 그가 언덕의 가장자리에 멈춰 서서 빅이 이름들을 보던 것처럼 경치를 바라보는 것을 본다.

나는 다른 사람들 뒤에서 조금 꾸물거린다. 그는 내가 그러기를 바랄지도 모른다. 그가 내게 또 한 번 기회를 주고 있는지도 모른다. 그러나 그는 쇼핑백을 옆에 들고 그냥 거기 서서 수병 석상처럼 바라보고 있다.

해가 구름의 가장자리 뒤로 다시 들어가지만 잠깐뿐이다. 나도 그 경치를 놓치고 싶지 않아 바라보고는 다시 돌아서서 다른 사람들을 따라 걸어 내려가다 보니 숲이 나타나고 경치는 사라져 버린다. 숲속은 춥다.

우리는 차로 돌아갔지만, 빈스가 자동차 열쇠를 가지고 있었기 때문에 탈 수가 없어서 주차장에서 어슬렁거리면서 서로를 흘긋흘긋 보기만 할 뿐 말은 없다. 레니가 시계를 본다. 빅이 이 모두가 자기 잘못이라는 표정을 짓고 있지만 일단 빈스가 정했었다면 그를 나무랄 수가 없는 일이다. 번거로울 거 같으니 가지 말자거나 언덕 위에 있으니 가지 말자거나 다음에 하자거나 하는 것은 일종의 모욕 같았을 것이다.

그리고 지금은 그가 우리를 방해하고 있는 게 아니다.

우리는 일 분 정도 기다렸다. 그때 우리는 그가 쇼핑백을 들고 길을 내려오는 걸 본다. 그가 빨리 걷다가 때로 미끄러져 진흙 길을 밟기도 하기에 지금 우리만큼이나 서두르고 싶은 마음이 간절한 것 같다. 그가 우리에게 다가올 때 주위에 우리가 없었으면 하고 바라는 것처럼 그의 얼굴은 굳어있고 냉담하다.

아마 그도 조금은 울었을 거다. 우리 모두에게 적당한 기회가 필요하다.

그는 상자가 든 쇼핑백을 자동차 엔진 덮개 위에 살짝 내려놓고는 차 열쇠로 문을 열고 뒤로 돌아가서 코트를 집어넣는다. 우리도 코트를 벗지만, 차에 타라는 말을 기다려야만 하는 것처럼 아무도 타지는 않는다. 그는 트렁크 문을 닫고 운전석 쪽 문으로 돌아와서는 몸을 뒤틀면서 상의를 벗는다. 뒷문을 열고 상의를 접어 뒷좌석 위에 살짝 놓는다.

"자, 어디에 앉으실래요?" 그가 조급해하며 묻는다.

빅이 재빨리 말한다. "내가 뒤에 앉을게." 레니와 나는 서로를 쳐다본다.

"그럼 누가 앞자리에 앉으실래요?"

그가 아빠고 우리는 애들인데 아빠가 화내고 있는 것 같다.

레니가 빈스를 쳐다본다.

"좋아요, 그럼 레이 아저씨가 앞자리로 오세요." 빈스가 말한다.

그 자리가 내가 원하는 자리는 아니다. 지금 당장은 말이다. 하지만 차에 타니 내가 파묻힐 만큼 좌석이 크다.

레니가 뒤쪽 빅 옆자리에 앉는다.

빈스는 운전석 문 옆에 잠시 서서는 흐트러진 머리를 매만지고 넥타이를 똑바로 매고 막대기를 집어 들어 구두에 묻은 진흙을 긁어내고는 보닛 위의 쇼핑백을 집어 든다. "자, 원하시는 분—?" 하고 그가 물을 것 같은 생각이 들지만, 그는 곧장 나에게 그 쇼핑백을 건네준다. 그는 쇼핑백이 앞 좌석에 있어야 자기 대신 내가 바로 가까이서 돌볼 수 있으니까 내게 건네준 것 같다. 그러나 나는 쇼핑백을 어떻게 받아야 할지 어떻게 맡아야 할지 알 수가 없다.

"여기요, 레이. 꼭 잡으세요."

그가 시동을 걸고 계기판에서 선글라스를 집어 들고 재빨리 출발하자 차는 부르릉 소리를 내며 미끄러지듯 나아간다. 모든 걸 그가 다 잘 알고 있는 것처럼 채텀을 통과해서 되돌아간다. 죽은 사람들을 생각해 봤을 때 산 사람들이 얼마나 조급하게 구는지 알게 된다. 우리는 샛길에서 나와 3번 분기점에서 2번 고속도로로 진입하여 도버까지 78킬로 남은 지점에서 그는 정말로 차를 가속한다. 그는 약속에 늦은 사람처럼 허비한 시간을 보충하려는 듯이 운전한다. 하지만 마감 시간은 없다. 그의 목이 몹시 뻣뻣해졌다. 내가 계기판을 건너다보니 속도계의 바늘이 백오십 킬로미터를 넘어가는 게 보인다. 값비싼 큰 차를 타고 있으면 속도를 알아채지 못한다. 4번 분기점. 5번 분기점. 이 경우에 들어맞는 운전은 그런 것이다. 우리는 모두 거기 앉아있으면서 무슨 말을 해야 할 것 같은데 감히 입도 뻥긋 못 하고 있고, 빅은 이 모든 게 자기 잘못이라고 느끼고 있는 것 같지만 그에게 뭐라 할 수는 없다.

빅

그러나 잭은 특별하지 않다, 전혀 특별하지 않다. 반드시 그 말을 하고 싶다. 전문가로서 또한 친구로서 그 점을 지적하고 싶다. 그는 이제 수많은 죽은 사람 중의 하나일 뿐이다. 살아있는 동안에 차이가 있고 구별도 되는데, 지금부터 내 자리는 뒷좌석이다. 하지만 죽은 사람은 죽은 사람이고 그들을 쭉 봐왔는데 모두 다 똑같다. 죽은 사람들 모두에 대해 생각하기도 하지만 잊기도 한다. 한 사람을 기억하기 위해 다른 사람들을 기억하지 않는 것은 좋지 않다. 엠프시, 리처즈. 다른 사람들을 기억할 때 알지도 못했던 죽은 사람들에 관해 조금이라도 생각하지 않는 것은 좋지 않다. 그 때문에 모든 인간은 늘 영원히 평등하다. 바다도 하나뿐이다.

윅 농장

그가 갑자기 속도를 늦추더니 안쪽 차로로 가로질러 이동을 해서 우리는 모두 마음을 놓는다. 가까워지고 있는 다음 고속도로 출구로 나가기 위해 진출로에 들어서면서 그는 한마디 말도 없다. 애시퍼드, 패버셤 방향 6번 분기점. 그는 애시퍼드 로드가 마게이트로 가는 길은 아니지만 제대로 알고 하는 것처럼 그 길로 들어섰다가, 삼 킬로미터 정도 간 뒤 거기서도 벗어나 옆길로 들어선다. 우리는 모두 그를 쳐다보면서 아무 말도 하지 않는다. 그가 말한다. "우회로예요." 앞을 주시하면서 고개도 움직이지 않으면서 말한다. "우회로라고요."

길은 점점 좁고 꾸불꾸불해지고 나무들은 길을 가로질러 아치를 이루고 울타리와 들판이 이어진다. 우리가 버먼지에서부터 멀리 와서 이제 시골에 있다고 할 수도 있을 것 같다. 나무가 모두 초록색으로 얼룩덜룩하고 푸른 하늘에 드문드문 회색과 흰색이 보이고 햇빛이 폭발하듯 내리비친다. 그는 머릿속에 지도가 있는 것처럼 또 한 번 모퉁이를 돌고 또 한 번 돈다. 능선을 따라가는데 오른쪽 울타리 사이로 틈이 있을 때마다 경치가 크고 넓게 보인다. 그가 경치를 아주 좋아하는 것처럼 말이다. 길은 약간 오르막이고 여전히 능선을 따라 나있는데 오르막의 꼭대기 근처에서 이쪽저쪽을 쳐다보다가 도로변에 약간 넓고 울타리에 출입문이 달린 곳에다 차를 댄다. 거기서 시작되는 바퀴로 인해 생긴 길이 들판을 가로지르고 있고 하얀 백악질의 홈이 두 개 나있으며 출입문 옆에 삐져나온 표지판 하나가 '공중 보행로'를 가리키고 있다.

그는 엔진을 끈다. 멀리서 양들이 우는 소리가 들린다. 그가 나를 쳐다보면서 "레이 아저씨" 하고 부르면서 손바닥을 위로 향한 채 손을 들고는 손가락을 실룩실룩 움직이는데 나는 그가 쇼핑백, 즉 상자를 가리킨다는 걸, 다시 말해 그가 잭을 가리킨다는 걸 알고 있다. 그가 따지지도 못하고 이유도 묻지도 못하게끔 말해서 나는 그냥 건네준다. 그는 쇼핑백에서 상자를 꺼내고 쇼핑백을 내 무릎 위로 던지는데 *로체스터 식품 시장*이란 상호가 보인다. 그러고 나서 상자를 열더니 유골함을 꺼내고는 상자도 내 무릎 위로 다시 휙 던진다. 그의 얼굴이 굳어있다. 문을 열고 유골함을 가슴에 안은 채 차에서 내린다.

그는 웃옷을 집으려 하지도 않고 코트를 꺼내려 트렁크로 가지도 않는다. 차 문을 쾅 닫고는 출입문 쪽으로 걸어간다. 바람이 불어 넥타이가 어깨 위로 날리고 셔츠가 풍선처럼 부풀어 오른다. 출입문은 쇠로 되어서 철컥철컥 소리가 난다. 만지작거리더니 걸쇠를 풀고 빗장을 들어 올리고는 문을 살짝 열어 그 사이로 빠져나간다. 그 바람에 흰 셔츠 소맷자락에 줄무늬 모양의 녹 얼룩이 생겼다. 들판 저 멀리 바라보다가 출입문을 획 돌려 닫는다. 문이 등 뒤에서 쩽그렁 소리를 내며 삐걱거리고 그는 바퀴 자국을 따라간다.

레니가 말한다. "맙소사, 이번엔 또 뭐야?"

빅은 이 모두가 자기 책임이고 빈스가 애초에 이런 생각을 하게 된 게 자기 때문인 것처럼 아무 말도 하지 않는다. 추모탑이 있던 언덕처럼 따로 원하는 일을 찾아보라는 생각 말이다.

내가 말한다. "난 몰라."

레니가 맨 먼저 차에서 내리고 다음에 나, 그다음에 빅이 내린다. 바람이 매섭게 분다. 땅은 진창이다. 우리는 트렁크에서 코트를 꺼내야 했지만 레니가 이미 출입문으로 가서 걸쇠를 풀려고 애를 쓰고 있는데 우리보다는 먼저 현재 상황을 알게 된 것처럼 보인다.

"나쁜 놈." 그가 말한다. "나쁜 놈. 자기한테 뭐 대단한 권리라도 있는 줄 아나."

빈스는 들판을 가로질러 급한 경사가 시작되는 곳까지 걸어가는데 그의 빨간 넥타이가 혓바닥처럼 어깨 너머로 휘날린다. 여기는 들판이라기보다는 언덕의 경사면이다. 우리는 찌그러진 커다란 사발의 가장자리에 서있는 것처럼 넓게 펼쳐진 경치를 볼 수가 있다. 계곡 아래는 온통 초록색과 갈색이 여기저기 뒤섞여 있고 숲은 말끔한 가장자리와 모퉁이 때문에 확연히 구분되어 보이고 울타리는 바느질 자국처럼 보인다. 한가운데에 반점처럼 보이는 붉은 벽돌집이 있고 뾰족탑 같은 것이 튀어나와 있다. 잉글랜드처럼 보이는데 생긴 모양이 딱 그렇다.

들판은 왼편으로 꼭대기까지 오르막으로 되어있고 꼭대기에는 덤불 숲이 있으며 흑갈색 건물의 아랫부분과 날개가 없는 풍차가 반대편 쪽에서 조금씩 보인다. 우리 앞에 있는 들판은 약 칠십 미터 정도 완만한 경사로 내려가다가 없어져 버린다. 벼랑 가에 이를 때까지는 볼 수 없는 넓은 부분이 있다.

출입문 근처는 밟아서 풀이 없어져 버렸고 양 똥이 흩어져 있다. 울타리 옆으로 밀어 넣은 아연 도금된 철제 여물통처럼 생긴 물통이 있다. 양 떼 소리가 들리고 냄새도 나고 왼편으로 경사면에 점점이 흩어져 있는 양들이 보인다. 어린 새끼 양들을 제외하고 양들이 모두 들판을 가로질러 걸어가는 빈스를 빤히 쳐다본다. 어린 양들은 이리저리 뛰어다니거나 어미 양들의 몸통 밑으로 파고드는데 정신이 없는 것 같다. 때로 어린 양 한 마리가 전기에 감전된 것처럼 펄쩍 뛰기 시작한다.

레니가 걸쇠를 푸느라 애를 먹고 있다.

"자기한테 뭐 대단한 권리라도 있는 줄 아나." 그가 말한다. "혈육도 아니면서." 그는 걸쇠를 벗긴다. "혈육도 아닌 주제에,

안 그래?"

그는 출입문을 밀어서 열고 빅과 내가 뒤따라 들어가기도 전에 빈스가 간 길을 따라 돌진한다. 추모탑까지 올라간 게 단지 준비운동 정도였던 것처럼, 그 덕분에 몸 건강상태가 좋아진 것처럼 말이다.

빈스는 벼랑 가에 다가가고 있는데 그때까지 한 번도 뒤를 돌아보지 않았다. 유골함을 들고 있는 쪽으로 팔꿈치가 삐져나와 있고 셔츠는 부풀어 펄럭이고 있다. 모든 게 미쳐버린 것 같지 않았다면 양 떼가 그를 향해 울어대는 가운데 흰 셔츠에 번드르르한 넥타이를 맨 채 플라스틱 항아리를 들고 저기 들판 한복판에 나가있으니 그는 완전히 바보 같아 보였다고 할 수도 있을 거다.

레니가 너무 빨리 이동을 해서 빅과 나는 그를 따라가느라 애를 먹는다. 그가 빈스로부터 이십 미터 정도 떨어져 있을 때 빈스는 벼랑 가에서 멈추고 차분하게 거기 서서 쉬고 있지만 이미 무언가를 할 마음을 먹은 것 같다. 잠깐 동안 그는 절벽의 가장자리에 자리를 틀고 앉은 사람처럼 보이지만 우리가 다가갈 때 언덕의 경사면이 갑자기 가팔라지는 게 보이고 보이지 않던 아래쪽 계곡의 전경이 보인다. 숲과 도로와 농가도 보이고 과수원과 홉 건조장이 보인다.

그때 우리는 빈스가 유골함 뚜껑을 열기 시작하는 것을 본다.

레니는 빈스가 무엇을 할지 이미 알고 있는 것처럼 말한다.

"나쁜 놈."

그 뚜껑은 새로 산 잼의 병뚜껑처럼 열기 어려워 보인다. 우리는 이제 빈스로부터 단지 몇 미터밖에 떨어져 있지 않아서 그는 우리가 그에게로 다가가는 걸 볼 수 있다. 그는 그럴 줄 알고 준비를 한 것 같고 우리를 증인으로 원하고 있는 것 같다. 하지만 레니가 할 행동에 대해서는 준비를 하지 못한 것 같다.

레니가 뚜껑을 열고 있던 빈스의 팔을 갑자기 붙잡는 바람에 빈스는 빼면서 유골함을 너무 높이 들어 올려 레니는 잡을 수가 없다. 뚜껑은 여전히 덮여있지만, 실에 매달린 것처럼 거의 열린 거나 마찬가지로 겨우 덮여있는 것처럼 보인다. 빈스가 한쪽으로 몸을 피하자 레니는 다시 그에게 달려든다. 이번에는 그가 빈스의 넥타이를 움켜잡고 다른 손으로는 셔츠의 앞자락을 붙잡는다. 빈스의 뱃살 덩어리가 보이고 단추가 하나 날아가는 게 보인다. 그때 빈스가 팔을 높이 든 채 갑자기 균형을 잃고 넘어진다. 유골 항아리를 움켜잡으려 애쓰지만 넘어지면서 항아리가 손에서 빠져나와서 떨어지는 것을 빈스와 내가 본다. 우리는 빈스가 넘어지는 것을 보는 것보다 더 열심히 항아리가 떨어지는 걸 보는데, 왜냐하면 항아리가 땅바닥에 부딪히면 둘 중 하나 혹은 둘 다 일어날 수 있기 때문이다. 느슨한 뚜껑이 날아가고 안에 든 내용물이 쏟아지거나 재수 없이 항아리가 되튀면서 언덕의 급경사면 아래로 줄곧 굴러떨어질 수도 있기 때문이다.

그런데 항아리는 엉겅퀴 덤불에 걸려 멈추고 뚜껑은 그대로 닫힌 채 있다.

레니가 급히 뛰어가서 항아리를 집어 들고는 뚜껑을 꽉 닫는다. 그때 빈스가 비틀거리며 일어나서 그에게로 간다. 셔츠는 바지에서 삐져나와 있다. 왼쪽 소맷자락에는 풀과 진흙 때문에 갈색과 초록색의 줄무늬 얼룩이 세로로 생겼는데 오른쪽 소매에 있는 적갈색 얼룩과 짝을 이루고 있다. 레니의 손에서 항아리를 잡아 빼려고 하다가 놓쳐버리는 바람에 넘어질 뻔한 걸 손을 뻗어 충격을 덜지만 레니는 항아리를 확실하게 빼어든다.

빈스는 몹시 흥분한 채 등을 구부리고 코를 씩씩거리고 숨을 헐떡이면서 일어났고 레니는 빈스 앞에 양손으로 항아리를 내밀고 제자리에서 가볍게 뛰면서 놀린다. 나는 레니가 그렇게 균형이 잡힌 걸 본 적이 없다. 빈스가 앞으로 나아가자 레니가 만약 빅이나 나한테 항아리를 던질 생각을 한 데다가 우리가 받을 준비가 되어있었다면 마치 던질 수 있을 것처럼 피하면서 뒤로 물러서지만, 럭비에서처럼 한쪽으로 낮게 그리고 빠르게 패스해서 항아리는 우리 모두에게서 떨어진 풀밭 위에 안착하자, 그는 이내 돌아서 가더니 항아리와 빈스 사이에 자리 잡고는 두 주먹을 내밀며 권투에서 하듯 멋지게 피하는 동작을 시작한다.

"덤벼, 높은 양반. 덤비라고, 얼간아."

빈스는 잠시 꾸물거리며 생각하는데 레니 나이의 노인과 싸울

만큼 감정이 격해진 것은 아닌 것 같다. 하지만 그는 레니 뒤에 있는 풀밭 위의 항아리를 볼 수 있고 갑자기 레니는 한물간 나이로 보이지 않으며 목적이 있는 사람처럼 보인다. 한동안 그에게는 다 끝나버렸을 수도 있는 것처럼 보이지만 지금 당장은 자신의 기회를 가질 생각을 하고 있다. 빅이 한숨을 조금 쉬고는 내 옆에서 혀 차는 소리를 낸다. 우리 둘 중 누가 몰래 돌아가서 항아리를 움켜잡을 수 있지만 그러지 않는다. 이번에는 빅이 끼어들어 중재하려고 하지 않을 것 같다.

레니가 말한다. "서로 미워하지 않았다고? 정말이야?"

빈스는 레니에게 덤비는 것처럼 주먹은 들지 않았지만, 팔꿈치는 내밀고 손은 벌린 채 앞으로 나아가고 레니는 앞으로 나아가서 곧장 일격을 가하는데 실수도 없이 가슴 한복판에 재빠르고 멋진 한 방을 날린다. 이 때문에 빈스는 전혀 예상하지 못한 것처럼 멈춰서더니 비틀거린다.

"이건 샐리 대신이야." 레니가 숨을 헐떡이며 말하고 이내 또 한 방을 날린다.

"그리고 이건 잭 대신이야."

이번에는 빈스가 서서 참고 있지는 않는다. 정상으로 회복한 후 다가가서 레니가 숨을 돌리기 전에 그가 주로 쓰는 팔을 움켜잡는다. 그는 레니의 손목을 붙잡고 다른 쪽 손바닥의 평평한 부분으로 그의 목 아래쪽을 두 번 밀치는데 마치 원하면 완력을 더 사용할 수 있고 자신이 그리 만만한 사람이 아니라는 걸 보여주려는 것 같다. 그는 레니의 얼굴로 손을 올려 꽉 잡고 누르다가 그의 머리를 앞뒤로 두어 번 흔들어대자 레니는 그의 손가락 사이에서 눈알이 빠질 것 같은데, 그때 빈스가 손을 치우고 레니는 숨을 쉴 수가 있게 되자 "주먹 쥐고 덤벼, 얼간아"라고 말하면서 빈스의 입을 때린다. 이 때문에 레니는 기분이 더 나빠진 것 같다. 그때 빈스는 두 손으로 레니의 팔을 잡고 고함을 지르며 그를 잡아당겨서 빙빙 돌리는데 그 모습이 회전하는 한 쌍의 아이스 스케이팅 선수 같다. 그가 손을 놓자 레니는 날아가더니 넘어진다. 그런데 빈스가 다가가서 옆에 서서 지켜보는데 그를 걷어차려고 하는 건지 그가 괜찮은지 살펴보려고 하는 건지 분간할 수가 없을 것 같다. 그가 손을 내밀자 레니가 그 손을 잡고 당기며 일어나서는 빈스의 가슴을 세게 주먹으로 치자 빈스는 다시 그를 밀어 쓰러뜨린다.

나와 빅은 꼼짝도 하지 않고 있다.

레니는 쭉 뻗은 것 같긴 한데 앉아있는 건지 누워있는 건지 양 손으로 짚은 채 숨을 돌리며 침을 질질 흘리고 있다. 빈스는 그의 곁에 서서 몸을 구부린 채 숨을 돌리며 지켜보고 있다. 들리는 소리라곤 그들의 숨소리와 구경꾼들처럼 울며 재잘대는 양 떼의 소리뿐이다. 빈스가 항아리를 가져갈 수 있지만 아직은 레니를 믿을 수 없다는 눈치다. 그는 천천히 돌아가서 항아리와 레니의 중간에 서고, 그때 레니가 몸을 일으킨다.

레니는 불에 구운 듯 빨개진 얼굴을 하고 선 채로 흔들흔들하면서 당나귀처럼 우는 소리를 낸다. 빈스도 헐떡거리며 뒷걸음질치며 항아리를 집어 든다. 그러고 나서 이제는 자기가 레니를 놀릴 차례인 것처럼 항아리를 들고 앞으로 간다. 레니가 감추려고 애쓰고 있는데도 불구하고 그의 눈에서 다음과 같은 표정을 볼 수 있다. "나는 지쳤어. 다 글렀다고. 숨쉬기도 힘들어" 하는 표정이어서, 빈스가 몸을 흔들흔들하면서 비틀거리고 숨도 헐떡이며 레니를 믿을 수 없다는 표정으로 쳐다보고 있기는 하지만 거기 서서 숨을 돌리고 있는 레니한테는 동정심이 들 것 같다. 빈스에겐 또 다른 점이 보인다. 그의 얼굴은 땀으로 젖어있고 그의 눈도 눈물로 젖어있다. 그는 인형을 들고 있는 아이처럼 항아리를 움켜쥐고 있다.

그가 말한다. "유골 전부를 다 버리려고 한 게 아니었어요. 전부 다 버리려고 한 게 아니었다고요." 그는 다시 유골함 뚜껑을 돌려 열기 시작했다.

레니가 말없이 몸을 흔들흔들하고 숨을 돌리며 그를 쳐다본다.

"조금만 뿌리려고 했어요." 빈스가 말한다. "아주 조금이요."

레니가 그를 쳐다보고는 매우 쉰 목소리로 말한다. "그럼 어쩔 생각인데? 십 분마다 차를 세우고 내려서 조금씩 뿌릴 생각인 거야? 여기 한 줌, 저기 한 줌, 그렇게 말이야?"

빈스는 계속 뚜껑을 연다. 그는 얼굴의 땀을 훔친다. 이건 유혹과 같다. 아픈 사람이나 입원한 사람한테 초콜릿 한 상자를 가져가서 자기가 먼저 하나, 다음에 또 하나, 게걸스럽게 먹기 시작하는 것처럼 말이다. 자기가 돌보고 있는 것이 다른 사람 것일 때 자기가 차지해 버리는 것처럼 말이다.

빈스가 말한다. "'뿌린다'는 말이 무슨 뜻이겠어요?" 손으로 얼굴을 훔친다. "'뿌린다'는 말이 무슨 뜻이겠냐고요?"

레니가 말한다. "부끄러운 줄 알아야지, 얼간아."

하지만 레니가 몹시 지친 채로 거기 서있는 것으로 봐서 자신도 부끄러워하고 있는 것 같다. 자기가 오늘 일을 망쳐놓았다고 생각하는 것 같다.

빈스가 이제야 뚜껑을 열었다. 그는 항아리 안을 재빨리 들여다본다. 양들이 여전히 우리를 바라보고 있다. 우리가 양들을 어리석게 보는 것처럼 양들도 우리를 어리석게 보고 있는 것 같고, 저 아래쪽에서 이 언덕 꼭대기에 있는 우리 네 사람을 쳐다보는 사람이 있다면 누구든지 분명 우리가 양보다 더 이상하게 보인다고 생각할 것 같다.

빈스는 뚜껑을 주머니 속에 넣고 나서 항아리를 꼭 껴안고는 그 속으로 손을 집어넣는다. 그의 눈이 몹시 끈끈해 보인다. 그는 레니에게 등을 돌리고는 이동해 간다. 레니는 그를 막을 마음도 힘도 없는 모양이다. 빅과 나도 그를 막지 않는다. 빈스는 경사면의 끝머리로 가서 우리 모두에게 등을 돌리고 전경을 마주하고 서있다. 저 멀리 하늘에 따로 분리되어 브이 자 같은 모양으로 새어 나오는 햇빛이 보이지만 우리에게는 희미하지만 크고 거무스름한 구름이 점점 더 가까이 다가오고 있다. 바람이 인다. 쌀쌀하지만 빈스와 레니가 느낄 수 있을 것 같지는 않다. 땅에서는 봄 냄새가 나지만 대기에선 겨울 냄새가 난다. 이내 세찬 비가 내린다.

빈스는 등을 펴고 두 발을 단단히 디딘 채 전경을 마주하고 서 있다. 셔츠는 엉망이 되어버렸고 바지는 빨아야 할 지경인 것 같다. 맨디가 그냥 넘어가지 않을 것 같다. 그는 무언가 말하려고 하는 것처럼 소리를 내고 있지만, 그 말을 입 밖으로 내뱉을 수가 없거나 그 말이 무언지도 모르는 것 같다. 항아리 속을 뒤져서 재빨리 뿌리고는 두어 번 지껄여댄다. 하얀 먼지 같기도 하고 후추 같기도 한데 바람이 허공으로 날려버린다. 그다음에 그는 뚜껑을 닫고 돌아서서 우리 쪽으로 온다.

“여기가 거기예요.” 그가 얼굴을 훔치며 말한다. “여기가 거기라고요.”

레이

그가 말했다. "자, 레이, 이제 알겠어."

전혀 수술이 아닌 수술이 끝난 지 하루 반이 지나서야 그는 더는 비틀거리거나 둔하지도 않고 혼란스러워하지도 않았다. 그는 겉에 작고 흰 옷을 입고 추가로 관을 더 꽂고 있는데 몇 개는 등 뒤로도 꽂고 있지만 내가 이제까지 봤던 것처럼 예민하고 또렷하다. 매일 관을 하나씩 더 꽂은 것 같다. 하지만 다른 것들도 있었는데 모든 관에다가 선, 병, 장치, 완전한 화학실험 세트 같은 것들도 있었다. 그래서 인간의 생명이 정말로 있는지, 인간을 구성하는 성분이 여전히 거기 어딘가에 있는지 보려면 면밀하게 살펴봐야 했다.

그런데 그는 꼿꼿하고 안정적으로 앉아있었다. 그가 자신의 초상화를, 마지막 초상화를 그리게 하는 것 같은데 비위를 맞추지도 않고 멋을 부리지도 않아서 완성하는 데 시간이 얼마나 걸릴지 아무도 모를 것 같다는 생각이 든다. 두 주, 아니면 세 주. 가만히 앉아서 있는 그대로의 모습을 보여주는 것밖에 없다.

그들이 알고 있다고 말할 때 누군가에게 당신이 하는 말이 뭘지 난 모른다. 상상은 사실과 상당한 거리가 있다고 생각한다. 그래서 나는 병상의 이불을 봤다가 다시 그를 쳐다보는데, 그는 자신이 이해할 수 있으면 나도 그래야 하는 것처럼 그리고 단지 그 때문에 자기는 영원히 자기 자신일 수밖에 없는 것처럼 아직도 나를 바라보고 있는데 한결같이 꼿꼿하게, 똑바로 내 눈을 쳐다보고 있다. 그런데 정반대다.

그가 말한다. "알 수 없지 않겠어?" 그러고 나서 말을 잇는다. "어린 양처럼 순종해야겠지, 안 그래? 럭키."

맨디

검고 구불구불하고 고양이 눈 같은 반사경이 박힌 도로가 계속 이어지고 있었는데 비 오거나 어둡거나 물안개가 필 때 유일하게 믿을 수 있고 세상에서 가장 확실한 것인 것처럼 말이다. 출발하는 장소나 도착하는 장소도 아니고 바로 도로다.

내가 말했다. "그런데 차 뒤 칸에는 뭐가 있어요?" 무슨 말이라도 해야 했기에. 그가 나를 보면서 말했다. "짐승 시체." 그리고 나는 생각했다, 난 운이 좋다. 여섯 시간밖에 지나지 않았는데.

그가 말했다. "그러면 집 떠나 멀리 온 거야?"

나는 피곤해서 머리가 무거워지고 목이 늘어지는 것을 느끼면서 고개를 끄덕였다.

그가 물었다. "집이 어디길래?"

그는 앞으로 몸을 숙이고는 양팔로 운전대를 끌어안는다.

내가 대답했다. "블랙번이에요."

블랙번 시, 올러턴 로드 27번지.

그가 말했다. "근데 더는 말하고 싶지 않다고?" 셔츠 주머니에서 담뱃갑을 꺼낸다. "블랙번에서 온 방랑자란 말이지?" 자신이

한 농담에 싱긋이 웃는다. "런던 가는 거지?"

나는 고개를 끄덕였다.

그는 담뱃갑을 흔들고는 엄지로 담배 한 대를 밀어 올려서 입으로 꺼낸다. 그러고는 담뱃갑을 나에게 건네지만 나는 고개를 저었다.

그가 라이터를 더듬어 찾으며 말했다. "당일치기로 온 거야 아니면 영영 떠나온 거야?" 그는 라이터를 켰고 나는 그 불꽃으로 빨개진 그의 얼굴이 주름지고 혹투성이인 걸 보았다. 그가 연기를 내뿜으며 물었다. "아가씨, 몇 살이야?"

나는 대답하지 않았다.

그가 물었다. "열일곱이야?" 그는 그 도로가 자기 것인 양 앞을 보면서 담배를 또 한 모금 빨았고 자동차 앞 유리 와이퍼는 그 위를 왔다 갔다 움직였다. "*단지 열일곱, 내 말뜻을 알겠지*"라고 노래처럼 읊었다. 그리고 말을 이었다. "아가씨, 런던까지 데려다줄게. 고기 운반하는 데까지 데려다줄 수 있어."

그는 나에게로 고개를 돌렸고 나는 똑바로 그를 쳐다보았다. 그가 말했다. "왜 그렇게 쳐다보는 거야?"

내가 말했다. "아저씨를 보니까 아빠가 생각나서요."

훌륭한 거짓말이고 편리한 말일뿐더러 즉시 사람들을 당황하게 하는 말이다. 이전에도 써먹은 적이 있었다.

게다가 그도 조금은 그랬다. 생각이 난다.

내가 탓하는 것은 그 사람, 나의 아버지, 나의 아버지 빌이었다. 만약 내가 꾸짖음을 당한다면, 내가 내 고향 올러턴 로드로 도로 슬쩍 도망을 친다거나 아니면 경찰차에 태워 데려가진다면 내가 핑계를 댈 사람은 바로 아버지였다. 내가 먼저 집을 나올 사람은 아니지 않았던가? 나한테 본보기를 보여준 사람이 바로 그였다.

그렇게 된 게 어디서 어떻게 된 건지 가정해 보면 아마 그가 만 섬에서 방탕한 여자를 끼고서 당장은 나를 생각하고 있었는지 모른다. 이른 시간에 일어나서 담뱃불을 붙인다. 창문에는 비가 내린다. 저 맨디가 무엇을 하고 있을까, 저 아가씨가 지금 당장 무엇을 하고 있는 걸까.

그가 말하곤 했다. "맨디, 넌 못된 계집애야, 못된 계집애라고." 그러나 내가 잘했든 잘못했든 간에, 십 퍼센트는 나무라는 듯하지만, 구십 퍼센트는 인정해 주는 것처럼 늘 그는 어렴풋한 미소를 짓거나 윙크를 하거나 혀를 차기도 하면서 말이다. "넌 못된 계집애야, 넌 뭐가 될지 모르겠구나"라고 하면서 어느 날 반드시 나를 곤경에서 구해주러 올 것처럼 나를 쳐다본다. 그리고 나는 "우리 아버지는 선원이야"라고 말하고 싶었는데 그 이유는 그 말엔 약간의 악의가 있었고 다른 여자아이들이 자기 아버지에 대해 말하는 것과는 달랐기 때문이다. 선원 빌. 따개비 빌.

카페리에서 일한다고 진짜 선원이 되는 것은 아니다. 플리트우드에서 더글러스까지 하루에 왕복 운항. 그리고 겨울엔 헤이샴에서 더글러스까지 운항, 한 시간 더 소요. 그런데 아침 일찍 그가 집을 나서면서 낡아빠진 힐먼 자동차에 시동을 걸려고 애쓰는 소리를 들을 때 나는 아버지 빌이 곧 바다로 나가겠구나, 출항했다 귀항하겠구나 생각했다.

그러나 어느 날 그가 돌아오지 않았다.

나는 선원이란 뜻으로 세일러 대신에 '시먼'이라는 다른 말을 쓰지 않았는데, 그 말은 잘못 사용하면 발음이 같아서 정액이라는 뜻의 나쁜 말이 되기도 하고 웃기는 말이 되기도 했지만 옳은 말 같지가 않았다. 왜 배가 콘돔 같을까? 왜냐하면 배에는 정액이라는 뜻의 시먼들로 가득하기 때문이겠지. 그리고 그는 한때 진짜 선원이었고, 아니 그가 그렇게 말했었다. 그는 세계를 여행했었다. 상하이, 요코하마. 그러나 그때 엄마를 만났고 세계를 여행하는 시절이 끝나버렸고, 아니 엄마가 그렇게 말했었다. 리버풀에서의 멋진 하룻밤. 볕에 탄 갈색 팔에 새긴 문신과 커다란 남근. *선원 양반, 방랑은 그만두세요*. 그런 일이 벌어졌었다고 생각하기는 어렵지만, 대신에 엄마가 스스로 선택한 것, 시청에 다니는 역겨운 인간 네빌을 보았을 때 엄마가 그런 여자였다는 걸 상상하기가 어렵다. "맨디, 엄마는 네가 론즈데일 씨를 만나봤으면 좋겠다." 도시계획 담당자 네빌 론즈데일. 그리고 그때부터 줄곧 우리는 다른 삶을 살려고 했었다.

그는 목사처럼 볼이 움푹 들어간 창백한 얼굴을 내 앞에 들이

밀면서 말하곤 했다. “맨디, 뭐가 되고 싶니? 커서 뭘 하고 싶으냐고?” 자기가 그런 말을 해서 그녀가 보기에 점수를 좀 딸 것처럼 말이다. 마침내 약간의 근심과 약간의 관심을 가진 사람. 빌어먹을 네빌. 내가 하고 싶었던 말은 나 자신이 못된 사람이 되고 싶다는 거고, 어쨌든 아빠가 그랬다고 했던 것처럼 못된 사람이 되고 싶다는 거였다. 나는 맨디 블랙이 되고 싶었고 못된 사람이 되고 싶었다.

그리고 나는 그랬다. 술집이나 댄스홀을 서성거렸고, 나쁜 짓을 하고 고함도 질렀으며 남의 손이 내 치마 위로 올라와도 내버려 두었고, 더한 것도 내버려 두었다. 나 자신을 곤란한 상황에 빠지도록 내버려 두었다. 나는 엄마와 네빌을 괴롭혔고 그들이 괴로워하는 걸 알았다. 그러나 그 이상으로 나는 가장 친한 친구이자 공범자인 주디 배터스비에게 말했다. “환락의 도시, 런던 어때? 너와 나 둘만 가는 거.” 하지만 그녀는 나타나지 않았는데 겁을 먹고 손을 뗀 것이었다. 꼴 보기 싫은 년.

그리고 내가 늘 마지막 순간까지 줄곧 바랐던 것은 오 년치의 변명이라도 하면서 어쨌든 그가 돌아오는 것이었다. 그가 배낭을 내던지고 나서 네빌을 현관문으로 내쫓는 것이기도 했다. 그랬다면 나도 도망칠 필요가 없었을 거다.

그런데 힐먼 자동차가 플리트우드가 아니라 리버풀에서 발견되었다. 그러니 어디든지 갔을 수도 있을 거다. 만 섬에 방탕한 여자 하나가 아니라 상하이와 요코하마뿐만 아니라 어디에서나 숱한 여자를 데리고 말이다. 나는 그에 대해 이런 상상을 해보았고 아직도 그런 상상을 하는데 말도 안 되는 상상이긴 하지만 아직도 한다. 그가 배를 타고 남태평양으로 가버렸단 상상 말이다. 풀잎 치마와 야자수. 귀에 꽃을 꽂고 삼십 년이나 더 젊어져서 아직도 거기에 있다고 말이다. 만 섬이 아니라 여인도에 말이다. 그게 더 그럴듯하다.

그가 물었다. "아가씨, 이름이 뭐야?"

내가 말했다. "주디."

그가 말했다. "난 믹이야. 런던 아무 데나 내려주면 돼? 아니면 런던 어디?"

내가 말했다. "런던 아무 데나요."

그가 말했다. "스미스필드로 데려다줄게. 스미스필드라고 들어본 적 있어? 두 시간이면 갈 거야. 이봐, 괜찮으니까 눈 좀 붙여. 그렇게 해."

그렇게 맨디 블랙 또는 여행할 때의 이름이었던 주디 배터스비는 트럭을 타고 런던에 도착했고 레스터 스퀘어도 보지 못한 채 다시 정육점 주인의 밴에 실려 왔다. 이 얘기는 잘 알려진 이야기이고 수차례 되풀이되어 얘기되는 바람에 심지어 올러턴 로드까지 퍼졌을지도 모른다. 블랙번에서 버먼지로 와서 출세한 이야기 말이다. 그러나 지금 그때를 생각해 보면, 가게 입구나 아치 밑의 통로에서 몸을 웅크린 채 냄새나는 담요를 뒤집어쓴 사람들을 볼 때 그때 운이 좋았다는 생각이 든다. 그리고 배낭을 메고 에이 5번 도로를 따라 내려오던 그 여자애를 생각해 보면 그땐 나한테 모험이었고 열두 시간 채 걸리지 않았지만 큰 모험이었다는 생각이 든다.

집에서 도망쳐서 하루도 안 돼서 다른 집을 찾게 된 것 말인데 비록 새로운 집도 내가 떠나온 집만큼이나 진짜 집은 아니었다. 새로운 집은 겉으로 보이는 것과는 정반대였다. 아들은 자기 집은 아니지만 자기 집이기도 했고, 딸은 자기 집이지만 요양원에 있어야 했기 때문에 자기 집이 아니기도 했으며, 엄마 아빠는 나한테 말고는 진정 엄마 아빠가 아니었다.

내가 어째서 그런 집에 적응해 버렸을까? 내가 어째서 재빨리 다시 떠나지 않았을까? 모든 것이 변할 거라고 세상 사람들이 말했지만 만사가 잘 되어 가고 있다. 그 사람 빈스 때문이 아니었을 수도 있다. 우리가 어쨌든 이면에 *남매* 같았고 더 안 좋게 말하면 부녀 사이 같았던 것 말이다. 중동에서, "자기야, 빌어먹을 아덴의 동산에서" 갓 돌아와서 그 침실 구석에 배낭을 던져놓았는데, 그 방은 그가 거의 들어간 적이 없었고 마침내 나를 위해 다시 나와버린 방이었다. '브이 아이 도즈.' 거기서는 그에게서 나는 땀내, 엔진 윤활유 냄새, 시니어 서비스 담배 냄새가 났다. 그의 팔에 새겨진 문신. "아무리 핥아도 없어지지 않을 거다." 그래서 *근친상간*을 하는 것 같았고 전부를 다 까발리는 것 같았으며 가장 안전해야 하는 곳에서 위험해지는 것 같았다. 더없이 안전했다. 게다가 캠핑카, 즉 레이 아저씨의 캠핑카에서도 한 쌍의 집시처럼 안전했다.

큰 뜻을 품고 블랙번에서 버먼지까지. 그런데 거기서 내가 머물게 되었고 그곳 사람이 되었다. 빈스의 여자 친구, 빈스의 아내, 빈스의 여동생이자, 딸이자, 엄마이자, 그의 전 가족이 되었다. 그리고 잭과 에이미의 장성한 작은 딸이 되었다. 그래서 에이 5번 도로에 있던 그 계집애가 누군지 더는 모르는 것처럼 되었다. 그 도로에서 열두 시간 동안에 나는 다른 사람이 되었을 수도 있을 것 같다. 맨디, 뭐가 되고 싶니? 67년 십일월. 67년은 비틀즈의 《페퍼 상사》라는 음반이 발간된 해다. 랭카셔 주, 블랙번 시의 도로에 사천 개의 구덩이. 수요일 아침 다섯 시가 아니라 목요일 저녁 여덟 시였다. 그러나 나는 내 주제가처럼 머릿속에 그 노래를 기억해두지 않을 수가 없었다. *그녀가 집을 떠나네, 안녕, 안녕.*

그가 말했다. "로켓 폭탄이었어."

내가 말했다. "뭐라고요?"

그가 말했다. "폭명탄이었다고. 브이 원 폭탄 말이야. 집이 박살 났고 나 빼곤 다 죽었어. 난 자기가 생각하고 있는 것처럼 빈스 도즈가 아니야."

나는 그 점을 짐작할 수도 있었을 테지만 하지 못했다는 생각이 들었다. 보이는 모습이나 자기만의 독립된 공간에 틀어박혀 지내는 버릇이나 집을 나와 이 캠핑카에서 잘 준비를 해놓고 있는 식으로부터 짐작할 수 있었을 텐데 말이다. 그런데 그건 좀 음흉한 행동 아니었나요, 빈스? 좀 교활한 행동 말이에요?

그녀가 제 방에서 자도 돼요.

그러면 빈스 너는 어떡하고?

방법을 생각해 볼게요.

내가 그에게 "나도 당신이 생각하는 것하고 달라요"라고 말했던 생각이 났다. 왜냐하면 나는 맨디 블랙이 누군지 모르고, 아직은 모르지만, 알게 될 거다.

그러나 나는 그 정육 운반용 밴에 앉아 런던에서의 새벽 여행 같은 걸 하고 있을 때 잭한테 이미 말했다. "제가 말씀드렸던 것처럼 제 이름은 주디가 아니에요. 맨디예요, 블랙번 출신의 맨디 블랙이에요." 그러자 그가 말했다. "그러면 주디는 누구냐?" 그래서 내가 대답했다. "그런 사람 없어요."

런던 중앙 형사 법원, 세인트 폴 대성당, 런던 브리지, 회색빛 강물 위로 새벽이 밝아온다.

빈스가 말했다. "진짜 내 이름은 도즈가 아니라 프리쳇이야."

나는 그가 수축하면서 내 안에서 빠져나가는 걸 느꼈다. 축 늘어지면서 얼굴을 그의 가슴에 묻었다.

그가 말했다. "그건 비밀이 아니야. 다 아는 사실이야. 그런데 그는 그게 사실이 아닌 척하려고 해."

"누가요?"

그가 말했다. "노인네지. 잭 아저씨 말이야. 처음에 내가 왜 떠났다고 생각해? 내가 입대를 왜 했다고 생각해? 왜냐하면 나는 빈스 도즈가 되지 않으려고 했으니까. 정육점 주인의 아들이 되지 않으려고 했어."

내가 말했다. "그런데 돌아왔잖아요."

그가 말했다. "그에게 보여주기 위해서 돌아왔지."

내가 말했다. "남자들은 참 편리하네요. 가서 군인이 될 수도 있고 도망가서 선원이 될 수도 있으니까요."

그가 말했다. "아덴에서 군대 생활을 해봤어?"

나는 그의 문신을 핥기 시작했다. 주먹과 번개 모양의 문신 아래에 '브이.아이.피.(V.I.P.)'라고 새겨져 있었다. 내가 말했다. "당신 배낭에 '도즈'라고 적혀있던데요. 그럼 뭐가 되려고요? 뭐가 되고 싶은데요?" 그가 대답했다. "자동차."

내가 말했다. "자동차요?"

그가 말했다. "앞마당에 있는 구형 재규어 자동차 보지 않았어? 59년식 마크 나인이야. 그게 시작이라고. 잼 병이 아니라 구형 재규어 차라고. 내가 그걸 다시 새 차로 만들 거야."

그러고 나서 그는 내게 자동차에 관해 이야기했고 자동차에 대해 온갖 이야기를 했다.

당신이 상상하는 대로가 아니라고, 당신이 상상하는 것과는 전혀 다르다고 나는 생각했다. 나와 주디 배터스비는 웨스트엔드 지역을 돌아다니면서 록밴드에 있는 젊은 남자 몇을 우연히 알게 되었다고.

정육점 주인의 밴, 손톱 밑에 기름때가 낀 전역 군인. 자동차 매매를 하는 남자를 만났다.

그가 잭이 언젠가 자기한테 기어 올 거라고 말하는데 두고 볼 거다.

나는 그의 가슴에 난 털을 핥았다.

내가 말했다. "내가 당신이 생각하는 그런 사람이라는 걸 어떻게 아세요? 제 이름이 정말로 맨디 블랙이라는 걸 어떻게 아세요? 다른 사람일 수도 있잖아요?"

나는 손으로 그의 끈끈한 음경을 잡았다.

그가 말했다. "당신을 놀리거나 속이는 게 아니야. 뭐가 뭔지 알게끔 말해주고 있는 거라고. 잘못 생각하지 않도록 말해주는 거라고. 그래야 공평한 거 아니야?"

내가 말했다. "그래요."

"그게 솔직한 거지."

내가 말했다 "그래요, 빈스."

그가 말했다. "나도 석 달밖에 안 됐는데 아는 게 뭐 있겠어?"

그의 음경이 내 손 안에서 딱딱해지는 걸 느꼈다.

"내가 말해줘야 당신이 대비할 게 아닌가."

"대비한다니요?"

"그가 당신한테도 똑같이 하려고 할 거야. 그들이 당신한테도 똑같이 하려고 할 거라고."

내가 말했다. "뭘요?"

"내가 장담하는데 그들은 당신하고 내가 이러고 있는 것도 마음에 들어 할 거야."

"무슨 말을 하는 거예요?"

"그래서 나는 앞으로 다시 옮겨 다니고 싶지 않아. 당신도 마찬가지고. 그러니 우리가 같이 그들에게 보여줘야 해. 그대로 있어야 할 때는 있고 내빼야 할 때는 내빼고 말이야."

내가 말했다. "어떻게 그렇게 해요?"

그가 말했다. "자동차."

은신처처럼 캠핑카 안에서는 안전하게 느껴졌다.

내가 말했다. "무슨 얘길 하는 거예요?"

그는 나를 굴려 눕히고는 내 안으로 집어넣었고 나는 양 무릎을 들어 올려 그를 꽉 잡았다.

그가 말했다. "그들이 얘기 안 해줬지? 물론 안 해줬겠지. 아직 반도 모를 거야, 그렇지?"

★

그게 당신이 상상하는 게 아니다. 빈센트 도즈 부인, 도즈 자동차 부인. 자동차 매매업을 하는 남편과 억척스레 장사하는 딸.

런던의 밝은 불빛. 밝은 불빛은 괜찮다. 길고 높은 건물들이 줄줄이 늘어서 있었는데 그 건물들은 모두 박람회장처럼 불을 밝히고 있었고 고기와 사람들로 가득 차 있었으며 사람들은 고기한테 소리치고 반대로 고기는 사람한테 소리치는 것처럼 시끄러운 소리뿐이었다. 그리고 바깥은 여전히 어두웠는데 안쪽이 밝아서 훨씬 더 어두워 보였고, 습한 공기는 어둠을 가득 채우고 있었다. 엔진이 진동하며 후진하고 있는 트럭들이 있었고 이슬비가 전조등 불빛에 불꽃처럼 보였으며 차 문들이 홱 하고 열리면서 여기저기 액체가 고인 곳이 빨갛고 하얗게 비쳤고 더 많은 고기가 손수레로 아니면 어깨로 밝은 곳으로 옮겨지고 있었으며, 고기를 옮기는 일을 하는 사람들은 모두 피로 줄무늬가 생겼거나 피가 묻어있었고 그들의 얼굴은 옮기는 짐만큼이나 벌겋게 빛나고 있었다. 맙소사 맨디 블랙 너 어디까지 온 거야 하는 생각이 들었다. 아직도 발길질하면서 소리치고 저항하는 짐승의 고기였다고 해도 좋을 것처럼 그 소음은 격한 말 같았지만 나는 거기서 나오는 목소리를 들었는데 이전에 텔레비전이나 라디오에서 들은 적이 있었기 때문에 아무도 지금까지 실제로 사용하지 않은 목소리처럼 비현실적으로 들렸지만, 여기 있는 사람들은 모두 숨 쉬는 것처럼 자연스럽게 사용하고 있었고 여기가 바로 그 목소리가 나오는 곳, 바로 그 현장인 것 같았다. 런던 사투리 코크니. 런던 토박이 코크니즈. 남근이란 뜻의 '코크'와 무릎이란 뜻의 '니즈'. 런던 출신 남자들은 왜 가운데 다리가 빳빳해질까?

그가 말했다. "스미스필드 시장이야, 아가씨. 모두가 고기를 던지고 떠들어대고 모두가 불평하고 걱정을 하지. 가서 일해야 하니까 나중에 저기서 봐." 그가 운전대에 몸을 기댔다가 나를 가로 질러 몸을 숙이면서 내 뒤쪽으로 팔을 대고는 가리킨다. "케니의 카페 보이지. 차도 맛있고 베이컨 샌드위치도 맛있어. 근처에서 기다리다가 나중에 거기서 봐." 그러면서 윙크를 했다.

내가 차에서 기어 내려갈 때 소음이 달라졌다. 그 소리는 물러갔다가 다시 파도처럼 내게 밀려왔다. 찰싹, 철썩, 처얼썩, 믹이 제안한 것을 봐. 모어컴에서 물을 걸어서 건너갈 때 마지막까지 사타구니를 적시지 않으려고 애썼던 것처럼. 고기와 사람과 시끄러운 소리를 뚫고 카페 쪽으로 걸어갔는데, 그때 솔직하게 말하면 이 엄청난 모험 중에도 이런 생각이 들었다. 나를 차로 데려다 준 믹을 기다릴 거야. 그래서 그에게 아침밥을 얻어먹어야지. 그가 원하는 대로 주의를 끌던지, 고개를 끄덕이던지, 척이라도 하던지, 계속할 거야. 그러고 나서 조용하게 눈을 한두 번 깜박거리다가 말해야지. "저 도로 데려다주시겠어요? 북쪽으로 가는 데까지만 데려다주시겠어요?"

나는 그때부터 한 시간 동안 정육점 주인의 밴을 타고 나의 미래로, 남은 인생으로 데려가질 거라고는 결코 생각지 못했다. 크고 둥근 팔에 어깨가 둥글고 목소리가 큰 남자에 의해서 말이다. 그는 나한테 있는지 몰랐던 삼촌 같고 그 현장에서 특별히 내가 도착하기를 기다리고 있었던 사람 같았다. "제대로 찾아왔구나, 얘야. 런던 한복판에 있는 스미스필드로. 생사의 스미스필드로. 저기 있는 것 보이니? 런던 중앙 형사 법원이다. 이전에 하나도 본 적이 없을 테니까 경치가 좋은 길로 해서 데려가 줄게. 타거라."

세인트 폴 대성당, 런던 브리지, 런던탑, 모두가 진짜가 아닌 것들 같다. 그 모두가 회색의 젖은 불빛을 위해 만들어진 것 같았다. 그는 속도를 줄이고 런던 브리지를 지나가면서 말했다. "평생 런던에서 살다 보면 언젠가 런던을 알게 되지." 이내 말을 이었다. "정육점에서 일하고 싶지 않아? 숙식 제공하고 일당이 일 파운드야."

내가 말했다. "제 이름은 주디가 아니에요."

그는 나를 한참 뚫어지게 쳐다보았다. "나는 평판이 나쁘지 않아."

어쨌든 나와 아침을 먹기로 한 상대는 나타나지 않았고 나타났다 하더라도 나는 그를 보지 못했고 그는 잭 도즈와 나 사이에 끼어들지도 않았다.

프라이팬에 구운 베이컨 냄새 때문에 난 덫에 걸린 것처럼 꼼짝 못 하게 되었다. 증기와 연기와 잡담과 웃음이 가득했다. 돌아보는 이마다 능글맞게 웃었다. 모두 실컷 먹으며 이야기한다. 여기가 바깥보다 더 나쁘다는 생각이 들었다. 모두가 한편으로는 반가운 사람을 만났다는 표정을 지었지만 다른 한편으로는 자신의 소중한 영역이 침범당했다는 표정을 짓고 있었다. 게다가 모두가 어적어적 씹고 꿀꺽꿀꺽 마시는데 체격이 큰 데다가 고기 피가 묻은 정육업자였다. 하지만 한 사람만은 아니었다. 그는 작고 별난 사람으로 레인코트를 입고 있는데 그 안에 셔츠 칼라에 넥타이를 매고 있는 것이 보였고 나처럼 길을 잘못 든 사람처럼 보였으며 앉아서 차를 계속 젓고 또 저으며 나를 바라보고 있는데, 마치 매우 동떨어진 생각을 하는 것처럼 보여서 그의 생각 밖에 있었을지도 모른다. 그때 생각했다. 아침 좀 사주세요, 꼬마 아저씨, 아침 좀 사달라고요. 아저씨는 제가 잘 주무를 수 있을 것 같아요. 그리고 저한테 아침 사주실 만큼 안돼 보이고 믿을 수 있을 것 같고 음식을 이용해서 뭔가를 할 사람으로 보이지 않아요.

그래서 나는 그의 맞은쪽에 앉았고 그는 그 테이블에 또 한 사람 앉을 자리를 맡아놓고 있는 것 같았으며, 그가 차를 젓지 않으면 굳어버릴 것처럼 차를 계속 저으면서 막 뭔가를 말하려는 참에 자신이 알고 있는 것 같은 세 명의 다른 사람이 들어왔다. 그들 중 하나는 나머지보다 컸고, 훨씬 더 컸고 상사처럼 앞으로 나가 자리를 잡았는데 나는 이유는 모르겠지만 이런 상황을 보면 알게 되듯이 이 사람이 나를 맡아 처리하겠구나 하는 생각이 들었다. 그는 나를 쳐다보았고, 곧이어 작은 남자를 쳐다보더니 마치 한때 어떤 연령대의 남자들이 나를 쳐다보았던 것을 기억나게 하듯이 다시 나를 쳐다보았다. 하지만 그들은 자신이 열 살 더 어렸으면 좋겠다고 생각했다가 아버지뻘이 될 만큼 나이가 들었다는 사실을 직면하고 있는 것처럼 더는 맨디 도즈를 쳐다보지 않았다. 그러고 나서 그는 익살맞게 미소를 지으면서 작은 남자를 다시 쳐다보았고 작은 남자는 당황하여 헛기침하며 말했다. "이 아가씨가 —" 그래서 내가 말했다. "저는 주디예요. 블랙번에서 왔어요."

나는 큰 사람의 얼굴에서 약간의 주저하는 표정을 보았다. 그때 그가 너무나도 크고 너무나도 대담한 목소리로 말했는데 그땐 몰랐고 그전에도 몰랐으며 앞으로 모를 거고, 안다 해도 상관없을 목소리였으며, 너무나도 크고 너무나도 대담해서 누가 듣는 것을 두려워하지 않을 목소리였다. "이분은 테드고 이분은 조야. 나는 잭 도즈고. 레이는 알겠지. 레이하고 같이 있으면 괜찮아. 레이는 보험회사에 다녀. 레이는 럭키야, 작지만 운이 좋아. 잘 먹어야 할 텐데 말이야."

빈스

후세인이 이익이 되지 않으면 레니나 똑같이 그를 때려눕힐 것이다. 그의 갈색 불알을 잡을 것이다. 하나는 벤츠 차 때문이고 또 하나는 캐시를 쌀쌀맞게 대한 때문이다.

그 자동차 가격에다 천 파운드 남짓이면 우리는 남은 것 없이 깨끗하다.

나는 이 신사복, 이 야한 신사복 값을 지불해야 한다.

만약 그렇지 않으면 주먹으로 얼굴을 갈겨야 할 때가 된 거고 그가 이해하길 바란다. 나는 그에게 다정하고 너그럽게 대하질 않을 거고 왼손 훅이 주특기인 레니 노인, 얼굴에 부스럼이 돋은 테이트 노인한테처럼 시늉만 하지 않을 거다. 우리는 과일과 채소 얘기를 하는 게 아니다.

나 자신이 해야 할 필요는 없다. 사람들이 있다.

어쨌든 내가 그의 뻔뻔스러운 면을 싫어한다는 것을 그가 알고 있다고 나는 생각한다. 그게 그 사람한테는 그것으로 인해 생기는 즐거움의 절반은 될 거다. 자동차와 여자뿐만이 아니다. "터번을 쓴 쓰레기 같은 너희 아랍 놈들, 우리가 아덴에 있을 때 너

같은 놈들을 총으로 쏘곤 했지. 그리고 네놈들이 병사들의 목을 베곤 했지"라는 생각을 하고 있으면서 내가 웃음을 지을 수밖에 없고 입에 발린 말을 해야 하고 그의 천한 부하인 것처럼 행동해야 하는 걸 그가 알고 있다는 거다.

상사가 말했었다. "우리는 엔진은 손을 보지만 차체 수리는 하지 않는다."

그가 나를 필요로 하는 곳에 나를 데리고 있다는 것을 그가 안다는 것이다. 어쨌든 그는 보기만 해도 알 것이란 건데, 왜냐하면 나는 그에게 말한 적이 없지만 캐시가 말했을 것 같고, 어떤 경우에 그녀가 가서 말했을 것이라는 생각이 들기 때문인데, 한번은 그때 그가 편히 들어가 있던 냄새나고 불결한 온실 같은 집에 내가 얼굴을 내밀면서 카펫에 기름을 묻힌 적이 있었고, 현재는 그가 런던의 중심지인 시티에 있는 온실 같은 집에서 슬그머니 나와서 버먼지 스트리트 아래쪽 끝에 있는데, 나보고 자기한테 멋진 차를 구해오도록 하면서 그가 지갑을 흔들 때 내가 "알았습니다, 후세인 씨. 네, 그럼요, 후세인 씨" 하고 말할 거라는 걸 안다는 것이다.

기름에는 기름이라고 내가 늘 쓰는 말인데, 빌어먹을 기름에는 기름이지. 이 모든 게 그가 좋아하는 재미라는 거지.

자기 딸을 아랍인에게 팔아먹은 빈스 도즈가 간다.

처음으로 그때 그가 어깨에 코트를 걸치고 선글라스는 윗주머니에 꼽은 채 들어오는데 나는 그가 가난하게 사는 사람이 아니라는 것을 알 수 있다. 런던의 금융가 시티에서는 재정적 곤경을 느끼고 있는 가운데, 그들이 침체를 겪고 있는 동안 나는 고급품을 취급하고 있지만 그게 무분별한 행동은 아니다. 그가 도즈 자동차와 거래를 할 필요가 없고 버클리 스퀘어에서 차를 살 수도 있다. 그러나 내 개인적인 생각으로 그는 그들이 가지고 있는 것을 다 가지고 있다. 오래된 시장의 매력인 열띤 흥정을 원한다.

그의 관심을 끌 만한 내가 가지고 있는 차는 85년식 그라나다 스콜피오인데 그는 살 생각이 없는데도 불구하고 필요 이상이라 할 정도로 한동안 그 차를 살피고 있지만 나는 그가 캐시를 쳐다보고 있다는 것을 알고 있고, 그가 자동차에 마음을 쏟는 만큼 그 애에게 마음을 쏟는 것을 알고 있다. 그 애는 문이 활짝 열린 사무실에 칸막이 뒤에 앉아있는데 그게 어디 내 탓이겠냐마는 완장 같은 치마에 꽉 끼는 하얀 티셔츠를 입고 있지만, 그가 태어난 곳에서 있는 여자들은 수녀처럼 옷을 입는단 말이다. 그 애가 다 자라서 이제 더는 어린 여자아이가 아닌 데다가 열여덟 살에 학교는 졸업했지만, 직장을 못 구한 게 어디 내 탓인가. 거드름도 그만 피울 수 있을 테니 하고 싶으면 전시실에서 일해도 좋다고 내가 말했었다.

그래서 나는 그에게 삼십 초 더 머뭇거릴 시간을 주고 나서 그가 왜 그렇게 행동하는지를 완전히 알게 된다. 여자와 자동차와 홍정. 그건 정당하고 그것들은 공평한 취미다. 나는 밀어붙이지 않고 천천히 그에게로 가서 말한다. “도와드릴까요, 손님?” 그가 나를 쳐다보는데 한쪽 눈으로는 나 같은 놈한테는 신경 쓰고 싶지 않고 삼 년 된 포드 자동차에 관심 없다는 표정을 지으며 다른 쪽 눈으로는 여전히 내 어깨를 비켜 캐시를 보려고 애쓰고 있다.

그가 말한다. “그라나다 차를 살펴봤는데요.”

내가 말한다. “멋진 차고 엔진도 훌륭해요. 만족할 만큼 손을 봤죠. 더 나은 차는 못 구하실 겁니다. 근처로 한번 몰아보시겠어요?”

그가 뒤로 물러서는 게 보여서 그의 눈을 보면서 내가 말한다. “차 열쇠가 사무실에 있는데 가져올까요?” 시계를 보면서 말을 잇는다. “제가 모시고 가면 좋겠지만 세 시에 손님 한 분이 오시기로 약속이 되어있어요. 하지만 여기 있는 캐시가 도와줄 수 있을지 알아보겠습니다. 바쁘신가요?”

그도 시계를 보면서 말한다. 제기랄 롤렉스 시계다. “괜찮을 것 같은데요.”

그래서 나는 사무실 문으로 고개를 쑥 내밀고 말한다. “캐시, 이 신사분이 그라나다 한번 몰아보시는데 같이 가줄래? 내가 꼼짝할 수 없어서 그래. 손님?” 내가 돌아서자 그가 바로 내 어깨 옆에 있다. 그가 말한다. “후세인 씨.” 내가 말한다. “후세인 씨.”

그때 나는 선반에서 차 열쇠를 집어 들어 그 애에게 던졌는데 무릎 위에 떨어진다.

전이었다면 그 애에게 해달라고 부탁을 안 했을 텐데. 그 애가 나를 의심스러운 눈초리로 쳐다본다. 그러나 캐시에 대해 할 수 있는 얘기는 자동차에 대해 말한다면 그 애가 멍청이가 아니라는 거다. 나는 그 애가 면허를 딸 수 있었을 때 바로 차 운전하는 법을 가르쳤다. 부전여전으로 타고난 사람처럼 자동차에 빠졌다.

그러나 그 애는 그를 위해 후진으로 차를 아주 멋지게 빼내 온다.

그 애가 그런 체격을 가지게 된 게 내 탓이 아니고 그 애가 그 엄마의 딸이라는 것도 내 탓이 아니다.

내가 말했다. "여기는 캐시예요. 제 딸 캐시입니다. 캐시가 잘 해드릴 겁니다."

다른 손님 오는 것 좋아하시네.

그들이 돌아왔을 때 내가 말한다. "좋죠? 잘 나가지 않아요? 빈스 도즈는 몹쓸 것은 취급 안 합니다." 그가 '그 아가씨를 덤으로 주면 사지' 하고 말하는 것처럼 나를 쳐다보고 나는 '오백 파운드를 덤으로 더 주면 그 애를 주지' 하고 말하는 것처럼 그를 쳐다본다. 그가 말한다. "좋아요."

곧이어 그가 아주 붙임성이 좋게 말한다. "저의 사소한 약점이라면, 도즈 씨, 탐닉하는 버릇입니다. 차를 사고 나면 싫증이 나고 그래서 또 다른 차를 사지요, 장난감처럼 말입니다." 코트는 낙타털로 만든 거다. "제가 좋아할 만한 차를 구해보세요. 당신의 노고에 보답하겠습니다."

그리고 나는 그가 그라나다를 살 생각이 없다는 것을 알았다. 머지않아 다른 차를 사러 또 올 거고, 캐시 또래의 아가씨라면 남부럽지 않은 생활을 해야 하고 캐시가 없어서 허전할 거라고 암시까지 한다면 가능성이 더 있을 거라는 걸 알고 있었다.

자신의 딸을 이용하는 빈스 도즈가 간다.

자신이 하는 짓을 그 애가 몰랐던 것 같지 않고 스스로 몸조심을 할 줄 모르는 것 같지도 않다. 그 애는 자기 엄마의 딸이다. 그리고 평소에 관계할 남자가 있는 것도 아니다. 샐리하고는 다르다.

그러나 만약에 그가 그 애를 버리고 싶어 한다면, 또 다른 자동차처럼 또 다른 여자 때문에 그 애를 거리로 쫓아낼 수 있다고 생각한다면 그는 아주 잘못 생각한 거다. 내가 화려한 그의 집을 찾아가서 문을 부숴버릴 거다. 그러고 나서 그의 머리를 박살 내버릴 거다. 그가 벤츠 차를 사지 않고 추가로 천 파운드를 지불하지 않는다고 해도 문제없고 상관도 없다. 천 파운드가 아무것도 아닐지도 모르고, 전혀 아무것도 아니고, 이제는 잭도 아무것도 아니기 때문이다. 그러나 캐시는 살아있는 내 딸이란 말이다. 그 애도 도즈 집안이다. 그래서 그 애는 이제까지 본 것 중 최고의 작고 귀여운 검은 옷을 입고 책의 장례식에 오는데 먼저 오백 파운드의 비용이 들었음이 틀림없다, 총액으로 오백 파운드 말이다. 그리고 나는 딸한테 정당한 대접을 받지 못할지도 모른다. 아마 그럴 거다.

레이

그녀는 일주일에 두 번씩 준을 보러 갔다. 월요일과 목요일마다 시계처럼 규칙적으로 했고, 아직도 하고 있다. 이건 내가 잘 나갈 때였는데 그래서 나는 월요일부터 수요일까지 일주일에 사흘만 사무실에서 일했는데 내 이득을 고려해서 이틀 적게 일하는 대신에 월급을 사분의 삼만 받기로 했다. 헤너시가 쉿 하고 입에 손가락을 대고 말했다. "자네가 승진 후보에 올라와 있는데 나만 믿어주게. 자네는 인사 고과 때까지 그저 얌전히만 있으면 돼." 그는 캐럴 때문에 나를 동정하고 있었던 것 같고, 그래서 한마디 거든다고 그들에게 내가 여전히 거기서 일하고 있다고 일러주었다. 그가 말했다. "레이, 내 생각으로는 더 일찍 됐었어야 하는 건데 말이야. 자네 현재 몇 살인가?" 내가 말했다. "마흔다섯." 하지만 나는 승진에 관심이 없었고 보험회사에서 성공하는 데도 관심이 없었다. 정반대되는 일에 관심이 있었다. 내가 말했다. "나한테 그것보다 더 잘해줄 수 있을 텐데. 일 덜 하고 덜 받는 것이 내가 관심이 있는 거고 다른 도움은 필요 없어."

걱정할 사람이 나밖에 없으니 그게 사리에 맞았다. 그리고 캠핑카가 있다.

게다가 나는 운이 좋아지고 있었고 신중해지고 있었으며 내 이름에 부끄럽지 않은 생활을 하기 시작했다. 경주마 덕분에 이익을 보는 것 말고는 누구 덕도 보지 못했다.

전적으로 혼자이고 자신 말고는 돌볼 사람이 없는 남자는 왜 자신의 열망을 만족시킬 수 있는 삶을 준비하면 안 되는 건가? 월요일부터 수요일까지는 사무실에서 일하고 목요일부터 토요일까지는 경마장이나 교외의 간선도로에서 시간을 보낸다.

집시 같기는 한데 …

그리고 봉급의 부족액은 경마로 어느 정도는 메꾸지만 때로는 더 많이 벌기도 한다. 결국에 기회 사업이라는 점에서 똑같은 사업이다. 보험과 도박은 말이다.

헤너시가 말했다. "그런데 굿우드 경마대회에 대해 생각하는 우승 후보 있나?"

그래서 에이미는 목요일마다 준을 보러 갔고 나는 말을 따라 전국을 분주히 돌아다녔다. 그리고 그 말을 하기 전에 오랫동안 생각했고, 오랫동안 심사숙고해 보고는 어느 날 용기를 내서 말했다. "에이미, 나 이번 목요일에 아무 데도 안 갈 거예요. 내가 없어도 말들이 달릴 수 있겠지요. 거기까지 가려면 버스를 오래 타고 가야잖아요? 준 보러 가는 데 내가 데려다줄게요. 캠핑카로 데려다줄게요." 그러자 그녀가 대답했다. "그래요, 좋아요, 레이."

그래서 나는 그녀를 데려갔다.

"내가 당신을 만난 때와 잭을 만난 때가 같다는 것을 당신은 알고 있었어요?" 하고 내가 물었던 때가 두 번째 아니면 세 번째로 그녀를 데려갔을 때이고, 두 번째 목요일 아니면 세 번째 목요일이었다. 그녀는 당황해하며 나를 쳐다보고 말했다. "뭐라고요? 사막에서 말이에요?" 내가 대답했다. "맞아요. 이집트 사막에서였지요." 그녀는 인상을 쓰는 듯하면서 동시에 나에게 웃었다. 그래서 내가 말했다. "당신 사진을 봤어요." 그 말을 했을 때 내 목소리는 그러려고 했던 목소리가 아닌 것 같았고 장난을 하거나 수수께끼를 맞힐 때 하는 목소리 같지가 않게 다른 목소리가 나왔고 진실을 말하는 목소리처럼 나왔다. 나는 여자를 잘 다루는 명수는 아니었다.

그녀는 상냥하면서도 날카롭게 오랫동안 뚫어지게 나를 쳐다보았는데 그때가 그녀가 알고 있다는 걸 내가 알았을 때거나 아니면 내내 궁금해하고 있었다는 것을 내가 알았을 때였다. 내가 그녀에게 몹시 사로잡혀 있었다는 것을 말이다. 아내 캐럴이 있는데도 불구하고, 딸 수지가 있는데도 불구하고, 어쨌든 그녀가 잭의 아내임에도 불구하고, 그녀의 미모가 지금쯤은 시들었음에도 불구하고 말이다. 그러나 시들어가는 아름다움 그 자체에 아름다움이 있고, 시들어가는 아름다움이 매력적인 것으로 생각하는데, 이러한 생각은 자신의 마음가짐에 달려있다. 그런데 다 시

들어버린 것은 아니다. 잭과 그녀가 오래전에 어떤 틀 속으로 들어갔다가 다 굳어져서 나온 것처럼 그들만의 방식에 빠져있는데도 말이다. 그러나 우리는 모두 그렇게 하는 것 같다. 우리는 모두 자신을 자극해 줄 것을 필요로 한다.

나는 그녀에게 몹시 사로잡혀 있었다.

그리고 처음엔 수지, 그다음에 캐럴이 차례로 야반도주를 한 사실이 나에게 유리하게 작용했는지도 모르겠는데 왜냐하면 그녀가 나를 딱하게 여기게 되었던 것 같기 때문이다. 헤너시가 한 동정하고는 달랐다. 그녀는 늘 나를 딱하게 여겼는지도 모른다. 이제까지 있었던 게 모두 동정이었다 해도 나는 불평할 생각이 없었던 것 같다.

그곳까지는 먼 길이었다. 그녀는 디 엘레펀트까지 188번 버스를 타고 가서 44번으로 갈아타고 때로는 투팅에서 다시 갈아타야 하기도 했다. 그곳은 엡섬에서 그리 멀지 않았다. 그래서 내가 택한 경로로 가면, 이 경로는 이미 알고 있던 경로였는데, 이야기할 시간이 충분했다. 그러나 우리는 면회 후에 적당히 어슬렁거리기도 했고 캠핑카에 앉아있거나 날씨가 허락되면 마당에 있는 벤치에 앉아있곤 했다. 잭은 준을 본 적이 없거나 아니면 단 한 번, 맨 처음에 한 번 봤을 뿐이라고 그녀가 말했다. 그가 요양원에 있는 준을 보러 간 적은 없었다고 했다. 나는 짐작하긴 했지만 확실하게 알지는 못했다. 아마 한 번은 있었을지 모르겠고, 아직도 그만의 약속, 자신만의 은밀한 약속을 해놓고는 그 얘기를 하고 싶어 하지 않는다고 나는 생각했다. 그런데 그는 간 적이 없었다. 그가 자신의 딸에 대해 알고 싶어 하지 않는다는 것이 분명하고 단순한 그의 결점이라고 그녀가 말했다. 그녀의 결점은 그녀가 알 수도 있고 내게 말할 수도 있는 잭과 정반대의 결점으로 그 오랜 세월 동안 일주일에 두 번씩 계속 왔다는 것이고, 그래봐야 달라지는 게 없지만 그래도 엄마는 엄마니까 멈출 수가 없다는 것이었다. 그리고 만약 그 자신이 때때로, 이따금씩이라도 찾아왔다면 그녀는 그가 방문하도록 자신의 방문 수를 줄임으로써 균형을 맞출 수도 있었을 테고 밧줄을 서로 반대 방향으로 잡아당기는 것처럼 그들의 관계가 지금같이 되지는 않았을 것이다. 하지만 이제 너무 늦어버렸다.

그녀는 잭과 준 가운데서 선택을 했다고 말했다. 그건 간단한 사실이었다. 그녀는 그걸 피할 수 없었다. 그녀도 알았고 그도 알았다.

나는 그게 힘든 선택이었다고 말했거나 말하려 애를 썼는데 그 이유는 어떻게 말할지 그리 쉽지 않았기 때문이었다. 어쨌든 결혼한 지 거의 삼십 년이 된 사람, 정상이지도 건강하지도 못한 사람, 그녀가 누군지 모르고 아마 앞으로도 모를 그런 사람을 선택한 것 말이다. 그녀는 내가 말할 차례가 아니라는 것처럼 천천히 주의 깊게 나를 쳐다보았는데 내가 뭔가 잘못했다는 생각이 들었다.

그녀가 말했다. "잭이 자신이 어떤 사람인지 알고 있다고 생각하시죠?"

내가 말했다. "그보다 더 확실하게 자신을 알고 있는 사람은 못 봤어요."

그때 그녀가 미소를 짓다가 작은 소리로 웃었다. "어떤 문제에 관해서라면 그는 큰 사람이 못 돼요. 전혀 관대한 사람이 아니라고요."

내가 말했다. "나는 사막에서 그 친구 덕분에 궁지에서 벗어났어요." 그러나 절반은 원하지 않는 것처럼 절반은 할 생각이 없는 것처럼, "당신 덕분에도 그랬지요"라는 말은 하지 않았다.

그녀가 면회 갔을 때 나는 주차장에 가만히 있거나 아니면 마당을 배회했다. 잔디밭도 있고 산책로도 있었으며 환자 몇몇이 이리저리 움직이고 있었다. 그들은 모두 비슷해 보였다. 오인할 수도 있을 것처럼 말이다.

그녀가 주차장을 가로질러 가서 입구로 들어가는 것을 지켜볼 때 그녀도 나만큼이나 완전 혼자인 것처럼 보인다고 생각하고는 마음이 아프기 시작했다. 그러나 나도 준을 보러 들어갔다면 잭이 이제까지 하지 않았던 일을 내가 했다면 아마 문제가 마무리되었을지도 모른다는 생각이 처음에는 전혀 들지 않았다. 그게 아마 내가 해주기를 그녀가 내내 바랐던 것일지도 몰랐다. 내가 삼가고 있었던 건 그렇게 하는 게 옳은 일이고 거기가 내 자리도 아니었기 때문이며 나는 그저 차로 그녀를 데려다주러 온 것뿐이라고 생각했다. 그렇지 않으면 나는 몹시 겁이 났을 거다. 그러나 세 번째 목요일인가 네 번째 목요일인가 나는 그녀에게 말했다. "나도 가도 돼요?" 그녀가 대답했다. "물론이지요, 레이."

나는 어떤 일에 대해, 본 것에 대해 뭐라고 해야 할지 모르겠다. 여느 다른 여성처럼 유연하고 곡선 있는 몸매, 옷을 더 잘 차려 입히고 나머지는 가린다면 예쁘다고 말할 수도 있을 몸매와 엄마만이 사랑할 수 있는 부어오르고 침으로 더러워진 얼굴을 한 아직 이십 대인 여성에 대해 뭐라고 해야 할지 모르겠다. 스물일곱 살이고 자기 이름이 준이지만, 자기의 두뇌가 두 살짜리 아이에게도 못 미치기 때문에 자기 이름도 모르는 여자에 대해 뭐라고 해야 할지 모르겠다. 삶이란 게 너무나도 공평해서 자신의 경우보다 더 심히 불공평한 경우는 없고, 처음부터 영영, 더 심히 그런 상태에 빠져 꼼짝 못 하는 경우가 없을 정도로 자신이 빠져 있는 것은 아니라고 말할 것만 같다.

그런데 그 목요일 오후 꼭 준처럼 거기 앉아서, 아무 말도 하지 않고 그저 거기 앉아서 그 간호사가 우릴 보고 있는데 내가 어디에서 생겨났을까를 생각하면서 알게 된 것 하나는 에이미가 이십이 년 동안 일주일에 두 번씩 거기 간 이유가 그녀가 말했듯이 그녀가 해내야 할 어떤 의무 때문도 아니고 그녀한테 몸에 밴 버릇 때문도 아니었다는 거다. 그녀가 계속 거기 간 이유는 언젠가 준이 그녀를 알아볼지도 모르고 말할지도 모른다는 희망을 품고 있었기 때문이었다. 그저 보기만 해도, 에이미를 보기만 해도 그걸 알 수가 있었다. 준을 보기만 해도 그런 일은 일어나지 않을 거고 모두 틀렸다는 걸 알 수 있었다. 애당초 준이 태어나기를 지금처럼 태어났다는 것이 잘못된 만큼 지난 세월 동안 에이미가 여기 왔다는 것이 잘못이었고, 자기 딸은 한 번도 미모를 지녀본 적도 없는데 마흔여섯 살의 엄마는 시들기는 했지만, 아직도 미모를 지니고 있다는 것이 잘못되었다. 하지만 악을 악으로 갚아봐야 좋을 게 없다.

첫 번째 수를 썼으니 이제 다음 수가 남아있다고 생각했다.

우리는 벤치에 앉아서 비둘기를 보고 있었다. 곧장 돌아갈 필요는 없었다. 그녀가 버스를 타고 갈 때 걸리는 시간보다 캠핑카로는 절반밖에 걸리지 않았다. 나는 준에 관해 무슨 말을 해야 할지 몰랐고 사람들은 어떻게 말할지 몰랐지만 준하고는 전혀 무관한 좀 엉뚱한 소리를 하고 싶었다. 에이미가 처음으로 남하고 준을 면회했기 때문에 기분이 좋지 않은 것 같았다. 친구이긴 했지만. 그녀는 어떻게 해서든지 안아줬으면 하는 것 같았다. 그녀가 나한테 직접 기댔어야 하는 건데 그러지 못하는 것처럼, 내가 우리 사이에 남겨둔 어색한 분위기 때문에 그녀가 제대로 내게 기대지 못하는 것 같았고, 나는 캐럴이 떠난 이후로 별로 경험하지 못했지만 내 물건이 커지기 시작하는 걸 느꼈다. 여자들은 알까 궁금하다.

그러나 내가 말했다. "빈스한테 못 들었어요? 그들이 모두 집으로 돌아올 거라고 하던데요."

그러나 다음번에 내가 그녀를 태워주었을 때 나는 할 말을 미리 준비했고 기회가 생기면 언제라도 잡을 수 있도록 했다. 그날은 사월의 맑지만 바람 부는 날이었다. 그날은 잭의 유골을 가지고 가는 오늘 같았다. 인생은 변할 수 있다고, 더는 변할 수 없다고 생각할 때조차도 변할 수 있다고 느꼈다. 그럼에도 불구하고 클래펌까지 가는 동안 내내 그 말을 하지 않았다. 나무 사이로 클래펌 커먼에 햇빛이 깜박거리며 비친다. 내가 말했다. "에이미, 오늘 우리 요양원에 안 갈 거예요. 준 보러 안 갈 거라고요." 어쨌든 나는 그녀가 반대하질 않을 거라고 알고 있었다. 내가 말했다. "거기 뒤쪽에 피크닉을 준비해 놨어요. 샌드위치하고 보온병에 차도 준비했어요." 봄에 엡섬에서의 만남이었다. 내가 말했다. "경마장에서 하루 보내는 것 어떻게 생각해요?"

그런데 우리는 경마를 그리 많이 보지 않았다. 내가 제대로 돈을 걸지 않고 경마장에 간 게 틀림없이 이번이 처음이었다. 나는 다운스에 차를 주차했고 우리는 두 시에 맞춰 오솔길로 걸어 내려갔다. 우리는 아마추어처럼 서로에게 내기를 걸었다. 우리는 서로 다른 대항마에 일 파운드를 걸었고 그녀가 이길 걸 난 확신했다. 콩키스타도르가 칠 대 이로 우승. 그 말에 오십 파운드를 걸 수 있었을 테고 너무 기분 좋게 올 수 있었을 것이다. 그런데 날씨가 변하고 있었고, 특별히 시간이 예정되어 있다고 말했을 수도 있을 것처럼 다음 경주 전에 비가 내리기 시작했다. 때로 행운은 그저 계속된다. 그래서 내가 "피크닉 할 시간이에요"라고 말하고, 그리고 우리는 서둘러 캠핑카로 돌아갔다. 두 사람이 어떤 일이 반드시 일어날 거라고 확신하지 못하고, 어떻게 그 일이 벌어지게 할지도 모르고, 그 일을 원하는 만큼 벌어지는 걸 두려워하고 있을 때조차, 그들은 그 일이 언제 일어날지 알고 있는 것 같다. 그런데 만약 그 일이 일어난다면 지금이 그때라는 걸 그들은 알고 있다. 캠핑카 안에는 창문을 가릴 파란색과 흰색 격자무늬 커튼이 있었기 때문에 아무도 알지 못했을 것이다. 캠핑카의 완충장치가 흔들리지 않았다면 말이다. 하지만 많이 흔들렸다고 생각하지 않는다. 커튼을 치면서 내가 말했다. "집 같지 않아요? 집에서 집으로 온 셈이지요." 비가 차 지붕을 두드리고 있었다. 옳은 일은 아니었지만 피할 수는 없었던 것 같다. 에이미는 잭을 선택하지 않고 준을 선택했고 이제 내가 에이미를 선택했다는 생각이 들었다. 관중들의 소리가 그리 식지 않았다. 비가 그쳤을 때 우리는 관중들이 삼 대 십의 결과로 끝난 그 대단한 경주에 열광하는 소리와 한 떼의 말들을 보고 흥분하는 사람들이 소란 피우는 생소한 소리를 들었다. 그리고 이후로 십사 주 동안 경마가 있든 없든 그곳 엡섬 다운스는 매주 목요일 우리가 규칙적으로 만나는 특정한 장소가 되었다. 빈스가 오고 곧이어 맨디가 왔을 때까지였다.

레니

그런데 이길 희망도 없는 싸움을 걸 만큼 어리석지 않았어야 하는 건데. 하지만 그건 내가 몰랐던 건데 그래서 더 낫다. 지난 세월을 돌아보면 권투 때문에 내 머리가 나빠졌다고들 하지만 내 개인적인 생각으로는 처음부터 별로 머리가 좋지 않았다. 군에서 제대했을 때 격투 경기로 돌아갈 만큼 어리석지 않았어야 하는 건데. 오 년 동안 총을 쏘고 총에 맞고 죽은 동료의 시신을 수습하고 지냈으면 이젠 다른 사람을 쓰러뜨리려고 힘쓰는 것보다 더 나은 생계 방법을 찾게 해줄 거로 생각하겠지만, 결국 그 일 아니면 청과물 수레를 끄는 일이었고, 근데 그 일에는 명예도 없고 돈이 순식간에 생기는 것도 아니었다.

그래도 나는 그 얼간이한테 세상 물정을 좀 가르쳐준 것 같다. 내 가슴이 무겁게 느껴진다.

이런 식으로 사람은 만들어진다. 싸우는 게 천성이라면 자신의 천성에 맞서 싸우는 것은 힘든 일이다. 우리는 의식을 치르기 위해서가 아니라 잭에게 경의를 표하기 위해 여기 있는 것인데, 왜냐하면 잭은 자신의 천성에 따라 너무나도 열심히 일해서 아주 대단하게 되었기 때문이다. 우리는 그가 잭이라서 여기 있는 거다.

마찬가지로 내가 조국을 위해 싸우다가 돌아왔더니 버먼지에는 리비아의 벵가지에서보다 폭탄 떨어진 자리가 더 많았고 받을 수 있는 거라곤 조립식 건물에 배급 통장뿐이었을 때, 아무한테나 덤벼드는 것보다 권투 링에 올라가서 똑같이 때리기를 선택한 상대를 바닥에 때려눕히는 게 더 낫다고 아내 존에게 말하곤 했다. 그건 이유가 안 되니, 자, 이제 싸움을 시작해라. 나는 걷어차고 후려갈기고 싶게 만드는 게 세상이라고 말했다. 그랬더니 아내가 말했다. "바보 같은 소리네요. 다른 식으로도 열심히 일할 수 있어요. 다른 사람들처럼 힘을 내서 할 수 있는 일에 전념해서 최선을 다하면 돼요." 아내는 그런 사람이다. 내가 말했다. "하루에 동냥으로 얻은 것과 십 펜스 정도 되는 돈으로는 살 수가 없어." 내가 말을 이었다. "워딩턴 토너먼트 권투시합에서 이겼다고 생각해 봐. 상금이 오십 파운드야. 거기에 전념할 거야. 당신, 내가 시합에서 이겼을 때 좋아했었잖아." 그녀가 말했다. "당신은 일곱 살이나 더 먹었는데 이기지 못할 거예요."

샐리가 나와서야 비로소 나는 완전히 그만두었고 권투고 희망이고 단념하고 입을 다물기 시작했다고 생각한다. 자신의 천성을 장악한 게 레니 테이트가 아니었고 나와서 그를 대신해 목적을 달성해 준 똑같은 요소를 지닌 똑같은 살붙이지만 다른 사람이라고 할 수 있을 거다. 어린 샐리 테이트 말이다.

운동장에서 서로에게 반했던 샐리와 빈스가 없었다면 내가 절대 알지 못했을 테지만, 내가 빈스를 알게 되었고 그 이야기를 들었을 때 도움이 될 어린아이는 없고 준만 있다는 게 잭한테 얼마나 힘든 일이었는지 나도 알게 되었다. 에이미한테는 훨씬 더 힘든 일이었다는 것도 알게 되었다. 그리고 빈스가 불안정한 아이가 된 게 자신의 탓일 수 없다는 것도 말이다. 그러므로 내가 감정적인 얼간이가 되어 샐리가 그들 집안의 사람이 되기를 바란 게 내 탓이라고 할 수도 없을 것 같다.

그리고 나는 샐리가 토미와 결혼하지 않았다면 그리고 토미가 전 소유주가 한 명뿐인 새 차나 다름없는 비엠더블유 차를 가지고 빈스한테 가지 않았다면 빈스를 용서할 수 있었을 텐데, 토미는 그 차가 도난당한 차라는 것을 빈스가 알 수 있을 거란 걸 알고 있었지만, 빈스가 말하자면 샐리의 옛 친구이기 때문에 그가 도와주리라 생각했던 거다. 그러나 빈스는 그에게서 그 차를 받지도 않고 더욱이 소문을 퍼뜨려서 토미는 자신의 전과에다 여죄까지 포함되어 무엇보다도 한동안 징역을 살게 되었다. 그래서 내가 빈스에게 말한다. "나쁜 놈. 차는 안 받아도 됐지만 토미를 밀고할 필요는 없었잖아. 그는 있어야 할 곳에 있는지 모르겠지만 샐리 생각은 좀 할 수도 있었잖아?"

그는 자기가 해야 할 일을 했을 뿐이라고 말했다. 시민으로서의 의무 말이다. 내가 샐리를 버린 것처럼 보이는 한, 샐리를 생각했어야 하는 사람은 바로 나였다.

그가 말한다. "멋진 차는 멋진 차죠. 악을 악으로 갚아봐야 좋을 게 없어요."

내가 빈스를 용서할 수 있었을지도 모른다. 그랬으면 샐리가 나를 용서할 수 있었을지도 모른다. 그랬으면 다시 한번 싸우고 싶은 열망을 갖지 않았을지도 모른다.

나는 그 꼴 보기 싫은 놈한테 정말로 본때를 보여주었다고 생각한다.

포수 테이트. 사람들이 나를 그렇게 불렀다. 내가 포병대에 있었고 내가 가졌던 용기 때문이었다. 나의 주먹이 총인 것처럼 좋은 소리로 들렸다. 워딩턴 대회 준결승전에서 나는 말라빠진 어린 녀석과 붙게 되었는데 그는 전쟁 전에 권투를 시작했을 때의 내 나이와 같은 나이로 징집을 받은 적도 없었다. 내가 말했다. "경쟁이 안 돼요, 안 된다고요. 내가 두 배를 버는 것도 아닌데 저 어린 꼬마 녀석은 얼마를 벌겠다는 거예요?" 나에게 권투 글러브 끈을 매어주면서 말한다. "그를 잘 제어하다가 오른손으로 세게 한 방 먹여." 나는 준결승전을 위해 링에 올라가기도 전에 결승전을 생각하고 있었다. 상금이 분명 이십 파운드일 거고, 그 돈 받으면 아내가 조용해질 텐데, 만약 나와 댄 퍼거슨이 결승전에 올라가면 불가능한 것도 아니라는 생각이 들었다. 종이 울렸고 나는 간절함에 빨리 나와서 생각했다, "이 시합은 식은 죽 먹기일 거야. 이 라운드나 그때까지 안 갈 수도 있어"라고 말이다, 포수 테이트. 나중에는 아예 굳어져 버렸다. 포수 테이트, 미들급. 늘 취해있고 늘 늦는다. 나는 앞으로 나아갔고 그는 물러서서 폴짝폴짝 뛰면서 내 주위를 돌았다. 나는 생각했다, "이봐, 자넨 아무 데도 가본 적도 없고 아무 데도 못 갈 거야. 리비아와 시실리와 햇빛 쨍쨍한 이탈리아 전역에서 이십오 밀리미터 포를 끌어보지도 못했잖아. 자넨 아무 자격이 없어, 하지만 나는 달라." 사람은 자신에게 할당된 시간이 다 끝나기 전에 한 가닥 빛이라도, 한 조각 자존심이라도 붙잡아야 한다. 청과물을 위해 공로를 세웠다고 기록부에 기록된다 해도 전혀 가치 없는 일이다. 빨리 이겨버리기 위해 앞으로 나아가면서 그의 얼굴이 기계처럼 냉정하고 날카롭고 견고한 것을 보았다. 얘야, 우리가 육 년 차이가 나는데 좋은 면도 있고 나쁜 면도 있지 하고 생각했다. 그때 나는 그의 얼굴이 있었던 자리에서 그의 글러브를 보았다. 그러고 나서 나는 아무것도, 전혀 아무것도 보지 못했다. 아니면 오히려 보았다. 소위 말하는 별을 봤다는 게 뭔지 알기 때문이다. 그렇다면 나는 별을 보았다.

웍 농장

우리는 아무 말도 하지 않고 들판을 가로질러 돌아간다. 레니와 빈스가 짧은 이중창을 하듯 숨을 쉬는 소리가 들린다. 빈스가 유골함을 가지고 간다. 그는 더욱더 단단하고 조심스럽게 들고 있다. 우리가 여기 이 들판에 나와 있는 이유가 유골함이 내빼는 바람에 쫓아가서 붙잡아야 했기 때문인 것 같다. 전적으로 유골함의 잘못이다. 하지만 우리는 그게 아니라 정반대라는 걸 알고 있다. 전적으로 우리의 잘못이다. 사람의 유골을 놓고 싸우다니 말이다. 빈스의 손안에 들어있는 유골함이 우리 모두에게 고개를 젓고 있는 것 같고, 들판에 남겨진 그의 유골 일부를 양들이 밟고 있어서 잭이 안에서 내다보며 우리한테 한숨을 짓는 것 같다. 그가 이런 걸 기대하지 않았을 텐데, 전혀 예상치 못했을 텐데 말이다.

바람이 우리 등에 몰아치고 출입문에 이르렀을 때 소나기가 아주 제대로 우리를 때린다. 제때 차 안으로 들어가서 흠뻑 젖는 것은 피할 수 있었다. 우리는 이전과 같은 자리에 앉았다. 빈스가 운전대 앞으로 들어올 때 몸을 움츠리면서 내게 유골함을 건네주고는 소맷자락과 바지에 묻은 얼룩을 지울 것을 찾으려 둘러보지만, 아무것도 없으니까 포기해 버린다. 엔진 시동은 켜지지 않았고 우리는 모두 한동안 거기 앉아있는데 비가 차창을 두드리고 있어서 마치 우리가 배를 타고 있는 것 같다. 나는 빈스의 얼굴을 쳐다보았는데 멍한 표정을 짓고 있고, 레니가 뒷좌석에서 색색거리는 소리가 들린다. 자동차가 아니라 구급차인 것 같다. 결국, 정육 운반차 같기도 하다. 우리 모두 이 훈련을 강행해야 할지 아니면 견딜 수 없다는 핑계로 지금 그만둬야 할지 생각하고 있는 것 같다. 두 번의 우회, 한 번의 싸움, 술 진탕 마신 것, 거의 홀딱 젖을 뻔한 것.

곧 빈스가 민첩하게 움직이면서 엔진 시동을 걸고 자동차 와이퍼를 작동시킨다. 우리는 비가 좁은 길 위로 내리치고 하늘은 온통 잿빛으로 음산해진 걸 볼 수 있지만, 언덕 꼭대기에 쓰지 않는 풍차 옆으로 덤불 숲 한쪽 편에 희미한 빛이 보이는데 머지않아 구름이 지나갈 것처럼 보인다.

빈스가 말한다. "자. 우리 캔터베리 로드로 가야 해요. 캔터베리 방향 표지판 좀 찾아보세요. 캔터베리 방향 에이 28번 도로요."

레니가 말한다. "캔터베리라고?" 더는 색색거리지 않는다. "거기 한번 들르는 게 낫겠는데. 그놈의 성당에 들러도 괜찮겠어."

레니가 농담하듯이 말하지만, 빈스는 차를 출발시키지 않고 잠깐 동안 앞 유리에 떨어지는 비를 바라보며 앉아있다. 빈스가 몹시 고약하게 말한다. "하는 수 없네요, 레니. 하는 수 없이 아저씨 모시고 캔터베리 성당을 들렀다 가야 하지 않겠어요?"

나는 뒷좌석에서 빅과 레니가 서로 쳐다보고 있는 것을 느낄 수 있다.

또 한 번 우회하는 바람에 한 번 더 헛수고하겠군. 이번은 레니의 차례군.

빈스가 차를 출발시키자 드디어 우리도 간다. 그가 말은 하지 않지만, 그의 얼굴에서 심각한 표정을 읽을 수 있는데 진심인 것 같고 심지어 자신도 그런 생각을 했으면 하고 바라고 있는지도 모른다.

그게 감청색 벤츠 차보다 훨씬 낫다.

빅이 자신의 벌금을 이미 납부한 사람처럼 아무 말도 하지 않는다.

그래서 나는 젖은 유골함을 붙잡고 있는 동안 마치 빅이 하듯이 말한다. "좋은 생각이야, 레니. 의도도 좋고 말이야. 잭이 좋아할 거야."

레이

그가 나를 똑바로 뚫어지게 쳐다보는데 너무나도 똑바로 뚫어지게 쳐다봐서 분명 내 얼굴이 비교적 떨렸을 것이다. 마지막 초상화를 위해 움직이지 말고 똑바로 앉아있기나 하지 이동도 말고 가식 떨지 말고 갑자기 나가지도 말라는 눈초리란 생각이 든다. 곧이어 그는 내가 생각하고 있는 것을 볼 수 있는 것처럼 내가 묻고 싶은 것을 알 수 있는 것처럼 말한다. "사람들은 다 당황하잖아요, 레이. 근데 전혀 당황하고 싶어 하지는 않아요."

어째 전쟁에서 들은 말 같다. 군인에게 첫 번째 규칙은 당황하지 말라는 것이다. 그걸 어떻게 명령으로 정해놓을 수 있는지 이해할 수 없었지만, 불에 타죽을 거라는 것을 믿지 말라고 명령할 수는 없는 것이다. 하지만 잭은 그 규칙을 업무 실행 시 적용하곤 했다. 이집트의 솔룸 마을 바깥에서 우리가 곤경에 처해있고, 그 크로포드 중위가 갑자기 피 묻은 누더기처럼 누워있으니 서열 두 번째가 "어떡하지? 어떻게 해?" 하면서 소리 지르고 있는데 잭이 "지휘를 하셔야 합니다. 못 하시겠다면 제가 하겠습니다" 하고 말했을 때처럼 말이다. 그리고 나는 내가 지휘할 필요가 없다는 게 몹시 만족스럽다는 생각을 하고 명령을 따르는 걸 받아들이겠다는 생각을 하고 있다.

지금 그가 하고 있는 행동은 지휘권을 쥐고 스스로 책임을 맡겠다는 것이라는 생각이 든다.

내가 말한다. "그건 힘든 일이야, 잭. 힘든 일이라고." 당면한 그 일에 대해 말하는 게 아닌 것처럼, 후에 벗어나게 된 대단히 힘든 시험인 것처럼 말한다.

그가 말한다. "에이미한테는 더 힘들 거야." 나를 똑바로 뚫어지게 쳐다보면서 말을 잇는다. "자네한테 선택권이 생기면, 레이, 선택권을 갖게 되면 말이야, 자네가 먼저 해. 계속하는 게 힘들지. 끝내는 건 아무것도 아니야."

내가 말한다. "글쎄, 선택권이 나한테 있는 게 아니잖아? 내 말은 누구한텐가 있다면 말이야. 나만 있는 이상 말이야."

그가 나를 쳐다본다. "누가 알아. 내가 첫 번째니까 여전히 운이 좋은 것 같아."

"아니, 내가 럭키야."

그는 미소를 짓지 않는데 오래된 농담 같지 않은 모양이다. 내가 운이 없고 자네가 운이 좋은 거라고. 그가 나를 쳐다본다. 그의 눈은 아무것도 놓치지 않겠다는 것처럼 보이고 그의 얼굴은 쳐다볼 수 없을 것처럼 보인다. 거의 평생 동안 그를 보아왔지만 지금도 그를 보고 있는데 스미스필드와 버먼지에서 양질의 고기를 취급하는 정육점 주인인 잭 도즈나 '코치 앤 호시스' 주점에 살다시피 하는 잭 도즈는 보이지 않는다는 생각이 든다. 심지어 거구 잭, 사막의 쥐, 카이로 낙타 부대의 사병 잭도 보이지 않는다. 나는 지휘권을 가진 사람 그 자체, 자기 뜻대로 하는 사병 잭을 보고 있다.

그가 말한다. "에이미한테는 더 힘들 거야. 그녀를 잘 보살펴야 할 텐데."

내가 말한다. "그녀가 곧 올 거야. 빈스를 데리고 말이야."

"그녀가 잘 지내기엔 내가 가진 게 너무 없어."

나는 그가 가진 것을 살펴본다. 침대와 침대 옆 캐비닛. 준이 평생 가진 것보다 지금 그에게 훨씬 더 많은 것이 있는 것 같지 않다.

내가 말한다. "내가 도울 일 뭐 없을까, 잭?"

그의 텅 빈 마른 손이 담요 위에 놓여있는데 손가락들이 약간 오그라져 있는 게 보인다. 그때 그의 눈이 감긴다. 오래전 크리스마스 때 수지한테 사줬던 인형한테 있던 눈처럼, 사진기 셔터처럼 저절로 눈꺼풀이 내려온다. 잠시 동안 마치 — 당황하지 마라, 당황하지 마. 그러나 그의 가슴은 오르내린다. 수술받은 상처 주변의 부은 곳도 오르락내리락하고 있다.

나는 그의 얼굴과 담요 위에 놓인 손을 쳐다본다. 누구나 자기만의 공간이 있고 그 밖에 아무도 그 공간 안으로 들어갈 수 없지만 언젠가는 임자 없는 공간이 된다는 생각이 든다. 그게 영역의 문제다.

그가 눈을 뜬다. 누가 나를 보지 않는다고 생각할 때 내가 딴 사람처럼 구는지 보려고 나를 속이면서 실눈을 뜨고 내내 지켜본 것처럼 말이다. 그러나 눈꺼풀이 천천히 열린다. 흰자위가 먼저 보이고 나서 눈 전체가 보인다.

그가 말한다. "아직도 여기 있는 거야, 럭키? 참, 나한테 해줄 게 있어. 요즘 자네 운이 얼마나 좋은 것 같나?"

빈스

수술 직후 실려 나와 들어가게 된 작은 병동인 집중 관리 치료 병동에서 그는 얼굴에 마스크를 쓰고 더 많은 관을 끼운 채 여전히 거기에 누워있다. 그는 아직 아무것도 모르는데, 왜냐하면 완전히 깨어나지 않았고 전혀 아무것도 모르기 때문이다. 그는 자신의 수술이 불가하다는 걸 모른다. 그 괴짜 의사 스트릭랜드가 수술 부위를 빨리 열었다가 도로 봉합을 하는 바람에 십 분밖에 걸리지 않았다고 내게 말하는데, 그는 수술에 대한 어떤 단어, 무슨 절개술이란 말처럼 길고 멋진 단어를 사용한다. 그는 매우 신속한 수술이었다는 데 만족하는 것 같다. 나를 위해 간단명료하게 설명해 주지는 않고 내가 알아내게 내버려둔다. 두 시간 걸리는 수술이 아니었던 것처럼 그는 그들이 할 수 있는 게 조금이라도 있었다면 그럴 수 있었을 거라고 말했다. 수술 불가, 이게 그가 사용하는 말인데, 수술이 불가했기 때문이었다.

나는 유리 칸막이를 통해 복도 저쪽 편을 쳐다보는데 거기 오른편 일호실에 잭이 누워있고 나는 "그의 수술이 불가하다고 그는 수술할 수가 없다고. 그가 아직도 거기 있지만 달리기를 멈추고 길가에 서있었던 것 같다"고 생각한다. 하지만 모든 것이 갑자기 그런 식으로 느껴진다. 우리는 모두 모든 것이 멈추어버린 어딘가에 있고 나머지 세상 사람들은 고속도로의 차량처럼 윙 소리를 내며 옆을 지나가는 것같이 말이다.

그가 묻는다. "여기 도즈 부인 계세요?" 내가 대답한다. "네. 차 한잔하러 가셨어요. 제 처와 같이 계세요." 그러자 그가 시계를 얼른 보고는 말한다. "제가 여기 있는 동안 그분 좀 모셔오면 당장 그분하고 얘기 좀 할 수 있을 텐데요. 좀 조용한 곳이 있을 거예요. 간호사 사무실이 될지 모르겠네요." 그런데 나는 그를 더러운 인간이라고 생각하고 있다. 왜냐하면 그는 그 말이 나한테 미칠 영향은 생각지도 않고 있고, 아니면 나한테 중요하지 않고 내가 중요하지 않으니까 심부름하는 아이 노릇이나 할 것으로 생각하고 있기 때문이다. 나는 그를 치고 싶고 꼴 보기 싫은 안경 쓴 얼굴을 갈겨주고 싶다. 하지만 내가 말한다. "가서 모시고 올게요." 내가 이 말을 할 때 이미 그는 자신의 면전에서 몸집이 작은 수련의가 들이밀고 간 많은 기록에다 눈길을 돌리고 있다. 그가 말한다. "여기 있을게요." 손가락으로 안경을 눌러 쓰고 나한테 어설픈 굳은 미소를 살짝 지어 보인다.

그래서 나는 에이미와 맨디를 찾으러 간다. 그러나 아무 데도 가지 않는 것 같은데 운전대와 도로 사진이 빙빙 돌아가고 있는 상점가에 있는 오래된 기계처럼 회전문과 복도가 내 옆을 지나 움직이기 때문에 이동하고 있지 않지만 이동하고 있는 느낌이 들었다.

그들은 차 한 잔씩 갖고 앉아있는데 아직 잭이 살아있고 수술대 위에서 의식을 잃지 않았다는 것과 상서로운 전망 외엔 아직 아무것도 모르고 있다. 그러나 그녀가 나를 쳐다보기만 했는데도 곧장 알게 되었고 내가 그녀에게 말할 필요도 없는 것을 내 얼굴에서 알아볼 수 있다는 것을 나는 짐작할 수가 있다. 내가 말한다. “아직 의식을 회복 못 하셨어요. 스트릭랜드 선생님이 병동에 있어요. 그분이 아주머니께 드릴 말씀이 있다고 했어요.” 그러고 나서 나는 고개를 움직이기가 힘든 것처럼 살짝만 흔들었고 그녀는 그 말을 아무나 하는 걸 바라지 않는 것처럼 나를 쳐다본다. 이 모두가 그녀의 잘못이고 그걸 알고 미안해하고 있고, 알고 있다는 것만으로도 이미 처벌인데도 불구하고 교장 앞에 가서 그 때문에 더 많이 벌을 받아야 하는 이유를 모르는 것 같다. 그러나 교장이 그녀에게 아마도 기회를 한 번 더 줄지도 모른다. 다시 이런 일이 벌어지지 않게 하라고 말이다. 그녀가 일어서고, 그녀가 일어설 때 맨디가 그녀의 팔을 꽉 잡는다. 그러면서 맨디도 일어나서 내게 물어보는 듯 고개를 까딱한다. 에이미도 좋아 보이고 맨디도 좋아 보인다. 나도 고개를 까딱했다.

그러고 나서 우리는 복도를 따라 돌아가고 있는데 복도가 우리 옆과 밑으로 미끄러지듯 움직이고 있어 우리는 걸어가고 있는 척하고, 에이미는 병동 가까이 갈 때까지 아무 말도 없다가 마침내 말한다. "레이 아저씨도 아셔야지." 내가 말한다. "뭘요?" 그녀가 오랫동안 그를 그렇게 부른 적이 없다. 레니 아저씨처럼 레이 아저씨라고, 내가 다시 아이가 된 것처럼 말이다.

스트릭랜드는 우리가 오는 것을 보고, 한 간호사에게 얼른 뭐라고 말하고는 우리를 사무실로 안내하는데 간호사 사무실이 아니라 마치 장롱 같은 저장실로 들어온 뒤 문을 닫는다. 의자가 두 개밖에 없어서 그는 하나를 끌어다가 에이미보고 앉으라 하고 맨디가 문가에 남은 의자에 앉는다. 나는 에이미 곁에 바짝 붙어 서있고 스트릭랜드는 책상 앞쪽에 엉덩이를 반쯤 걸치고 서있는데 그가 이야기를 시작할 때 나는 에이미의 머리 뒤쪽으로 팔을 둘러 그녀의 어깨를 붙잡았고 그러자 그녀의 손이 반대편으로 와서 내 손을 잡는 게 느껴진다.

그는 사실을 솔직하게 말하지 않는 것의 좋은 점을 믿지 않으며 그건 아무런 도움이 되지 않는다고 말한다. 그가 이야기를 시작할 때 에이미를 쳐다보고 있지만, 에이미에게 말하기 위해서는 나에게 말을 해야 하는 것처럼 아니면 그가 보고 싶지 않은 무언가를 에이미의 얼굴에서 본 것처럼 나에게로 재빠르게 눈길을 돌리곤 한다. 나는 에이미의 얼굴을 볼 수가 없다. 나는 교도소로 들여 보내지기 전에 이미 협의를 잘 알고 있을 때처럼 앞을 똑바로 쳐다봐야 한다. 나는 이놈의 눈을 똑바로 쳐다봐야 한다.

그가 이야기를 마쳤을 때 에이미는 그의 이야기를 못 들은 척하고 있는 것 같고 심지어 이 방에 없었던 척하고 있는 것 같다. 상황을 이해하고 질문하는 게 내가 해야 할 일인데, 질문은 "얼마나 오래요?" 하는 질문 하나밖에 없다. 스트릭랜드는 우리가 자신의 전공이 아닌 다른 분야로 바꾼 것처럼, 그가 고철 장수가 아니라 수리공인 것처럼, 이 방에서 나가자마자 이 모든 것에서 벗어나게 될 것처럼 내가 질문을 할 때 만족스러운 표정을 짓는다. 그는 "증상 억제"에 대해 이야기를 시작하는데 그건 '수술 불가'란 말과 같은 소리로 들렸고, 그가 이 이야기를 하는 동안에 나는 에이미가 손으로 나를 꼭 붙잡는 것을 느끼고 마른 침을 삼키기 시작하는 소리를 듣는다. 스트릭랜드는 나를 똑바로 쳐다보면서 증상 억제에 대해 계속 이야기하지만, 에이미는 자신의 증상이 억제될 필요가 있는 것처럼 계속 나를 꽉 잡는다. 그녀의 손은 내 몸 위로 조금씩 올라오는데 내가 이 방을 벗어날 출입구까지의 사다리나 탈출 경로인 것처럼 말이다. 그러나 에이미는 이 방에서 벗어날 수 있을 것처럼 내게 보이지 않고 영원히 여기에 자신의 감방에 갇혀있을 것 같다. 그녀는 이제 준과 같다. 그리고 그녀가 나를 붙잡고 매달리고 있는 동안 나는 돛대나 탑처럼 단단히 고정되어 간다. 생각해 보면 그녀는 나의 엄마가 아니다, 내 엄마가 아니라고.

그러고 나서 아무것도 안 했는데도 그렇게 된 것 같고 세상이 우리를 위해 변해버리고 방향이 달라진 것처럼 갑자기 우리는 그 방에서 나왔고, 스트릭랜드는 사라지고 없고 자기만의 탈출 경로로 내려간 것처럼 사라지고 없다. 이제는 맨디가 에이미를 맡았는데 그녀를 붙들고 출입문 쪽으로 데리고 가면서 여자들끼리의 일인 양 나를 날카롭게 쳐다본다. 하지만 에이미는 맨디의 엄마도 아니다.

내 일은 남자들끼리의 일인 것처럼 나는 그들을 따라 나가기 전에 병동으로 돌아가서 그의 침대 곁에 그냥 서서 그를 바라본다. 그는 아직도 눈꺼풀 한 번 깜빡거리지 않고 마스크를 쓴 채 거기 누워있고, 스트릭랜드는 그가 의식을 회복했을 때도 스물네 시간은 족히 두고 봐야 할 것이고 마취 말고도 이것저것 했기 때문에 그에게 하는 말을 완전히 알아듣지 못할 것이기 때문에 자신이 그에게 말하지 않았고 직접 말하지 않았다고 말했다. 하지만 내 생각에 그에게 말하는 건 스트릭랜드가 할 일이 아니다. 정말 그의 일이 아니다.

나는 아직도 탑이나 돛대처럼 침대 곁에 서있지만, 잭은 내게 기어오르려고 하지도 않고 내 아래 길게 누워있고, 지금 그가 깨어날 필요도 없이 죽으면 그게 나을지도 모르겠고 그러면 그는 결코 알지 못할 거고 누가 얘기해 줄 필요도 없을 거란 생각이 든다. 그만 모를 뿐이고 세상은 그 없이도 잘만 굴러간다. 알지 못하는 일로 고통을 받지는 않는다. 내가 그 폭탄 투하를 기억하지 못하고 전혀 그 폭탄 투하를 기억할 수 없는 것과 마찬가지다. 사람들이 소리를 들을 수만 있으면 괜찮다고 했는데 그건 그 소리가 끊어졌을 때였다. 그러나 나는 듣지 못했던 기억은 나지 않는다. 폭탄으로 나도 죽었다면 나는 태어났는지도 몰랐을 거고 죽은지도 몰랐을 거다. 그러니 내가 아무라도 되었을지 모른다. 나는 경치를 내려다보는 것처럼 그를 바라본다. *전성시대도 끝이 난다*. 그리고 누군가는, 누군가는 반드시 그에게 말해야 한다고 나는 생각한다.

레이

나는 안경테 너머로 슬래터리의 괘종시계를 봤다.

그가 말했다. "그렇지만 이제는 자네한테 별로 도움이 안 되겠지?"

내가 말했다. "어째서?"

그가 말했다. "지금은 자네밖에 안 남았다는 말이지. 이제 그녀가 돌아올 것 같지는 않고 말이야."

내가 말했다. "반대 아닌가? 나는 이제 가고 싶은 데로 갈 수 있고 내 멋대로 할 수 있어. 새처럼 자유롭지. 한 이틀 떠나있고 싶으면 가면 되고 잠잘 곳 걱정할 필요도 없어."

나는 맥주를 꿀꺽꿀꺽 들이마시고는 자신이 하고 있는 일을 아는 사람처럼 입맛을 다셨다.

그가 말했다. "그건 사내한테 맞는 삶이 아니야. 오로지 혼자서, 주차장이나 길가 아무 데서나 적당히 자는 거 말이야."

내가 말했다. "지금 당장은 그렇게 살 수밖에 없을 것 같아, 그렇게 살 수밖에 없다고." 이번에는 잠시 동안 아무 말도 하지 않았다. 그러고 나서 내가 말했다. "그런데 왜 묻는 거야, 잭?"

그가 말했다. "생각 좀 해봤는데. 자네한테 그게 필요 없다면, 자네가 원하지 않는다면 내가 가져갈 수 있을 텐데 말이야."

내가 말했다. "자네가? 도대체 캠핑카 가지고 뭘 하려고 그래?"

그가 말했다. "글쎄, 캐럴이 타고 다닐 때 있잖아, 미안해 레이, 그런 생각이 들었어. 나하고 에이미한테 어떨까 하고. 자연스럽겠지."

나는 그를 쳐다보면서 담배 한 대 꺼냈다.

"내 말은 에이미가 뭐 그렇다는 게 아니고 — 단지 우리가 판에 박힌 생활을 했다는 거지. 별로 여행도 못 하잖아, 안 그래? 그리고 일요일마다 가고, 가게엔 도우미를 두고 좀 쉬기도 할 생각이었어."

그는 잔을 카운터 위에서 이리저리 밀었다.

"내 말은 이제 빈스도 완전히 떠나버렸어. 외국으로 말이야. 그리고 수지가 — 세상 사람들이 모두 떠나갈 것 같아. 에이미와 나만 빼고 말이야."

나는 그를 날카롭게 쳐다보고는 담배에 불을 붙였다. 내가 말했다. "놀랍게도 그게 바로 내가 생각했던 거란 말이야. 캐럴과 나는 점점 여기서 꼼짝 못 하게 될 거고 세상 구경도 별로 못할 것 같아서 우리가 여행할 방법을 찾아야겠다고 생각한 거야. 근데 어떻게 됐는지 보란 말이야."

"그녀가 떠나버렸지." 그는 맥주를 꿀꺽 마셨다. "하지만 에이미는 아니 —"

우리는 잠깐 말을 멈췄다. 금요일 밤에 코치 주점의 시끄러운 소리가 들렸다. 덜걱덜걱 소리를 내면서도 아무 데도 가지 못하는 마차.

내가 물었다. "에이미도 그걸 알고 있나?"

그가 대답했다. "아니. 놀라게 해주고 싶어."

내가 말했다. "깜짝 선물로? 나도 캐럴한테 그럴 생각이었지."

그가 말했다. "분명 찻값이 꽤나 들었겠지. 천 파운드 주겠네. 현금으로만, 정말이야. 자네한테 캠핑카가 뭐 필요하겠나, 레이. 조그마한 오토바이 정도면 되지 않겠나."

나는 그를 쳐다보았다. 값은 괜찮다.

그가 말했다. "그런 생각은 안 하지? 그녀가 돌아올 거란 생각 말이야."

나는 그에게서 눈을 뗐다. 내가 말했다. "생각해 볼게."

그리고 나는 겨울 내내 혼자 지내면서 생각해 보았다. 당장이라도 팔 것처럼 심지어 그에게 "아직 살 생각이 있는 거야?" 하고 물어본 적도 있고, 그는 "천 파운드면 사지. 에이미가 기뻐할 걸세" 하고 대답했다. 하지만 나는 다른 생각을 하고 있었는데 그 캠핑카를 딴 데다 쓸 생각 말이다. 그때 처음으로 준의 면회를 빼먹고 엡섬으로 갔다 온 후에 내가 그에게 말했다. "결정했어, 잭. 안 팔 거야."

캔터베리

길은 언덕들 사이로 꼬불꼬불 나있고 한쪽 경사면에는 과수들이 위쪽까지 쭉 심겨있는데 앙상한 갈색 가지들이 솔의 털처럼 깎아 다듬어진 채로 늘어서 있다. 도로 표지판에 캔터베리까지 오 킬로미터 남았다고 씌어있다. 길의 반대편엔 작은 강이 흐르고 그 옆으로 철로가 있는데, 도로와 강과 철로가 마치 경쟁이라도 하듯이 계곡을 따라 꾸불꾸불 나아간다. 그때 우리는 집들과 운동장 옆으로 나오는데 빈스가 갑자기 말한다. "성당 저기 있네요." 그러나 나는 성당이 보이지 않는다. 그 앞으로 가스탱크가 보이고 바로 앞으로 차들이 에이 2번 도로를 따라 질주하는 게 보이는데 한쪽은 도버 방향이고 반대쪽은 런던 방향이다. 에이 2번 도로가 나오는 그 언덕 아래쪽의 다른 길로 왔다면 모든 것이 펼쳐져 있는 한가운데에 튀어나와 있는 성당을 생각대로 봤을 거다. 우리는 에이 2번 도로를 가로질러 가고 표지판에는 "캔터베리 시, 랭스 시의 쌍벽"이라고 씌어있다. 우리가 좀더 가까이 다가갔을 때 아직도 내게는 성당은 보이지 않고 우리 앞에는 크고 오래된 성벽인 도시의 성곽이 나오는데 여정이 끝날 무렵에

도착하기로 되어있는 도시 같아 보이기 시작한다. 그러나 여기가 우리 여정의 끝이 아니고 우리는 바닷가에 있는 마게이트로 갈 것이다. 책이 캔터베리 성당을 구체적으로 언급한 적은 없었다.

빈스는 표지판을 따라 '시내'로 들어간다. 우리는 지난번에 다시 차에 타서 레니가 자기 생각을 제안했을 때 이후로 거의 아무 말도 하지 않았는데, 그때 우리는 모두 처음엔 어리석은 생각이라고 여기고 그걸 실행할 필요가 없다고 생각했던 것 같다. 그러나 지금 우리는 여기 왔고 몇 길 앞쪽 어딘가에 성당이 숨어있는데 우리는 보지는 못했지만 마치 성당이 우릴 본 것 같고 너무 늦어서 다시 돌아갈 수 없을 것 같다.

게다가 갑자기 빅이 자기 때문에 우리가 그 추모비까지 올라가게 되었다는 게 기억이 난 것처럼 진지하지만 유쾌하게 자기도 캔터베리 성당을 전에 본 적이 없고 안에 들어가 본 적도 없다고 말한다. 빈스가 말한다. "저도 못 가봤어요, 빅." 반 시간 전만 해도 그가 레니의 얼굴을 거의 후려갈길 뻔했다고는 생각지도 못할 정도로 그의 목소리는 매우 상냥하고 친절하게 들린다. 레니는 그 성당 근처에도 못 가봤다고 말한다. 내가 말한다. "나도 그래." 빈스가 말한다. "캔터베리에는 경마장이 없는 건가요?" 그러나 우리는 아무도 웃지 않고 모두 평생을 살아도 캔터베리 성당을 못 봤을지도 모른다고 생각하는 것 같다. 그런데 책이 그걸 바로잡아 준 것이다.

갑자기 성당이 살짝 보이는데 건물 꼭대기 위로 솟아있는 성당의 종탑이고, 빈스는 이런 차로 간다면 바로 정문까지 몰고 갈 수 있다고 생각하는 것처럼 최선을 다해 그곳을 목표로 가고 있다. 그러나 우리한테 장난을 치는 것처럼 성당은 시야에서 사라지고 길을 따라 이리저리 가게 되자 빈스가 "거기까지는 걸어갈 수 있을 것 같아요" 하면서 주차장에 차를 세운다.

우리는 차에서 내린다. 내가 아직도 유골함을 들고 있는데 빈스가 가져가야 할 것이고 이제는 당연히 그의 차지이며 싸움에서 얻은 그의 트로피인 것처럼 나는 그를 쳐다보지만, 그는 "잘 들고 계세요, 레이" 하고 말한다. 그래서 나는 아직 계기판 아래 내 발 옆에 있는 비닐 쇼핑백을 몸을 굽혀 집어 들고 유골함을 거기에 집어넣으며 캔터베리 성당까지 잭을 운구할 사람이 나구나 하고 생각한다.

분명 우리는 남의 눈에 이상한 무리로 보일 거다. 나와 빅의 옷은 그다지 낡아 보이지 않지만 빈스의 옷은 발에 비벼지고 진흙이 묻어있다. 그는 코트를 입어서 바지의 아랫단 쪽 빼고는 다 가려졌지만 아랫단 쪽이 가장 더러웠다. 레니는 산울타리 나무 사이를 헤쳐 나온 사람처럼 보인다. 약간 절뚝거리며 걷고 있지만 드러내 보이려고 하는 것은 아니다. 지금의 우리는 오늘 아침 버먼지를 떠나올 때의 특별 배달 임무를 맡은 네 명의 사내와 같은 사람이 아닌 것 같다. 배달 도중 어딘가에서 여행객이 되어버린 것 같다.

빈스는 넥타이를 고쳐 매고 빗을 꺼낸다.

우리는 '성당 방향' 표지판을 따라간다. 같은 그림책을 보고 있는 것같이 로체스터에서 보았던 거리처럼 길은 좁고 건물은 삐뚤삐뚤하다. 전 구간에 차가 다닐 수 없고 사람들은 되는 대로 걷고 있다. 여행객들이다. 비는 내리지 않지만, 보도는 모두 젖어있다. 그러나 때때로 바람이 갑자기 불고 하늘을 보면 소나기 정도가 아니라 더 많은 비가 내릴 것처럼 보인다.

또 한 번 모퉁이를 도니 아치가 나오고 그곳을 통과하니 갑자기 우리 앞에 성당이 떡하니 버티고 있으며 체인을 풀어놓은 잔디밭과 자갈 포장길로 사람들이 걸어 다니고 있다. 길이도 길고 높이도 높은 큰 건물이지만, 최고 높이까지 뻗쳐올라가지 못하고 아직도 자라고 있는 것처럼 보인다. 이 성당을 보고 있으면 로체스터에 있던 성당은 보통의 오래된 교회처럼 보이고, 사람들도 자신이 작고 시시하다고 느끼게 한다. 성당이 아래로 내려다보면서 나는 캔터베리 성당인데 너는 도대체 누구냐 하고 말하는 것 같다.

캠핑카를 타고 지나가면서 둘러도 보고 경치 구경도 하는 사람이 나였다고 해도 나는 개의치 않을 것 같다. 그러나 나는 다른 사람들과 함께 매우 긴장하면서 책을 붙들고 있다. 큰 아치를 통과하면 입구가 있는데 거기에는 사람들이 무리를 지어 이리저리 돌아다니고 있고 안쪽에 있는 더 작은 문으로 들어가기 위해 줄을 서고 있다. 우리는 그쪽으로 가고 있는데 내가 책을 들고 있어서 내가 먼저 가야 하고 그들이 나를 위해 길을 비켜주는 것 같고, 내가 아치와 벽, 조각들, 진기한 부조 장식, 작은 뾰족탑들을 쳐다보면서 요양원에서 에이미가 나도 같이 들어가도 좋다고 말했을 때 느꼈던 것과 같은 느낌이 든다.

레니

캔터베리 대성당. 기가 막히는군. 내 입을 다물었어야 하는 건데.

하지만 이런 식으로 가다간 많은 신성한 것들이 우리에게 도움이 될 것 같다.

고마운 일이다. 레니를 위해 기도를 올려라.

그런데 성당을 보면 겸허해진다. 무덤, 초상, 성당 지하실, 완전한 예배당처럼 여기 성당에 있는 것들을 생각해 보면 나 같은 직업에 종사하는 사람도 겸허해진다. 보통의 작업 과정에서 내가 하는 일이 입관을 하고 화장터에다 이십 분간의 화장 예약을 하는 거니까 당연하다.

그는 구할 수 있는 가장 크고 번지르르한 안내 책자를 샀다. 제목은《캔터베리 성당의 경이》이다. 그런 넥타이를 골랐듯이 그 책자를 골랐을 것 같다. 그가 성당은 보고 싶지 않은 것처럼 안내 책자를 훌훌 넘기면서 우리가 강의를 다 들을 때까지는 움직일 수 없는 것처럼 성당에 관한 정보를 조금씩 우리에게 알려주고 있다.

그가 말한다. "십사 세기래요. 십사 세기라니 말이에요." 이어 말한다. "여기에 왕과 왕비들이 있었고 성인들도 있었대요."

그의 코트가 얼룩들을 대부분 가리고 있지만, 왼쪽 바짓가랑이에 진흙이 말라버린 얼룩이 있다.

"추기경도 있었대요."

나는 레니를 쳐다보면서 마치 "자, 가자. 레이나 들으라고 해" 하고 말하는 것처럼 슬쩍 눈짓하고 고개를 살짝 흔들었다.

생각해 보면 당분간 둘씩 나뉘어서 다니는 것도 나쁘지는 않을 것 같다.

그가 말한다. "열아홉 명의 대주교가 있었대요. 그런데요, 우리가 생각을 좀 해봤더라면 그를 웨스트민스터 사원으로 데려갈 수도 있었을 거예요."

레니와 나는 발소리를 죽이고 걸을 수 있는 것처럼 닳아빠진 돌길 위쪽의 옆 통로를 따라 몰래 발을 끌며 간다.

성당에 있으니 겸허해진 느낌이다. 그러나 우리 모두 선택을 할 수 없거나, 선택할 때 별로 바라는 게 없어서 나 같은 직업에 종사하는 사람도 마음이 놓인다. 캔터베리 성당이요. 나는 레니 덕분에 잭을 여기로 데려옴으로써 죽은 자들을 위해 정당하게 해야 할 우리 몫을 하고 있는 것 같다. 죽음에 대해 예상하는 것처럼 상황을 안정시킨다.

그러나 내가 기억하건대 그는 자신의 목표를 그리 낮게 정하지 않았다. "잠든 사람 있어?" 하고 그가 말하곤 했지. 그러면 나는 호객을 하는 것처럼 말했다. "원하는 걸 생각해 봤어, 잭?" 슬쩍 눈짓한다. 그리고 그는 주름진 얼굴로 나를 쳐다보면서 말한다. "아. 원하는 걸 할 수 있을지 모르겠어, 빅. 큰일을 생각하고 있는데 말이야. 거의 피라미드만 한 일을 생각하고 있지."

빈스

에이미가 말했다. "그이를 보러 들어갈래?" 그리고 내가 대답했다. "네. 뵈러 갈게요." 그녀는 울고 있지 않았고 목소리는 맑고 떨리지도 않았다. 그녀는 우기거나 지나친 요구를 하지도 않았다. 주인이 손님에게 하듯이 정중하고 사려 깊은 질문을 하는 것 같았다. 그날이 중요한 날, 아주 중요한 날인 것처럼 그리고 그녀에게 특별한 일이 일어났는데 그 일을 함께 나누고 싶은 것처럼 잘 처리되는지 반드시 봐야 하는 것같이 그녀는 고개를 더 높이 들고 등은 더 꼿꼿이 펴고 있었던 것 같다.

그녀는 방금 나왔다. 방금 직접 그를 보고 나왔다.

내가 말했다. "네, 뵙고 싶어요." 아니라고 하고 싶었다 해도 아니라고 할 수 없었을 것처럼 말이다. 누군가가 애지중지하는 것 보기를 거절하기는 쉽지 않다.

그녀가 말했다. "저 문으로 들어가서 담당자에게 물어보거라." 나는 그녀가 아직 일이 벌어진 걸 모르는 것 같다고 생각했다.

그래서 나는 그 문으로 들어가서 담당자에게 물었다. 그는 구겨진 흰 재킷을 입고 있고 거기에 어울릴 만큼 창백하고 통통한 얼굴로 나를 쳐다보았는데, 그게 나한테 아주 대단한 일이라는 것을 그가 이해하기를 내가 기대하지 못하는 것은 그게 그한테 대단한 일이 아니라는 것을 내가 이해하기를 그가 기대하지 못하는 것과 같은 것처럼 말이다.

거기에 '영안실'이라고 씌어있었다. 그가 물었다. "도즈 씨?" 나는 그가 어느 쪽을 두고 하는 말인지를 생각했다. "네, 저분이에요" 하고 대답했어야 했는지도 모르겠지만 "네, 접니다" 하고 대답했다. 그가 말했다. "저쪽으로 들어가세요."

거기에는 방 높이대로 유리 칸막이가 된 작은 방이 있었는데 한쪽 끝에 있는 열린 입구로 들어갈 수도 있고 아니면 들여다볼 수도 있었다. 유리 칸막이 저쪽에 잭이 있는데 뭔가에 올려놓여진 채 바로 누워있었고 나는 저건 잭이 아니야, 진짜 잭이 아니라고 생각했다. 내 생각이 맞았던 것 같다.

그는 엷은 분홍색 커튼이나 테이블보 같은 것으로 턱 아래까지 싸여 있어서 나는 머리밖에 볼 수가 없었다. 잭의 몸을 싸고 있던 천이 그가 누워있는 곳도 덮고 있었다. 그의 머리만이 잭인 것처럼, 그건 몸이 아니었고, 고로 시신이 전혀 없는 것이었다.

나는 열린 입구로 들어가서 그 옆에 섰다. 차가운 공기 냄새가 났다. 그는 내가 여기 있다는 걸 모르고 있고 내가 여기 있다는 걸 결코 알 수가 없다는 생각이 들었다. 몰라도 좋다. 그가 잭 도즈가 아닌 것은 내가 빈스 도즈가 아닌 것과 마찬가지라는 생각이 들었다. 왜냐하면 아무도 아닌 것은 아무도 아닌 것이기 때문이다. 왜냐하면 아무도 아닌 것은 겨우 몸 하나, 자신의 몸 하나에 불과하므로, 결국 그 아무도 아닌 것이다.

그러나 그 테이블보 아래에 있는 그의 몸은 볼 수가 없다.

그때 나는 그저 거기 서서 그를 바라보면서 그냥 거기 서있지 않은 것같이 나 자신이 당당해지는 걸 느꼈고, 에이미처럼 단호하고 긍지 있는 자세를 취하고 있었다. 나는 차렷 자세로 서있었다. 해야 할 적절한 행동은 오로지 동정심에서 잭처럼 뻣뻣하고 똑바르고 움직이지 않고 무감각해지는 것이었다. 바로 서있다는 것만 빼고 말이다.

그리고 나는 그의 벌거벗은 모습을 봐야 한다고 생각했다. 우리가 모두 다 그렇기 때문이지 않은가? 그는 아래가, 테이블보 아래가 맨몸이다. 나는 그의 몸을 봐야 한다. 그의 손과 발과 무릎과 대단한 불알, 전부를 봐야 한다. 나는 잭의 몸을 봐야 한다. 왜냐하면 이게 잭, 잭 도즈이지만 그는 잭처럼 보이지 않고 빌어먹을 교황처럼 보이기 때문이다. 우리는 맨몸으로 와서 맨몸이기 때문이다. 그러나 그에게 복장을 갖추어 주어서 그는 교황처럼 보인다.

내가 말한다. "괜찮아, 빈스. 먼저 가."

내가 쇼핑백을 들고 옆 통로에 있는 나무 의자에 갑자기 앉았기 때문이다. 쇼핑하러 온 괴짜 노인네가 숨이 가빠서 앉은 것처럼 말이다.

그가 안내 책자를 들고 나를 내려다보고 있고 나는 통로 저 끝쪽에 있는 레니와 빅을 볼 수가 있다. 그들이 빈스와 내가 의논할 일이 있을지도 모른다는 것을 알았던 것처럼 꽤 빠르게 가버린 것 같다.

그가 말한다. "괜찮으세요, 럭키 아저씨?"

내가 말한다. "그럼. 잠시 쉬면 돼."

그는 안내 책자를 홱 덮으며 말한다. "제가 말이 좀 많았죠?"

내가 말한다. "아니. 그런 게 아니야."

그는 나를 쳐다본다.

그들이 한 말이 사실이라면 특히 교회에서는 숨을 수가 없다. 왜냐하면 하느님은 모든 것을 볼 수 있고 마음속에 품은 생각까지 알 수 있기 때문이다. 그러나 만약 빈스가 말할 수 없다면, 그가 내 마음속의 생각을 알 수 없다면, 애당초 천 파운드가 그의 돈이었고 그래서 잭이 사망하기 전에 임종 자리에서 그에게 주었다면, 그가 지금 와서 그 돈을 돌려달라고 하지 않을 것 같다. 모금함에 넣은 돈을 돌려달라고 하지 않는 것처럼 말이다. 그는 아무한테도 말하지 않을 것이다.

그리고 잭도 아무한테 말하지 않을 것이다.

빈스는 나를 쳐다본다. "정말이에요?"

"그럼, 조금만 쉬면 돼. 어서 가."

그는 나를 쳐다본다. 그다음에 기둥과 아치와 창문들을 돌아보고 나서 상황을 이해한 것처럼 다시 나를 쳐다본다. 그러나 그는 전혀 이해하고 있지 않은 것 같다. 죄 많은 불쌍한 자라고 나는 혼잣말을 한다. 죄 많은 불쌍한 자라는 그 말은 자기 자신에게 해야 할 말이다. 무릎을 꿇고 앉아야 한다. 그러나 갑자기 나는 내 손에 들고 있는 것과 내 주위에 있는 이 모든 것이 아주 다르고, 잭과 그의 푸념과 하느님을 찬미하는 이 소리는 전혀 다르다는 생각이 들었다. 이런 운명에 직면한 플라스틱 항아리는 뭘까? 십사 세기와 대비하여 짧고 빠른 인간의 삶은 뭘까? 나는 화장터에서도 같은 생각을 했지만, 그 아무것도 그와는 전혀 관계가 없다고 아무한테도 말하지는 않았다. 벨벳 커튼, 꽃, 기도의 말, 음악. 나는 거기 서서 잭과 커튼 사이에 연관을 지어보려고 애쓰면서 커튼을 바라보고 있었는데 빅이 내 팔을 살짝 치면서 말한다.

"레이, 이제 출발해." 잭과 관계가 있는 것이 하나도 없고 심지어 그의 유골과도 아무 관계가 없기 때문이다. 잭이 아무것도 아니기 때문이다.

그래서 나는 앉아야 했고, 두들겨 맞은 사람처럼 맥없이 주저앉았다. 놀랍게도 빈스가 나에게 주먹을 휘두른 것처럼 말이다.

그가 말한다. "네, 레이, 좋아요. 편히 쉬세요."

내가 말한다. "자, 이거." 그에게 쇼핑백을 건네주며 그를 쳐다본다. "곧 따라갈게." 그가 쇼핑백을 받아들면서 나를 쳐다본다. 그는 안내 책자를 쇼핑백에 거의 집어넣을 뻔했다가 다시 생각해 보고는 넣지 않는다. 옆 통로를 따라 줄줄이 늘어선 기둥을 따라 낙타털 코트를 입고 바지에 진흙을 묻힌 채 천천히 걸어간다. 레니와 빅은 올라가는 돌계단이 있는 곳에 이르러 어느 쪽으로 가야 할지 생각하는 것처럼 잠시 멈춰 선다. 그때 빈스가 그들을 따라잡는다. 그가 레니의 어깨를 톡톡 두드리자 레니가 돌아보고, 빈스는 비닐 백을 내밀고 레니가 받아든다.

레이의 규칙

1. 우승이 아니라 가치다.
2. 거는 것이 아니라 걸지 말아야 할 때를 아는 것이다.
3. 말이 아니라 돈을 거는 사람이다.
4. 오래된 말은 새로운 장난을 하지 못한다.
5. 항상 귀를 보고 자신의 귀를 기울여라.
6. 삼 대 일보다 낮은 승률에는 돈을 걸지 마라.
7. 평생 다섯 번 정도 빼고 판돈의 오 퍼센트 이상 걸지 마라.
8. 운이 좋으면 모든 규칙을 파기할 수 있다.

레니

그가 내게 쇼핑백을 준다. 그는 나를 쳐다보지도 않고 안내 책자만 본다. 그가 내게 쇼핑백을 준 이유는 단지 안내 책자를 훌훌 넘길 수 있기 위해서인 것 같다. 그러나 나는 그게 아니라는 걸 알 수 있다. 그는 안내 책자 안에 모든 해답이 들어있는 것처럼 책자를 연구하고 있다.

그가 말한다. "여기 어딘가에 흑태자가 있대요."

내가 말한다. "그 사람이 있다고 했는데 그 사람이 누군데?" 백설 공주도 있을지 모르겠다.

그가 말한다. "우리 흑태자를 찾아야 할 것 같아요."

내가 말한다. "좋을 대로 하게. 높은 양반."

그래서 우리는 이리저리 움직이는데 계단을 내려가기도 하고 올라가기도 하며 녹초가 되어 바로 누워 잠자고 있는 돌로 만든 사람들을 지나가기도 한다.

나는 그가 후회하고 있다고 생각하는데 그가 바로 그렇기 때문이다. 그가 보상하려고 하는 것 같다. 지난 세월을 되돌아보면 우리는 모두 보상할 일들이 조금씩은 있다. 빅은 아마 제외될 수도 있을 거다. 늘 그렇듯 청렴결백하다.

레이를 포함해서 여기 우리 셋이 관련되어 있기 때문이다. 그리고 샐리는 결백하거나 적어도 죄가 거의 없는데도 불구하고 애초부터 대가를 치르는 게 마땅하다 할 수 있다면 이미 대가를 치른 셈이다. 나는 그 애가 모르는 척하는 사이에 벌어진 일이라고 생각하지 않기 때문이다. 처음부터 빈스가 한 짓이었지만, 그 애가 그 일을 털어놓으며 그 아기를 낳고 싶다고 말했을 때 "안 돼, 얘야" 하고 말했던 건 나였다. 아버지로서 충분히 이해하고서 한 첫 번째 반응이고 내 입에서 튀어나온 말이었다. 그 애는 그가 돌아와서 자기를 제대로 대해줄 거라 말했다. 내가 말했다. "허튼 소리 마라, 얘야. 무슨 판단에서 그런 생각을 하는 거냐?" 그 이후로 그 애는 나를 용서하지 않는다.

내가 손을 완전히 뗀 것은 그 일이 실제로 일어났을 때였고 우리가 정말로 결별했을 때였던 것 같지만, 그 이후였었고 그 애가 그 부랑자 같은 놈 타이슨하고 붙어서 오는 사람들하고 모조리 싸움질을 시작한 이후였었는데, 아마 빅이라도 그 경우 그랬을 거다. 딸이 문제야. 안 그래, 레이?

그 일을 해줄 의사를 찾은 것도 나였다. 오브리언 선생. 그리고 그에게 지불할 돈을 구한 것도 나였다. 우승마가 필요해, 레이, 매우 급하게 현금이 좀 필요하다고. 그래서 레이가 그 일에 관련되었던 거다.

딸아, 전부 나한테 맡기고 너는 그저 준비나 해놔. 그런데 그런 생각은 좀 해봤었어야 하는 건데. 멋지게 준비나 잘해라.

그런데 사실상 나는 그 당시에 태어나지도 못하고 죽게 된 불쌍한 아기에 대해 조금도 생각해 보지 못했다. 그러나 그 생각은 그 애가 결국 준 같은 애가 될 수도 있고, 결국 태어나지 않은 게 나은 것으로 드러날 수도 있다는 일종의 변명처럼, 일종의 잘못된 경고처럼 머릿속을 지나갔다. 자신의 죄에 대해 결말을 짓고 있다. 어느 쪽으로 결말을 짓든 결국엔 둘 다 충분하지 못하게 된다.

그런데 수년 전만 해도 장전했다 발사하고 장전했다 발사하고 완전히 처부수고도 박살 내야 할 적들이 더 많이 있다는 것을 알고 두 번 다시 죄짓는다는 생각을 하지 않고, 적은 자신이 아니라 그들이고 자신을 죽일 그런 적들이 적어지기 때문에 심지어 좋아했고, 적을 죽이는 일이 여하튼 자신에게 요구되는 것이고 자신이 훈련된 이유였다는 기억을 할 때 세상을 결코 보지도 못할 태어나지 못한 어린놈 같은 건 별로 문제가 되지 않는다는 게 사실이다.

포수 테이트.

한때 사람들이 죄악과 범죄와 법률 위반이라고 간주하는 것이 다른 때에는 그렇지 않을 수 있지 않은가? 오 년 후 벌어졌다면 그 작은 문제를 우리가 시끄럽지 않게 공정하게 합법적으로 해결할 수 있었을 것이다. 때가 달라지면 적용되는 법도 달라진다. 한때 우리는 사막 전역에서 싸우고 있었지만, 다음에는 아덴에서 재빠르게 철수를 하고 있었다.

이제야 그게 뭐가 될 수 있었을지를 생각한다. 그것. 그이. 그녀. 일생. 이 모든 괴짜 노인들. 다음번 캔터베리 대주교가 되었을 수도 있었을 것이다. 캐시, 캐시 도즈가 되었을 수도 있었을 것이다. 엄마만 다르지 결과는 같다. 빈스의 애라는 것 말이다. 어쨌든 샐리한테 했던 똑같은 옛날 장난을 이제 캐시한테 하는 것 같다. 운이 더 좋을 뿐이다. 장례식에는 홀딱 반할 만한 옷차림을 하고 참석했단 말이다.

내가 쇼핑백을 들고 있지만 나하고는 아무 관계가 없는 것 같다. *로체스터 식품 시장*. 빅이 앞서 걸어가고 있다. 내가 그의 어깨를 톡톡 치면서 말한다. "자, 이거 받아, 빅." 마치 릴레이 경주, 캔터베리 성당을 도는 릴레이 경주이고 *그*가 돌 차례인 것처럼 말이다.

빅

그가 읽으면서 말한다. "'에드워드 플랜트— 에드워드 플랜트— 에드워드 플랜태저넷. 흑태자. 에드워드 3세의 아들. 백년전쟁에서의 영국 지휘관. 크레시와 포티어스에서 싸움 …'"

젊은 정식 군인처럼 들린다. 게다가 투구와 사슬 갑옷과 문장 박힌 겉옷을 입은 군인처럼 보인다. 죽으면 모두가 똑같다.

"'… 켄트의 미녀 존과 혼인.' 레니가 저기 계시네요, 그분도 존과 결혼하셨지요."

빈스가 읽고 있는 동안 레니가 내 팔을 가볍게 친다. 그가 나보고 들라고 쇼핑백을 내민다. 빈스가 알아채고는 마치 그가 교사이고 우리가 그의 말을 들어야만 하는 것처럼 눈을 들어 쳐다본다. 뒤를 주목해라.

내가 쇼핑백을 받아든다.

"'… 1376년 사망.'"

그런데 잭, 조금이라도 위안이 된다면, 자네한테 어떤 의미가 된다면, 우리는 자네가 말하자면 흑태자와 가까이 만나 어울리게 한걸세.

•

레이

여기서 돌 냄새가 느껴지는 공간에서 오래된 냄새도 난다. 기둥은 위로 죽죽 뻗어있어 더는 기둥이 아닌 것처럼 펼쳐지고, 자체의 무게가 없어지면서 더는 돌이 아니고 물질도 아닌 것처럼 된다. 저 위에서 날개처럼 아치 모양으로 뻗쳐지고, 나는 사람들이 올려다보면서 굉장하다고 생각하고 자신도 위로 올라가고 있다고 느낄 거라는 걸 알고 있어서, 지켜보고 뚫어지게 쳐다보고 매우 자세히 바라보지만 볼 수가 없고 알 수가 없다. 다음 세상 말이다.

그런데 나는 오스트레일리아로 비행기를 타고 갈 수 있을 것 같다. 이 세상을 가로질러서 말이다. 돈도 있다. 수지가 반대로 오는 수고는 덜어줄 수가 있다. 언제. 조건이 문제다.

나는 그 애가 올 거로 생각하지만 그 애가 오도록 유리한 조건을 줄 것이다. 그래 봐야 소용이 없을 거로 생각하겠지만, 그게 별로 중요하지 않을 거로 생각할 것이고, 그 운임을 더 잘 사용할 수 있는 데가 엄청 많을 거로 생각하겠지만 말이다. 새 차나 수영장 같은 데 말이다.

시드니에서 런던은 런던에서 마게이트까지보다 훨씬 더 멀고, 한결 더 먼 거리다. 그리고 여기 온다면 그 애는 자기가 왜 왔는지 생각할 것이고, 수년 전에 떠나버린 장소인 고향과 같지 않을 것이고, 새들이 지저귀는 시골의 교회 묘지도 없을 거로 생각할 것이며, 내가 어디로 밀려날지는 아무도 모른다. 하지만 누군가가 해야만 하고, 누군가 해줄 사람이 있어야 하고, 그러면 나는 그 애가 할 거라고 장담한다.

하지만 나는 그 애의 수고를 덜어줄 수 있을 거다.

레니

나는 그 일을 해줄 그 의사를 찾았다. 오브리언이다. 나는 그가 어디에 등록되어 있었는지 아니면 어디에서 제명되었는지 알고 싶었고, 그가 어떻게 손을 뗐는지 알고 싶었다.

의사. 정육점 주인이 더 비슷하다. 가족 운영 정육점 주인.

그 때문에 지금 우스운 생각이 든다. 하지만 교회에서 농담을 해서는 안 된다. 그 쇼핑백 안에 있는 잭이 여전히 일어나서 숨을 쉬고 있거나, 아니면 여기의 신성한 사내들처럼 길게 드러누워 있지만 아직 돌로 변하지는 않아서, 일어나지는 않지만 숨을 쉬고 있었을 때, 늘 의사가 되고 싶다고 내게 와서 말했기 때문이다.

어떻게 의견을 말해야 할지 몰라 그를 쳐다보기만 했다. 그가 말했다. "의사 말이야, 돌팔이 의사, 외과 의사 같은 거. 아픈 사람들 치료하고 간호사 쫓아다니고 하는 그런 사람 말이야. 아마도 앞으로는 살아있는 고기가 죽은 고기보다 더 낫지 않겠어?"

나는 다른 침상들을 둘러보고는 그를 다시 쳐다보았는데, 왜냐하면 그가 분명 나를 놀리고 있다고 생각했기 때문이고, 그때 그가 말했다. "뭣 때문에 낄낄대는 거야, 포수?"

내가 말했다. "글쎄, 갑작스러운 말이라서, 잭."

이 흑태자라는 친구는 이제까지 웃어본 적이 없는 것처럼 보인다.

안내 책자를 살펴보더니 빈스가 말한다. "저기요, 회랑 먼저 대충 보고 가시죠."

내가 말한다. "그러자고, 높은 양반. 앞장서게." 빅과 나는 서로에게 재빨리 선웃음을 지어 보이고는 다 마칠 때까지는 그만둘 수 없는 의무사항인 것처럼 어슬렁거리며 빈스를 따라간다.

교회에서나 병원에서 농담을 해서는 안 되는 것 같다. 하지만 실제로 그렇지 않으면서 결국 특별한 사람이길 바라게 되는 것은 심히 유감스러운 일이거나 심한 농담이다. 나는 울기보다는 웃겠다. 그리고 곰곰이 생각하고 판단해 보면 저기 있는 높은 양반이 신분의 문제에 대해 생각을 바꾸고 싶어 하는 것처럼 보이기는 하지만 자신이 빈스 도즈가 아니라는 걸 알고 있고 빈스 도즈인 적이 없었다는 걸 알기 때문에, 그가 최후의 승자가 된 것 같다. 하지만 우리 중에 누구도 우리가 실제로 누구인지 아는 사람은 없다. 권투선수. 의사. 기수.

빅은 제외다.

우리는 회랑으로 이어지는 출입구로 들어간다. 레이가 없어진 것 같다.

살아있는 고기가 죽은 고기보다 낫다고 그가 말했지만 준 도즈가 솔직히 그 문제에 대해 어떻게 생각할지는 우린 알 수가 없다. 그리고 샐리도, 바보 같은 놈의 죽은 아기 말인데, 그 아기를 늘 낳고 싶어 했었지만, 그 이후로 자신이 의지하며 살았던 산 사람들 없이는 지낼 수 없었다. 때로 그 둘 사이에는 작은 차이가 있다. 하지만 산 사람은 산 사람이다. 그건 부정할 수 없다.

여기 있는 책에 대한 의무를 다한 후에 내가 제일 먼저 해야 할 일은 아마 샐리를 찾아가는 거다. 얘야, 나다. 늙은 네 아빠 말이다, 생각나느냐? 그저 지나가는 놈이 아니다.

부정할 수는 없는 일이다. 때론 고무되지는 못하겠지만 부인되어서도 안 된다. 사십 년 전, 소녀였던 샐리가 해변에서 갓 돌아왔을 때처럼 지금 당장 회랑을 산책하고 있을 때 에이미를 생각해서는 안 되는 것처럼 말이다. 나는 갑자기 생각이 난다. 그녀의 죽은 남편의 유해를 마지막으로 뿌려주기 위해 들고 가는 동안 그녀가 어디를 바라보곤 했고 옷을 어떻게 입곤 했는지 생각하는 것은 좋지가 않다. 그러나 나는 생각이 난다.

교회에서는 못된 생각을 해서는 안 되지만 마치 격려가 되듯이 그런 생각을 하거나 하고 싶어진다. 숨쉬기도 힘들고 다리에 힘도 없는 예순아홉의 노인이라면 그런 생각을 해서는 안 되지만 나는 책이 쇼핑백 안에 있으므로 자유롭게 그런 생각을 한다. 그녀가 샐리한테 뽀뽀해 주고 쓰다듬어 주었고 그런 내 딸이 부럽기도 했던 생각을 하고 있고 잭이 살아있는 동안 아주 운이 좋은 놈이라고 내가 생각하곤 했던 걸 지금 생각하고 있다. 여기로 오는 것은 내 생각이었다. 매우 신성하기 때문이다. 그를 위한 게 아니었다. 그가 하루가 끝나갈 때 천천히 맥주를 마시면서 누구한테 그 얘길 할 것이고 누구한테 자랑하겠는가? 친구들이 내 체면을 세워주느라 나를 들고 캔터베리 성당을 한 바퀴 돌았다고 말이다.

여기 오는 건 우리를 위한 것이었는데 우리가 다시 최대한 조심해서 행동하면서 할 일을 마무리 짓기 위해서였다. 에이미가 여기 없는 한 말이다.

나는 마음속으로 그녀를 들춰내고 있다.

자기 생각이 얼굴에 드러나지 않는 것은 아주 좋은 일인데 내 얼굴에도 그런 식으로 드러나지 않는다. 화재경보기 같은 얼굴이니까 말이다. 하지만 자기 생각보다 훨씬 더 작다고 해도 자신의 얼굴을 피할 수는 없다. 산 사람이 산 사람인 걸 피할 수는 없다.

좋든 나쁘든 한때 스미스필드에는 하나 이상의 정육 시장이 있었다고 잭이 말하곤 했던 것처럼 그가 코치 주점에서 장황하게 지껄여대는 걸 볼 수가 있다. 그날 밤 그는 몹시 즐거워했지만, 레이는 그렇지 않았는데 경주마가 잘 뛰지 못해서 그런 거 같았다. 빈스의 생일, 빈스의 이른바 생일이었다. 그리고 새로운 여종업원이 있었다. 여종업원의 엉덩이 생각은 해서는 안 된다. 레이는 아무 데도 가지 않는 코치에 대해 농담을 하느라 애쓰고 있었다. 모두가 취했다. 그리고 잭이 말했다. "스미스필드의 코크 레인, 한때 그걸로 유명했어. 이름을 어떻게 생각해 내는지 궁금하겠지. 길트스퍼 스트리트에서 갈라진 코크 레인. 우리 모두 거기 가봤잖아, 안 그래, 레이? 코크 레인, 코크 앨리, 코크 패시지처럼 코크라는 이름이 붙은 작은 길까지 우리는 마차를 몰고 다 가봤지."

빅

그래서 내가 말했다. “내가 직접 가봐야겠어.”

트레버가 쳐다보았다.

내가 말했다. “그건 토니였지. 출근하지 못할 거야. 딕하고 같은 병으로 쇠약해진 것 같던데. 파리처럼 맥없이 쓰러질 거야.”

트레버가 말했다. “로이가 있잖아요. 저도 있고요.”

내가 말했다. “서튼보다 더 멀리 있어. 너희 둘은 세 시 반까지 화장터에 가야 한단 말이야. 빨리 안 온다고 야단이란다. 내가 가야겠어. 해리스 씨 부부는 네가 상대할 수 있지 않겠니?”

트레버가 고개를 끄덕이며 말했다. “제가 화장터 갈 때까지 못 돌아오시면요?”

“휴업 표지판 걸어놔. 점심이 늦은 줄 알겠지. 네 엄마한테 여기 와서 가게 좀 봐달라고 할 수는 없잖아.” 나는 창문가에 서있다가 미소를 지으며 말했다. “네가 가서 잭 도즈 씨한테 삼십 분 정도 바꿔서 일해도 괜찮은지 물어봐 주던지. 종종 들어주곤 했는데.”

그런데 그때서야 나는 알았다. 침 마을 소재 패어팩스 파크 요양 병원이 준이 있던 곳이라는 걸 말이다. 에이미는 가는데 잭이 가지 않던 곳 말이다.

“괜찮아, 갈게. 기분전환도 할 겸.”

그래서 나는 한 시 반이 좀 지나서 용지와 열쇠를 집어 들고 차고로 가서 우리가 블랙 마리아라고 부르는 뒤쪽 창문들을 검게 가려놓은 검은색 밴 차를 몰고 나갔다. 영구차들은 좀더 친근하게 여성의 이름이 붙여져 있는데 도리스와 메이비스다. 선박도 늘 여성이다.

내가 그 애를 볼 예상을 했던 것 같지는 않았다. 준이 거기 있었기 때문에 장의사가 자주 드나드는 다른 요양 병원하고는 조금도 다를 것 같지도 않았다. 요양원, 병원, 말기 환자용 호스피스 병원은 모두 사람들이 숨을 거두는 곳이다. 그중 제일 안 좋은 곳이 요양원인데, 왜냐하면 알다시피 거기는 전혀 집 같지 않기 때문이고 장애인이나 노인들을 위한 군에서 말하는 야전 병원을 듣기 좋게 부르는 이름일 뿐이고 더는 사용해서는 안 되는 보호수용소란 말 대신 쓰는 말이기 때문이다. 게다가 알다시피 많은 사람한테 그곳은 단기간 머무는 곳이 아니고 사망자가 아마 생애 대부분을, 아니면 평생을 살았던 곳이고, 이 경우에 삶이란 일종의 죽음을 의미했고 일종의 갈 집이 없다는 것을 의미했다.

모든 술집 주인이 그러겠지만, 세 번째로 폐점 시간을 알린 다음 버니 스키너가 늘 하는 “갈 집이 없는 분은 안 계시죠?”라는 말처럼 말이다. 갑자기 사나운 소리로 마치 손님들을 모욕하듯이 모든 빈둥거리는 술꾼들을 정말로 증오하는 것처럼 말하는데, 갈 집이 없다고 하는 것은 사람들한테 할 수 있는 가장 치욕적인 말이다.

장기 수용 기관으로부터 이렇게 시신을 수거하는 일은 어쨌든 늘 슬픈 일이다. 이 상자에서 꺼내서 다른 상자로 옮기는 일 말이다. 애당초 다른 선택이 전혀 없었고 조심스레 귀를 기울였다면 내가 오기 오래전에 관에 못질하는 소리를 들을 수 있었을지도 모를 것처럼 말이다. 한번은 죄수의 시신을 수거했다. 웜우드 스크럽스 교도소였다. 오십 세에 심장마비로 사망한 자였다. 내가 교도관에게 물었다. "뭐 때문에 감옥에 들어갔었나요?" 그가 대답했다. "살인죄예요. 삼 년 전에 아내를 살해했어요. 결국, 종신형 선고를 받았죠." 아니면 자비로운 석방이었을 텐데.

하지만 사회에서 버림받은 자나 매장된 자들도 죽게 마련이고 사회에서 격리된 자나 잊힌 자들도 죽게 마련인데, 어딘가에는 마음이 내키지는 않지만 불안해하며 앞으로 나설 수밖에 없는 친척들이 있다. 이러한 죽음이 그들에게 정확히 어떤 의미가 있는지 물어봐서도 안 되고 그런 입장도 아니다. 때론 자비로운 석방이 그들이 바라는 간단하고 깔끔한 결과가 아니라는 걸 알 수 있을 때도 있기는 하겠지만 말이다. 내가 할 일은 적절한 장례식을 치러주고 마지막 가는 길에 예의와 경의를 표하는 건데, 누구나 그 정도는 받을 자격이 있다. 그들에 대해 캐묻는 것은 나의 일이 아니다.

이 일을 하면서 배운 것은 비밀을 지키는 것이다.

벽돌 담장과 출입문과 진입로와 정원과 나무들이 있어서 런던의 가장자리에 있기는 했지만, 누군가의 시골 저택에 와있는 것 같았다. 그러나 이 저택은 창문에 쇠창살이 달린 구식의 막사처럼 보이는 건물과 섞여있었고, 일단 정문으로 들어가면 늘 시큼한 우유 냄새가 나는 요양원이 있었고, 늘 복도에는 삐걱거리는 소리가 시작되고 손수레로 물건을 이동시킬 때 나는 딸그락 소리가 늘 들렸다.

접수계원이 내 신분증과 용지를 살펴보고 나는 언젠가 준을 위해 누군가가 이 일을 할 것이고 누군가가 용지를 가지고 오겠구나 하는 생각을 했다. 시신의 수거를 위해 말이다. 이게 바로 다음에 있을 주요한 일일 것이다. 접수계원은 전화기를 들어 번호를 누르고는 나를 쳐다보았는데, 사람들이 전혀 쳐다보지 않으면서도 쳐다보고 있는 것처럼 전화통화를 할 때 으레 하는 식으로 쳐다봤다. 그녀는 철삿줄만큼이나 빳빳하게 파마한 머리를 하고 안경은 목에서부터 사슬에 매달려 있었다. 나는 그녀가 모든 사람을 자기보다 못하다고 생각하고 모든 사람을 의심할 정도로 여기 오래 있었다고 생각했다. 그녀에게 책임을 맡기면 훨씬 더 운영을 잘할 거라는 걸 알 정도로 말이다. 새 부리 모양의 얼굴에다 비틀린 입. 그녀는 수화기를 귀에 바짝 대고 있는데 계속 기다려야 한다는 데 언짢은 안색을 하기 시작했고, 계속 기다려야 한다는 걸 알았기 때문에 나한테도 언짢은 안색을 하기 시작했다. 내가 때때로 하듯이 '보세요, 당신도 언젠가 죽게 돼요'라는 생각은 상황을 진정시키기에 도움이 된다는 생각이 들었다. 육신의 해방.

그러고 나서 그녀가 전화에다 대고 또렷하게 말했다. "알겠어요. 그렇게 전해드리죠." 그러고는 내게 기뻐하듯이 말했다. "기다리시랍니다. 원장님께서 점심이 늦으셔서 세 시가 지나서야 돌아오실 거랍니다."

트레버를 보내지 않은 게 몹시 다행이라 생각하면서 내가 말했다. "기다리겠습니다."

그녀는 용지가 달라졌을지도 모르는 것처럼 다시 살펴보고는 도로 내려놓았고, 나를 깨끗이 잊어버린 것처럼 책상에 있는 다음 일을 살펴보고 있었다. 그러고 나서 내가 뭘 물어볼 거라는 걸 그녀가 알았던 바로 그 순간 약간 골을 내며 내가 꼭 알아야 하는 것처럼 말했다. "본관 뒤를 돌아서 서비스 작업장 건너편이에요."

그런데 어쨌든 나는 알아냈을 것이다. 항상 소각로 굴뚝이 있다. 영화관의 뒤편 출구처럼 늘 양쪽으로 여닫는 편편한 문이 있다. 근처에 아무도 없고 별다른 표지판도 없다면 주먹으로 문을 두드리면 된다. 누군가가 창문으로 와서 블랙 마리아 밴 차가 후진하는 것을 볼 거다.

그녀가 말했다. "세 시예요."

일종의 혐오다. 오욕이란 말이 맞겠다. 쓰레기를 치우는 사람을 알고 싶지 않은 것과 마찬가지다. 내가 그런 일에 익숙한 것은 당연하다. 아버지가 장의사는 반은 귀족이고 반은 문둥이라 하곤 했다. 그 때문에 원망해서는 안 된다.

뭐 좀 먹을 데가 있는지 물어볼 생각을 했었다. 그러다가 생각을 고쳐먹었다. 그때 순간적으로 아무 생각 없이 이십 분이면 준을 볼 수 있겠다는 생각을 했다. 그저 그 애만 보면 된다. 단순한 호기심에서, 뭔지는 모르겠지만 그저 보고 싶어서다. 잭이 절대 보지 않는 것을 보려고. 내가 찾아내서 갈 수 있을 거다. 검은 상의를 입고 있으면 거의 아무 데나 갈 수 있으니까. 하긴 준을 보는 게 그리 어렵지 않을지도 모르고 그리 나쁘지도 않을 거란 생각이 들었지만, 먼저 이 매력적인 접수계원을 통과해야 했다.

내가 말했다. "세 시라 하셨죠." 용지를 접어 주머니에 도로 넣었다.

그런데 복도가 시작되는 쪽을 쳐다보면서 생각했다. 그렇다면 여기가 거기. 여기가 바로 에이미가 해마다 일주일에 두 번씩 오는 곳이구나. 그녀가 나같이 싫은 놈에게 인사라도 할지 궁금했고 미소라도 지을지 궁금했다.

그때서야 비로소 오늘이 목요일이라는 걸 알았다. 목요일 오후였다. 에이미가 찾아오는 목요일 오후 말이다. 기운이 나는 걸 느끼면서 예기치 않은 사람을 만날지도 모를 때 하듯이 그리고 장의사가 대체로 해야 하듯이 어깨를 올리고 옷깃을 잡아당겼다. 사람은 우연히 누구를 만나게 될지 우연히 누구의 발을 밟게 될지 알지 못한다. 그게 일이고 사회에서의 위치다. 아버지가 하던 말이다. 어떤 사람은 내가 서열이 목사 다음이라고 했다. 그래서 내가 말한다. "괜찮습니다. 빅이라고 합니다."

그래서 나는 시신만을 수거하는 시시한 장의사는 그만두고 남을 감동시키는 본격적인 장례 책임자가 되었다. 그녀가 그런 걸 알았음이 틀림없는데, 왜냐하면 그런 나 때문에 그녀가 나를 피해 시선을 확 돌려버렸기 때문이다.

내가 말했다. "바깥 날씨가 좋네요. 산책 좀 하겠습니다."

바람이 산들산들 불어대는 날이었고, 햇빛은 쨍하고 비쳤다. 나는 앞마당으로 걸어 나가서 마리아 밴 차가 잘 주차되어 있는지 확인하고는, 잔디밭을 가로질러 사방으로 나있는 작은 길 중 하나로 갔는데, 게으름을 피우고 있다는 느낌도 들었고, 사장이 직원이 할 일을 하고 있고 태양이 구름을 피하듯이 일을 했다 말았다 하면서 게으름 부리는 걸 즐기고 있다는 느낌도 들었다. 이십 분 동안 세상에 대해 특별한 입장을 지니고 있다는 느낌도 들었다.

장미꽃밭과 나무들이 있었다. 환자들이 나와서 운동도 하고 바람도 쐬고 있었다. 저 사람들을 뭐라고 불러야 하나? 환자? 입원자? 거주자? 그들 중 일부는 이상하게 움직이거나 이상하게 가만히 있었다. 마른 사람 하나가 내 쪽으로 오면서 담배꽁초를 입술과 손가락으로 꽉 쥐고 있었는데 마치 입에서 긴 줄을 잡아당기려고 하는 것처럼 보였지만 오히려 빨려 들어가고 있었다. 다른 사람들은 아주 정상적으로 보였지만 낡은 옷들 때문에 드러나고 말았다. 하지만 그렇다고 하더라도 괜찮다. 주의 깊게 보지 않으면 말이다. 어떻게 *설명*이 될까? 장의사라 이거지? 우리랑 같이 갑시다.

내가 벤치에 앉아있을 때 햇빛이 비쳤다 말았다, 비쳤다 말았다 반복했다. 담배를 물고 있던 사람이 나한테 *자기* 벤치를 빼앗긴 것처럼 돌아서서 다시 왔고, 내 곁을 지나갈 때 이빨을 드러낸 채 침을 흘리면서 으르렁대는 개처럼 내게 소리 질렀다. 나는 무섭지 않았다. 두려워하지 마라. 에이미가 두려워했을지, 처음 여기 왔을 때 두려워했을지 궁금했다. 그런데 여자들은 두려워하지 않거나 똑같은 것들에 대해 두려워하지 않는다. 죽은 사람들을 다 봤다고, 굽은 사람도 부러진 사람도 그저 쭉 뻗은 채 죽은 사람도 모두 봤다는 생각이 들었지만, 여기 있는 사람들은 처음 보는 사람들이고 완전 낯선 사람들이란 생각이 들었다. 하지만 낯선 사람이라도 살아있는 사람이고 짐작도 할 수 없는 모습을 가졌지만 살아있는 사람들이다.

그건 그들을 보았을 때다. 보게 되는 데는 반드시 원인이 있다. 벤치에 앉아있긴 한데 다른 길에 있는 벤치에 앉아있고, 앞이긴 한데 왼쪽에 앉아있다. 나는 햇빛에 돋보이는 에이미의 갈색 머리가 바람에 나부끼는 걸 보았고 자기 차례를 기다리고 있는 것처럼 아주 꼿꼿하고 순진하게 앉아있는 모습을 보았다. 그런데 그 후에 그녀 옆에 작아 보이는, 그래서 거의 그녀의 자식 같아 보이는 레이를 보았다. 작은 코코넛 열매 같은 머리와 목을 긁는 버릇, 어디에서도 그 동작을 알아봤을 거고, 옷깃 속에 쥐 한 마리가 들어간 것처럼 그 속으로 손가락을 집어넣는 것을 보았다. 그가 알고 있는지 모르겠지만 정수리에 머리숱이 적어지면서 분홍빛 속살이 보인다고 생각했다.

내가 다른 길로 걸어갔다면 그들 곁을 지나갔을지도 몰랐다. 그러나 발끝으로 걸어야 하는 건 아닌가 생각하면서 그들 뒤쪽에서 밴 차가 있는 데로 살며시 걸어갔다. 그때 그걸 보았다. 그동안 내내 틀림없이 거기에 있었겠지만 볼 생각이 없으면 보이지 않는 법이다. 레이의 캠핑카도 주차장 저쪽 편에 있었는데 진흙 색과 크림색에 차 꼭대기에는 여분의 공간 확보를 위해 아코디언처럼 열리는 우스꽝스럽게 보이는 장치가 붙어있었다.

나는 마리아 밴 차에 올라탔다. 밴 차의 앞 열 시 방향으로 가장 가까운 벤치의 한쪽에 앉아있는 레이를 오십 미터 떨어져 있었지만, 분명히 볼 수 있었다. 그들은 한 벤치에 두 사람이 각각 따로 앉아있는 모습이었지만, 두 사람이 함께 있는 걸로 보이는 건 우연히 여기서 만났기 때문으로 생각했을 수도 있을 것 같았다.

레이는 앞으로 몸을 숙여 바람을 막으려고 두 손을 컵 모양으로 둥글게 하고 담뱃불을 붙였다. 그러고 나서 연기를 내뿜고는 입에서 담배를 빼고 무릎에 팔꿈치를 대고 그 손 엄지로 아랫입술을 문질렀다. 그들 사이에 끼어있는 봉지에는 무언가 남아있는 것 같았는데, 왜냐하면 에이미가 그 속에 손을 넣었다가 발 옆에서 모이를 쪼는 참새와 비둘기 같은 새들에게 부스러기를 던졌기 때문이다. 그녀는 먹이를 주려는 게 아니라 어느 정도는 새들을 쫓아버리고 싶은 것처럼 팔을 홱 움직여 빠르게 던졌지만, 부스러기 때문에 새들은 계속 다시 몰려들었다. 레이는 새들에게 먹이를 주지 않았다. 그는 담배를 피우면서 입술을 문지르고 목을 긁었다. 그러다가 그가 등을 기대고 앉았고, 바로 그 순간에 에이미는 앞으로 몸을 숙였는데 그들은 마치 그런 식으로 작동하는 기계처럼 보였다. 그녀는 무릎 아래쪽 다리에 통증이 있는 것처럼 쓰다듬었다.

시계를 보았다. 거의 세 시였다. 근데 원장이 기다리겠지. 그동안 내가 기다렸으니까. 시신의 수거라는 것이 심각한 거래이긴 하지만 말이다. 서명도 해야 하고 확인도 필요하며 날짜와 시간도 적어야 한다. 죽은 사람은 죽었기 때문에 그들을 위해 늦어서는 안 된다. 나의 규정 중 하나는 사망자를 다룰 때 꾸물거리지 말라는 거다. 그래서 토니를 몹시 혼낸 적이 있었다.

세 시 오 분이고 그들은 아직 벤치에 앉아있고 차 안에는 자꾸 들춰서 더러워진 《편람》과 주머니 안에 든 용지 말고는 시간을 때울 게 하나도 없었다. 하지만 나는 내용을 다 외우고 있었다. 제인 에스더 패터슨, 출생일, 사망일. 팔십칠 세 사망. 사망 원인, 뇌출혈. 직계친족, 존 레지널드 패터슨, 아들. 원장한테 꼭 물어봐야지, 나한테 화가 났는지 그리고 그녀가 얼마 동안 입원해 있었는지 말이다.

(물어봤다. 이십팔 년이라고 그가 답했다.)

이번에는 레이가 몸을 앞으로 숙이지 않는데도 에이미가 뒤로 기대어 앉고 힘차게 봉지 안에 손을 넣었다가 부스러기를 뿌리는 걸 보았다. 그들 모두 둘 사이에 봉지를 놓지 않았으면 하고 바라는 것같이 느껴졌다. 그러고 나서 에이미는 봉지를 집어 들고 구기기 시작해서 공처럼 둥글게 만들고는 막 일어서려는 것처럼 치마를 털었고, 일어나기 직전에 레이가 손을 뻗어 그녀의 먼 쪽 어깨를 잡았다가 그녀의 목덜미 쪽으로 손을 옮기자 자신의 옷깃 속으로 손가락을 넣은 것처럼 그녀의 머리카락에 손가락이 닿았다. 그는 내내 그렇게, 아니면 그런 식으로 할 생각이었던 같지만, 그녀가 일어나기 위해 움직이는 것 말고는 그가 그렇게 할 기회가 또 없을 것 같았다. 그때 에이미는 잠시 머뭇거리더니 그녀의 머리는 그의 손에서 꿈틀거렸다. 그러고 나서 그녀는 의도했던 것처럼 일어났고, 레이도 용수철 위에 있는 것처럼 벌떡 일어났다. 그리고 그들은 주차장으로 다시 걸어갔다.

나는 의자에 몸을 아래로 구부리고 앉았지만, 그들이 어떻게든 쳐다봤다 해도 앞 유리에 반사되는 빛 때문에 나를 볼 수 없었을 거로 생각한다. 한동안 그들이 두 젊은 남녀 같았지만, 이제는 나이에 걸맞게 행동하려고 하는 나이든 남녀였다. 그러다 보니 좀 우습게 보였다. 그런데 우습게 보이려면 여기가 제격인 것 같다는 생각이 든다. 에이미는 공 모양으로 구겨 만든 봉지를 쓰레기통에 넣고 레이는 담배꽁초를 자기 앞으로 튕겨 날리고는 발로 밟았다. 그들은 따로따로 걸어가야 할 만큼 조심성이 있는 것처럼 떨어져서 걸어갔는데 공교롭게도 평행한 길을 가고 있는 것 같았다.

이런 일이 여기서 많이 일어날 수 있을 것 같다. 방문객들이 우연히 마주치고, 틈을 내서 걱정을 나눌 수 있다. 외로운 사람들끼리 정기적으로 만나는 동호회처럼 말이다.

그들은 내 왼편으로 차 너덧 대 폭 길이 정도 떨어져 지나갔는데 이번에도 나는 조수석에 코를 박을 정도로 머리를 푹 숙였고 이런 행동을 하는 내가 우습기도 했다. 그때 그들은 밴 차 뒤로 지나가서 보이지 않는 바람에 그들을 놓치고 말았다. 하지만 사이드미러로 지켜보았고, 옆 창문으로는 정문이 훤히 보였다. 옆 차 지붕 너머로 밴 차 모양의 차가 하나 보였다. 엔진 시동 소리와 후진 기어가 걸리는 소리가 나고 캠핑카가 정문 쪽으로 '입구와 출구'를 표시하는 화살 모양 표지판이 달린 기둥을 지나 천천히 가는 게 보였다. 돌아가기 위해 차를 돌려야 할 방향은 왼쪽이었다. 반대 방향은 런던에서 오는 방향이었다. 유얼, 엡섬, 레더헤드를 경유한다. 나는 레이가 브레이크를 밟고 방향등을 키고는 우회전하는 것을 보았다.

함부로 판단해서는 안 된다. 이 일을 하면서 배우게 되는 것은 비밀을 지키는 것이다.

레이

나는 지금까지 느꼈던 만큼 운이 좋은 것 같다고 말했다. 럭키니까.

그러자 잭이 웃으면서 자기는 지금까지 그랬던 만큼 아니면 앞으로 그럴 만큼 달라진 게 없는 것 같다고 말했다. 그만큼 멋진 사나이란 거다.

그러고는 그가 나를 쳐다보는데 그게 *나* 덕분이라고 말하고 있는 게 아닌가 하고 나는 잠깐 동안 생각했다. 수술 전 그가 *알기* 전에 처음 그를 여기 데려왔을 때 내가 화제의 인물인 것처럼 모두가 나를 특별하게 쳐다보는 것을 느꼈을 때 같다. 레이가 잘 해낼 거야. 레이가 잘 처리할 거야. 잭한테 필요한 건 약이 될 오랜 친구 레이뿐이다. 그리고 우리가 술에 빠져있는 동안 그 외과의사가 최고의 수술을 해줄 거라는 데 내기를 걸 것이다.

나는 이렇게 운이 아주 좋은 것도 무척 큰 부담이 된다고 생각했다.

그런데 곤란한 상태에 있다고 느껴야 할 사람이 내가 아니라 그 자신일 때 어떻게 나를 곤란하게 만들지 알 수 있는 것처럼 그가 나를 쳐다본다. 그는 내가 생각하고 있는 것이 잘못되었다고 고개를 흔드는 것처럼 천천히 단호하게 말한다. "타협점을 찾았어, 레이." 그는 내가 못 들은 것처럼 다시 말한다. "타협점을 찾았다고. 근데 문제는 에이미야."

그 말에 나는 눈을 깜빡이기까지 하면 당황한 것처럼 보일까봐 눈을 크게 뜨고 그의 눈을 경계하듯 쳐다본다.

그가 말한다. "타협점은 찾았지만, 에이미하고 해결을 본 건 아니야." 나는 그를 쳐다본다. 나는 눈꺼풀도 하나 움직이지 않는다. "에이미를 곤경에 처하게 내버려 두고 싶지는 않아."

내가 말한다. "자네가 — 한 것이 자네 잘못이 아니잖아."

그가 말한다. "그런 얘기가 아니야. 그녀에게 공정하게 대하지 않았단 말이지."

나는 그를 쳐다본다. 그도 나를 쳐다본다.

그가 말한다. "돈 얘기라고. 우리는 마게이트에 있는 그곳을 사기로 정했거든. 웨스트게이트지. 이게 잭 도즈가 마침내 깨닫고 새 삶을 시작하기로 했기 때문이라고 모두 생각했겠지. 그런데 그가 그러자마자 더는 살 수 없다는 것을 알았으니 이 얼마나 망신스러운 일이라고 모두 생각했겠냐고."

내가 말한다. "나도 그랬어, 잭."

그가 말한다. "자네도 그렇고. 에이미도 그렇지. 그러나 아무도 모르는 건 내가 가게를 처분하거나 아니면 망했어야 한다는 거지, 그래서 내가 그랬던 거야. 사람들이 모르는 사실은 오 년 전에 가게를 구하려고 대출을 받았었는데, 한 달 안에 만기일이 다가오네. 계획대로 되었으면 전혀 문제가 없었을 텐데 말이야. 가게도 팔고 집도 팔고 마게이트에 작은 단층집, 작고 값싼 단층집을 사고 남는 돈으로 그럭저럭 지내는 딱 그 정도지. 그런데 다 물거품이 되어버렸잖아? 계획이 다 물거품이 돼버렸다고, 안 그래?"

그는 내가 제일 잘 아는 것처럼 나를 쳐다본다.

내가 말한다. "왜 오 년 전에 가게를 처분하고 빌린 돈을 갚지 않았어?"

그가 말한다. "먹고 살아야 했기 때문이지 않겠어?"

나는 그를 쳐다본다.

그가 말한다. "난 정육점 주인이야, 레이. 그게 내 직업이라고."

나는 계속 그를 쳐다보고 있다. 그 같기도 하고 아닌 것 같기도 하다. 그가 내내 숨어있었던 것 같다. 그가 말한다. "이젠 할 필요가 없지, 생계를 꾸리는 일 말이야."

내가 말한다. "자네 전혀, 아무런 희망도 보지 못했어?"

그가 말한다. "그래, 레이." 난 그를 믿지 않는다. "게다가 새로운 삶도 없잖아? 나한테는 말이야."

그가 나를 쳐다본다.

내가 말한다. "얼만데?"

그가 말한다. "빌릴 때는 칠백 파운드였어. 지금은 거의 이천 파운드를 갚아야 해."

그는 내가 소리 없이 휘파람 부는 걸 본다.

그가 말한다. "은행 지점장 얘기를 하는 게 아니야. 특별한 종류의 대출이었어. 사채 말이야."

내가 말한다. "빈스 얘기하는 거 아니지?"

그런데 그가 웃는다. 고개를 뒤로 젖히고 깔깔 웃는 바람에 그는 통증을 느끼고, 나는 종이 그릇을 집으려고 손을 뻗치다가 간호사 호출 벨을 보게 된다. "빈스냐고?" 그가 거의 숨 막힐 지경에서 말한다. "내가 죽어가고 있는데 빈스가 돈을 빌려줬겠어, 안 그래?"

내가 말한다. "그럼 누가?"

그가 말한다. "빈스가 마지못해서라도 가게에 돈을 들였겠어? 걔는 내가 슈퍼마켓에서 일하기로 계약하기 바랐거든."

"그럼 누구냐고?"

"일찍부터 알고 있던 걔 친구야. 걔가 사업상 아는 친구지. 거친 일 하는 자들 말이야."

그는 꾸지람을 듣게 될 것처럼 나를 쳐다본다.

내가 말한다. "대담하게 큰 도박을 걸었더라도 전보다 형편이 더 나았을 거야. 엉클 럭키를 찾아왔다면 전보다 더 잘 나았을 테고."

말은 그렇게 하지만 상황이 어떻게 될지 짐작이 간다.

그가 말한다. "큰돈 벌었을 테지, 레이. 그 판돈은 어디서 구해 올 수 있었겠나? 그런데 자네가 그 얘기를 하니 이상하군."

그가 나를 쳐다보면서 웃음을 짓기 시작하자 내가 불쑥 끼어들어 말한다. "이런 얘기 에이미한테 다 했나?"

그가 고개를 흔들었다.

내가 말한다. "할 건가?"

그가 말한다. "그게 힘든 문제 아니겠나? 안 해도 되고 할 필요도 없기를 바라기는 하지. 자네가 에이미 얘기를 꺼내니 이상하군."

그는 내가 그동안 내내 들고 있었던 빈 종이 그릇을 손가락으로 쿡 찔렀다. 그가 말한다. "자네 그거 들고 구걸하고 있는 것 같네."

나는 그릇을 있던 곳에 도로 갖다 놓았다.

그가 말한다. "난 집사람이 어떡할지 모르겠어. 내 말은 내가 — 그 사람이 그대로 있고 싶어 할지도 모르지. 어떻게든 그 단층집 매입을 계속 추진하고 싶어 할지도 몰라. 아직 끝난 게 아니니까 여전히 잘 될 수도 있을 거야. 어떻게 되던 빚쟁이가 그 사람한테 찾아가는 건 원치 않아. 자기한테 있다고 생각한 것보다 이천 파운드나 적다는 걸 알게 되는 게 싫다고."

그는 내가 자기한테 해결책을 말해주기를 바라는 것 같다.

그가 말한다. "그게 밑천이지, 안 그래? 이천 파운드 말이야. 그게 소위 말하는 밑천이지."

내가 말한다. "그러고 보니 아마도 묘안을 얻은 사람은 자네였군. 새로운 삶을 살겠다고 한 사람은 자네였어. 이거 놀랍군."

그는 해결책을 나도 이미 알고 있었던 것처럼 쳐다본다.

그가 말한다. "어떤 일은 모르는 게 최상이야."

내가 말한다. "왜 하필 마게이트야?"

그가 말한다. "난 그 사람을 곤경에 처하게 내버려 두고 싶지는 않아. 그 사람을 제대로 돌보고 싶다고." 눈을 뜨고 있는 것이 그의 능력 이상인 것처럼 눈꺼풀이 너무도 무겁게 내려가더니 갑자기 눈이 감겼고, 잠시 동안 아무 말 없이 날 짐작만 하게 두고 급히 가버린 것만 같다.

곧이어 자신이 눈을 감았었다는 것도 전혀 모르는 것처럼 눈을 뜬다.

내가 말한다. "자네 집사람이 어떻게 할 것 같은가?"

그가 말한다. "사정 나름이지. 그 사람이 어떡할지는 자네가 더 잘 알지도 모르지."

내가 그를 쳐다본다.

그가 말한다. "경마에서 한번 따야겠어, 레이. 이제까지는 그럴 필요가 없었지만 한번 따야겠어." 그는 침대 커버에서 오른팔을 천천히 들어 올린다. 팔에 꽂힌 관들 때문에 그가 팔을 들어 올린 것이 아니라 꼭두각시의 팔처럼 팔이 들어 올려진 것 같다. "이번엔 밑돈이 있어."

그는 침대 옆 캐비닛으로 손을 움직여 작은 서랍을 여는데 서랍에는 자질구레한 것들이 몇 가지 있다. 그의 손이 떨린다. 서랍과 씨름을 하고 있어서 그를 도와주러 거의 다가갔지만, 그래 봐야 그가 혼자서 할 수 있는 게 별로 없어서 그를 도와주는 것이 이롭지 않는다는 것을 알고 있다.

그가 지갑을 꺼낸다. 잭 도즈의 지갑이 저렇게 두둑한 걸 본 적이 없다.

그가 말한다. "자, 지갑 속 좀 봐. 뒤쪽 칸 말이야."

그가 나에게 지갑을 건넨다. 내가 지갑을 받아들고 열어보는 동안 그가 나를 지켜본다. 사진은 하나도 보이지 않고 한 다발의 지폐가 들어있다.

그가 말한다. "천 파운드가 있네. 오십 파운드짜리 지폐가 팔백 파운드고 나머지는 이십 파운드짜리야."

내가 쳐다본다. 엄지로 맨 위에 있는 지폐를 문지른다. 내가 말한다. "이런 곳에 *천* 파운드를 현금으로 가지고 있다고?"

그가 말한다. "레이, 누가 그걸 가져가겠어?" 그는 다른 침대들을 둘러본다. "이런 형편없는 놈들이?"

내가 말한다. "그런데 자네 어디서 —?"

그가 말한다. "그건 말할 수 없어. 가져가서 세어봐."

내가 고개를 흔든다. "맞겠지."

그가 말한다. "거기엔 내가 소질이 없었잖아?"

내가 말한다. "무슨 소리야?" 그가 말한다. "계산. 셈 말이야. 자네처럼 여기서는 질리지 않았는데 말이야." 자기 머리에 자기가 끄덕여 인사하려는 것처럼 고개를 살짝 든다. 그가 말한다. "여하튼 가져가게. 꼭 따야 해." 지갑을 들고 있는 내 손을 본다. 그가 말한다. "동커스터 경마대회가 얼마 남지 않았지? 첫 번째 플랫 경마대회지."

만사가 평상시나 다름없으면 거기 갈 거로 생각한다.

내가 말한다. "잭, 천 파운드로 이천 파운드를 만드는 건 너무 심한 거야. 심한 거라고."

그가 말한다. "심한 거지."

내가 말한다. "근데 내가 이 돈을 잘못 걸면?"

그가 말한다. "그러지 않을 거잖아? 그럴 리가? 에이미한테 필요하다고."

너의 돈이냐 너의 목숨이냐 하는 생각이 든다.

그가 미소를 지으면 말한다. "어쨌든 캠핑카 값으로 생각해. 천 파운드, 기억 안 나? 근데 팔지 않겠다고 했잖아?"

캔터베리

그들이 아무 데도 보이지 않는다. 나를 캔터베리 대성당에 두고 가버렸는지도 모를 것 같다. 그래서 나는 그들이 나를 찾으러 올 수도 있을 것 같아 빈스가 먼저 갈 때 내가 있던 곳으로 도로 통로를 따라 내려가서 다시 나무 의자에 앉아 무릎에 팔꿈치를 괴고서 이제 왕따가 됐다는 생각을 한다.

그가 다 알고서 나를 쳐다보고 있다는 생각이 든다. 마음의 결정을 해, 레이, 빨리 결정을 하라고. 돈뿐만 아니라 나 자신이기도 했고 두 가지 모두이기도 했던 것 같다. 에이미, 돈도 있고 레이도 있어. 당신은 이제 괜찮을 거야, 럭키와 함께 있으니 괜찮을 거라고. 팔꿈치로 쿡 찌르며 윙크를 한다. 앞으로 서로 잘 돌봐줄 것 같은데.

내가 잭이었어야 하는 것 같다.

나는 거기 앉아 계속 지켜보고 있지만, 그들이 아무 데도 보이지 않자 일어나서 길을 찾아 나섰는데, 그때 그들이 바닥이 포장된 곳에서 나를 찾고 있는 것이 보인다. 친구들이란 생각이 든다. 하늘은 어둡고 위협적이며 바람은 차갑지만, 그들은 별로 짜증

나 보이지는 않는다. 모든 걸 다 용서한 것처럼 함께 여기 와서 좋은 모양이다.

그럴지도 모른다는 생각이 든다.

빈스가 말한다. "이상한 생각이 들기 시작했는데요, 레이, 길을 잃으신 게 아닌가 하고 말이에요."

빈스는 안내 책자를 들고 있다. 빅이 쇼핑백을 가졌다. 나는 아무것도 갖고 있지 않았지만, 레이는 자기 것도 아닌 것을 많이 가지고 있다고 모두가 알 수 있는 것 같다.

나는 뒤쪽에 있는 성당이 나를 보고 있다는 걸 느낄 수 있다.

빈스가 말한다. "우린 회랑에 가봤어요. 회랑 보셨어요?" 내가 꼭 봤어야 하는 것처럼 말한다.

내가 말한다. "그래, 나도 봤어." 사소한 거짓말 하기는 쉽다는 생각이 든다.

그러고 나서 우리는 왔던 대로 되돌아가는데 출입구를 통해 나와서 좁은 길을 따라가지만, 우리가 왔던 그 좁은 길과는 다른 길로 간다. 부처리 레인(도살장 골목)이라는 길인데 이유가 있어 이 길로 가고 있다. 빈스가 꼭 그리 가야 한다고 한다. 우리가 돌아 그 길로 들어설 때 세차게 비가 퍼붓는다. 그 길 중간쯤에 시티 암즈라는 작은 술집이 영업하고 있는데, 레니가 얼른 한 잔 마신다고 어디 덧나지 않겠지 하고 말한다.

빅

그가 정육점의 일과를 마치고 손을 박박 문질러 닦아 발그레해진 채로 내 사무실에 앉아 진지한 표정을 지으며 심각하게 말한다. 자신의 입관을 위해 깨끗이 씻고 온 특별한 고객인 것 같다.

"빅, 자네가 예전에 선원이었으니까 말인데, 사실은 나는 수장을 해도 좋을 것 같아."

에이미

아마 지금쯤 분명히 거기 도착해서 일을 다 마쳤을 거야. 그의 유골을 쏟아부었을 거야. 아마 반 정도 돌아왔는지도 모르고 마게이트까지 내려가서 이제 할 일을 마쳤으니 마시고 떠들거나 당나귀를 타거나 하면서 아니면 즐겁게 하루를 보내고 있는지도 모른다.

하지만 아직도 나는 여기가 내가 있어야 할 곳이라고 생각한다. 내가 해야 할 여정이다. 그건 그들의 여정이고, 이건 나의 여정이다. 살아있는 사람이 먼저다. 그의 생각대로라면 살아있어도 그에게는 죽은 거나 마찬가지였겠지만, 이제는 결국 같아졌고 똑같아졌다. 그리고 나는 이미 그에게 처음이 아니라면 마지막으로 작별 인사를 했다. 잘 가요, 잭, 옛사랑 잭. 오래전에, 이전에도 가지 않은 적이 열두 번 정도 있는 데다가, 남편의 유골을 뿌릴 기회는 두 번 다시 없는데도 잭과 마지막으로 하루를 보내기 위해 오늘 준한테 가지 않는다고 해도 그 애가 여전히 모를 거라고들 한다. 하지만 그 애가 모를 거라고 어떻게 아느냐 말이다. 그리고 누군가는 그 애에게 말해줘야 한다.

그 애가 여전히 알지 못한다면 그 사람도 마찬가지다.

게다가 내가 그 일을 할 수 있었으리라 생각지 않는다. 아래쪽에선 파도가 치고 눈에 소금기가 들어간 채 그들이 나를 지켜보는 가운데, 여하튼 방파제였어야 할 잔교 위에 섰다. 에이미, 준비되는 대로 먼저 해요, 서두르지 말고 천천히 해요. 나는 치마를 걷어 올린다. 그날도 결국 그랬던 것처럼 아마 마게이트에는 거의 거센 바람이 불고 있을 거다.

여기가 내가 있어야 할 곳이고 지금 이 버스의 이층에 타고 있다. 지금까지 수년 동안 다른 곳에 있었을 때보다 44번 버스를 타고 있을 때가 더 편안한 것 같다. 여기도 아니고 저기도 아니고 두 곳 사이를 오고 가는 동안 말이다. 마게이트에 있는 단층집에서 생활할 수 있었을지 모르겠다. "에이미, 정육점 그만두려고 해." 그가 말한다. 오래전에 내가 그에 대해 단념했을 때, 오래전에 그런 일은 있을 수 없을 것으로 생각했을 때, 어느 날 줄무늬 앞치마에 손에 정육 칼을 쥐고 카운터 뒤에서 급사하는 바람에 자기가 바라던 대로 처리해야 할 시신만 하나 더 두고 갈 것으로 생각했을 때 그랬다. "그만둘 거야. 알았어?" 웃기고 있어. "여보, 당신과 나를 위해 새로운 삶을 살게 될 거야." 어떤 이유에서 그랬는지, 그가 갑자기 왜 생각을 바꾸었는지, 갑자기 무슨 생각이 들었는지는 모른다. 그러나 그는 내가 대단히 기뻐하고 있는 것처럼, 오십 년 동안 봐왔던 여자를 보는 것이 아니라 처음 보는 사람을 보고 있는 것처럼 나를 쳐다본다. 그가 말했다. "마게이트. 마게이트는 어때?" 시계를 거꾸로 돌려놓고 멈춘 시점에서 다시 시작할 수 있는 것처럼 말했다. 두 번째 신혼여행이라나. 마게이트가 마치 마법이란 말을 대신할 수 있는 말인 모양이다.

상황이 달라졌다는 걸 내가 알았을 때다. 오래전에 내가 처음으로 그에게 작별을 고했을 때 당연히 세상이 끝나는 것도 아니고 새롭게 시작할 수 있다고 생각했던 건 바로 나였다. 여전히 선택할 권한이 내게 있었다. 그래서 그 사람이 아니라 준을 선택한 것이다. 그는 준을 선택할 수 없었고, 자신의 직업을 선택할 수 없었으며, 그 일밖에 할 수가 없었기 때문에 그가 확실히 정육점 주인 잭 도즈, 일류 정육점 주인 잭 도즈가 되는 걸 지켜봤고 부인네를 위해 다진 고기나 쇠고기 목살을 준비하는 걸 지켜봤는데, 그러니 여전히 변할 수 있는 사람은 나뿐이라고 생각했다. 한때 내가 변했다. 하지만 그는 내가 아니라 다른 사람을 보듯이 나를 쳐다보았고, 나는 내가 자신의 틀 속에 갇힌 사람이라는 걸 알았다. 매주 월요일과 목요일 오후에 44번 버스에 앉아있는 이 여자라는 틀 말이다. 남편이 죽은 지 일주일 후에도 마찬가지다.

결국, 그를 버리고 그에게 작별을 고한 내 잘못 때문인 것 같다. 한 번, 두 번.

그리고 그 애는 결코 모를 것이다. 결코.

마게이트지. 마게이트야. 그런데 준은 어찌하냐고?

버스에 특별한 점이 있다. 빨간색 이층 버스로 빗속을 물을 튀기며 칙칙 소리를 내며 가고 전면에 버스 번호와 목적지와 노선이 표시되어 있는데 일 년 동안은 바뀌지 않는다. 런던 브리지에서 미첨 크리켓 경기장까지 운행하는 44번 버스가 있는 한 세상은 멸망하지 않고, 런던 브리지도 무너지지도 않을 것 같다. 그가 늘 말하곤 했던 것이 사실이라면 그리고 시아버지가 스미스필드는 런던의 중심, 진정한 런던의 중심이라고 똑같은 소리를 하곤 했기 때문에라도 빨간 버스 노선은 동맥이고 분명 진짜 동맥인 것 같다.

한 번도 택시를 탄 적이 없다, 잭 도즈의 수입으로 될까? 지하철도 탄 적이 없는데, 모던까지 운행하는 노던 라인을 타면 더 빠르기는 하지만 말이다. 왜냐하면 다녀오는 동안에, 왔다 갔다 하는 동안에 보고 싶은 것도 있고 생각하고 싶은 것도 있다. 내 주위를 둘러보고 싶다. 캠핑카는 열두 번 탔다. 그건 몇 번이었을까? 열두 번 이상은 아니지, 레이?

그런데 오늘은 왜 이층에 올라왔을까? 배의 상갑판처럼 버스의 이층은 빗속을 쉭 소리를 내며 지나간다. 일층에 있는 못생긴 늙은 여자들과 달리 아직 건강한 여자라는 걸 보여주려는 걸까? 아직 선택할 수 있다는 걸 보여주려는 걸까? 스쳐 지나가는 세상을 새롭게 보기 위해서일까? 램버스, 복스홀, 배터시, 완즈워스. 레이, 당신과 함께 거기 서서 그 사람의 유골을 같이 뿌리는 일을 어떻게 내가 할 수 있었겠는가? 여기가 내가 있어야 할 곳이다, 44번 버스 말이다. 부인, 유골 좀 뿌리세요. 그리고 빨간 버스가 계속 달리고 있는 한, 빨간 피는 계속 흐르고, 심장은 계속 쿵쿵 고동칠 것이다. 오, 레이, 당신은 아주 *작기*는 하지만 운이 좋은 사람이야. 오, 나의 불쌍한 잭.

레이

나는 동커스터 경마대회 전체 프로그램과 함께 앞에 《레이싱 포스트》지를 펼쳤다. 그리고 담배에 불을 붙이고 경마 안내서와 수첩을 꺼냈다. 레리 존슨의 87년, 88년, 89년 기록부. 항상 경마에 돈을 건 기록을 작성하라. 그다음에 나는 경기와 경주마를 살펴보고 얼마 후에 자연스럽게 떠오르는 계산을 머릿속으로 하고, 예선, 승산, 노릴 만한 말과 피해야 할 말을 살폈다. 사람들은 나를 럭키 존슨이고, 이 모든 게 육감으로 된다고 하는데, 때로는 그렇지만 때로는 그냥 걸어보는 거다. 그러나 내가 경마에 대해 정말로 잘하지만, 잭 도즈와 레니 터너는 절대로 흉내도 내지 못하는 이유는 모두가 내기는 육감으로 한다고 믿고 싶어 하고 운처럼 보일 수도 있기 때문이지만, 구십 퍼센트의 면밀한 기록과 구십 퍼센트의 계산에 의한 것이기 때문이다. 내가 보험회사에서 헛되이 일한 것이 아니었다. 사람들은 기도에 대한 응답으로 하늘에서 우승마를 알려준다고 생각하지만, 마권 영업자를 이기는 법을 배워야 하고 마권 영업자를 이기고 싶으면 경주마의 이력을 적은 기록부가 있어야 한다.

그래서 나는 경주마들을 공부하고, 턱을 만져가면서 일방적인 승률, 큰 차이로 이기는 방법을 생각했다. 장외에서 돈을 거는 방법인데 세금이 부과된다. 천 파운드에 대해서 말이다. 생각해 보면 시즌 초반에 참여할 때의 어려움은 제대로 알아보지도 못한 채 돈을 걸어야 한다는 것이다. 생각해 보면 내가 거기 있다면 더 수월할 것이고 현장에 있으면 항상 더 수월하다. 경주마도 볼 수 있고, 냄새도 맡을 수 있고, 서로 모르는 채 만나는 블라인드 데이트가 아니다. 직접 찾은 데 대한 보상을 받을 수 있다. 경마장의 말발굽 소리, 햇빛에 빛나는 기수들이 입은 색색의 실크 복장, 막힘없이 떠드는 수다 소리. 경마장 전체에 울려 퍼지는 맥주를 마시며 우승을 바라면서 떠드는 소리. 잭이 더는 보지도 못하고 듣지도 못할 이 모든 것들을 생각해 본다.

내 담배에서 피어오르는 연기가 창문 쪽으로 굽이치면서 올라간다. 소나기 내린 뒤의 솜털 같은 구름과 산들바람으로 경마장 주로는 마르기는 했으나 약간 들떠있는 상태다. 경마장 상태 말이다.

나는 시계를 봤다. 열한 시 반이다. 바보들만 일찍 돈을 거는데 냄새는 매 순간 달라지므로 냄새에 따른 계산이 남게 된다. 바보들만 일찍 돈을 건다. 하지만 만약의 문제는? 만약 잭이었다면 상상해 봐라.

나는 오천팔백 미터 경주 참가자 명단 한가운데서 나를 쳐다보듯 내 눈에 들어오는 이름을 계속 보지 않았다. 스물두 팀이 참가한다. 이름 안에 뭐가 있나? 사람들은 나를 럭키라고 부른다. 바보만이 이름에 돈을 건다, 그러면 책을 구할 수 없어, 구할 수 없다고.

나는 수첩을 엄지로 넘기면서 숫자를 몇 개 적어 넣었다. 제1 규칙 — 돈에 대한 가치. 그러나 잭은 돈에 대한 가치를 원하는 게 아니라 중대한 손해를 모면하려는 목적을 달성하기 위해 모든 우승마를 능가하는 단 한 번뿐인 우승마를 원하는 거다. 평균치 정도 얻으려고 하는 게 아니다,

그러니 일반적으로 하는 내기는 아닌 거다.

그래도 나는 내 눈에 들어오는 그 이름을 계속 보지 않았다. 완전 승산이 없어 보이지만 출전마를 전부 이십 대 일로 누르고 우승할 말. 계속 그 이름이 내 눈에 들어오고 있었지만 말이다. 운이 있어 운이 있다고. 해를 입지 않게 해주고 총알을 피할 수 있게 해주거나 백다섯 살까지 살게 해줄 확실한 행운이 있고, 황금을 거머쥘 수 있게 해줄 대단한 행운이 있다. 냄새에 따른 계산이 있는데, 냄새가 점점 더 강해지고 때로 냄새가 전부일 때가 있고 말의 머리가 기운 정도로도 그 말에 대해 알아야 할 걸 전부 알 수 있다. 돈 걸기가 바로 중요한 일 같지만 때로는 경마의 경주와 혼잡과 고함 소리가 중요한 일 같기도 하다. 때로는 훌륭한 말들이 중요한 일 같다.

나는 담배를 비벼 끄고 새 담배에 불을 붙이고 가만히 앉아있을 수 없는 사람처럼 방을 가로질러 한두 걸음 걸었다. 창가에 서 있었다. 버먼지의 후미 지역. 동커스터 경마장의 트랙은 말이 질주하기 좋은 넓고 평평한 주로이다. 바보가 되어야 했다. 가슴이 두근거렸고 몸 안에 흐르는 운을 느꼈다. 애당초 이 짓을 왜 하느냐, 애당초 이 일에 왜 뛰어든 거냐고. 숨이 막힐 것 같아 창문을 열었다. 콧구멍으로 공기와 담배 연기가 느껴졌고, 본의 아니게 내 사지에 힘이 빠지면서 책의 돈도 새어나가고 있었다.

기적을 낳는 말, *미러클 워커*.

에이미

그런데 그 시절에 사내를 웃게 만들기는 쉬웠다. 심지어 계량원인 앨프 그린은 가슴이 부풀려진 듯 튀어나오고, 거기엔 계량자가 매달려 있으며, 특무상사처럼 검은 콧수염에 노려보는 듯한 시선으로 계량자로 제대로 계량이 되었는지 지켜보는데, 나 때문에 조금, 아주 조금 얼굴이 일그러지곤 했었다. 내가 그런 상상을 하지 않았다면 말이다. 그가 때때로 여섯 부셸인 것을 일곱 부셸이라고 부르는 것처럼 파격적인 대우를 해줬을지도 모른다고 생각했을 거다, 덥고 습한데 나는 얇은 원피스를 입고 저장통 옆에 있고 그는 눈금 있는 계량기를 갖고 있었다. 일곱 부셸이 1실링 지급을 위한 계산 단위인데, 하루에 이 실링 육 펜스를 벌려고 애를 썼다. 힘든 일이었고 동틀 녘에 일어나야 했다. 그런데 손쉬운 방법이 없었던 것은 아니고, 수확량에 따른 현금 교환표를 모으는 다른 방법들이 있었다. 셜리 톰슨은 그녀가 모은 교환표로 볼 때 홉을 제일 많이 따는 사람이었어야 했다. 주당 이백 부셸을 땄지만, 전부 정확히 한 부셸을 다 채운 것은 아니었다. 덤으로 쳐준 것을 현금으로 계산하지 않더라도 결국에 거의 십 파운드어치를 번 셈이었다. 뎁트퍼드에 있는 그녀의 부모는 그녀가 보내준 오 파운드 때문에 그녀한테 기뻐했을 것이다. 가련한 셜리, 홉을 제일 잘 따는 사람.

일반적인 보상 같은 게 없었을까 봐. 햇빛과 신선한 공기에 건초더미와 홉 덩굴이 덮인 저 아래쪽 잉글랜드의 곡창 지대에서 공짜로 하고 공짜로 얻고, 옥외 공장처럼 통들이 한 줄로 늘어서 있고 한 통당 서너 사람이 붙어서 일하는데, 그곳에만 꼭 붙어있어야 하고 열심히 일해야 하지만 해방된 그런 느낌을 받았다. 자유롭다는 느낌. 그곳 토박이들처럼 오두막이나 텐트에 살고 정해진 거처는 없지만, 전원생활을 했다. 행상인도 없고 집시도 없으며 개도 없고 뛰는 벌레도 없었다. 밤에는 기름에 볶는 음식 냄새가 풍겼다. 장작불과 거기 얹은 야외용 주전자와 기름 램프를 둘러싸고 나누는 잡담.

집시들도 홉 따는 일이 필요해서 말이 끄는 포장마차를 가지고 왔지만, 저기 숲 가에 따로 야영하면서 우리가 쳐서는 안 되는 곳에 천막을 친 사람인 것처럼 우리를 노려보고 있었고, 나는 그들을 부러워하곤 했는데 우리보다 한층 더 무법자 같기 때문이었고, 그런 면에서 우리가 그저 아마추어라면 그들은 프로 수준이었기 때문이었으며, 우리가 버먼지로 다시 돌아갔을 때는 전부 막힌 곳에 갇힌 채 살았지만, 그들은 여전히 숲과 오솔길을 거닐고 있었다. 나는 그들의 밤색 피부 때문에 그들을 부러워하곤 했는데, 흰색과 빨간색이 돌아가는 이발소 간판 기둥처럼 빨갛게 변하는 런던에 사는 우리의 밀가루 반죽처럼 하얀 피부하고 달랐기 때문이었다. 나는 우리가 홉 따는 일을 마쳤을 때, 그들 중 하나가 매일 저녁 물 먹이러 말을 연못으로 끌고 가는 것을 보곤 했다. 그에게는 홉 따는 일이 없었지만 그건 도시 계집아이들이 하는 일 같아 보였다. 덩치가 큰 젊은이였다. 말한테도 안장이 없었고 그의 등에도 아무것도 없었다.

그게 부러움 이상이었다고 할 수도 있을 것 같다,

절대로 해서는 안 된다고 엄마가 말했다.

내가 할 수 있었을지 모르겠지만 하지는 않았다. 나는 대신에 잭 도즈와 놀았는데, 잭 도즈는 반대쪽 버먼지에서 온 사람이었다. 크고 넓은 세상이다. 그런데 나는 셜리 톰슨이 무슨 짓을 했는지, 셜리 톰슨이 무엇을 사용했는지 모르지만, 그녀가 녹초가 된 적은 한 번도 없었고, 하지만 나는 처음 요구했을 때 녹초가 되었다.

그도 근육질 남자였고 덩치가 컸는데 훌쭉하지는 않았지만, 훨씬 더 컸다. 기꺼이 인정하는데, 나는 크고 늠름한 남자들을 좋아했거나 좋아한다고 생각했다. 크고 늠름한 남자보다 처녀가 더 원하는 게 뭐가 있겠나? 나는 그가 저장통들이 늘어선 다음 줄 저 아래쪽에서 나를 눈여겨보고 있다는 걸 알았고 속을 떠보고 있다는 것도 알았다. 반면에 로머니 짐은 고개를 홱 돌리지도 않았고 눈길도 주지 않았으며, 상대방이 돌아보고 있을지도 모르는 동안에도 그랬다. 그리고 재도 크고 두툼한 손을 갖고 있어서 그 일을 남자가 할 일이라고 생각지 않았다. 아, 너무 철저하게 위축되었다. 꽃을 따는 것처럼 그가 말했다. 그녀가 나를 사랑해, 그녀가 나를 사랑하지 않아. 단추를 세는 것처럼. 내가 말했다. "그런데 왜 왔어요?" 그가 말했다. "이유가 있죠." 그래서 내가 물었다. "홉 따지 않을 때는 뭐 하세요?" 그가 대답했다. "말할 수 없어요." 그런데 상황이 어떤지 사람들이 알았을 때 누군가가 내 귀에다 대고 "정육점 아들"이라고 속삭여 주었고, 일요일 저녁 우리가 농장의 뜰 옆을 돌아 산책을 하다가 돼지를 보려고 멈췄을 때, 그가 속셈을 드러냈고 새로운 관점에서 익숙한 것을 보고 있는 것처럼, 소시지 무게를 달고 있는 것처럼 돼지들을 보고 있었다.

꽃을 따는 것처럼 구슬을 꿴다. 그런데 우리를 함께 엮어준 것은 홉이었고, 홉 따기를 통해 우리의 관계가 시작되었다. 자신의 인생은 자신을 위해 정해진다는 식이다. 얼른 *마셔, 빈스야. 젖 좀더 먹어*. 그런데 매듭을 지어준 것은 홉 따기가 아닌 다른 식의 따기였다. 모든 게 따는 거다.

그가 신문지로 싼 이 킬로그램 정도의 깍지 콩 한 꾸러미를 가져와서는 윅의 일꾼한테서 얻은 거라고 말했지만, 아마 뺏은 거일 수도 있는데, 내가 원하는지 물었다. 그래서 나는 그에게 호의를 베푸는 것처럼, 내가 콩 꼬투리의 힘줄을 제거하고 콩 다듬는 걸 모조리 도와준다면 받겠다고 했다. 버트 아저씨하고 베니 아저씨가 '레더 보틀' 주점에 내려가서 홉 주스를 마시면서 교환표를 쓰고 나 혼자 저녁을 먹게 내버려 두었는데, 그도 기회를 엿보는 일이 없었다면 거기 내려가 있었을 것이다. 깍지 콩. 그가 말했다. "좋아요." 그래서 나는 오두막집 안으로 들어가서 냄비와 칼 두 자루와 소쿠리를 가져왔다. 난민들처럼 솥, 냄비, 빨래통 등 그런 것들 전부를 가져가야 하곤 했으니까 말이다. 그러고 나서 나는 물 길으러 급수탑까지 갔다가 돌아와서 그에게 칼 한 자루를 주면서 처음으로 미소를 던졌는데, 신호등의 황색 신호처럼 정말로 아무도 알 수 없는 미소 말이다. 어떤 일로 인해 또 다른 일이 생기는지는 아무도 모르는 거다.

나는 오두막집 계단에 앉아서 앞에 있는 풀 위에 종이를 깔고 콩을 펼쳐놓고 내 옆 계단에는 의도적으로 냄비를 놓았는데 두 사람이 앉을 자리가 있었기 때문이었다. 내가 말했다. "필요하시면 안에 의자가 있어요." 그는 풀밭에 앉아도 괜찮다고 말했다. 다리를 더 많이 훔쳐볼 수 있으니까. 나는 그에게 깍지 콩을 하나 던져주었는데, 그가 이전에는 콩 꼬투리의 힘줄을 제거해 본 적이 없다는 걸 알 수 있었다. 그는 짐승의 가슴 고기는 자르는 법을 알고 있었는지는 모르지만, 콩 꼬투리 힘줄 빼는 법은 몰랐다. 내가 말했다. "이런 식으로 하세요." 그때 나는 허벅지 사이에 소쿠리를 꼈는데 치마가 주름이 잡히면서 팽팽해졌다. 내가 말했다. "이 안에 던져 넣어요. 다 채울 수 있을지 보죠." 나는 비록 아주 분명하지는 않더라도 거기에 그릇이 하나 있고, 나라는 그릇 하나가 통째로 기다리고 있다는 것을 그가 보기를 바랐고 그가 알기를 바랐기 때문이다. 그가 그걸 갑옷 같은 거로 생각하지 않았다면 말이다. 우리는 그릇을 채우기 시작했다. 그는 가로질러 뻗어서 떨어뜨리기보다는 겨냥을 하고 던졌는데, 다듬은 콩 중 일부는 벗어나기 시작했고 일부는 멀리까지 벗어나기도 했고 일부는 내 치마 앞쪽에 떨어졌다. 내 옷은 낡은 크림색 드레스였는데 파란 꽃무늬가 있고 앞쪽에는 위에서 아래로 단추가 달려 있었다. 그가 단추를 쳐다보면서 개수를 세고 있는 것 같았다. 그렇게 우리는 소쿠리를 채웠다. 그리고 내가 말했다. "이젠 뭘 하죠?" 손가락으로 머리카락을 배배 꼬면서 말이다. 소쿠리를 여전히 다리 사이에 낀 채로 내가 말했다. "버트 아저씨하고 베니 아저씨가 돌아오려면 아직 좀더 있어야 할 거예요. 근데 거기 가실 생각 아니셨어요?" 그가 콩을 보면서 그럴 생각 없었다고 말했다. 그래서 내가 말했다. "거기서 좀 기다리세요. 같이 산책이나 가죠." 곧바로 소쿠리를 집어 들고 일어서서는 혀를 차면서 옷에 붙은 콩 찌끼를 털었고 냄비를 집어 들고 안으로 들어갔다가 다시 나와서 미소를 짓자 그도 미소를 지었다.

내가 생각했다. 뭐 하는 거야, 에이미 미첼, 뭐 하는 거냐고? 이 남자 알지도 못하잖아. 이 남자 그럴 정도로 좋아 안 하잖아, 그렇게 좋아하지 않잖아. 하지만 공기는 따스하고 고요해서 기회를 무르익게 하고 있었다. 소쿠리처럼 내 안에서, 내 사이에서 그런 느낌이 있었다. 연못 옆 도로를 건너면서 우리는 말과 함께 있는 로머니 짐을 보았다. 따가닥따가닥 말발굽 소리. 이 세상에서 여러 가지가 한데 얽히면 일이 벌어지기 마련이라는 말밖에 할 수가 없다. 그것들이 한데 얽혔다.

그런데 준, 그렇게 해서 네가 한데 얽히게 되었다는 걸 너는 결코 알지 못할 거다. 아니면 제대로 얽힌 게 아닐지도, 전혀 아닐지도 모르지. 그 집시 남자를 보고서 그렇게 되었다는 걸 잭도 결코 알지 못하는 거나 마찬가지다. 듣게 되는 것도 있고 못 듣게 되는 것도 있다. 따뜻한 팔월의 밤과 소쿠리에 대해 알 기회도 없었고, 결코 알지 못할 거다. 어떤 일 때문에 결국 또 다른 일이 어떻게 일어나는지를 알지 못할 거고, 알 필요도 없을 거고, 어쩌면 모르기 때문에 더 나을 수도 있다. 어떤 사람을 물을 먹이러 데리고 가면 그는 물을 마실 거다. 배가 부른 채로 자신도 그 사람만큼이나 잘못이 없다고 생각하려고 하지만, 그를 강제로 끌고 와서 다른 사람들이 보는 가운데 빌린 옷을 입고 내숭을 떨면서 '네, 맹세합니다. 네, 그러겠습니다' 하고 말했었는데, 여하튼 어쩔 수가 없었던 일이라고 느끼고 있다. 소위 말하는 결혼을 했다는 것 말이다.

그러나 그가 잡아당기는 걸 느끼다가 동시에 그게 자기 잘못이 아니라 전적으로 내 잘못이고 내 문제인 것처럼 당기고 비틀면서 내게 등을 돌린다고 느꼈던 것은 네가 생기고 난 직후였다. 자, 무슨 일인지 봐라. 홉 밭에서 더운 날 밤 벌어진 일로 그들의 발목이 잡혔을 때 우리도 다른 쌍의 남녀들이 하던 대로 했다면 줄곧 더 나았을까?

그러나 나는 그게 벌이라고 생각지 않았는데, 어떤 일 때문에 결국 또 다른 일이 일어나기 때문에 벌이 아니라고 생각했다. 중요한 건 그걸 벌이라고 여기지 않는 것이다.

나는 어떻게 그 돈을 마련했는지 모른다. 그해 여름엔 홉 따기가 없었다. 우리가 어떻게 할 수 있었을까? 추가로 생긴 돈도 없었다. 그런데 이렇게 추가로 먹여야 할 사람이 있었다. 우리를 위해 먹여지고 있었던 것이 아니라면 우리 책임에서 벗어나고 있었다. 나는 아버지와 버트 아저씨한테 무릎을 꿇고 빌다시피 했다. 잭과 내가 신혼여행도 못 갔다고 말했다. 그런데 그건 그렇고. 인정 좀 가지라고.

나는 그때 너를 버릴 각오를 했다고 생각하는데, 너를 거의 버릴 뻔했다고 생각한다.

내가 잭한테 말했다, 주말에 마게이트로 갈 거라고. 아니, 다 정해졌으니 묻지 말라고. 당신 아버지한테서 휴가를 얻어내라고. 신혼여행 간다고 말하라고. 타워 브리지에서 증기선을 탄다고.

그가 그 애를 원하지 않으면 여전히 나를 원해야 한다고, 그래야 한다고 그가 말하거나 보여주기를 바라면서 말이다. 나는 그가 여전히 나를 원하는 한, 그 애를 원하지 않아도 괜찮다고 말하거나 보여주길 바라니까. 그러니 준, 우리가 얼마나 고집 세고 믿을 수 없는 사람들이 될 수 있는지 넌 전혀 알 필요가 없을 거다.

나는 여름 드레스를 새로 샀다. 속옷, 양말, 스타킹 외에도 전부 샀다. 버트 아저씨가 가서 자신의 대형 괘종시계를 전당 잡혔다.

마치 우리 편인 양, 해가 났고 물결은 반짝거렸으며, 나는 드레스뿐만 아니라 전부 새것을 입었다. 마음속에 모성은 별로 원치 않을 때 살금살금 다가온다. 그것도 알 필요는 없을 거다. 열여덟밖에 되지 않았고 바닷가에서 새로 산 수영복을 입고 아이스크림을 먹으며 '펀치와 주디' 인형극을 보고 있을 때 남자들이 보고 있었지. 그래 남자들이 온 사방에 다 있었지. 나는 틀림없이 누구라도 가질 수 있는 여자처럼 보였을 거다.

그런데 기회가 있었고 그때 내가 기회를 주었다고 생각했다.

잔교, 방파제, 모래사장. 드림랜드.

전쟁으로 상황이 변할 수 있고, 모든 것이 제자리에 돌아갈 수 있다고 생각했다. 그래서 문제가 생겼다고 생각하는 거다. 폭탄이 버먼지에 쌩 하고 떨어졌고 거리가 모두 없어졌다. 그가 죽을지도 모르고, 아니면 내가 죽을지도 모르고, 아니면 네가 죽을지도 모른다고 생각했다. 절망적인 사람들이 있는 집에 빗나간 폭탄이 떨어지면 아무도 슬퍼할 필요도 없고 정말로 구원인지도 모른다. 얼마나 비정하리만큼 실제적인 생각인가. 그러나 전쟁의 결과는 사태를 한층 더 몰고 가서 결국 그 지경이 되어버린 거다. 함께 있는 너와 나 외엔 가깝고 소중한 사람이 아무도 없었고, 잭은 멀리 가서 군인이 되었고 죽지는 않았지만, 다시 청년이 되었다. 레이 존슨과 함께 말이다. 빈스 프리쳇이, 그런데 프리쳇이란 성은 신경 쓰지 말고, 나에게, 우리에게 굴러들어왔을 때, 그 애가 조금도 도움이 되지 않을 거고 그 애로 인해 잭을 되찾을 수 없을 거란 걸 알았어야 했지만 그러지 못했다. 아무리 열심히 가장해도 진짜가 될 수는 없다. 말을 끌고 갈 수는 있지만, 강제로 물을 먹게 할 수는 없다. 자신에게 작은 문제가 있는데도 그 프리쳇 집안 아이를 받아들이다니 에이미 도즈는 착한 사람이다. 아, 하지만 그게 바로 이유라는 걸 모르겠느냐 말이다.

그때부터 줄곧 너와 내가 한편이고, 그 사람과 빈스가 한편이었다. 그와 빈스를 서로 적대하게 하고 그와 빈스를 서로 반목하게 했다. 하지만 그로 인해 두 남자가 더 들러붙고 싸우면서도 서로의 마음을 사로잡는다.

그래, 여기였어, 빈스, 여기였다고. 여기가 거기였어. 여기 곡창지대에서 말이다.

그리고 마침내 네가 더 잘 알게 되었지만, 한때 네가 믿었던 것이 사실이 아니었다는 건 넌 결코 모를 거다. 모든 게 홉 때문에 일어났고 모든 게 느닷없이 일어났다. 홉 열매 담는 통 안에서였기 때문이었다. 가대에 매달린 삼베로 만든 이십 부셸들이 홉 통 말이다. 그 목적을 위해 전반적으로 남의 눈을 피할 수 있었을 거다. 자루 속에 두 마리 토끼처럼 말이다.

그리고 또 네가 결코 알지 못할 일이 또 있다. 세 밤 뒤 그 언덕 위 낡은 풍차 근처에서, 그때는 날개가 달려있었는데, 그가 나를 줄곧 뚫어지게 빤히 쳐다보다가 말했다. "당신 예쁜 거 알아요? 정말 예쁘다고요." 정육점 집 아들한테서 그런 말을 들을 줄은 몰랐다. 남자한테 그런 말을 들으면 심장이 두근거리고 흡족해진다. 살아있다 느끼고, 살다 보니 남자한테서 그런 말을 듣고, 어느 남자든 간에, 그가 짓는 미소로 그가 진심으로 하는 말이라는 걸 알게 되면 말이다.

준, 네가 하지 못했고 할 수 없었고 결코 하지 못할 것처럼.

듣게 되는 것도 있지만 듣지 못하는 것도 있다. 계량원이 몇 부셸을 땄는지 세고 딴 홉의 양을 보기 위해 계량자과 눈금 있는 계량기를 가지고 왔다. 굳은 표정을 하고는 말했다. 계량원인 나한테 환심 살 수 있다는 생각은 마라. 네 계량자로 계량을 더 잘할 수 있을 거고 네 음부로는 시집을 더 잘 갈 수 있을 거지만, 계량하는 건 중대한 일이라고 말이다. "자, 그런데 에이미 미첼 …" 결코 웃지 않았다. 내가 아마 그렇게 상상했는지 모르지만, 바로 그 홉 저장 통 안에서 일이 생긴다는 걸 그가 알았다면 아마도 미소로 암시하거나 기미를 보였을 것이다.

빅

아직 제복을 입고 있어서 다행이라고 생각했다. 멋진 아가씨들 천지니까 말이다. 한 달 정도만 있으면 제대다. 게다가 이제 사년 차 계급이다.

그러나 그녀가 말했다. "빅, 배 타고 빈둥거리지 않으면 뭐 할 거예요?"

나는 자, 이제 때가 되었고 당연히 닥칠 일이었으며 어떡해야 할지 알고 있다고 생각했다. 먼저 그녀가 내 손을 볼 텐데, 내가 눈치채지 못하겠지 하고 생각하는 것처럼 갑자기 잽싸게 쳐다보겠지만, 나는 알아차릴 거다. 그러고 나서 그녀는 나를 전혀 쳐다보지 않고, 사람들을 우연히 만나게 되는 이 무도장의 특징에 깊은 관심을 가지기 시작하겠지만 내 손을 쳐다보기보다는 머릿속으로 재빨리 다시 생각해 볼 것이다. 그러고 나서 내가 다음번에 물을 때 그녀는 상투적인 변명을 내놓을 것이다.

그녀가 지금까지 본 무리 중에서는 제일 나은데, 이름이 팸 서머필드로 그렇게 나이가 많지도 않고, 만나본 그리 많지 않은 여자 중에서 제일 낫고, 확실히 남의 눈을 끄는 미인 그 이상으로 제일 나았다. 자신만만하고 침착하고 배짱도 있었다. 재미난 일이면 어떤 것이라도 놓칠 생각이 없는 것처럼, 기회를 놓치고 나서 나중에 후회하는 사람도 아니었지만, 긴 인생행로를 위해 도움이 되고 경험을 통해 생긴 대단한 면이 있었다.

그리고 1945년 크리스마스 때 그녀는 해군기지인 고스포트에서나 기대할 수 있을 정도의 복장을 갖추고 있었다. 중대한 일을 맡은 사람같이 분홍색과 검은색의 복장이었다.

악단이 '*채터누거 추 추*'라는 곡을 연주하고 있었다.

내가 말했다. "보트가 아니라 선박입니다." 그러나 나는 생각했다. 이 사람한테 솔직하게 말해야겠다. 노련한 선원이 되지 않을 거라고 말이다. 그녀도 조만간 분명히 물어볼 건데 지금 불어본다면 아마 신호가 될지도 몰랐다.

그래서 내가 말했다 "나는 장의 사업을 하고 있어요. 가업이지요."

그녀는 나를 쳐다보았다. 잠시도 내 손을 보지는 않았다. 나를 쳐다보면서 말했다. "그런데 전혀, 빅, 글쎄요, 전혀 짐작도 못 했어요. 그럼 적어도 실직하는 일은 없겠지요?" 그러고 나서 방향을 바꿀 생각은 없는 것처럼 재빨리 위아래로 다시 훑어보고는 입꼬리에 미소를 머금으며 말했다. "그럼, 사람들을 익숙하게 다루겠네요."

레이

그가 말한다. "고물 야적장 거래 안 하실래요?"

갑작스레 서둘러 그 얘기를 느닷없이 꺼내면서 당신은 나를 거부하지 못할 거야 하는 표정으로 너무 자신만만하게 나를 쳐다보는데, 그가 가진 게 뭐가 있다고 거래하겠다는 건지 틀림없이 농담하는 거로 내가 생각한다는 걸 그가 알게 될 것 같다. 그런데 그가 농담하는 게 아니고 진지하고, 기다려보면 그가 구하려고 하는 게 무엇이든 간에 내가 거기에 동조할 거라는 걸 그가 알고 있다.

내가 말한다. "무슨 거래? 이미 거래했잖아."

그가 말한다. "거래는 안 했죠, 합의만 했고요."

지금 거기에 자동차 두 대 가지고 새로 멋지게 만들기 위해 분해를 하고 있다는 걸 생각하면서 내가 말한다. "내가 보는 견지에서는 상당히 잘한 합의 같은데. 그런데 뭐가 문제야?" 최근에 캠핑카를 사용한 거는 말할 것도 없고 로버 차 한 대와 앨비스 차 한 대가 있다. 최근에 사용. 그곳이 이제 자기 집이 된 것 같다.

그가 말한다. "아주 좋은 합의죠. 게다가 감사하게 생각해요. 하지만 그건 아저씨의 친절 같은 거였어요. 자동차를 만지작거리고 싶어 하고 기술자로서의 실력을 유지하고 싶어 했던 전역한 청년한테 베풀어주신 아저씨의 친절이었다고요. 저로서는 막연하게 그런 식으로 계속되기를 바랄 수는 없잖아요, 안 그래요? 아저씨의 인정에 의존할 수만은 없잖아요."

그는 담뱃갑을 집어 들고 흔들어 은박지 안에서 아주 말끔하고 노련하게 담배 두 대를 올라오게 해서는 나에게 한 대를 권하면서 불을 붙여준다. 그가 말한다. "고맙게 생각합니다, 레이 아저씨."

레이 아저씨.

그리고 나는 내가 계산을 잘못했고 상황을 잘못 읽었다는 걸 그가 알고 있는지 궁금하다고 생각한다. 한때 잭이 나를 비호해 주었다는 걸 알기 때문에 빈스가 나의 비호를 받고 싶어 한다고 내가 생각했다는 것도 말이다. 그렇지 않았다면 내가 이십오 년 동안 줄곧 코치 주점에서 빈스와 맥주를 마시고 담배를 피우면서 여기에 있지 못했을 수도 있고, 리비아에 묻혔을 수도 있다는 것을 알기 때문이기도 하다. 최소한으로 내가 할 수 있는 것은 그 은혜를 갚는 것이었고, 그가 시비 스트리트로 돌아왔을 때 청년이었던 그에게 도움을 주고 잭한테서 벗어나게 그를 맡아주는 것이었다. 그러나 잭은 그런 식으로 생각하지 않았고 나는 그런 걸 몰랐다. 잭은 오 년 동안이나 하려 했지만 못하고서도 포기하지 않았다. 도즈 부자 정육점 말이다.

난 무심코 발을 들여놓는 실수를 했다, 크든 작든 내 발로.

어쨌든 사정이 이제는 바뀌었고 전체적으로 새로운 상황으로 바뀌어버렸는데, 그 아가씨가 그동안 잠깐이긴 해도 잭과 에이미의 집에서 묵게 된 데다가, 온갖 일들이 일어난 데다가, 갑자기 모두가 거처를 정하려고 새로운 장소를 찾고 있는 것 같기도 했기 때문이었다. 엡섬에서 그렇게 여러 차례 오후를 보낸 일이 있었기 때문이기도 했다.

아저씨와 캐럴 아줌마에 관해 얘기 들었어요. 정말 안타깝네요, 레이 아저씨.

내가 빈스더러 그 야적장을 쓰게 하지 말았어야 했는지도 모르겠고, 그가 첫 중고차를 살 수 있게 그를 위해 우승마를 골라주지 말았어야 했는지도 모르겠는데, 샌다운 경마대회에서 셰이디 레이디 경주마가 육 대 일로 우승했기 때문이었고, 에이미가 "빈스가 집으로 돌아올 거예요, 한두 달 안에 말이에요. 우리가 이걸 그만두는 게 나을 것 같아요" 하고 말하지 않았다면 말이다.

그가 "게다가 말이에요"라고 말하고는 잠시 말을 멈추고 자기 담배에 불을 붙이고 큰 구름 모양의 연기를 내뿜으며 자신의 인생을 돌아보듯이 연기를 쳐다본다. 그의 손가락 마디마디가 전부 갈라지고 시커멓다. "게다가 사업을 시작하려고 하는데요, 부지가 좀 필요하거든요. 정말 제대로 하고 싶어요. 사업을 하려면 부지가 있어야 하지 않겠어요?"

내가 말한다. "*뭘* 하겠다고?"

그가 말한다. "말씀드렸잖아요, 레이." 레이. 점점 건방져지면서, 맥주잔을 들어 한 모금 마신다. "이제까지 늘 말씀드린 대로예요. 재미 삼아 하는 게 아니라고요, 제가 진지하지 못하다고 생각하셨는지는 모르겠지만요. 근데 제대로 하고 싶어요, 아시겠어요? 제대로 하고 싶다고요. 그렇지 않으면 늘 하던 대로 말씀하셨겠죠, '우리가 한 합의 알잖아, 빈스? 그런데 더는 그런 식으로 계속하고 싶지는 않다, 미안하다. 야적장에 대해 다른 생각이 있어' 하고 말이죠. 그렇다면 더는 얘기해 봐야 소용없지 않겠어요? 저한테 별도리가 없을 테니까요."

내가 말한다. "그런데 야적장에 대해 다른 생각 해본 적이 없어서."

그가 말한다. "그러면 생각 좀 해보셨어야죠, 레이. 상업적으로 아주 좋은 자리잖아요?"

나는 그를 쳐다본다. 내가 말한다. "그건 부지가 아니고 고물 야적장이야. 아직도 문에 딕슨이라고 씌어있잖아."

그가 말한다. "바로 그거예요. 찰리 딕슨은 일 년도 더 전에 돌아가셨잖아요? 그 이후로 임대료 같은 거 받으러 온 적 없었잖아요. 아저씨는 사무직원이셨잖아요. 그리고 경주마 쫓아다니셨고요."

내가 말한다. "그게 내 일이야."

나는 그를 쳐다본다. 그는 또 한 번 소용돌이 모양의 연기를 내뿜는다.

내가 말한다. "그럼 뭘 어떻게 해달라는 건데? 임대료는 줄 거니? 무슨 돈으로?"

그가 고개를 흔들며 대답한다. "저는 소유권에 대해 말씀드리고 있는 거예요. 매입에 대해 말씀드리는 거라고요."

나는 그를 쳐다본다. 그의 얼굴에 나타난 표정 때문에 나는 웃음을 멈춘다.

내가 말한다. "같은 질문 한 번 더 물어보자. 무슨 돈으로?"

그가 말한다. "투자하시라고 부탁드리는 겁니다, 레이. 도즈 자동차 회사에 말입니다. 현금 아닌 투자니까 돈 한 푼 내놓으실 필요 없다는 거죠. 시간의 투자죠. 지금은 도즈 자동차 회사가 없어요, 물론 없지만 오 년 내에 생길 거예요, 정말이에요. 야적장을 부지로 저한테 파시는 거지만 오 년 동안 제시한 값을 저한테 빌려주시는 거죠. 오 년 후에 그 부지 값과 이자를 드릴 겁니다. 제가 그 돈을 지불하지 못하면, 반드시 하겠지만요, 야적장은 도로 아저씨 거가 되는 거지요. 간단명료하니까 손해 보실 게 없어요. 계속 차 한 대씩 구해서 작업하고 판매하여 수익을 내자마자 계약금을 드릴 거예요. 그걸 계속 가지고 계시면 되는 거죠."

내가 웃기기는 하지만 웃을 수 없다고 생각하고 있다는 걸 그가 알 수 있을지도 모른다. 나는 놀림을 당하고 있다는 걸 알고 있는 것처럼 보이려고 애를 쓰면서 말한다. "내가 왜 그같이 바보 같은 제안을 받아들여야 하는데? 최고 액수를 부르는 사람한테 매물로 내놓으면 왜 안 되는데?"

그는 천천히 맥주잔에 입술을 꽉 대고는 벌컥벌컥 들이킨다. "지난 약 일 년 동안 그러려고 서두르시지 않았던 것 같은데요. 어쨌든 제가 야적장에 공짜로 자동차를 세워놓는 것도 반대하시지 않았던 것 같고요. 그게 아저씨가 친절을 베풀어주신 결과이고 그래서 고맙게 생각해요. 그래서 저는 우리가 특별한 합의를 하고 있다고 믿게 된 거예요."

나는 그를 쳐다본다. 나는 그가 로켓 폭탄이 떨어진 길에서 뛰어나왔다는 생각이 든다.

그가 말한다. "강요하는 게 아니고요, 부탁드리는 거예요. 저 때문에 다른 생각을 하시게 되었다면 그건 제 문제지요. 물론 도박이죠. 그런데 레이 아저씨, 아저씨는 그걸 이해하지 않으세요? 저한테는 자동차가 도박이지만 아저씨한테는 경주마가 도박이니까요."

그런데 그는 그게 확실한 것처럼, 경마가 확실한 것처럼 나를 쳐다본다. 그의 눈이 더 예리하게 반짝인다. 그가 알고 있다는 생각이 들 때 그랬다. 어떻게 알았는지 난 모르겠지만, 그는 알고 있다. 냄새로, 똑같이 해서. 그 캠핑카에서 자서. 그냥 잤다고 해서만은 아니겠지.

경주마를 쫓기.

그게 바로 내가 그를 거부할 수 없다고 그가 생각하는 이유다.

그가 말한다. "한 잔 더요?" 만면에 미소를 지으며 내 잔을 잡으려고 손을 내밀지만, 나는 얘기가 다른 식으로 흘러가는 걸 방해하고 싶지 않은 것처럼 고개를 흔든다. 모든 게 그의 식대로 흘러간다.

관심이 없고, 그냥 반대하면서, 그를 시험하는 것처럼, 내가 말한다. "얼마 정도 생각하는데?" 생각하면서 그는 그 질문에 즉시 답을 하지 않을 건데, 왜냐하면 어쨌든 희망이 없다는 걸 알고 있기 때문이다.

그러나 아직 그의 손은 내 술잔 옆에 머뭇거리면서 재빨리 대답한다. "이천이요. 거기에 오 년 동안 이십 퍼센트를 더 드릴게요. 이십 퍼센트요. 장차 오천이라고 생각하세요, 보증금을 걸고 나면 말이에요."

그가 신중하게 생각을 한 것 같다.

그가 또 한 번 구름 같은 연기를 내뿜고는, 담배를 비벼 끄면서 내게서 시선을 떼고는 재떨이를 쳐다보고, 그동안 나는 둥둥 떠가다가 사라지는 연기를 쳐다보고 있는데, 이리저리 알아보지 않아도 심지어 1968년에 스파 로드 뒤쪽 부근에 쓰지 않는 고물 야적장 값치고는 여전히 싼 가격이라는 걸 나도 알고 그도 분명 알기 때문이다. 게다가 오 년 안에 무슨 일이 생길지 알았다면, 오 년 동안 어떻게 될지 알았다면, 빈스도 실상을 제대로 알고 있었다면, 나는 "잊어버려라, 빈스. 생각하지도 마라. 팔지 않을 거다. 그동안 공짜로 써" 하고 말했을 거다.

돈에 대한 가치.

그가 쳐다보면서 말한다. "그냥 제안 드리는 거예요, 강요하는 게 아니고요. 그저 말씀드려보는 거예요. 정말 그거 한 잔 더 안 하실 거예요?"

내가 말한다. "그래." 그러고 나서 그가 오해할까 봐 내가 말한다. "그래, 한 잔 더 하지 뭐."

그가 말한다. "생각 좀 더 해보세요. 도즈 자동차 회사를 시작하는 데 참여하실 수 있는 거라고요. 창립자 말이에요. 버니! 어디 계세요?"

아마 그가 모를지도 모르고 그가 모른다는 걸 나도 결코 알지 못할 거라는 생각이 든다.

그때 버니가 나타나서 두 잔을 더 따라주고 빈스는 술값을 내고, 나는 한 모금 마시기 전에 말한다. "여기에 한 가지 문제가 있단다, 빈스." 내가 그 말을 할 때, 그 말로 인해 그가 나한테 가기를 바라는 그 길로 내가 가고 있다는 생각이 든다.

그가 말한다. "그게 뭔데요?"

내가 말한다. “정육점이지.” 내 입장을 분명하게 한 것 같은 생각이 든다. “도즈 부자 정육점 말이야.”

그가 맥주잔을 거의 입으로 가져가다가 멈추고는, 내가 그를 오해했고 내가 오해했다고 그가 생각할 만한 이유가 있는 것처럼 그는 아주 불쾌하고 놀란 표정을 짓는다. 그가 말한다. “무슨 소리예요, 그만 좀 하세요. 아저씨는 제 편이신 줄 알았는데.” 잃어버린 고아 아이 같은 표정으로 나를 본다.

그러고 나서 그가 재빨리 미소를 지으며 잔을 든다. “건배.” 그래서 나도 잔을 들고 마신다. 그가 말한다. “생각 좀 해보세요.” 나는 몇 모금 더 마시면서 아무 말도 하지 않다가 마침내 말한다. “캠핑카는 거기 뒀으면 하는데. 여전히 캠핑카를 둘 자리가 필요하단 말이야.” 그가 나를 쳐다보면서 말한다. “당연히 그러셔야죠. 무료예요. 아저씨를 위해서 정기적으로 캠핑카 살펴봐 드릴게요. 그리고 파시고 싶으실 때는 좋은 조건에 파실 수 있도록 알아봐 드릴게요.” 그가 잔을 입에 대고 있는데 마치 그가 윙크하는 걸 내가 보고 있는 것 같다.

“그렇다고 내가 동의할 거라는 건 아니야.” 내가 말한다.

그가 말한다. “물론 아니죠, 레이.”

나는 생각한다, 잭이 나를 절대 용서하지 않을 거라고. 어느 쪽이든 나를 용서하지 않을 거라고. 한 번 상처를 입힌 적이 있으면 두 번은 못 하겠냐고. 나는 우리가 여기 앉아 술을 마시고 있는 동안 아무것도 모르는 채 지금도 저기 아래 가게에서 고기를 썰고 무게를 달고 있는 그를 생각한다. 그에게는 늘 규칙이 하나 있었는데, 점심시간에 절대 술을 마시지 않는데, 입가심 정도도 마시지 않으며, 칼을 다루고 있는 동안에도 마찬가지다.

그때 빈스는 남은 잔을 재빨리 내려놓고 시계를 쳐다보는데 손이 아주 지저분하고 잭의 손하고는 다르다. 그의 팔뚝엔 파란색과 빨간색의 문신이 있는데, 아덴에서 한 것으로 맨 위에 번개를 쥐고 있는 주먹과 작은 서명 같은 자기 이름의 머리글자를 새긴 문신, "V.I.P"이다.

그런데 "도즈 자동차 회사"라고 하잖아.

그가 손목으로 입을 닦으며 말한다. "급히 가야 해요. 손님한테 차를 보여드려야 해요." 씩 하고 웃는다. 담뱃갑을 셔츠의 가슴 주머니에 슬며시 넣고 의자에서 일어나서 주먹으로 내 어깨를 슬쩍 찌른다. "생각 좀 해보세요"라고 말하고는 살며시 나가는데, 특별한 일이 아니고 하찮은 일인 것처럼 말이다.

그리고 나는 한동안 거기 앉아서 천천히 내 잔을 비우면서 내 담뱃갑을 꺼내어 다시 불을 붙이는데, 슬래터리가 제작한 괘종시계는 두 시 사십오 분으로 천천히 움직여 간다. 그때 내가 "잘 있게, 버니" 하고 인사하고, 아무 생각도 없는 것처럼 빌리 힐 마권 영업소로 내려가서 세지필드 경마장에서의 장애물 경주마에 연승식으로 일 파운드를 걸었는데, 이기기 위해서가 아니라 결정을 하기 위해서라고 생각한다. 그 말이 순위에 들면 갖고 있을 거고 그렇지 않으면 팔 것이다. 미신에 따라 내기를 하면 안 된다. 경주마 아홉 마리의 경주인데 그 말은 네 번째로 들어온다. 경주마 오그레이디 세즈, 오 대 일 우승. 걸어 나가면서 나는 그걸로 그 문제가 결정되지는 않는다는 생각을 하고, 그리고 나는 야적장으로 가면서, 그가 거기 있을 수도 있고 없을 수도 있을 텐데, 만약 있다면 하고 생각한다.

그런데 그가 없다. 로버 자동차와 앨비스 자동차가 거기서 햇빛을 받고 있는데, 마치 누군가가 버리고 간 것처럼 자동차의 외판이 여기저기 놓여있고, 앨비스 자동차는 뒤쪽 끝부분이 두 줄로 쌓아놓은 벽돌 위에 올려져 있고, 주위에는 그의 연장과 기름통들과 기름 묻은 걸레들이 널려있다. 그에게 자동차 점검용 경사로가 있어야겠다는 생각이 든다. 온종일 엔진의 기름통에 얼굴이 닿을 만큼 누운 채로 일하니까 말이다. 이월 중순 날씨치곤 온화한 편이어서 캠핑카는 차고 밖에 주차되어 있고 현재 정기적으로 사용되고 있다. 정기적이기도 하고 비정기적이기도 하다. 하지만 지금 당장은 어느 쪽이든 사용되고 있지 않다. 그 아가씨한테 자리를 만들어주고 재워주느라 한동안 제대로 타고 간 적이 없었던 것 같다.

빈스한테 야적장을 팔 생각을 한다. 잭한테는 캠핑카를 팔지 않았는데 말이다.

그러면서 나는 예전에는 듀크의 낡은 마구간이었던 차고가 딸린 야적장의 한가운데, 내가 소유하고 있는 야적장 한복판에 서 있는데, 푸르스름한 하늘을 배경으로 새로운 건물들이 높이 솟아 있고, 아치 모양의 철도가 가로질러 놓여있는데, 모든 아치는 어떤 놈의 사업장 위를 가로지르며 지나가고 있으며, 먼지와 녹 냄새가 나고 차들의 덜거덕 소리와 어딘가의 공사 현장에서 퉁탕거리는 소리가 들린다. 처음에는 존슨, 그다음은 딕슨, 그다음은 도즈, 아니면 프리쳇이란 생각을 한다. 그건 영역권의 문제이다. 이건 내 땅이다, 이건 내 자리다 할 때 문제가 시작된다. 토우스터 경마장, 유톡시터 경마장.

그래, 야적장을 그에게 가지라 하자.

그가 전혀 몰랐고, 그때도 전혀 몰랐고, 지금도 전혀 모를 거라고 지금 나는 생각한다. 왜냐하면 지금쯤이면 그가 말했을 텐데, 오늘에 한해서라면 그 일을 입 밖에 냈을 텐데, 하지 않았으니까 말이다. 분명 그는 그렇게 했을 텐데.

그가 너무나도 확신하고 있었던 것 같은데, 왜냐하면 그런 식으로 확신하게 되었기 때문인 데다가 그때 내 캠핑카에서 맨디한테 알게 되었기 때문이다. 심지어 추측한 것도 아니었다. 그러나 그는 여전히 나보고 자기한테 그 야적장을 헐값에 팔라고 했고 돈에 합당한 가치를 놓치게 했는데, 그래서 나는 그게 그 천 파운드를 갖고 있어야 하는 또 다른 이유라고 생각한다.

에이미

지금 생각해 보면 그가 내게 기회를 주었던 것 같은데 그건 사실이다. 장군 멍군이다. 나한테 도로 던져진 거다. 인생은 결코 짓궂은 장난을 하지 않기 때문에 기회가 두 번 다시 오지 않으며, 끝났다는 생각이 들 때 다시 시작되지 않는다는 걸 내가 믿기 바랐던 사람이 바로 너였다, 얘야.

자, 기회가 여기 있다. 오십 년 동안 같이 산 저 남자, 줄무늬 앞치마를 두르고 부인네들에게 농담하던 그 남자는 대신이었을 뿐이다. 진짜 잭이 새로이 얼굴을 내밀지도 모른다는 생각이 들었을 때 있잖아, 바로 그는 세상을 떠났어. 모두 바닷가로 가자. 갑자기 다시 나타났다가 갑자기 사라지는 것은 이상하다. 없어진 걸 깨달을 때까지는 가진 게 뭔지 모른다, 안 그런가? 조금이라도 최상의 결말을 가져야지. 자, 여기 기회가 있고 전부 다시 시작할 인생이 있다. 게다가 너무 늦은 것도 아니다.

열여덟이라면 더 쉽긴 하겠지만 말이다.

그가 총을 수평이 되게 들고 한쪽 눈으로는 총신을 따라 바라보고 있고 다른 쪽 눈은 꼭 감았는데, 물론 어느 날 양철 오리가 아니라 사람한테 정말로 이렇게 할지도 모른다는 생각이 들었다. 아니면 누군가가 그에게 그렇게 할지도 모른다고 말이다. 그해 여름 곁들인 구경거리에서 아무렇게나 사격을 하면서 전혀 장난이 아니라고 생각하는 사람들이 분명히 몇 있었다. 그러나 그에 관한 한, 바로 적절한 시점에 그의 소집 명령이 왔다고 나는 생각한다. 여기서 나를 빼내줘, 여기서 나를 구해달라고, 그리고 다시 시작할 수 있는 곳 어딘가로 보내줘. 결국에 그게 가능하다. 총알을 마주하는 것이 더 쉬울 거다, 그에게 그런 재주가 있으니까. *어이, 간호사, 이것 좀 봐.* 나는 그가 무엇보다도 어떤 것들을 더 잘 맞설 수 있다는 걸 알고 있었던 것 같다.

"한번 해보세요, 아름다운 여인을 위해 한번 해보세요. 이 펜스에 세 발입니다."

하지만 나는 바보가 된 것처럼, 그가 맞히면 어떻게든 방법을 찾겠지만 못 맞히면 방법이 없다는 생각을 했다.

그는 그들이 무언가를 해줄 수 있을 거로 내가 생각하고 있고, 요즘 같으면 그들이 무슨 방법을 찾아낼 거로 내가 생각하는 모양이라고 말했다. *그들이라고.* 쓸모없는 아기들을 다시 건강하게 만들기 위해 말이다. 마치 그들이 마법의 지팡이라도 흔들 수 있는 것처럼. 그때가 우리가 전차 차고지가 훤히 내다보이는 그 게스트하우스의 침실에서 그 애에 관해 대화를 나눈 유일한 때였고, 그 대화에서 그 애가 화제로 나온 유일한 때였다. 그러고 나서 그가 어리석은 생각이긴 하지만 의사가 되겠다는 생각을 한 때 한 적이 있다는 걸 내가 알고 있는지 물었다.

하지만 그는 자신이 의사가 아니지 않냐고 말했다. 그가 의사가 아닌 것이 내가 플로렌스 나이팅게일이 아닌 것하고 뭐가 다르냐 말이다.

그래서 나는 단순한 구멍 수술이 아니라는 것을 알았고, 그냥 죽게 두거나 치료하거나 둘 중 하나가 될 거로 생각했다. 마게이트냐, 아니면 파산이냐. 아마도 자신의 인생을 다시 살 수 없으니까, 준에게 그 얘기를 해야지.

나는 오십 년 동안 그렇게 해왔다.

에이미, 우리가 할 수 있는 최선은 그 애에 대해 잊어버리는 거야.

감춰진 벨트 위의 오리들이 끝도 없이 한 줄로 계속 움직이고 있는데 오리마다 빨간색, 하얀색, 초록색으로 칠해져 있고, 총알이 맞은 곳은 긁혔거나 패여있으며, 오리는 모두 큰 눈 하나를 활짝 뜨고 있고 부리는 웃고 있는 것처럼 말려 올라가 있는데, 다시 또 총을 맞고 싶어 미칠 지경인 것 같고 핑 소리와 쨍그랑 소리와 함께 사라졌다가 다시 벌떡 일어난다.

나는 잔교의 판자 바닥 위 그의 뒤편에 서있었는데, 등불과 시끄러운 소리와 북적이는 사람들이 있고, 아래쪽 캄캄한 바다에서 파도치는 소리를 느낄 수 있었다. 클리프턴빌을 향한 하얀 절벽이 어렴풋이 보였다. 증기선이 탑승객 대부분처럼 불을 밝힌 채 런던으로 돌아가기 위해 칙칙 소리를 내며 만을 가로질러 나아가고 있었다. 그도 그 생각을 하고 있을지 모르겠다는 생각이 들었는데, 맞추느냐 아니면 못 맞추느냐, 죽이느냐 아니냐 하고 말이다. 오리 세 마리가 인생이 아직 끝나지 않았다고 말한다. 그는 한 발, 한 발 쏘는 데 오랜 시간이 걸리는 것 같았다. 핑! 오리 한 마리. 세 마리가 더 헤엄쳐 지나가면서 각각 그를 감탄의 눈으로 보았다. 핑! 한 마리 더. 핑! 다음 두 마리가 눈알을 굴리고 미소를 지으며 지나간 후 세 번째 오리가 거기 없던 연못에 잠수했다.

"사격 솜씨 좋으시네요, 선생님. 누구든지 승자가 될 수 있어요! 보세요, 여러분, 다 하실 수 있어요. 저놈들이 오리일지 모르지만, 피하는 법은 모른단 말이에요, 안 그래요? 자, 더 하실 분, 안 계세요? 자, 선생님, 뭐로 하시겠어요? 초콜릿, 도자기, 아니면 곰 인형이요? 여성분한테 고르시라고 할까요? 행운의 여성이네요."

그런데 정말 바보처럼 나는 곰 인형을, 커다란 노란색 곰 인형을 골랐다. 그걸로 뭘 하고 싶었을까? 오늘이 나의 운 좋은 날이고 우리의 운 좋은 날이며 내가 운 좋은 여자였다는 걸 세상 사람들에게 보여주려는 거 말고 말이다. 그는 웃지도 않았고 심지어 기뻐 보이지도 않았다. 내가 미소를 지으며 곰 인형을 들고 있었을 때 그는 이해하지 못하는 게 있는 것처럼 나를 그저 쳐다보기만 했다. 그런데 지금 기억해 보니, 상을 타준 데 대해 사람들이 하듯이 그를 한 번도 안아주지 않았다는 걸 알겠다. 웃으며 그냥 곰 인형만 안고 있었다. 그리고 생각했다, 이제 어디로 가지? 해변으로 돌아가나 아니면 잔교의 끝쪽으로 가나 하고 말이다. 아마도 해변이었어야 하는 건데 그렇지 못했던 것 같다. 모든 게 잘못된 선택이었고, 그로 인해 세 발의 사격이 중요하게 되어버렸다. 그러나 잔교를 갈 때 곰 인형을 따든 말든 반쯤만 걸어갔다가 다시 돌아오려고 가지는 않으며, 가면 반드시 끝까지 가는 게 당연히 하는 일이다. 그리고 그 잔교 끝까지 걸어가는 데 걸린 시간 동안 모든 것이 여전히 가능하고, 모든 것이 유동적이며, 우리 밑에서는 파도가 철썩철썩 치고 있고, 그가 그때 얼굴에 지었던 미소가 그 오리가 짓고 있었던 미소와 같다는 걸 알아채지 못했고 알아챘다 하더라도 상관없다고 느꼈다. 이건 사실이 아니고 단지 해변에서 파는 엽서에 있는 그림에 불과하고, 아마 그도 그렇게 생각하고 있을지 모른다는 생각이 들었던 건 우리가 끝에 도착했을 때였다. 어떻게 내가 인생이 휴가인 것처럼 웃고 미소 짓고 행동할 수 있었을까? 마게이트로 가는 것은 전적으로 나의 어리석은 생각이었다. 바람에 내 치마가 펄럭인다. 사내들이 나를 쳐다보고 있었다. 운 좋은 곰 인형. 바람과 밤과 바다와 쳐다보는 남자들이 있는데 다시 자유의 몸이 되면 하는 생각이 들었다. 자기 뜻대로 고를 수 있을 테니. 이번이 다시 한번 자신의 출발점이 된 것처럼 말이다. 램버스복스올.

새 신이었던 내 신발 한쪽에서 끈이 스치고 있어서 나는 그에게 곰 인형을 주고는 몸을 구부려 끈을 만졌다. 아마 얼굴을 감추고 싶었는지 모른다. 그에게 곰 인형을 건넸을 때조차 그가 무엇을 하려고 하는지 나는 알고 있었다는 생각이 든다. 거기서 그는 잠시 동안 잔교 끝에서 곰 인형을 들고 있는 어른이었고, 잔교 끝에 있는 남자였다. 그는 잠시 인형을 쳐다보았다. 마치 그가 왜 그걸 들고 있는지 몰랐던 것처럼 그게 그와 무슨 상관이 있는지 몰랐던 것처럼 말이다. 그러고 나서 그는 난간으로 다가갔다. 그러고는 곰 인형은 없고 잭만 있었다. 안녕 잭.

레이

그러나 나는 코트를 걸치고 빌리 힐 마권 영업소로 내려가지 않았다. "조지, 당신 위해 큰돈 가져왔어." 거기서 내가 현금 천 파운드를 탁 하는 소리가 나게 내려놓고 그들이 그 돈을 받아갔다 할지라도 나는 바보처럼 보였을 것이다. 거기서 나는 경마에 돈을 걸 때 빈틈없는 사람으로서의 신용을 잃었을 것이다. "도대체 어쩌려고 그러는 거야, 레이? 자네 이미 돈을 다 번 것 같구먼." 그리고 거기서 나는 모여있는 사람들과 사서 고생하는 사람들과 이길 가망이 없는 몇 푼 없는 사람들한테 어쨌든 말하고, 공표하고 싶었을지도 모른다. "이거 잭을 위해서야, 잭을 위해 하는 거라고. 잭 도즈 알지? 위기에서 그를 구해주려고." 미러클 워커라는 이름의 말에 돈을 걸려면 바보가 되어야 했을 것이고, 그런 말을 소유하고 훈련하려면 바보가 되어야 했을 것이다. 마권 영업자의 죽마고우가 되어야 했을 것이다. 그러나 여기 있는 럭키 존슨이 우승 후보를 생각하고 있다면 말이다.

거기서 그때 수화기를 집어 들고 세 번째 담배를 피우면서, 심지어 나 같은 사람들로부터 아무것도 물어보지도 않고 네 자릿

수의 돈을 걸면 받을 거로 알고 있었던 곳의 전화번호를 돌렸다. 저쪽에서 "원하시는 게 뭡니까"라고 할 것이다. 그러면 내가 말할 것이다. "우승마에 천 파운드, 납세." 그리고 그들은 나의 신용카드 번호를 받아 적을 것이고, 전혀 떨리지 않는 목소리로 세부사항을 나에게 다시 읽어줄 텐데, 미러클 워커, 참 얼간이 같은 녀석도 다 있네, 더 쉽게 돈 버는 방법도 있는데 되지도 않을 짓을 하고 있다는 생각을 하면서 말이다.

삼십삼 대 일.

그러나 알고 있다면 다르다. 그리고 당연히 그러겠지만 순위 안에 들어오지 못하면 그래도 잭에게 돈을 돌려줄 것이다. 이 내기에 대한 비용을 내가 부담할 것이고, 다른 거로 그걸 메울 것이다. 잭은 자기 돈 천 파운드를 돌려받을 것이고 그래야 내 양심에 거리낌이 없을 거다. 캠핑카 값이다.

"전부 처리되었습니다, 존슨 씨. 전화 주셔서 감사합니다."

그리고 그건 내 명의로 되어야 하고 잭의 명의로 될 수는 없다. 왜냐하면 만약의 경우 때문이다. 그저 만약의 경우 말이다.

그리고 나는 잭의 돈 천 파운드를 벽장 뒤에 내가 사용하는 곳에 두었다. 피할 수 있는 한, 현금 천 파운드를 들고 다니지 않을 거다. 코트를 입고 담뱃갑을 주머니에 집어넣고 방을 나서기 전에 한 번도 보지 않았던 것처럼 방을 둘러보았다. 세상에서 가장 외로운 방으로 보였다.

그런데 집안을 통째로 팔아치우고 있구나.

나는 코치 주점 쪽으로 걸어가면서 그렇게 확신이 들면 어떻게 해서든 마권 영업소에 들러서 내 거로 돈을 걸거나 내 손해를 메꾸기 위해 몇 개를 조합해서 걸거나 할 수 있을 거란 생각이 들었다. 내가 알고 있다면 그건 사리에 맞지 않을 거고, 어느 쪽이든 운명을 시험하는 일일 거다. 오늘은 나의 날이 아니라 잭의 날이다. 오늘 하루를 단순하게 지내야 해. 그렇지는 않겠지만 말이다.

아니면 그를 보러 가서 당장 말해야 한다. 가야 할 곳이 있는 것처럼, 이 거리를 따라 걷고 있는 이유가 그건지도 모른다. 세인트 토머스 병원행 53번 버스, 웨스트민스터 브리지 출발. 그의 돈이 무엇에 달려있는지를 그에게 말해야 하고, 어느 쪽이든 내기는 나한테 달려있다고 말해야 한다. 최소한 내가 할 수 있는 일이다, 잭. 그러나 나는 그의 눈을 쳐다보고 싶지 않고 그가 나의 눈을 쳐다보게 하고 싶지도 않다. 그가 의식이 있다면 라디오에서 이어폰으로 들을 수 있을 텐데, 그게 아직도 그가 유일하게 할 수 있는 일이니까 말이다. 동커스터 경마장에서의 경주. 그리고 그가 알게 될 거다, 왜냐하면 그가 하려고 할 거니까, 그도 알게 될 거다.

나는 코치 주점으로 슬쩍 들어갔다. 금요일이라 조용했다. 버니가 맥주 한 잔을 가져오면서 그냥 우리끼리만 이야기할 때 하는 목소리로 말한다. "잭에 대한 소식 없나?" 내가 말한다. "어젯밤에 갔었고 오늘 저녁에도 갈 거야. 그저 시간문제일 뿐이야, 버니." 슬래터리가 제작한 시계를 본다. 두 시 십오 분이다. 버니는 잭에게 있을 수 없는 일이 벌어지고 있고 기적이 반대 방향으로 일어나고 있다고 생각하는 것처럼 고개를 흔든다. 내가 말한다. "자네도 한잔하겠나, 버니? 내가 낼 테니 한잔하게. 마시면서 샌드위치 좀 해다 주게. 겨자 소스 빼고 햄 샌드위치로." 카운터 끝쪽 높은 곳 선반 위에 설치된 버니의 텔레비전이 켜져있는데, 화면이 적당히 기울어져 있고 소리는 알맞게 맞춰져서 카운터에 앉아있는 누구라도 술을 주문하기 위해 조금도 움직이지 않고도 방송되고 있는 것을 보고 들을 수 있다. 동커스터 경마장에서의 경주. 링컨 경마장에서의 경마대회.

버니가 샌드위치를 가져와서 내가 보고 있는 텔레비전 화면을 쳐다보면서 말한다. "한두 군데는 걸었겠지?" 내가 말한다. "아니. 정말 안 걸었어. 어쨌든 잘한 것 같지는 않지? 결과적으로." 버니가 인정한다는 듯 고개를 끄덕이며 말한다. "그런데 어쨌든 자네 마음에 드는 게 분명 한두 개는 있을 게 아닌가?" 내가 샌드위치를 베어 물며 말한다. "말할 수 없지 않겠어?" 버니는 내가 그 말을 할 거라는 걸 알았던 것처럼 미소를 짓는다. 그는 자신의 술을 따르면서 텔레비전을 향해 고개를 끄덕인다. "자네도 저기 갔어야 하는 거 아닌가? 방해하는 게 없었다면 말이야." 그리고 내가 말한다. "그렇지." 잭이 생각했었어야 하는 것처럼.

첼트넘의 골드 컵 대회, 그다음은 동커스터 경마장에서의 첫 번째 평지 경주.

그가 잔을 들어 올리며 말한다. "레이, 건배. 모두의 건강을 위하여." 내가 말한다. "건강을 위하여." 그가 말한다. "자네 소리 잘 들리나?" 나는 고개를 끄덕이고, 그는 대화가 더는 필요 없다는 걸 알 때 하는 것처럼 어깨 위에 행주를 걸고 어기적어기적 걸어간다. 그러나 그는 내가 거기 앉아서 돈을 걸지 않은 사람한테는 필요 이상이라고 생각될 정도로 화면을 뚫어지게 쳐다보고 있는 것을 볼 수가 있다. 그는 내가 평소보다 더 빨리 연거푸 담배에 불을 붙이고 술을 꿀꺽꿀꺽 마시는 걸 볼 수 있다. 레이는 꾸준하게 술을 마시는 사람, 느리지만 꾸준하게 마시는 사람이다. "다음 잔은 위스키 스트레이트로 줘, 버니. 그건 큰 잔으로 말이야."

"좀 과음하는 거 아닌가, 레이?"

그런데 오천팔백 미터 경주가 나올 때 나는 돈을 거는 사람, 어느 정도의 용기가 필요한 위험을 무릅쓰는 사람처럼 생각하고 있지 않다. 나는 경주마의 기수처럼 생각하고 있다. 나는 내가 기수인 것처럼 생각하고 있는데 그럴 수밖에 없다. 아이언스라고 들어본 적도 없는 게리 아이언스라는 사람이다. 기수 이름치고는 묵직한 이름이다. 미러클 워커라는 이름의 말을 책임지게 된 기수는 어떻게 할지를 생각하고 있다. 게다가 아이언스 같은 이름의 기수가 말이다. 나는 코치 주점 카운터 앞의 높고 둥근 의자에 앉아있지만, 발끝을 맨 위 등자에 얹고 무릎은 단단히 힘을 주어 꽉 죄고 엉덩이를 들어 올린 기수처럼 되고 있다. 내가 필요한 것은 채찍뿐이다. 나는 그 말이 가슴이 두툼하고 양가죽으로 만든 재갈 끈을 매고 경마장 대기소에서 나와서 출발점까지 고개를 들고 가는 것을 지켜보고, 그 말이 출발하는 방식을 보고는 어떻게 돌아올지를 알고, 경주를 시작하자 재빨리 전속력으로 달리고 다리를 길게 쭉쭉 뻗어 달리는 방식을 보고는 장거리 말이자 완주하는 말이라는 걸 알고, 나는 오늘이 이 경주마의 날이고 이 기수의 날이라고 생각한다. 어떤 고철이라도 말이다. 오늘은 잭의 날이다. 그래서 이미 본 것을 보고 있고, 머릿속으로 알고 있는 것을 보고 있으며, 그 말한테 그렇게 경주를 하게 시키고 있는 것이다. 나는 그 말이 이전에도 전혀 해본 적이 없고, 앞으로도 결코 다시 할 수 없을 것처럼 달리는 걸 지켜보고, 이러한 차이로는 안 되겠다는 듯 중간 위치를 유지하다가 벌어진 틈을 보고 예비 단계 없이 할 수 있을 것처럼 도전하기 위해 앞으로 나아가고, 앞에는 네 마리의 말이 있고 그 간격이 삼 마신 정도 되는 것 같은데 자신한테 예비 무기가 있어서 남은 이백 미터 정도로 정말로 자신의 페이스를 찾을 수 있는 것처럼, 앞으로 차고 나가 그 모두를 이겨버리는 걸 지켜본다.

때로 경주마의 영광일 뿐이다.

나는 말이 결승점을 통과할 때 꼼짝도 하지 않는다. 말을 구내 울타리 안으로 끌고 가고 기수가 말에서 내려 안장을 풀고 말머리를 쓰다듬어주자 말은 특별히 한 게 없다는 것처럼 목을 숙이고 콧김을 내뿜을 때도 난 꼼짝 않는다. 확인을 위해 경주 결과와 출발 직전의 최종 배당률이 게시판에 찰칵 소리를 내며 게시될 때도 나는 꼼짝도 하지 않는다. 조금 줄어들었지만, 최종 배당률 같은 건 필요 없다.

삼십삼 대 일.

버니가 말한다. "누군가한테는 행운의 날이군." 내가 말한다. "그러게." 나는 위스키 잔을 집어 들어 마시면서 흐릿한 잔 바닥을 통해 본다. 그러고 나서 내 손목시계를 보고 슬래터리가 제작한 괘종시계를 본 다음 카운터 위에 빈 잔을 내려놓고 의자에서 내려간다. "자, 가야겠네, 버니. 잘 있게." 버니가 잔을 가져가며 말한다. "잘 가게." 슬래터리가 제작한 시계처럼 버니가 거기 카운터 뒤편에 없는 걸 상상하기는 어렵다.

그러고 나서 나는 밖으로 나가면서 곧장 그를 보러 가야겠다고 생각한다. 내가 운이 좋으면, 운이 좋아 버스조차 바로 타게 되면 이십 분 걸린다. 곧장 가서 그에게 말해야 한다. 그런데 그가 의식을 차렸다면 그가 알게 될 것이고 라디오에서 들었을 것이다. 럭키가 잘 되었으니 그도 잘 되었다.

게다가 안전하게 보관해 놔서 그의 천 파운드가 남아있다. 그가 그 돈을 도로 받아야 하고 내가 그 돈을 그에게 가져가야 한다. 그런데 딴 돈을 현금으로 바꿀 수 없어서 어떻게 그에게 줘야 할지 하는 문제가 좀 있지만, 그가 그런 그림을 그렸다면 이미 그런 생각을 했을 것이고, 그렇게 잭 도즈는 이미 생각했을 것이다. 큰 현금다발을 가게 주인으로서 선호했지. 그가 금전등록기 안에 넣어두는 것처럼 삼만 사천 파운드를 침대 옆 캐비닛 안에 간수하겠지. 간호사, 나한테 뭐가 있는지 짐작도 못 할걸.

그런데 그 돈은 분명 수표로 줘야 할 거야, 잭. 편의상 내 이름으로 했거든. 수표를 자네 앞으로 끊을까? 아니면 에이미한테로 할까?

그래서 나는 방으로 돌아와서 잭의 돈 천 파운드를 꺼내서 비록 건드리지도 않았었지만, 확실히 하기 위해 세어보았다. 오십 파운드짜리로 팔백 파운드와 이십 파운드짜리로 이백 파운드였다. 그러고 나서 나는 그 특별한 번호로 다시 전화를 걸어서 삼만여 파운드를 방금 딴 사람치고는 아주 침착한 듯한 목소리로 배당금에 관해 확인했다. 세금이 나한테로 나올 테니까, 잭, 자네한테는 삼만 파운드만 수표로 주겠네. 그때 나는 거의 서있을 수 없을 것 같은 느낌이 들었다. 분명 코치 주점에서 술을 너무 많이 마셨는데 스카치위스키를 마시지 말았어야 하는 건데 하는 생각이 들었다. 내가 알았다면 그럴 필요가 있었을까? 맥주와 위스키 냄새 풍기고 제대로 서있지도 못하면서 거기 중환자실로 가서는 안 된다. 켈리 간호사한테 술 냄새 풍기면서 말이다.

그래서 나는 진한 커피 한 잔 타서 술을 좀 깨려고 한동안 앉아있었다. 반 시간으로는 달라지지 않을 것이고, 그가 의식을 차렸다면— 그러나 술을 깨기는커녕 순식간에 죽은 듯이 잠이 들어버렸다가 깨어보니 전화벨이 울리고 있었다. 몰랐지만 한 시간이 지난 뒤였고, 커피는 입도 안 대고 식은 채 놓았던 자리에 그대로 있었고, 바깥에 하늘은 짙은 잿빛으로 비 올 날씨였다. 수화기를 들었는데 아는 목소리가 들렸다. 에이미의 목소리였다. 그런데 낯설게 들렸고 무슨 소린지 알아들을 수가 없었다. 그녀가 말했다. “가셨어요, 레이. 돌아가셨다고요.”

마게이트

우리는 바닷가 건물들에서만 볼 수 있는 오래된 케이크 위의 당의처럼 보이는 빛바랜 희미한 퇴창이 있는 테라스 하우스를 지나 캔터베리 로드로 진입한다. 호텔들과 조식을 제공하는 숙박업소들이다. 빈방 있음. 건물들은 잿빛 구름이 잔뜩 낀 하늘을 배경으로 훨씬 더 색이 옅어 보이고, 건물에서 벗겨지는 페인트 조각처럼 하얀 조각들이 바람에 이리저리 날리는 것처럼 구름을 배경으로 빙빙 돌고 있는 하얀 조각들이 보인다. 갈매기들이다. 벤츠 차 안에서도 바람이 옆길에서 튀어나와 우리에게 불어닥치는 것을 느끼며, 그곳이 바로 저 너머에 있으므로 우리는 모두 이제 조만간 보게 될 것이고 보지 않을 수 없을 거로 생각하고 있다. 그리고 나서 우리가 언덕 꼭대기를 넘어오자 건물들 사이에 생긴 틈으로 바다가 보인다. 바다와 더불어 우리 아래에 펼쳐진 마게이트 시 전체와 해안 산책로와 만과 모래사장이 보이고, 저 너머 클리프턴빌 마을이 보이지만, 빅이 그럴 거라고 말했던 것처럼 만조가 되어 모래사장을 거의 볼 수가 없고, 바다는 하늘처럼 짙은 잿빛으로 요동치고 있고 하얀 물보라가 높게 친다. 그리고

만의 저 멀리까지 놓여있는 긴 방파제는 잔교처럼 보이는 유일하게 눈에 띄는 것으로 더욱더 격렬하게 물보라가 와서 부딪친다. 거기가 우리가 가야 하는 곳처럼 보이고 우리의 할 일을 해야 하는 곳처럼 보인다.

폭풍이 몰아치려고 하는데 말이다.

레니가 말한다. "여정의 끝이군. 휴우. 오줌 좀 눠야겠어."

캔터베리에서 맥주 두 파인트를 더 마신 탓이다.

그가 말한다. "우리가 올 줄 알고 있었나 보군."

빅은 자신 있는 분야를 당연히 맡아야 할 것처럼 활기를 띠고 있다. 나는 방파제에서 완전히 날려갈 수도 있겠다는 생각을 하고 있다. 나는 쇼핑백 안 유골함 속에 든 책을 다시 들고 있고, 더 많은 마음의 안정감이 필요한 것처럼 책을 더 단단히 붙잡고 있다. 빈스는 아주 침착하고 조심스럽고 신중하게 보인다. 아무 말도 하지 않는다. 그는 단지 마지막으로 들른 곳에서 마음의 안정감을 얻었지만, 우리는 앞으로 있을 일을 위해 침착해지려고 차 안에서 조금 더 마음의 안정감을 얻어서 기분 좋은 것 같다. 그는 천천히 언덕을 내려가는데 넓게 펼쳐진 만이 우리 앞에 있고 그의 눈은 이쪽저쪽을 살핀다. 정확하게 교통이 혼잡한 것도 아니고 여행자들로 꽉 찬 것도 아니다. 시즌이 아니다.

우리는 완전히 해안 도로로 진입하고 그는 도로 가의 연석에 차를 세우고 시동은 끄지 않은 채 둔다. 그는 레니의 사소한 문제를 염두에 두었던 것 같다. 갑작스레 이 바다가 전부 보인다. 해변 휴양지에서 찾기 어렵지 않은 하나가 공중화장실이고, 그가 한 화장실로 바짝 다가가는데 그곳은 작은 목재 요새 같아 보인다. 그런데 그는 그곳에서 멈추지 않는다. 운전석 문을 열고 내린다. 갑자기 세찬 바람이 분다. 그는 돌아서 인도로 걸어가서는 고개를 들고 만을 살펴보는데 엉망인 그의 흰 셔츠가 깃발처럼 펄럭거리고, 그러고 나서 운전기사처럼 매우 정중하게 레니를 위해 조수석 문을 열어준다. 그는 인도의 반대쪽에 있는 막다른 건물을 향해 고개를 젖혀 가리킨다. "레니, 볼일 보세요." 그가 말하는데 미소를 지으며 다정하게 말하는 것처럼 들린다. 그는 지금부터 내내 만사가 적절하고 점잖기를 바라고 소변을 참지 못할 것 같은 문제나 탈이 없기를 바라는 것 같다. "다른 분은 괜찮으세요?" 그가 말한다. 그런데 나는 볼일 보고 싶지가 않다. 빅한테서 힌트를 얻어 위스키로 바꾼 덕분이다.

레니는 아주 당혹해서 고분고분하게 좌석에서 나온다. 차 문이 열려있는 동안 자동차 주위로 차갑고 습한 바람이 소용돌이치며 불지만, 인도에 나가있는 빈스는 개의치 않는 것 같다. 우리 중에 제일 먼저 마게이트의 해안 산책로에 서서 짠 공기를 마시기 위한 구실이 필요했던 것처럼 말이다. 나는 고개를 빙 돌려 그가 어깨를 뒤쪽으로 들어 올리면서 턱을 높이 들고 있는 것을 볼 수가 있다. 요란한 파도 소리가 들린다. 나는 잭을 꽉 붙잡는다. 콕콕

찌르는 듯한 가는 비가 차 앞 유리에 떨어졌다가 거의 바로 말라 버리는데, 구름이 끼어있는데도 불구하고 하늘이 너무 화가 나서 진짜 폭우가 내리기 시작하게 할 수 없는 것 같다. 온통 바람만 불고 비는 안 온다. 레니는 인도에 서서 가슴 가득 공기를 들이마시는데 그게 한편으로는 자신에게 아주 좋고 다른 한편으로는 고통스러운 모양이다. 그는 몸을 웅크리고 긴장한 채 주위를 둘러보다가 자기 옆에서 빈스가 똑바로 높이 서서 주위를 둘러보는 것을 본다. 그가 말한다. "그 일 기억나나, 높은 양반? 그 일 기억나냐 말이야?"

빈스

그래서 나는 안주머니에 돈을 넣고 병원으로 걸어 들어간다. 고무줄로 묶은 채 갈색 종이봉투 속에 든 오십 파운드짜리로 팔백 파운드와 나머지는 이십 파운드짜리인 돈. 카지노 가는 사람들처럼 이곳으로 오는 사람들이 많을 수는 없다고 생각한다. 쉬운 일이 아니었다는 걸 그가 이해해 주기를 바란다. 그는 누구보다도 현금의 흐름에 대해 한두 가지 사실을 알아야 한다. 그는 이 정도의 돈이면 나한테는 푼돈 정도일 거로 생각할지도 모른다. 내가 사백 파운드짜리 신사복을 입고 즉석에서 현금을 받고 고물 자동차를 팔아치우기 때문이겠지만 이윤에 대해 그가 알아야 하는데, 특히 지금은 말이다. 때론 현금이 돌지만, 때론 그렇지 못하다. 지금 당장은 거의 말라버린 상태다.

그러니 후세인이 사야 한다.

그런데 언제나 돈을 돌려받을 수 있을까? 죽어가는 사람한테 부탁을 거절할 수는 없는 일이고, 아무리 터무니없는 부탁이라도 말이지만 그건 중요치 않다. 죽을 때 돈을 가지고 갈 수 없지만, 그는 그럴 거야, 그는 분명 그럴 거라고.

정신이 나가 이 돈을 던져버리더라도 가져가는 게 낫다고 생각한다.

그런데 승강기에서 내려서 복도를 따라 내려가는데 평소나 다름없는 수량의 손수레와 휠체어가 다니고 있고, 거기에서 또 그 냄새가 나는데 너무나 익숙해지고 있어서 그 냄새가 없을 때도 나는 것 같다. 내가 자동차 전시실에 서있을 때 나는 그 냄새를 맡을 수 있다. 자동차들 속에서 숨을 쉬지만, 그 냄새를 맡을 수 있다. 정도만 더 심할 뿐이지 주사를 놓고 나면 주는 약솜 냄새처럼, 그 아래 있는 무언가 상하고 변변치 못하고 써서 낡아버린 것의 냄새처럼, 오래되어 낡고 얇은 피부의 냄새처럼 말이다. 그게 무슨 냄새 같긴 한데. 나는 이 병원에 있는 환자들 모두와 병상에 있는 환자들에 대해 생각하면서 그 전체 수가 얼마일지 궁금하고 오늘 수입은 얼마가 될지 궁금하다. 그리고 나는 그가 부탁한 것을 했고, 그가 부탁한 것을 했을 뿐이며, 이 돈을 다시 만지지 못하더라도 내 양심은 떳떳해졌고 양심에 가책이 되는 것도 아무것도 없다는 생각이 든다.

그래서 나는 고개를 높이 들고 복도를 성큼성큼 걸어가는데, 상사가 나를 불러내서 연대본부의 연병장에 돌아가 있는 것 같다. *특별임무!* 그리고 나는 휠체어를 탄 풀이 죽은 사내들과 노파들을 보면서 장담컨대 남에게 줄 천 파운드가 당신들한테 있기나 하겠나 하고 생각한다. 하지만 그건 돈일 뿐이지 않은가? 종이일 뿐이다.

들어가니 거기에 그가 관과 펌프와 계량기에 연결되어 있고 배는 임산부처럼 상당히 부풀어 올라와 있다. 그가 그리 좋아 보이지 않다는 걸 알 수가 있다. 우선 그가 몹시 지쳐있다는 사실을 고려해 보면 그렇다는 말이다. 그가 오늘은 어제보다 더 악화되고 있다. 매일 조금씩 나빠지기만 한다. 하지만 나는 그의 마음속에 제일 먼저 생각나는 게 뭔지를 알 수 있어서, 장난칠 생각도 없고 애태울 생각도 없다. 봉투를 꺼내면서 이곳에 간첩이나 도둑들이 득실거리는 것처럼 주위를 재빨리 둘러보고는 그 봉투를 그에게 건네주고 그를 쳐다보면서 다시는 이 돈을 보지 못하겠구나 하고 생각한다.

내가 말한다. "여기 있어요, 잭 아저씨, 약속한 대로요. 세어보실 필요 없어요."

내가 가고 나면 분명 세어보겠지만 말이다. 그는 그저 봉투 안을 흘낏 들여다보고 두툼하다고 느끼면서 엄지로 어루만지다가 마치 나를 잘 관찰하려는 것처럼, 그가 내 복장을 검열하는 상사인 것처럼 나를 아래위로 쳐다보고는 말한다. "해줘서 정말 고맙다, 빈스야."

에이미

그들이 지금 거기에 있을 거다, 우리가 갔을지도 모르는 그곳에 말이다. 다 끝냈거나 아니면 다시 시작했을지도 모른다. 새로운 사람들, 늙은 사람들, 다 똑같은 사람들.

내가 그의 손을 잡고 침대 곁에 앉아있는 동안 그가 나를 쳐다보면서 그의 엄지손가락이 서서히 그리고 냉담하게 움직이며 내 손바닥에 작은 동그라미를 그리고 있는데, 나는 앞으로 우리가 서로를 이렇게 자주 보지 못할 거고 이렇게 자주 이야기할 시간도 없을 거라는 생각이 든다. 먼저 햇수를, 몇십 년인지를 세고 그다음엔 시간과 분이 된다. 그리고 지금조차 그의 마지막 기회일 텐데, 그는 그 애에 대해 언급을 하지 않으려 하고, 그 애에 대해 한마디도 하지 않으려 한다. 그가 결코 알고 싶어 하지 않았다는 사실을 갑자기 너무나 분명하게 보고 알았던 오십 년 전 그 여관에서의 일로 지금 돌아갈 수 있을 것 같다. *그들이 무슨 방법을 찾아낼 거로 생각하는 모양이군.*

그는 너무 늦게 그걸 그만둔 데 대해 미안하고 사태를 바로잡을 거라고 했을 때 그럴 생각만 한 데 대해 미안한 것처럼 나를 쳐다본다. 그가 완전히 다른 사람이 되었을 거고, 당연히 그랬을 거고, 생각도 달라졌을 거고, 우리한테 세상은 완전히 뒤바뀌었을 거다. 과거에 그가 그런 사람이었다는 데 대해 미안해하는 것처럼 말이다. 지금도 그렇다. 하지만 그 애에 대해 언급은 하지 않으려 하고, 그 애 때문에 미안하다고는 말하지 않는다. 그가 미안해할 거로 생각하게 되는 일들에 대해서도 그는 전혀 미안해하지 않는 것 같다. 그가 너무나도 빤히 계속 단호하게 나를 빤히 쳐다봐서 나는 잠깐 눈길을 돌려야 한다. 쳐다보지 않기에는 단 일 초도 아까운 판에 그럴 시간이 없다고 생각하겠지만 말이다. 하지만 나는 늘 그의 얼굴을 볼 것이고 머릿속에 든 작은 사진처럼 늘 잭의 얼굴을 볼 것으로 생각한다. 어떤 사람은 마음속에서 절대 사라지지 않는 법이니까.

그런데 그는 준에 대해 말이 없다. 우리 자식도 아니었고, 우리 자식도 아닌 빈스에 대해서는 언급을 하면서도 말이다. 그가 말한다. "빈스가 당신을 돌봐줄 거야. 착한 아이야. 전혀 나쁜 녀석이 아니라고." 나는 보살핌을 받을 테니 괜찮을 거라고 그가 말하지만, 준은 한 번도 돌본 적이 없다는 말을 하지 않고 "준한테 안부 좀 전해줘"라는 말은 하지 않는다.

그래서 나는 생각한다, 그렇다면 나도 레이에 대해 언급을 하지 않을 거고, 레이에 대해서는 한마디도 않겠다고 말인데, 그렇지만 지금이 나한테 마지막 기회이고, 지금이 바로 환자의 머리

맡에서 그 얘길 해야 할 때이며 지금이 아니면 결코 못 할 것이라고.

그는 준에 대해 말하지 않고 그래서 나도 레이에 대해 말하지 않을 거다. 서로에게 공평하다. 모르면 마음 아프지도 않다. 하지만 그가 움츠리지도 않고 눈도 깜박거리지도 않은 채 나를 쳐다봐서, 나는 다시 눈길을 빨리 돌려야 한다. 나는 옆 침대를 바라보는데 현재는 빈 채로 이불과 침대보가 벗겨져 있고, 다시 돌아보니 그의 눈은 한 치도 움직이지 않은 채 나와 그 너머를 바라보고 있는데, 마치 나를 뚫고 계속 지나가다가 돌아서서 되돌아와서는 나를 껴안고 싶어 하는 것처럼 보인다. 그리고 모든 것에 대해 마지막으로 하는 말인 것처럼 그가 말하는데, 그가 왜 거기 누워있는지, 내가 왜 그의 손을 잡고 거기 앉아있는지, 그가 왜 꼭 이렇게 되어야 했는지, 내가 왜 많은 다른 사람들이 아니라 그를 책임져야 했는지, 어느 운 좋은 여름밤에 대해서 말이다, "모든 게 도박 아닌가? 레이한테 물어봐. 그런데 당신은 괜찮을 거야."

마게이트

여정의 끝처럼 보이지 않고, 자신의 생애를 마치고 영원한 평온과 만족을 찾기 위해 오고 싶은 그런 마지막 안식처처럼 보이지도 않는다. 블루 바이유도 아니다. 한쪽을 바라보면 레니가 들어가 버린 공중화장실 너머 짙은 잿빛 하늘과 짙은 잿빛 바다와 그 둘을 분간하는 힘든 일을 맡은 회색빛 수평선이 있고, 다른 쪽으로는 도로 건너편에 누군가가 온통 잿빛인 하늘과 바다를 압도하기 위해 서둘러 건물의 전면을 세운 것 같고, 건물들은 최고로 강하게 보이기 위해 일렬로 정렬된 최전선의 병력인 것 같지만, 그들이 웃기는 제복을 차려입은 것 같아 꼭 도움이 되지는 않는다.

플라밍고. 티볼리. 로열. 그래브 시티.

빈스가 말한다. "머린 테라스." 그는 우리가 레니를 기다리는 동안 차에 다시 올라탔다. 캔터베리 대성당에서처럼 그가 다시 여행 안내자가 될 결심을 한 것 같은데, 왜냐하면 이번에는 기억해서 술술 이야기를 풀어내고 있기 때문이다. "마게이트의 머린 테라스. '황금의 일 마일'." 그런데 일 마일은 안 되고 약 사백 미터 정도이고, 이런 날씨에는 더욱이 그리 황금처럼 빛나 보이지도 않고, 황금으로 만들어진 것처럼 보이지도 않는다. *버거 핫도그 얼음 셰이크 음료 차 팝콘 솜사탕 얼음사탕*. 간판과 착색 등이 있는데, 일부는 켜져있고 일부는 깜빡거리며 모두가 바람에 흔들리며 덜거덕거리고, 인도에 매달아 놓았던 줄에 묶인 플래카드가 바람에 날려 바닥에 납작하게 깔려있다. 대부분의 쇼핑 아케이드들이 문을 닫은 것처럼 보이지만, 한두 군데는 불이 켜져있는데 깜빡깜빡 반짝거리고 있다. 한쪽 출입구 옆에 납작한 모자를 쓰고 두꺼운 재킷을 입은 한 남자가 작은 부스 안에서 오로지 자신의 의무만을 다하고 있는 것처럼 앉아있다. 사람들이 꼭 떼 지어 들어가지는 않는다.

빈스가 말한다. "물론 시즌이 아니죠."

빈스가 상가를 운영하는 상상을 할 수 있다. 어쨌든 아주 다르지는 않다. 도즈의 자동차 전시실.

미라지. 골드 마인. 미스터 비스.

흩날리는 방울 같은 작은 점들이 차 앞 유리에 점점 더 달라붙어서 빈스가 와이퍼를 켜지만, 얼룩만 생겨서 다시 꺼버린다. 하늘은 점점 더 껌껌해지지만 비는 아직은 내리고 싶지 않은 모양이다.

빅이 말한다. "우리 때를 참 잘 맞추지 않았나? 아침까지만 해도 이럴 거라고 생각도 못 했는데."

빈스가 말한다. "자, 이제 여기 왔잖아요."

바다는 그걸 알지 못한다.

빅이 "산발적으로 비가 내리는 좋은 날씨는 아니야"라며 그런 생각이 전혀 들지 않았던 것처럼 말한다.

빈스가 말한다. "보기에 달렸죠."

나는 상자를 들고 있다.

빅이 말한다. "대단한 순풍이야."

나는 오로지 확인하고 싶은 것처럼 말한다. "잔교는 어디 있어?"

빈스가 천천히 참을성 있게 말한다. "지금 보고 계시잖아요, 레이. 지금 보고 계시는 바로 저기 있는 것, 저게 잔교예요."

내가 말한다. "저건 잔교 같지 않은데."

빈스가 말한다. "그런데 저걸 잔교라고 해요. 저건 항구 방파제지만 잔교라고 불러요." 그러고 나서 여행 안내자처럼 재잘대기 시작한다. "예전에 부두라는 다른 것이 있었는데, 잔교처럼 생겼고 잔교처럼 위를 걸어 다녔고 증기선이 거기로 들어왔죠. 그런데 사람들은 그걸 부두라고 불렀고, 지금은 저기 있는 실제로는 방파제인 저걸 잔교라고 부르고 있죠."

내가 말한다. "그럴듯한데. 먼저 것은 어떻게 됐어, 부두 말이야?"

빈스는 나도 거기에 관해 공부를 좀 했었어야 하는데 하는 표정으로 나를 쳐다본다. "폭풍우에 쓸려가 버리지 않았겠어요. 천구백칠십 몇 년이었는데. '마게이트에 있던 부두에 대해 들어봤어?' 하고 에이미 아줌마가 한 말이 생각나요. 그 때문에 잭 아저씨가 특별히 잔교 얘기를 한 것 같아요. 잔교가 아니라 부두를 두고 한 말이겠지만요. 부두 위를 가면서 우리 모두 그걸 기억해야 할 거예요. 그런데 그 부두가 없어졌다는 걸 아저씨가 틀림없이 기억했던 것 같아요, 그래서 잔교로 정한 거죠."

나는 점점 헷갈려서 아무 말도 하지 않는다.

빈스가 말한다. "여기서는 보이지 않고요, 분명 잔교 뒤편에 있을 테지만, 부두 일부가 아직 좀 남아서 저절로 바다 쪽으로 나가 있는 것 같대요."

내가 말한다. "그런데 그것도 오늘 모조리 쓸려가 버렸을지도 모르지."

빅이 권위 있는 목소리로 말한다. "이건 폭풍도 아니야."

나는 물보라는 바라보면서 물론 아니라고 생각한다.

갈매기들이 아주 즐겁게 시간을 보내고 있거나 아니면 날아오르지 않았더라면 하는 것처럼 하늘을 이리저리 날아다니고 있다.

빈스가 인도를 가로질러 바라보면서 말한다. "그분은 뭐 하고 계신 거죠? 물장난이나 하러 가신 건가요?"

곧바로 우리는 그가 남자 화장실 입구를 벽으로 둘러 가려놓은 곳에서 나오는 걸 본다. 그는 우리가 자신을 보고 있다는 걸 알 수 있는 것 같고, 그는 바람을 맞고 있는 지점에서 실제보다 바람이 더 강하게 부는 척하며 일부러 약간 비틀거린다. 내내 그는 모질게 하늘을 쳐다보고는 사람이 소변을 본 후 시원할 때 늘 할 수 있는 것처럼 희미하게 미소를 짓는다. 그는 항상 모두를 기다리게 해놓고는 늘 마지막에 가서야 알게 되는 사람처럼 보인다. 난간과 잿빛 하늘을 등지고 잠시 서있는데, 마치 여기가 해변이고 자신이 관심의 초점이기 때문에 즉석에서 웃기는 장기 자랑을 해야 하는데 뭘 할지 몰라 사진을 찍고 있는 것처럼 어색하게 씩 웃어 보이며 그냥 서있는 것 같다. 마게이트에서 찍었는데 이게 나야. 날씨가 형편없었지. 갑자기 활발하게 이동하는데 두 주먹을 들어 올리고 한쪽 어깨를 움직이며 오른손 잽을 날린다. 레니의 얼굴 자체가 웃기는 연기를 하고 있는 것 같다. 그러고 나서 헤엄을 쳐서야 갈 수 있는 힘든 일인 것처럼, 차가 있는 쪽으로 가서는 문을 연다. 바람이 세게 들어온다,

"바닷가에 있을 날씨가 아니군." 그가 말한다.

"삼월 날씨로는 미친 거죠." 빈스가 말한다.

빅이 말한다. "지금 사월이야."

"만우절에 잘 속아 넘어가는 놈들."

"미친 포수 테이트." 빈스는 아무런 의미 없이 한 말이고, 그냥 튀어나온 말인 것처럼 말한다.

"미친 잭 도즈." 레니가 문을 닫으며 말한다. "4월 1일은 어제

였어. 그가 특별히 다 휘저어 놓아서 날씨가 이렇다고 생각하는 거야?"

유골함을 들고 있는데 사소한 떨림도 느낄 수 없다. 자동차 엔진의 떨림뿐이다.

빈스는 백미러로 레니를 쳐다보고는 곧장 앞쪽을 본다. 우리는 도로 가의 연석에 서있다.

빅은 그 순간이 온 것처럼 말한다. "자, 이제."

레니가 말한다. "자."

나는 아무 말도 하지 않는다. 우리는 모두 그 밖에 누군가가 명령하기를 기다리는 것 같은데, 내가 잭의 유골함을 들고 있어서 그 사람이 아마 나여야 할지 모르기 때문에, "자, 친구들, 가자고" 하고 그가 말하는 걸 내가 느껴야 한다. 하지만 나는 아무 말도 하지 않는다. 나는 명령을 하지 않는다.

빈스는 앞을 바라보고 있고, 우리는 꼼짝 않고 있지만, 그는 운전하고 있는 것처럼 게다가 진짜 차가 아닌 것처럼 두 손은 운전대 위에 똑바로 올려져 있다. 차 앞 유리는 온통 은빛이고 하늘은 납빛 같다. 이번에 내가 막 "자, 가자고"라고 말하려고 하는데, 어쨌든 우리는 움직이기 시작한다. 빈스는 아무것도 하지 않았지만, 자동차가 우리를 위해 결정한 것처럼, 우리 모두 그저 실린 짐이고 이동 상태로 전환된 것처럼, 작게 딸깍딸깍하는 소리가 들릴 정도로 잭의 관을 보이지 않게 파란 우단 커튼 뒤로 이동시켰던 그 벨트가 갑자기 움직이기 시작한 것처럼 말이다.

여기는 도로의 끝처럼 보이지 않고, 목표로 정하고 해왔던 것처럼 보이지 않는다. 어느 내키지 않는 주말에 단 한 번 일어난 일을 일 년 내내 지속시키려고 하는 것처럼 보인다. 그래서 여기를 알게 되는 거고, 오게 되는 거다. 양동이와 꽃삽에 입안 가득 아이스크림을 먹으며 다시 어린아이가 되고 싶어 하느냐에 관련된 것 같다. 아니면 다른 의미로 자신이 그렇고 그렇게 알고 있다시피 전적으로 긴장하고 있느냐에 관련된 것 같다. 그 도로가 이르게 되는 곳이 아니라, 바다 때문에 더는 가지 못하는 곳이다. 도로의 끝이자 잔교의 끝이다. 철썩. 바닷가가 그 자체로 너무나 좋고 훌륭한 곳이라면 이 오락용 도자기 가게가 다 필요 없지 않겠나? 그 모두가 한 무리의 지친 늙은 매춘부들처럼 애써 호기심을 자극하고 있다. 켄트의 해안이 아니라 카이로의 매춘부의 거리처럼 말이다.

플라밍고. 티볼리. 로열.

빈스는 가속 페달을 거의 밟지 않고 차를 천천히 앞으로 굴러가게 하는데, 차 스스로 어떻게 할지를 알고 있고, 벤츠 차는 그 자체의 정신을 갖고 있으며, 듀크가 어떻게든 집으로 가는 길을 늘 알고 있었던 것처럼 말이다. 나는 빈스가 무얼 하고 있는지 알 수가 있고 그가 왜 그걸 원하는지 알 수가 있다. 그 자동차가 장의차, 감청색 장의차가 되었던 거다. 왜냐하면 마게이트의 머린 테라스를 따라가는, 황금의 일 마일을 따라가는 잭의 마지막 차 여행이기 때문이다. 오늘의 마지막 자동차 여행이라고, 잭? 빈스는 집중을 방해받고 싶지 않은 것처럼 두 손으로 운전대를 잡고 앞만 쳐다본다. *미라지*, 골드 *마인*, *오션*. 이 숙박업소들이 모두 가난한 사람들의 궁전처럼 페인트칠 되고 장식되어 있지만, 그 너머로 어렴풋이 보이는 산책길 끝에 있는 한 업소만은 높은 벽돌 건물로 크게 몇 글자 쓰여있는 것 말고는 전혀 꾸미지 않은 상태이다. 그래서 유원지라기보다는 교도소로 가고 있는 것 같다. 이미 이 건물을 지나왔지만 우리는 모두 언덕을 내려오면서 그 뒤편으로 높이 솟아있는 커다란 바퀴와 잿빛 하늘을 배경으로 검고 방추 모양의 가늘고 긴 롤러코스터를 보았었다. 마게이트는 이걸로 유명하고 이 때문에 사람들이 여기에 온다. *드림랜드*.

에이미

내가 가장 원했던 것, 오십 년 동안 내가 가장 바랐던 것은, 정말이지 나는 한 번도 물어본 적이 없는데, 적어도 한 번은 네가 나를 쳐다보면서 "엄마" 하고 불러주는 것이다. 지금껏 내내 많이 바란 것도 아니다. 맙소사, 너도 *나이가 쉰*이다. 지금쯤이면 둥지를 떠났어야 했고, 내가 너 주위를 얼쩡거리는 걸 원하지 말아야 하고, 너 자신의 삶을 살아야 한다. 제발요, 엄마, 저 이제 *다 컸다고요*. 자, 그렇다면 좋다, 그렇게 해라, 얘야, 네 마음대로 해라. 네 인생이니까, 지지던지, 볶던지, 마음대로 해라.

네 처지가 어떤 건지 알려고 해봤다. 나는 방문만 하지만, 늘 이 요양원에서 지내는 것이 어떤 건지 말이다. 나는 일주일에 두 번씩 보기만 하지만, 그런 몸으로 사는 것이 어떤 건지도 말이다. 네가 한때는 나의 일부였기 때문에 그게 뭐 그리 어려웠겠니? 내 살붙이. 하지만 그들이 그 줄을 자를 때 그 밖의 모든 것도 잘라버리는 거라고 난 생각한다. 너는 이제 혼자이고 다른 사람들만큼 다르고 독립적이라고 하는데 달리 생각하는 건 말도 안 되는 소리다. 그리고 그동안 일주일에 두 번씩 방문한 수를 합해보면 우리가 서로 함께 한 게 일 년도 안 된 거 같은데, 오십 년 동안이면 그 숫자가 많은 것이 아니고 모녀 사이에도 많은 것도 아니다. 그러나 다른 식으로 보면 일 년 동안 내내 방문한 셈이다.

그게 현재의 나고 그동안의 나다. 방문자 말이다. 나는 그가 살아있을 때도 그에게 방문자였지만 오십 년 동안 그 횟수는 세어보지 않았다고 할 수 있겠지만, 빈스는 밖에서 기다리고 내가 그 작은 방에 잭을 보러 들어갔을 때, 잭의 시신을 보러 들어갔을 때, 무슨 차이가 있냐고, 그가 이제는 달라지지 않을 거지만 그렇다고 착각하지 말라고, 에이미 도즈, 그건 죽은 잭만큼이나 살아있는 잭한테도 해당한다고 생각했다.

그러므로 애야, 너한테 해당했던 것이 그에게도 해당했다. 그리고 그게 아마도 그가 너를 한 번도 보러 오지 않는 이유인지도 모르겠는데, 왜냐하면 그는 자신이 달라지지 않을 것을 알고 자신의 시신이 놓여있는 그 작은 방에 자신을 이미 방문했고 어쨌든 자신을 들여다보았다. 그게 아마 너를 위한 그의 희생이었는지도 모르겠는데 너에 대한 희망도 없고 자신에 대한 희망도 없었으니 말이다. 그는 자신이 될 수 있었을지도 모르는 다른 잭들을 모두 희생시킨 거다. 하지만 좀더 그럴듯하게 말해봐라. 아마 내 남편인 잭 도즈는 진짜 성인이었는지도 모르지만 나는 전혀 몰랐고 깨닫지도 못했다. 게다가 나는 나약하고 이기적인 사람이었다. 안녕 엄마.

우리가 할 수 있는 최선은, 에이미,

당신 나쁜 놈, 이 푸주한 놈.

나는 거기서 돌처럼 차가운 그의 차가운 이마에 내 손을 대고 서서 이 사람이 이제까지도 그랬고 앞으로도 그럴 하나뿐인 잭이고 오직 하나뿐인 불쌍하고 가련한 나의 잭이라고 생각했다. 그가 돼지고기나 소고기를 다룰 때 했던 것처럼 그들이 냉장고에서 그를 꺼냈을 것이고 그를 도로 집어넣을 것으로 생각했다. 뭐라고 말 좀 해봐요, 잭, 나를 두고 그냥 가지 말라고요.

빈스를 위해 강하고, 당당하고, 침착해야 한다고, 적어도 우리는 절망적이고 불쌍한 그 꼬마한테 가정을 주었다고 생각했다.

내가 말했다. "너도 들어가서 그분 뵈어야지, 빈스?"

네 처지가 어떤 건지 알려고 해봤단다, 얘야. 네가 가지지 못한 것을 가지지 못한 채 살고, 가지지 못한 게 뭔지도 모른 채 사는 것이 어떤 건지 알려고 말이다. 우리가 사전에 알았고 우리한테 선택의 여지가 있었다면, 너 자신이 그런 사람이라는 걸 스스로 알기도 전에 아예 그런 불행 속에 살지 않게 해주는 것이 더 나았을지, 말았을지 알려고 해보았다. 네가 그런 사람이라는 걸 너 자신이 안다면. 그래서 네가 목숨을 버렸다면 그 덕에 잭과 나는 마음대로 각자의 삶을 살았을 텐데. 너의 희생으로 말이야.

그러나 그런 행동이 샐리 테이트, 자신의 데이트 상대를 놓친 불쌍하고 귀여운 테이트한테는 장기적이든 단기적이든 별로 도움이 되지 않았던 것 같다. 그녀도 결국엔 면회 가게 된 것 같다. 죄수가 된 남편을 말이다. 그다음엔 자신을 찾아오는 방문자, 돈을 내고 묵는 손님을 받게 되었다. 그게 생계고, 무엇 때문에 여자가 그 일을 할 수밖에 없는지 알 수 있다. 게다가 레니 테이트가 등을 돌리고 손을 떼버렸다. 네 인생이니 지지던지, 볶던지, 마음대로 해라. 그 자신의 인생이 아주 많이 실패한 인생은 아니었지만, 요즈음 그를 보면 그 자신이 어느 정도는 몰락한 모습이다. 존 테이트도 등을 돌렸는지 혹은 그녀가 무슨 생각을 하는지 나는 모른다. 하지만 나는 레니가 나를 좋아하는 걸 그녀가 항상 알고 있었다고 생각한다.

그런데 좋지 못했던 옛날, 그 시절에 그게 죄였던 것처럼 그런 죄가 있다. 썰어드릴까요, 부인? 그 죄에 대해 생각할 때, 그 모든 불행에 대해 생각할 때, 절반 이상의 세상 사람들이 절반 이상의 시간 동안 그 불행이 생기지 않았었다면 하고 틀림없이 바라고 있을 때 왜 죄냐고 하겠지만 말이다. 너와 나는 정말로 운이 좋은 거다, 준. 어쨌든, 사실은, 슬픈 사실은 샐리가 정말로 빈스를 원했었다는 거지. 그리고 나도 잭을 원하지 않은 적이 없었어. 모두 다 드림랜드로 가자.

깍지 콩. 소쿠리. 엉뚱한 짓.

이 버스가 오늘은 기다시피 한다. 분명 비가 와서 그런 것 같은데 도로가 물바다가 되어 있다. 지독한 날씨다. 그래도 버스는 늘 빠져나간다. 오늘은 좀 늦을 거다, 얘야, 언제부터 네가 시간이나 날짜를 알았다고 달라질 게 있겠냐? 요즈음 월요일이나 목요일마다 때때로 네가 *기다리고* 있을지도 모른다고 생각하기는 했지만 말이다. 오늘은 월요일, 오늘은 목요일, 그러니 엄마가 올 거고, 나는 엄마가 오기를 바라며, 나는 엄마가 잊어버리지 않기를 바란다고 네가 생각하고 있겠지.

그리고 나는 어쨌든 이 여정이 빨리 지나가기를 바라지 않는다. 특히 오늘은 말이다. 버스가 칙칙 소리를 내며 가는 동안 생각할 시간도 필요하고 무슨 말을 해야 할지 준비할 시간도 필요하다.

오십 년 동안 노력하고 바라고 기다렸으니, 이제 나보고 뭐라 하지 마라. 애당초 너를 낳은 데 대해 나한테 뭐라 해도 좋지만, 이제 나한테 뭐라 할 수는 없다. 오십 년은 너무 길어. 태어난 게 큰 잘못이라고 대부분의 이 세상 사람들이 생각할 수 있지만, 일단 태어난 이상 울먹이지 말고 잘 지내야지. 그건 널 두고 한 말이기도 해, 얘야, 심지어 너한테도 말이야. 이제 네가 보여주고 입증해야 할 때다, 너의 존재가 네가 *태어나지 않은* 것하고 같지 않고 *태어나지 않은* 편이 낫다는 것과 다르다는 것을 말이다. 오십 년은 아기를 키우기에 필요한 기간 이상이다. 나는 잘못된 희망과 약속 그리고 나약했던 순간들에 대해 미안하게 생각한다. 빈스 샐리 맨디를 차례로 한때 너 대신으로 생각했던 것에 대해 미안하게 생각한다. 하지만 그렇다고 네가 실제로 너라는 존재가 아닐 수는 없는 거니까. 준 준 준.

나는 이제 나 혼자 꾸려가야 한다. 너야 모르겠지만, 어떻게 알겠니? 나를, 44번 버스의 이층에 앉아있는 무방비의 불쌍한 여자를 봐라, 바깥세상과 더불어 뿌연 유리창으로 보이는 것이 모두 너무나 형편없이 되어버린 이유야 아무도 모르겠지만 말이다. 요즈음의 버먼지는 멀리 떨어진 벽지나 비슷하다. 내 말을 들어라, 얘야, 네가 있는 곳이 더 안전하단다. 지금 운행이 늦어지고 있는 데다가, 학교가 파할 시간이 되어서 정류장마다 멈추고는 한 무리의 학생들이 소리를 지르면서 버스에 올라탄다. 짙은 감색의 교복을 입은 개구쟁이 녀석들. 그들은 이층으로 몰려 올라와 말할 줄 모르는 것처럼 밀고 밀어제치고 소리 지른다. 그 애들이 몸에서 김을 발산하는 어린 녀석들에 불과하다는 걸 알지만, 그 애들 때문에 놀라 죽을 맛이다. 잭이 여전히 여기 있었다면, 그 애들 때문에 놀라 죽을 맛이 두 배나 되었을 거다. 그가 아무래도 여기 없을 테니까 별 차이가 있겠는가? 그는 거기 카운터 뒤에서, 부인, 소 허벅지 살 좋은 거요 하며 있을 테지, 여기 이 버스 안에 나와 함께 있지는 않을 거다. 절대 너를 보러 오지 않을 거라고. 그리고 그 애 어때? 준은 잘 있어? 하고 절대로 물어보지도 않을 거다. 그가 여기도 없지만, 좋은 부위의 다리 살과 함께 늘 있던 곳 거기에도 없다는 사실 때문에 나는 겁이 나 죽을 것만 같다. 그가 너무 오랫동안, 평생 동안 면회를 받아온 것처럼, 그 병원 베개에 기대고 있지도 않다. 실은 말이지, 에이미, 우리 집으로 와. 그때도 네 이름을 말하지 않았지. 그는 어디에도 없다. 아니면 모두가 계획대로 되고 이런 날씨가 시작되기 전에 마쳤다면 지금쯤 바다로 씻겨 내려가 마게이트 모래사장과 섞였을지도 모른다. 그리고 나는 그들이 무슨 생각을 하고 무슨 말을 할지 알고 있다. 그녀가 왔었어야 하는 건데, 여기 왔었어야 한단 말이야, 당연히 왔었어야지. 그 때문이라면 나한테 뭐라 해도 좋다, 나 에이미한테 뭐라 하라고. 하지만 누군가는 너한테 이야기를 해야 한단 말이야.

내가 말하려고 하는 것은 그게 완전히 네 잘못이라는 거다. 아무도 네게 한 번도 입 맞춰 주지 않았고 아무도 너를 한 번도 그리워하지 않았다면 그건 전적으로 네 책임이다. 너한테서 눈길 한 번 받지 못하고 속삭이는 소리 한 번 듣지 못하면서 오십 년이 지난 후에, 네가 지금 기다리고 있고, 알고 있고, 말해주기를 기다리고 있기를 바라고 기다리는 건 너무 지나친 것 같다. '그래 알고 있다고, 내내 알고 있었다고. 괜찮다. 날 그만 잊어라.' 하는 말을 해주기를 말이다.

내가 하려고 하는 말은 '준, 잘 있어'이다. 안녕 잭. 그들은 바로 하나고 같은 사람인 것 같다. 우리는 따로따로 자신의 삶을 살아야 하고 각자의 길을 가야 한다. 나는 나 자신의 미래에 대해 생각해 봐야 한다. 내가 재정 사정이 얼마나 좋지 않은지에 대해 레이가 한 말이 그거다.

너, 레이 아저씨 기억하니? 그와 내가 한 번 너를 보러 왔었는데 그해 여름 내가 목요일에 몇 번 오지 않았었지.

나는 이제 독립적으로 살아야 한다. 네 앞에서 말하지 않고서는 그만 올 수 없었을 거다. 전후 얘기를 다 하지 않을 수가 없었다. 너한테는 아무 의미 없는 이야기겠지만 누군가는 너한테 이야기를 해야 하는데, 그 밖의 아무도 하지 못할 것이다. 네 아빠는 한 번도 너를 보러 오지 않았고, 너를 전혀 알고 싶어 하지 않았기 때문에 네가 전혀 몰랐던 사람이고, 그게 네 아빠다.

레이

그가 참호를 파거나 트럭에 짐을 싣거나 탄약을 운반하기 위해 웃통을 벗었을 때, 아니면 아무도 그렇게 하지 않는데 군대에서만 목욕이라고 하는 것을 하고 있을 때, 그리고 한번은 이집트의 마트루에서 부서진 벽 뒤에 생긴 그늘 밑에서 그는 잠을 자고 나는 보초를 서야 했는데, 대게 군인한테 잠보다 더 필요한 게 없기는 하니까, 나는 그의 윗옷 가슴 주머니를 뒤져 그 지갑을 꺼내곤 했다. 아무것도 가져가지는 않았지만 분명 도둑처럼 보였을 거고, 그 사진을 꺼내 보며 내가 그였으면 좋겠다고 생각하곤 했다. 사막에서 길을 잃었을 때 정신을 똑바로 차리게 해주는 것은 오히려 무모한 생각들이다. 내가 그였고 그녀가 내 아내였다면 그가 나의 방패고 보호자가 되게 하지 않았을 것이고, 말하자면 그가 나의 총알받이가 되게 하지 않았을 것이다. 나는 뒤에 숨는 작은 사람이 되지 않았을 것이고 앞쪽에 서는 큰 사람이 되었을 것이다. 커다란 표적이 되었겠지만.

아버지가 돌아가셨다는 소식을 최근에 들었었기 때문에, 어쨌든 나는 두 배 이상 위험에 노출되고 무방비 상태라고 느꼈었을 것이다. 왜냐하면 전시에는 소식이 늦게 전해진다. 그런데 아버지가 몇 주 전에 돌아가셨지만, 그때는 알지 못했다. 잭과 함께 그 낙타를 타고 그 매춘부들을 쳐다보고 있을 때 돌아가신 거였다. 아프리카에 거의 발을 들여놓자마자였을 때다. 아프리카에 있었던 나. 자, 꼬마 레이야, 세상 구경 좀 해야지, 버먼지의 뒷골목만 봐서 쓰겠나, 더 많은 걸 봐야지, 하지만 머리는 늘 숙이고 있으라고, 내 말 들어, 알았지. 이게 그가 아버지처럼 해준 두 가지 충고였는데 이 두 가지가 어떻게 서로 들어맞을 수가 있는지 알 수 없었다.

포탄이 아니라 그의 가슴이었다. 죽었을 때만큼이나 살아있을 때도 아주 멀리 있어서 어쨌든 거기 없었을 때 그가 더는 거기 없다는 사실이 자신의 현재의 무사와 안전에 별 차이를 주지 않는다고 생각했을 거다. 그러나 그로 인해 일종의 배려가 없어진 거고 여유가 없어진 거다. 그래서 앞쪽으로 이동한 느낌이고 다음 차례가 된 느낌이다.

반대로 그런 식이었다고 생각하니 이상하다. 예상했을 때 말이다. 그의 사망 소식을 듣기 직전에 나는 그가 여기 있기를 꼭 바라지는 않았지만 내가 건강하게 살아있고 햇빛을 즐기고 있다고 쓴 엽서를 그에게 보냈을 때 말이다. 온 데 널려있는 고철로 그의 사업이 번창할 수 있었을 것 같지만 먼지와 연기와 휘발유 냄새와 지긋지긋한 파리만 빼면 건조하고 깨끗한 여기 공기가 그의 폐를 위해서는 더 좋았을 것이다. 그는 나 레이 존슨 일병이 사망했다는 전갈을 받을까 봐 마음의 준비를 하고 분명 열심히 일했을 것이다. 잭이 말했다. "그런데 그분이 어쨌든 그런 걱정을 덜어주셨군." 그는 그 벽 아래 시체처럼 잠들어 있었다. 그리고 나는 장래에 사진 속의 그 여자한테 말해야 할지도 모르는 그때를 생각하고 있었다. "도즈 부인? 에이미 도즈? 절 모르시겠지만, 아프리카에서 잭을 알았어요." 에이미가 소지품이라고 말하는 것 한 묶음을 손에 들고 말이다. "저는 레이 존슨이라고 합니다. 제가 사는 곳은 모퉁이 돌면 바로 있어요."

이봐, 꼬마 레이, 자넨 고물 장사를 할 사람이 아니라는 걸 잊지 말게.

그 사진은 바닷가에서 찍은 사진이었다. 어쨌든 그걸 알아볼 수 있을 거다. 여름용 드레스, 여름철에 어울리는 미소, 해변의 사진사. 그리고 이제 난 어딘지를 알겠다.

우리는 여전히 아주 느린 속도로 천천히 엄숙하고 적절하게 해안도로의 굽은 길을 돌아 계속 이동하고 있다. 비를 피하려면 서둘러야 한다. 그러나 그 방파제, 아니 잔교를 치는 물보라로 판단컨대 어쨌든 우리는 흠뻑 젖을 것 같다. 바람은 분명 서에서 동으로 만을 가로질러 정면으로 불어오고 있다. 건물들의 정면은 점점 웅대해 보이지 않고, 그것과 바다 사이의 도로도 그리 넓어 보이지 않는다. 건물들의 정면은 위험에 더 많이 노출되어 있어서인지 아니면 애초에 잘 해낼 만한 것이 별로 없었기 때문이었는지 더 하찮고 쓸쓸해 보인다. *마리오 커피 전문점.* 일부 건물은 완전히 문을 닫은 것처럼 보인다. *롤런드 보석 전문점, 루비 라운지 주점.* 레니는 얼굴이 진홍빛인데도 그 주점을 본 것 같다. 우리 모두 그 주점을 본 것 같다. *카사노바 테이크아웃 음식 전문점. 팜 파탈 — 여성용 속옷, 건강미용 용품 전문점.*

많지가 않다. 알게 되는 게 그거라면 특별히 내세울 만한 것이 많지가 않다. 바다가 그저 바다일 뿐이고 젖은 사막 같은 거고 나머지는 자질구레한 물건 같은 거라면 말이다. 잔교, 엽서, 동전 투입구의 동전. 잭과 에이미가 고생을 면했고, 결국, 에이미가 고생을 면했다고 할 수 있을 것처럼 내게는 보인다. 그것은 초라한 꿈이다. 그러나 꿈이란 게 모두 초라하다.

삼만 사천 파운드.

나는 세상 구경 할 수 있을 거다. 바다와 사막이 전부가 아닐 수 있다. 반대편 세상, 시드니 항구나 본디 해변을 볼 수 있을 텐데, 마게이트는 거기에 비하면 분명 아무것도 아니다. 뭔가를 전하는 소식을 수지가 듣기 전에 나는 그 애를 볼 수 있을 거다. 더는 아프가니스탄 양털 가죽 재킷을 입지 않을 것 같은 앤디한테 그 애가 "아버지예요"라고 말하기 전에 말이다.

사망자.

그리고 미안하다고 말할 수 있을 거다. 편지를 그만 보내 미안하다고. 먼저 그만둔 사람이 나이기 때문에 인정하겠지만 나한테도 이유가 있었다. 내가 작기는 하지만 나한테도 자존심이 있는 거고 잘 인정하지 못하는 성향이 있다. 그건 캐럴 때문이었다. 캐럴이 나를 두고 떠났고, 나를 버리고 다른 놈한테 갔기 때문이었고, 너와 네 엄마가 몹시 사이가 좋지 않았지만. 어쨌든 그게 내 잘못이거나 아니면 내가 동정을 얻으려고 하고 있거나 아니면 애초에 네가 가버린 것과 관련이 있다고 네가 생각할 것 같았기 때문에 말하기가 창피하기도 하고 용기가 나질 않았다. 편지를 쓰지 않는 게 거짓말을 생각해 내는 것보다 낫다는 생각이 들었고 실제로 그렇게 생각했었다. 그러나 네가 그걸 알고 있고 거의 이십오 년 동안 너한테 내가 말하지 않았다는 걸 네가 알기 때문에 훨씬 더 나를 믿지 못할지도 모르겠다. 이십오 년 동안 분명 너는 세상의 반대편에 캐럴과 내가 있다고 생각했겠지만, 주로 나였긴 하지만 우리는 편지를 쓰지 않기로 했었다. 눈에서 멀어지면 마음에서도 멀어진다. 그 때문에 분명 너는 훌쩍 떠나버리길 정말 잘했다고 생각했을 거다. 하지만 나는 현재 여기서 너한테 얘기하고 있는 거고, 직접 그 얘길 하고 있는 거다. 캐럴은 네가 떠난 후 약 육 개월 뒤에 나를 떠났는데 그건 사실이다. 그리고 사실 그 사람이 그립지도 않은 건 오래된 일이고 이미 말한 게 그 이유다. 하지만 너를 한 번도 그리워하지 않은 적은 없다.

자, 내 손자, 손녀들은 어디 있니? 수영장이구나. 코알라 좀 구경시켜 주지 않을 거냐?

세상 구경을 할 수 있을 거다. 경마장을 구경하는 것보다 더 나을지도 모른다. 윈캔턴 경마장 울버햄프턴 경마장 요크 경마장. 경주마들을 쫓아다니는 것보다 더 나을지도 모른다. 들어본 적 있어? 럭키 존슨 노인이 경마를 포기하고 다시는 내기를 하지 않을 거라는 말을 말이다. 세상에는 경마장이나 마권 판매소를 드나들거나, 축구 경기 결과를 확인하거나, 돈을 건 전표를 찢어버리거나, 일요일 오후마다 바보처럼 금속 탐지기를 연결하고 이리저리 돌아다니는, 외롭고 운이 없는 사람들이 가득하다.

그런데 아직 너한테 하지 못한 얘기가 또 있다고 수지한테 내가 말할 수 있을 거다. 얘야, 지금까지 이 길을 내내 나 혼자서 온 게 아니었단다. 조금만 더 기다려라. 나한테 누군가가 있단다. 에이미다. 에이미 기억하지? 에이미 아줌마라고 부르던 사람 말이다. 그런데 이제 더는 에이미 아줌마가 아니다. 이번 여행이 어떤 여행인지 알겠지? 그저 단순한 그런 여행이 아니고 그냥 가족 상봉만도 아니다.

그러나 그때는 그 얘기를 바로 해야 하지 않겠나? 털어놓는단 말이다. 나와 에이미 아줌마의 관계를 말이다. 네 엄마와 누구처럼. 더 중요한 문제는 에이미한테 먼저 말하고 물어봐야 하는 건데, 모험을 한번 해봐야지. 물어보지 않고는 아무것도 얻을 수 없고, 위험을 무릅쓰고 해보지 않고서는 아무것도 얻을 수 없다는 것이 내기의 첫 번째 규칙이다. 하지만 때론 남은 불씨 휘젓다가 아무것도 얻지 못할 수도 있다. 재만 남는다는 말이다. 그녀가 말했다. "이제 우리 그만둬요. 준을 다시 보러 가기 시작해야겠어요." 수녀원을 도망쳐 나온 수녀 같은 모습으로 다시 말했다. "준을 안 볼 수가 없어요."

오스트레일리아로 여행 갈 마음 있어? 지구의 정반대 쪽으로 말이야?

"잊어버려요, 레이. 이십 년 전에 끝난 얘기 아닌가요? 이젠 우리도 늙었어요"라고 그녀가 말했다고 하자. 그저 "잊어버려요"라고 그녀가 말했다고 하자. 그렇다면 어쨌든 늘 그랬던 것처럼 혼자 가는 게 나을지도 모른다. 마음의 안정을 위해 지갑에 삼만 파운드를 넣고 혼자 세상 구경을 하고 혼자 지구의 정반대 쪽으로 가는 것 말이다. 아무도 알 필요가 없다. 빈스도 자기 돈 천 파운드가 어디로 갔는지 전혀 모른다. 나는 그걸 믿을 거다.

그런 일은 다시 없을 거다, 기적은 두 번 일어나지 않는다. 어떤 식으로였던 간에 여하튼 그건 잭의 선물 같은 거였을 테니까 말이다.

아니면 내가 그녀에게 바로 그 돈을 몽땅 주어야 할지도 모른다. 여기 있어요, 에이미, 삼만 파운드인데요, 이걸로 사는 데 지장 없을 거예요. 나한테 말고 잭과 말한테 고마워해요. 그러나 그때는 왜 그녀에게 말할 수 없었는지 난 알 수가 없다. 그 돈의 의미가 그만두었던 우리의 관계를 계속하라는 신호이자 허락이고 두 사람한테 축복 같은 거였다는 걸 말이다. 자신의 삶이 가부간에 달려있는 것처럼, 사느냐 아니면 다시 죽느냐가 될 것이다. 에이미, 말해봐요. 내가 운이 좋다면 세상 사람들이 알아야 할 것이다. 내가 세상 구경을 하는 게 아니라 세상 사람이 나를 구경하게 될 것이다. 레이는 다크호스 맞잖아? 내 개인적인 생각으로 멋진 일이다.

그런데 그는 내내 알고 있었다. 그게 그 일의 골자다. 그 일을 테이프로 붙인 것처럼 봉해놓고 실로 꿰맨 것처럼 막아놓았다. 수술 부위를 실로 꿰맨 채 그가 침대에 누워있던 것처럼 말이다. 그리고 이렇게 말하는 것 같았다. 레이, 이거 내 신발인데 어서 신어봐, 한번 신어보라고. 전적인 우연의 법칙 말고 다른 법칙이 있었다면 애초에 보고 고를 수 있었다면 항상 그 신발을 신고 있었을 텐데. 자네와 에이미 말이야. 우리가 선택할 수 있었다면 말이야. 자네는 더비 경마대회 우승마를 타는 기수가 되었을 테고, 레니는 미들급 챔피언이 되었을 테지. 그리고 나는 닥터 킬데어가 되었을 테지. 그런데 빅은 뭐가 되었을까? 빅은 자기가 원하는 곳에 있는 것 같다. 빅은 해결을 다 한 것 같다.

어서 가져가게. 네 치수 정도 더 크겠지만 아마 신고 다닐 수 있을걸세.

우리 모두 볼 수 있었다면. 우리는 잔교가 시작되는 곳으로 다가가고 있다. *바나클스 주점. 새닛 매치 룸 — 스누커 사교 클럽.* 우리 모두 볼 수 있고 선택할 수 있었다면. 마권 영업소는 망했을 거다. 하지만 어쨌든 생기는 일이 몇 가지 있다, 생기는 일이 몇 가지 있다고. 우리가 할 수 있었다면 했겠지만, 볼 수 없었거나 선택할 수 없었던 것처럼 말이다. 그러나 우리가 주위에서 가장 크고 가장 똑똑하고 가장 멋지고 가장 명석한 경마 도박꾼이 아니라 할지라도, 그 일들이 우리가 오는 것을 보았고 우리를 먼저 보고 선택한 것처럼, 어쨌든 그 일들은 일어나는 것이다. 하늘이 터질 것처럼 시커멓게 짓누르고 있고, 빈스는 차를 세울 곳을 찾고 있으며, 나는 자격이 없는데도 유골함을 들고 있다는 생각을 한다. 바다는 황폐한 빛을 띠고 있다. 젖은 잿빛이다. 비가 내리고 있다. 오, 레이, 당신은 참 좋은 사람이에요. 사실이 아닐지라도 살면서 한 여자가 그런 말을 하는 걸 들었다니. 당신은 참 좋은 사람이에요. 지붕에 비가 떨어지고 사람들의 소리가 파도 소리 같다. 눈물을 흘리며 목이 멘 채 그녀가 말했었다. 오, 레이, 당신은 참 좋은 사람이에요. 운이 좋은 사람이기도 하고요. 작은 햇살 같은 사람이고요, 작은 희망의 빛이에요.

잭

그가 말했다. "잭, 얘야, 그게 다 낭비가 되는 거다. 네가 알아야 할 게 있는데, 가게로 들어오는 게 전부 그대로 나가게 되는 게 아니라는 거다. 정육사의 기술은 낭비를 피하는 거다. 정육사가 자기 쓰레기통과 비계 통에 넣어버리는 것에서 대가를 얻을 수 있다면 만족스럽지 않을까? 만족스러운 웃음을 웃겠지. 네가 사들인 것에서 쓰레기의 무게를 빼고 남은 것을 지불한 값으로 나누면 수입에서 빼야 할 진짜 비용이 될 거다. 그걸 절대 잊지 마라. 뼈도 비용이고, 비계도 비용이고, 줄어든 양도 비용이고, 정육칼을 갈지 않는 것도 비용이 될 거다. 관리 소홀이나 정육 부실로 결국에 아무한테도 팔아먹지 못할 하찮은 고기 조각을 많이 남기는 것이 무엇보다도 큰 비용이 될 거다. 항상 낭비되는 것이 없는지 지켜봐야 한다. 꼭 알아야 하는 게 있는데, 상품의 성질이다. 그건 바로 썩기 쉽다는 거지."

마게이트

빈스는 차를 주차하고, 나는 유골함을 들고 있으면서 나는 자격이 없다고, 그럴 자격이 없다는 생각을 한다. 도로와 바다 사이에는 불퉁불퉁한 땅이 넓게 펼쳐져 있고, 가운데엔 낮고 폭이 넓은 낡고 작은 건물이 하나 있고, 시계탑과 세관 같은 건물과 뒤쪽에서 시작되는 잔교가 있다. 한쪽 편에는 잔교의 겨드랑이 부분처럼 아래로 내려가는 콘크리트 경사면이 있는 항구의 입구가 있고, 다른 쪽 편에는 높고 난간이 있는 해안 거리가 있는데 만곡을 그리며 반대쪽으로 나와있고, 멀리 절벽이 있는데 회색 불빛에 어두운 흰색으로 보이고, 갈매기들은 곡예를 부리듯 날아다니거나 난간 위에 줄지어 앉아 날개를 옆으로 벌려 버티고 있다. 그런 식으로는 더는 해변도 모래사장도 아니고 그저 훤히 트인 바다일 뿐인데, 북해이고, 다음으로 닿을 곳은 노르웨이고, 여기에 애초에 만과 해변과 항구를 형성하고 악천후로부터 내포를 보호하기 위해 잔교가 놓였다. 오늘 한 가지 문제는 비바람이 반대쪽으로 불어오고 있다는 것이다.

빈스는 시동을 거의 끄기도 전에 운전석 문을 열며 말한다.

"좋아요. 하시죠. 합시다." 해안도로를 천천히 운전해 오면서 자신의 동기가 강화된 것처럼, 이제는 빨리 움직이고 싶어 한다. 그런데 우리가 하늘을 보니 여하튼 지체 없이 해야만 한다는 걸 알 수 있는데, 하늘이 너무나도 음산해지면 반드시 폭우가 쏟아진다고 생각되기 때문이다. 빈스는 위를 올려다보면서 컵 모양이 된 손을 내밀어 한편으로는 비가 오는지 보려고 하고 또 한편으로는 우리에게 신호를 보내려고 하는데 손가락을 흔들어 이동을 위해 나가라고 한다. 비가 아직은 놀리는 것처럼 후두두둑 떨어지는 정도지만, 파도는 대단한 무언가가 오고 있다는 걸 아는 모양이다. 파도는 더 많이 젖을 준비가 되어있는 것처럼, 먹이 주는 시간에 동물들처럼 몸부림을 치며 부딪친다.

레니가 말한다. "조금 기다려보자고. 잭도 십오 분 정도는 기다려줄 수 있겠지."

빅이 말한다. "지나가는 소나기가 아니야. 험악한 날씨가 시작되는 거라고."

예, 알겠습니다, 선장님.

빈스는 운전석 문을 열어둔 채 코트를 가지러 트렁크 쪽으로 돌아간다. 차가운 바람이 다시 차 주위로 소용돌이치고, 바닷가 냄새도 소용돌이친다. 타르 냄새와 해감내와 거름 냄새에다 동시에 싱싱하고 깨끗한 냄새가 난다. 그 냄새는 기억나는 무언가의 냄새 같고 기억나는 바닷가의 냄새 같지만, 나는 바닷가에 가본 적이 없었다. *이봐 레이, 자네와 나한테는 그게 틀림없이 타워 브리지 잔교일 거야.* 그 냄새는 바닷가재잡이 통발 속처럼 기억 그 자체의 냄새 같다.

빈스는 우리가 다시 볼 수 있는 곳으로 돌아온다. 그는 다시 아빠가 된 것처럼 우리 모두의 코트와 재킷을 들고 오지만 우리는 꼼작도 하지 않는다. 우리 모두 무서워서 그런 것 같다. 우리는 모두 갑자기 두렵다. 빈스는 빅과 레니가 앉아있는 자리 위쪽 지붕을 주먹으로 내리치자, 레니는 본능적으로 머리를 숙이고 그의 입은 좌우로 길게 벌어지고 눈은 크게 떠 희번덕거리고 아주 냉담하다. "자 어서 갑시다." 빈스가 말한다. 곧이어 빅이 문을 열고, 빈스는 그에게 코트를 건넨다. 그다음에 내가 문을 열었지만, 너무 무거워서 들어 올릴 수 없는 것처럼 유골함을 든 채 그냥 앉아있다. 그때 빈스는 열어놓은 운전석 문으로 돌아가서 자동차 키를 꺼내고, 나를 위해 코트를 자기 자리에 놓는다. 나는 잭을 들고, 그가 들기를 원하는지, 그가 들고 싶은지를 묻는 것처럼, 그를 쳐다본다. 그리고 그가 "그를 꼭 붙잡으세요, 레이" 하고 말하는데, 마치 그가 이미 들고 가서 버리는 바람에 오는 도중에 잭의 일부가 없어졌다는 것을 기억하는 것처럼 말이다. "그를 꼭 붙잡으세요." 이 말은 나한테 달려있다는 뜻이다. 그가 말한다. "쇼핑백은 더는 필요 없을 것 같지 않아요?" 그래서 나는 유골함만 꺼내고 쇼핑백은 발밑에 놓았다. *잭 아서 도즈.* 비가 좀더 세게 내리기 시작했다. 그래서 나는 코트를 거머쥐고 차에서 내리고, 레니는 문을 열고 나온다. 빈스는 그에게 코트를 건네주고, 문을 닫고는 잠근다. 그러고 나서 우리는 모두 바람이 불고 시끄러운 바닷소리가 들리는 가운데 서서, 옷을 입으려고 애를 쓰고 있다. 나는 바람에 날려가지 않게 모자를 꽉 눌러 쓰는 동안 잭의 유골함을 곡예 하듯 다룰 수밖에 없지만, 아스팔트 위에 내려놓고 싶지가 않다. 유골함이 젖어 미끄러워질 거라는 걸 알 수 있다. 그를 떨어뜨리면 어떡하지? 빈스는 어쨌든 모자를 쓰지 않을 건데, 뒤로 빗어 넘긴 머리가 온 사방으로 흩어져 있다. 그러나 나는 모자를 쓰고 있고, 안 썼으면 어땠을까 생각한다.

"자 어서요, 어서." 빈스가 말한다. "갑시다." 여기까지 오는 데 하루 종일 걸렸는데, 이제 빨리 행동해야 한다니 갑자기 너무나 모순된 것 같다. 사전에 생각을 해보고 마음속으로 상상을 했을 때, 게다가 빅도 군사령관처럼 빙빙 돌아가거나 기어가듯 움직이거나 바쁘게 움직이지도 않게끔 몇 가지 조언도 해주었기에, 아주 고른 보조로 천천히 의식에 맞게 진행되고 있는 것으로 보였다. 우리가 할 수 있었던 것처럼 더 일찍 여기 도착했다면 고요하고 공간도 많고 햇빛도 나고 시간도 많았을지도 모른다. 그러나 날씨가 우리를 막았다기보다는 지지해 준 것처럼, 그동안 내내 우리가 이 일을 수행하도록 재촉하는 데 필요했던 것 같다. 그동안 내내 가장자리 한곳을 찾으러 비틀거리며 이리저리 다녔던 것처럼 이제는 더는 주춤거릴 수는 없다. 하늘이 막 열릴 것처럼 보이기 때문이다.

잔교는 멀리서 보던 것보다 더 넓고 도로만큼이나 넓어서, 어쨌든 물보라 때문에는 우리가 아주 흠뻑 젖지 않을지도 모르겠다. 바다를 향하고 있는 쪽, 당연히 가장 많이 젖을 수밖에 없을 것 같은데, 그렇지 않은 쪽에는 방어물처럼 일 미터 이상 높여놓은 부분이 죽 이어져 있고, 그 위에는 남아있는 낡은 난간과 가로등 기둥처럼 보이는 것들이 녹슬어 밑동만 있지만, 오래전에는 바람에 먼저 날려가지만 않았다면 그 위를 따라 의기양양하게 산책을 했을지도 모를 것 같다. 그러나 그쪽은 이제 폐쇄가 되었고 올라가는 계단은 다 부서지고, 그래서 아래쪽에 있는 주 보도로 우리가 걸어가고 있는데, 이곳은 사유지입니다. 무단 침입은 보호받지 못합니다라는 표지판이 나왔다. 그래서 우리는 돌아서 나올 구실을 갖게 되었다. 출입 금지라네, 잭, 무단 침입을 했다는군. 하지만 오늘 같은 날 누가 우리를 막겠는가? 주위에 아무도 없는데 말이다. 그리고 어쨌든 특별한 상황이고, 특별한 부탁이며, 특별한 임무다. 우리를 계속하게 하는 또 다른 채찍질 같은 거다.

여기는 넓고 튼튼하다. 아래쪽에서 파도가 부딪치는 방파제가 아니어서 다행이다. 그러나 둥근 웅덩이가 있고 땜질이 되어있으며 불퉁불퉁해서, 사정이 아주 좋았던 시절에도 마음 편히 걸을 수 있는 곳이 아니었을 것이다. 높여놓은 곳의 안쪽 벽에는 아치 모양의 기둥들이 있는데, 잡석이나 녹슨 깡통이나 쓰레기가 기둥 사이를 막아놓았고, 좀더 가니 높여놓은 부분이 점점 더 높아지면서 임대점포들과 그 벽에 기대어 지은 건물들이 있는데, 뭔지는 알 수 없지만 저장할 목적으로 사용되었고, 그중 일부에 칠해진 페인트는 비바람에 벗겨져 버렸고, 그 밑에 드러난 목조부는 회색빛에 부서질 것 같다.

여기는 황폐한 거리처럼 보이는데 정말 그런 것 같다.

길이가 이백 미터 정도, 이백오십 미터 정도인데, 잭이 잔교의 끝이라고 말했고, 끝이라고 특별히 지정을 했다. 우리는 흩어져 걸어가고 있는데, 우리를 서로 떨어지게 한 게 우리의 선택이 아니라 날씨 때문이었던 것 같고, 우리 각자가 날씨와 사소한 다툼을 하고 있는 것 같다. 바다로 떨어지지 않고 파도의 물보라를 맞지 않으려고 오른쪽에 붙어서 걷고 있지만, 엄청난 소나기 같은 물보라가 우리에게 날아와 얼굴에 물방울을 뿌리는데, 그런 파도가 주로 하는 일은 자갈을 던지듯 요란스러운 소리를 내며 와서 부딪치는 거다. 앞쪽에 잔교의 만곡부 안쪽 편에서 파도가 갈라지며 뾰족한 봉우리를 만들어내고, 그 봉우리들은 마치 미친 동물처럼 평평한 수면 위를 급히 달려가려고 하고, 그게 여의치 않다는 걸 알았을 때 꼬리를 휘두르려고 하는 것 같다. 우리는 말이 없다. 서로에게서 떨어져 있어서 말을 할 수가 없지만, 어쨌든 나는 말할 수 없을 것 같다. 나 자신의 방파제에 파도가 부딪치고 있는 것처럼, 파도처럼 내 안에 내 가슴 속에 반코트 아래 책을 안고 있는 곳에서 벅차오르는 무언가가 있기 때문이다.

나는 그런 걸 예상하지도 않았고 기대하지도 않았다. 나의 일부가 나를 맡아서 무엇을 할지 어떻게 할지를 지시하고 있는 것 같다.

빈스는 곁의에 차 사 미터 정도 앞서 걸어가고 있는데, 한 손은 코트 주머니에 넣고 다른 한 손은 목 쪽으로 칼라를 붙잡고 있다. 바지에는 켄트 지방의 진흙이 묻어있다. 빅은 그와 나란히 걷고는 있지만, 물보라를 좀더 맞더라도 신경 쓰지 않는 것처럼 왼쪽으로 떨어져서 걷는다. 고개는 들고 얼굴에는 거의 미소에 가깝다고 할 수 있을 표정을 짓고 있다. 그리고 레니는 내 뒤 어딘가에 있거나 아니면 나는 그러기를 바란다. 내가 돌아서서 그에게 도움의 손을 내밀어 그의 팔을 잡고 그를 끌어당겨야 하지만 책을 들고 있어서 쉽지가 않다. 그러나 빈스가 갑자기 걸음을 멈추더니 돌아서서 우리 중에 낙오자가 있는지 확인을 하고, 나는 계속 걸어가면서 책에 대해 걱정하지 않고 빈스의 팔을 붙잡았는데, 내 다른 팔과 가슴속의 감정으로 책을 돌보고 있기 때문이다. 나는 그의 팔을 잡고 꽉 쥐면서 잡아당겨서 그에게 바짝 다가갔을 때 말한다. “자네 돈 천 파운드 내가 갖고 있어. 그 천 파운드 돌려줄게. 다 말해줄게.” 온갖 시끄러운 소리와 소란 때문에 긴 대화가 불가능할 수밖에 없고, 이리저리 흩날리는 물보라 때문에 내가 짓고 있는 표정을 빈스가 알 수 없다는 게 다행이라고 생각한다. 그러나 빈스가 짓고 있는 표정은 너무나 분명하게 안도하는 표정 같고, 갑자기 얼굴 전체에 불빛이 비친 것 같다. 전모를 알게 될 때까지 기다릴 수 있을 것 같지만, 지금 당장은 어떤 사소하고 성가신 지엽적인 문제를 없애고 당면한 문제에 전적으로 주의를 기울일 수 있을 것 같다. 우리는 둘 다 돌아서서 레니를 쳐다보는데, 그는 웅크린 채 얼굴이 벌게져서 우리를 향해 열심히 절뚝거리며 오고 있다. 그는 우리와 나란하게 되자 말한다. "에이미가 결정을 잘한 것 같네."

우리는 각자만의 독립된 공간 속에 도로 빠져서 계속 앞으로 가고 있고, 빅은 이제 몇 미터 앞서가고 있다. 이게 경주라면 빅이 이길 것 같다. 그의 이름이 승리자다. 그리고 우리가 계속 가고 있을 때, 비가 마침내 제대로 내릴 때가 되었다고 결정을 한 것 같다. 하늘은 전과 다르지 않지만, 비는 본격적으로 내리기 시작한다. 비는 물보라가 제대로 우리를 적시지 못하는 걸 참을 수 없는 것처럼 바람을 타고 휘몰아쳐 들어오고, 그래서 순식간에 우리는 흠뻑 젖어버리고 빗물이 코와 턱을 타고 흘러내리지만 난 유감스럽지가 않다. 바람이 비의 무게를 좀 줄여주거나 아니면 비가 강한 바람을 뚫고 내리는데, 비로 인해 모든 것이 더 부드러워지고 안전해지고 있는 것 같고, 우리는 한가운데 있고 이제 우리한테 던질 게 더는 없는 것 같기 때문이다. 불빛은 걸어놓은 거대한 레이스 커튼이 빙빙 돌고 있는 것처럼, 만 전체에 아주 엷고 희미하고, 파도는 더는 성난 것 같지 않다. 빅이 지나가는 소나기가 아니라고 한 말이 틀렸는지도 모르겠는데, 저 멀리 해안에서 멀리 떨어진 하늘 아래쪽에 희미하고 가는 빛이 드러나 있기 때문이다. 우리는 신중하게 기회를 잡는다.

이제 갈 길이 멀지 않다. 말로 한 건지 머릿속으로 한 건지 모르겠지만, 젖은 코트 안에 잭을 들고서 내가 말을 한다. "이제 거의 다 왔어, 잭." 이제 우리는 잔교의 팔 부분을 돌아와서 보니 우리가 반대편 해안에 있는 것처럼 마게이트 한복판의 어둠 사이로 다른 육지가 보인다. 우리가 이전에 지나온 머린 테라스와 아케이드 상가와 여기저기 흩어져 있는 등불이 보이는데, 작은 장난감 건물들처럼 우리에게 손을 흔들면서 '자 도착했어' 하고 말하려고 하는 것 같다. 그 뒤로 엷은 색 띠 모양의 하늘을 배경으로 대회전 관람차와 롤러코스터의 윤곽이 보이면서, 지금 당장 비바람이 치는 가운데 저 위의 덜거덕거리는 칸 안에 흔들거리는 좌석에 타고 있는 어떤 미친놈이 우리보다 더 미친 것처럼 소리치고 비명을 지르는 상상을 한다.

빅은 끝에 도착했다. 그는 잠시 거기 서서 내다본다. 선교 위의 선장 같다. 그보다 위쪽에 높여놓은 부분 위에 소형 등대 같은 탑 위에 부두의 등이 하나 있는데, 그가 서있는 곳에서는 돌로 된 단과 가파른 비탈이 있는 것처럼 보인다. 그는 우리를 기다리면서 왔다 갔다 하기 시작한다. 무언가 준비되어 있지 않은 게 있다면 좋지 않을 거기 때문에, 빅이 먼저 거기 와서 자리를 조사하고 화장실을 확인하는 게 맞는 것 같다. 바람이 그를 돌아서 가기로 결정한 것처럼, 그가 정면으로 똑바로 서있다가 우리가 그에게 다가가자 돌아서 우리를 쳐다보고는 그 하면 생각나고 의당 짓게 되는 미소를 우리에게 지어 보인다. 그는 특별히 나를 바라보고 있다.

그가 말한다. "자, 다 왔어." 그런데 판석으로 깔아놓은 엄청나게 크고 여기저기 많은 구멍이 나있고 물도 많이 고여있는 석판들, 도로의 연석 같은 나지막한 화강암 난간, 그리고 바람과 비와 물보라 말고는 여기에 아무것도 없다. 한쪽에서는 파도가 세게 때리고 부서지고, 다른 쪽에서는 파도가 사과나 하는 듯이 꿀럭꿀럭 하거나 꿀꺽꿀꺽 하는 소리를 낸다. 한쪽에는 마게이트와 드림랜드가 있고, 다른 쪽엔 훤히 트인 바다가 있다. 그러나 이젠 그냥 광활한 바다가 아닌데, 왜냐하면 우리는 높여놓은 부분의 끝을 둘러볼 수가 있고, 그 끝을 볼 수가 있기 때문이다. 그건 무너져 내린 다리의 남은 부분처럼 약 삼백 미터 앞의 바다에서 삐져나와 있는 녹이 슨 낡은 철제 덩어리로 그 주위에 파도가 출렁인다.

"여긴 방파제예요." 빈스가 바람을 거슬러서 소리치며 말한다. "방파제인데 쓸려 가지 않고 남은 부분이에요."

레니가 말하는 소리가 들린다. "오늘 그렇게 될 수도 있겠네."

우리는 끝에 와있고 나는 잭을 들고 있다. 끝에서 뭘 할지 알고 있는 것 같다. 나는 잠시 동안 마지막 생각을 결집할 시간이 있어야 할 거고, 누군가가 한마디 하면서 신호를 보내고 싶어 할지도 모른다는 생각을 항상 했다. 낯선 사람들과 같이 앉아서 밥을 먹을 때 그들이 식전 기도를 드리는 그런 사람들인지 몰라 이리저리 쳐다볼 때처럼 이런 머뭇거림이 있을 거로 생각했다. 그러나 나는 머뭇거리지 않는다. 나는 코트 안에서 유골함을 꺼내고, 잭 아서 도즈의 유골함을, 그리고 아무 말도 하지 않은 채 유골함을 팔에 안고서 그것밖에 할 일이 없는 것처럼 유골함 뚜껑을 돌려 여는데, 그때 한 사람의 재를 뿌리기에 충분히 긴 시간이 주어지고, 그게 충분한 신호가 된 것처럼 비가 잦아들기 시작한다. 우리는 끝에 와있다. 내가 말했다. "그가 마지막에 무얼 하고 있었어요?" 에이미가 말했다. "간호사 말이, 그가 침대에 일어나 앉아 라디오를 듣고 있다가, 헤드폰을 아주 단정하고 조심스럽게 벗더니 '그래, 바로 그거야. 정말 잘 됐어'라고 말하더래요, 그리고 그녀가 할 일이 있어서 잠깐 나갔다가 돌아왔더니 그가 죽었더래요." 나는 유골함 뚜껑을 열어 주머니에 뚜껑을 집어넣고는 돌아서서 바람을 등지고 유골함을 내밀며, "자, 어서들 하자고"라고 말하는데, 나는 사탕이 든 통을 내밀거나 아니면 조금씩 나누어 주는 것 같다. 자, 조심들 하면서 한 번에 한 사람씩, 한 번에 손

하나밖에 들어갈 공간이 없다. 레니가 먼저 손을 집어넣고 한 줌을 꺼내는데, 그 고운 가루가 손가락들 사이로 새어 나오고, 빅은 손수건으로 양손을 닦으면서 "가능한 한 손이 젖지 않게들 해"라고 말하는데, 나는 그의 말뜻이 이해가 간다. 잭이 우리한테 들러붙지 않게 하려는 거고 우리가 잭을 우리 손에 들러붙지 못하게 하려는 거다. 그러나 나는 손수건이 없고 그런 생각은 하지도 못했다. 특히 오늘은 손수건 생각을 전혀 하지 못했다. 그때 빅이 손을 집어넣고 한 줌 꺼낸다. 그다음에 빈스가 소맷자락을 밀어 올리지만, 마치 "먼저 하세요, 레이"라고 말하려는 것처럼 머뭇거리는데, 왜냐하면 그는 이미 한 번 했고, 이미 손을 한 번 집어넣었기 때문이거나, 아니면 내가 먼저 하기를 원하기 때문일 거다. 그러나 젖은 함을 들고 있으면서 그러기는 쉽지 않을 것 같아서 내가 말한다. "먼저 해, 빈스. 먼저 하라고." 그가 한 줌을 뜨고, 그들 모두 바람이 불어가는 쪽 난간으로 이동하여 놓아줄 새가 손안에 든 것처럼 컵 모양으로 꽉 쥔 손을 앞으로 내밀고 있고, 우리 모두 같이 해야 하는 것처럼 그들은 나를 기다리고 있다. 빅은 우리가 그리도 어리석은 것처럼 말한다. "나 같으면 너무 가 쪽으로 다가가지 않겠네. 재가 바람에 날려갈 테니 바람에 맡겨두라고." 그가 다음에는 안전띠를 나눠줄지도 모른다. 나는 노는 손이 한 손밖에 없으니 씨를 뿌리는 것처럼 빨리해야 한다는 걸 알고 있어서, 난간 쪽으로 가서 바람이 닿지 않게 유골함을 기울여 그 속으로 손을 집어넣고는 맘껏 한 줌 집어 올린다. 재는 부드러우면서도 알갱이가 있고 거의 흰색이며 해변의 부드러운 하얀 모래 같다. 곧이어 나는 그 손을 앞으로 휘두르며 재를 뿌린다. 분명 그들 모두 동시에 뿌렸겠지만 나는 그들을 보고 있는 게 아니라 내가 던진 것만 보고 있다. 내가 말한다. "잘 가게, 잭." 바람에다 대고 말한다. 그리고 그들이 말한다. "잘 가게, 잭."

빅이 말한 게 사실이다. 재가 바람에 실려 가서 눈 깜짝할 사이에 빙빙 돌며 사라져 버렸다. 방금 보였지만 이젠 보이지 않는다. 나는 다시 양손으로 유골함을 들고 속을 재빨리 들여다보고는 말한다. "자, 어서들 해." 그들 모두 몰려와서는 또 한 줌씩 퍼간다. 네 사람이 두 번 정도 퍼가면 될 정도이다. 그들은 다시 차례로 손을 집어넣는다. 경품 뽑기 같다. 나도 넣어 한 줌 떠서 우리 모두 다시 뿌리는데, 하얀 연기처럼 가늘게 뻗치다가 마침내 사라져 버리고, 갈매기 몇 마리가 불쑥 날아왔다가 마치 속았다는 듯이 다시 날아가 버린다. 그때 나는 또 한 번씩 나눌 만큼, 전원이 다시 돌아가며 할 만큼 충분히 남지 않은 것을 알고 내가 혼자 푸기 시작하는데, 그들은 개의치 않는 것 같다. 어떤 짐승이 긁어서 굴을 파는 것처럼 푸고 또 푸다가, 상자에 든 콘플레이크가 바닥을 보일 때 하듯이, 결국엔 유골함을 들고 있을 필요가 없다는 걸 알고 함을 세게 친다. 한 줌, 두 줌, 두 줌밖에 되지 않는다. 내가 말한다. "잘 가게, 잭." 하늘과 바다와 바람이 모두 한데 뒤섞여 있지만, 그렇지 않더라도 눈물로 시야가 흐려져서, 구분이 되지 않을 것 같다. 빅과 빈스의 얼굴은 하얀 둥근 덩어리처럼 보이지만, 레니의 얼굴은 횃불처럼 보이고, 바다를 가로질러 마게이트의 불빛이 보인다. 마게이트의 잔교 끝에 서면 드림랜드까지 보인다. 그때 나는 마지막 한 줌의 재를 뿌리고, 갈매기들이 이 또 한 번의 기회를 놓치지 않으려고 돌아오고, 유골함을 들어 올려 흔들고 있는데 유골함마저 바다에 던져버려야 하는 것처럼 그리고 병 속에 든 편지와 잭 아서 도즈의 긴급구조신호인 것처럼 말이고, 내 손에 들었던 재는 한때 이리저리 걸어 다녔던 잭이었는데, 이제 바람에 실려가고 바람에 날려가서 마침내 재는 바람이 되고 그 바람은 우리의 진가인 잭이 된다.

작품 해설

그레이엄 스위프트는 1949년 런던 남부에서 태어났다. 그의 부친은 제2차 세계대전 당시 해군 항공 조종사였고, 이후 공무원으로 일했다. 어린 시절 런던 남부에서 교육을 받았고 1960년대에는 케임브리지대학에서 영문학을 공부하였다. 그는 열두세 살 어린 나이서부터 작가가 되고 싶었다고 한다. 그래서 독서를 많이 했고 언어 감각을 익혀나갔다. 1970년 케임브리지대학을 졸업하고 장학금을 받아 요크대학에 석사과정에 입학하여 수료하였지만, 학위를 받지는 못한 채 글쓰기를 시작하였다. 생계 마련을 위해 정신 병원에서 일하기도 했고 경비원으로 일하기도 하였는데, 런던에서 성인 교육학교에서 시간 강사로 일한 게 그에게 가장 중요한 일이었다.

1980년 첫 번째 소설 《사탕 가게 주인The Sweet-Shop Owner》을 출판하기 전까지 스위프트는 15년 동안 습작을 열심히 했다고 한다. 이어서 1981년 두 번째 소설 《셔틀콕Shuttlecock》이 출판되었고, 1982년 단편 소설집 《수영 배우기Learning to Swim》가 출판되었다. 그의 초기 소설들은 비평가뿐만 아니라 독자들에게 좋은 호응을 받았고, 1983년에 출판된 《워터랜드Waterland》로 드디어 인기와 명성을 얻게 되었다. 이 소설은 영화로 제작되었고, 이 소설의 성공으로 스위프트는 강사를 그만두고 소설 집필에 전념할 수 있었다. 이후 1988년 《아웃 오브 디스 월드Out of This World》, 1992년 《에버 애프터Ever After》, 그리고 1996년 《마지막 주문Last Orders》이 출판되었다. 2003년 《일광The Light of Day》, 2007년 《내일Tomorrow》, 2011년 《여기 네가 있었으면Wish Your Were Here》, 2014년 《잉글랜드England and Other Stories》, 2016년 《어머니 날Mothering Sunday》, 2020년 《히어 위 아Here We are》를 출판하였다. 위 소설 중 《셔틀콕》은 제프리 페이버 추모 상을 수상하였고, 《워터랜드》는 가디언 신문사의 소설 상, 위니프레드 홀트비 추모 상, 이탈리아 페르미오 그린차네 카부르 상을 수상하였으며, 부커 상 파이널 리스트에 올랐다. 《에버 애프터》는 프랑스의 메이에르 리브르 에트랑제 상을 수상하였고, 《마지막 주문》은 부커 상을 수상하였다.

먼저 스위프트의 소설의 전반적인 특징에 대해 살펴보기로 하겠다. 스위프트는 자신의 소설 속에서 물은 우리가 어디에서 와서 어디로 가는지 삶의 방향을 인식하는 데 깊은 역할을 하고 있다고 하면서, 특히 바다는 있다면 삶 저 너머에 있는 것을 나타낼지도 모른다고 했다. 그러므로 반향하는 이미지나 상징으로서의 물은 스위프트의 작품에서 항상 존재하고 그의 상상을 불러일으키는 요소이다. 스위프트는 생생한 이미지와 비유를 사용하는 재능을 지닌 시적인 작가이다. 그가 제시하는 배경과 인물 묘사는 확실히 눈에 보이는 실제의 모습으로서 더 깊고 폭넓은 의미를 암시하는 비유적 구성으로서 사실상으로나 비유적으로 설득력이 있다. 물은 초기 소설에서는 풍경의 요소나 상징으로 나타나지만, 후기 소설에서는 바다가 알 수 없는 영원, 유기체와 영성의 근원지, 삶과 죽음의 이미지로 나타난다.

스위프트는 또한 단어의 매우 직관적인 의미를 시적으로 잘 표현한다. 그는 놀라울 정도로 구체적인 도구로서의 영어를 통해 소설 속에서 탐구되고 인식된 세상이 실제 같다는 지울 수 없는 느낌을 준다. 그래서 그 구체성이 그의 소설에 중요하다는 점은 놀랍지가 않다. 배경이 중요한 요소이기 때문이다. 특히 잉글랜드에서 런던이나 이스트 앵글리아의 습지대 같은 장소를 통해 그의 글 속에 인물들이 존재하고 있다는 인상이 달성된다. 사실상 배경이 심리적으로 복잡한 인물들과 밀접하게 연관되어 움직임으로써 스위프트의 매우 구체적인 이야기가 만들어지고 그의 주제가 밝혀지게 된다.

스위프트는 죽음에 관한 이야기를 쓸 때 반드시 삶에 관한 이야기도 쓴다. 왜냐면 죽음의 회복성과 완강함과 그 죽음의 결과가 마법처럼 다시 나타날 수 있기 때문이다. 이런 막강한 마법처럼 그의 스토리텔링은 끝없이 계속된다. 그래서 부활의 이미지가 그의 소설 속에 많이 나타나는 것이다. 그리고 그의 소설에는 분명히 계시적인 태도가 들어있다. 세상 종말에 대한 두려움은 많은 인물에게 정신적 탐구의 출발점이 된다. 보통 소설 속의 중심인물인 반추하는 노인을 통해 죽음에 대한 두려움처럼 세상 종말에 대한 두려움이 개인적 차원에서 나타난다. 《워터랜드》, 《에버 애프터》, 《마지막 주문》에서 마지막의 죽음은 분명 덧없는 것이 된다. 왜냐면 시간이 계속 지나가고 자연과 역사가 시간의 경과로 인해 변화할 때 다른 형태로 다른 장소에서 생명이 다시 시작하기 때문이다. 이러한 관심사를 지닌 한 스위프트가 구체성에 대한 강한 의식과 이야기에 관한 신화적 접근 방식을 결합하는 것은 그리 놀라운 일이 아니다. 그는 소설 속에서 몹시 특이하면서도 보편적인 세상, 몹시 개별적이면서도 전형적인 인물을 창조하고 있다. 그러므로 현시대에 대한 그의 인식은 과거에 의해 형성되었고, 20세기 역사에 대한 그의 관심에는 풍부한 상상력을 통한 신화에 대한 이해가 스며있다.

지금부터는 스위프트의 《마지막 주문》에 대해 살펴보기로 하겠다. 《마지막 주문》은 그레이엄 스위프트의 여섯 번째 장편소설로서 1996년에 맨 부커 상을 수상하였다. 부커 상 수상 후 윌리엄 포크너의 《내가 죽어 누워있을 때As I Lay Dying》와 플롯과 스타일이 몹시 흡사하여 부커 상을 받을 만큼 독창성이 없다는 비난이 있었지만, 스위프트는 포크너의 작품에 경의를 표하면서 그 작품과는 여러 면에서 상당한 차이가 있다고 밝힌 바 있다.

이 작품은 런던의 한구석에 살고 있는 세계대전에 참전한 적 있는 노인들 사이에 뒤엉킨 지난 인생사를 죽은 잭의 유골을 그의 유언인 마지막 주문대로 버먼지에서 마게이트의 앞바다에 뿌리러 가는 하루 동안 회고조로 이야기하고 있다. 이 작품은 많은 짧은 장들로 나뉘어 있는데 각각의 장은 최종 목적지를 향해서 여러 장소를 지나가는 여정 동안 주요 인물들 각각에 의해 말해진다.

스위프트의 간결하지만 긴장감 있고 결국 감동을 주는 이 이야기는 인물들의 사투리로 된 대화와 각각의 모호할 정도로 간결한 내적인 독백으로 진행된다. 인물들 각자가 자신의 독특한 목소리로 하는 이야기를 통해 우정과 의리와 사랑으로 맺어진 관계가 드러나고, 그들의 얽힌 삶의 이야기에서 욕심, 불의의 배신, 부모의 잘못, 분노와 원한의 면들이 드러난다. 결국, 인물 각자한테는 감춰진 잘못이 있음이 드러난다. 그들의 삶의 진실이 밝혀지면서 뜻밖의 결과로 나타난다. 스위프트는 인물들이 사용하는 어휘와 그들이 처한 사회적 상황과 그들이 가진 관점에 충실하면서 정체성이라는 실존주의적 문제와 존재의 의미를 간파하고 있다.

이 소설의 플롯은 매우 단순하지만, 단순한 플롯 속에서 깊이 있게 인물을 연구하고 인간의 복잡한 정신을 탐구할 수 있는 기회가 제공된다. 작가로서 인간의 정신과 그 정신과 마음과의 관계에 상당한 관심이 있는 스위프트는 생생한 개인의 개성과 개인 간의 관계를 탐구하기 위한 출발점으로서 플롯을 사용한다. 스위프트의 소설 속에서는 실제로 일들이 많이 벌어지지 않는다고 할 수 있다. 《마지막 주문》의 플롯도 전형적이라 할 수 있을 만큼 간단하다. 한 무리의 노동자 계층에 속하는 런던 토박이들이 친구의 사망 후에 그가 주문한 대로 바닷가 마을인 마게이트에서 그의 유골을 뿌리러 자동차로 여정을 떠난다. 하지만 플롯이 진행되는 동안 많은 이동은 있다. 왜냐면 그 이동의 여정이 실제로 묘사되어 있고 이동 그 자체가 소설에서 탐구되고 있는 주제라고 할 수 있기 때문이다. 스위프트의 인물들은 탐색하는 자들인 것 같다. 즉, 그들은 자신들이 곤란에 처해있는 세상에서 진실과 이해를 찾고 있다. 물론 마음속으로 탐색하고 있지만 말이다. 스위프트는《마지막 주문》에서 탐색의 개념을 여정이라는 고전적인 이야기 방식을 사용하여 문학적으로 해석하고 있다. 공동의 목적을 수행해야 하는 네 명의 남자는 함께 잉글랜드 동남부 지역을 가로질러 여행하면서 자기 자신과 서로에 대하여, 그들이 사는 세상과 시간과 역사에 대하여 새롭게 알게 된다.

런던에서 마게이트까지의 여정의 중심에 큰 체구의 관대한 정육점 주인인 잭 아서 도즈가 있다. 그러나 여정이 시작되게 된 것이 자신의 사망인 만큼 플롯의 중심에 있는 그의 위치는 단순하지만은 않다. 그 중요한 인물인 잭은 다른 인물들의 기억 속에서만 존재할 뿐 실제로 존재하지는 않는다. 하지만 소설의 마지막 부분에서 자신이 이야기하는 짧은 부분이 할애됨으로써 죽음을 너머 독자에게 말할 기회가 주어진다. 존재하기도 하면서도 한편으로 존재하지 않기도 하는 잭 도즈의 모호한 존재성은 스위프트가 개인의 삶의 특성을 묻는 방법이 되기도 하고 개인의 삶과 타인 삶을 맞물리게 하고 더 광범위해서 더 불확실할 수밖에 없는 시간의 틀에 맞물리게 할 수 있는지에 의문을 갖게 하는 방법이 된다. 어처구니없어 보이겠지만 잭이 어디로 갔느냐는 질문은 소설 속에서 우리에게 묻고 싶은 질문이고, 더 나아가 삶과 죽음 사이의 물리적이고도 형이상학적인 관계에 대해 생각하게 한다.

잭 도즈는 소설 시작부터 죽은 존재이지만 어떤 면에서는 전혀 죽은 자가 아니다. 그의 큰 체격과 자부심, 고기 다루는 솜씨, 장점과 약점이 그를 알고 있는 사람들의 상상을 계속 사로잡는다. 강한 기억의 면에서 볼 때 잭의 유골을 뿌리러 가는 여정은 그의 죽음을 인정하는 것이기도 하면서도 그가 절대로 죽지 않으리라고 인식하는 것이다. 잭은 이 소설에서 묘사된 작은 사회의 심장과 같은 존재이다. 이 소설의 플롯상 시작 부분에서는 죽은 상태이지만 그 중심에 그는 생생하게 살아있다.

《마지막 주문》은 잭의 장례식 직후 런던의 노동자 계층이 사는 지역 버먼지의 '코치 앤 호시스'(마차와 말)라는 선술집에서 시작한다. 여기에 고인이 된 친구의 마지막 주문을 수행하기 위해 모인 네 명의 남자, 즉 레이 존슨, 빈스 도즈, 빅 터커, 레니 테이트가 모인다. 우리는 그들의 목소리를 통해 만나게 된다. 이 소설은 일련의 독백으로 이루어져 있는데, 대부분이 네 명의 남자에 의해 말해지는 독백이고, 잭의 독백은 하나, 그의 며느리 맨디의 독백도 하나, 그의 미망인인 에이미의 독백은 여섯 개이다. 이 소설은 이야기 형식으로 된 훌륭한 앙상블 연주 같다. 왜냐면 각각의 목소리들이 섞이기도 하고 분리되기도 하기 때문이다. 이렇게 해서 인물들의 성격이 따로따로 드러나기도 하고 한꺼번에 드러나기도 한다.

보험사 직원인 레이 존슨은 남자 중 가장 두드러진 인물이다. 잭의 절친한 친구이자 전우인 레이는 실제로 주인공이며 의식적으로 작품을 구성하는 인물이다. 화자의 이름이 붙여진 각 장의 대부분을 레이가 말하고 네 남자가 여행하는 동안 들르는 장소의 이름이 붙여진 장도 레이가 말한다. 그러므로 레이의 관점이 지배적이고 소설이 전개되는 동안 레이는 많은 상징적 의미를 얻게 된다. 레이는 자신의 이름만큼이나 예리한 눈을 지닌, 우승마를 찾아 경마에 돈을 거는 사람이다. 잭은 오래전에 그에게 "럭키"라는 별명을 붙여주었다. 서서히 레이는 무뚝뚝하고 살찐 잭과는 정신적으로 정반대되는 사람으로 나타난다. 그는 소설 속에서 희망의 상징이 된다. 작지만 그는 네 남자 중 가장 강하다. 그는 잭의 죽음으로 인한 모든 정서적 부담을 자신이 떠안고 있으며, 과거뿐만 아니라 미래를 대표하게 되기 때문에 이야기 대부분을 자신이 말함으로써 이야기의 비중을 견뎌낸다.

여정이 시작되면서 다른 세 남자도 자신을 드러낸다. 네 남자 중 가장 어린 40세의 잭의 양자인 빈스는 도즈 집안의 가업인 정육사란 직업을 거부하고 자동차 거래상이 되었다. 레이 다음으로 소설의 많은 부분은 빈스가 말하는데 여기서 그의 잭과의 복잡한 애증의 관계가 강하게 드러난다. 이는 스위프트가 의도한 주제인 가족관계, 특히 부자 관계 중 하나이고 잭의 장례와 화장을 진행한 장의사인 위엄 있고 억제된 빅 터커의 이야기에서 이 주제는 반복되어 나타난다. 빈스와는 달리 빅의 두 아들은 집안의 가업을 이어받아 빅의 가정은 상당히 평안하다. 하지만 잭처럼 빅도 처음에는 자신을 부정적이고 불길해 보이게 하는 장의사 직업을 택하는 문제로 싸웠지만, 결국엔 소설에서 제시된 장의사의 역할에서 편안함을 찾았다. 스위프트는 빅을 통해 죽음의 불가피성과 뜻밖의 위안뿐만 아니라 죽음을 면할 수 없다는 점에서 죽음이 모두를 평등하게 할 수 있음을 보여주고자 하였다.

빅은 플라스틱 용기에 든 잭의 유골을 처음에는 선술집으로 다음에는 차로 가져간다. 여정이 진행되면서 유골함은 모호한 물체가 되는데 남자들은 누가 들고 운반할지 어떻게 운반할지 여러 차례 언쟁한다. 유골과 유골함은 몸에 대한 철학적인 문제를 넌지시 제기하는데, 몸은 스위프트의 작품에서 늘 매우 흥미를 끄는 대상이다. 눈에 보이는 살이 없이 재로 된 몸을 갖게 된 잭은 설명할 수 없을 만큼 변했다. 복잡한 유형의 그의 유해를 통해서 마법처럼 알 수 없는 육체의 본질이 강조되면서, 나아가 개인뿐만 아니라 전 세상에서 육체와 정신의 상호 작용이 탐구되고 있다. 게다가 두드러지지 않은 유골함은 번지르르한 자동차와 흥미로운 대조를 이룬다. 유골함이나 자동차 모두 삶의 목적과 21세기 잉글랜드 미래의 불확실함이라는 소설에서 추구하고자 하는 더 큰 문제를 담는 용기인 것이다.

가장 가난하고 분노에 찬 청과상인 레니 테이트는 감춰진 긴장을 표면화시키고 플롯상에 노골적인 행동을 일으키는 빅과는 대조적인 인물이다. 그의 호전적인 성향으로 인해 소설상 가장 격렬한 사건, 즉 켄트 주의 윅스 팜에서 빈스와의 싸움이 벌어진다. 게다가 빈스가 수년 전에 임신한 자신의 딸을 버린 데 대한 레니의 분노는 소설 속의 부녀 관계를 강조한다. 레이, 빈스, 레니, 잭 모두 자신의 외동딸과의 관계가 좋지 않으며, 이러한 갈등을 통해 유산, 번식, 성욕 등의 중요한 주제적 문제가 제기된다.

《마지막 주문》의 여성 인물들도 중요하지만, 남자들만이 맡은 마게이트로 가는 여정 속에는 아무도 포함되어 있지 않다. 잭의 유골을 뿌리러 가는 일은 남자들의 일이라고 하지만 여정에 참여하지 않는 여성들의 동기와 요구에 의해 알려지게 된 일이다. 여기에는 잭의 미망인 에이미 도즈, 빈스의 아내 맨디 도즈, 레니의 딸 샐리,

빈스의 딸 캐시, 레이의 딸 수지, 잭과 에이미의 정신 장애자 딸 준, 빅의 아내 팸, 레니의 아내 존, 레이의 전처 캐럴, 캐럴의 언니 데이지가 있다. 이 여성들 모두 남자 인물들과의 가족 관계를 통해 밀접하게 연관되어 있지만, 유령 같은 실체가 없는 그들만의 집단을 형성하여 남성들을 따라다니며 괴롭혀서 무뚝뚝한 사내들의 마음을 복잡하게 만든다.

주된 여성 인물은 에이미인데 여주인공에 가까운 인물로 잭의 유골을 뿌리러 함께 가는 걸 거부하고 상상으로나 마음으로 남자들과 함께 간다. 그녀가 하는 독백은 소설의 마지막 4분의 1 부분에 몰려 있다. 남자들이 목적지에 다가갈 때 에이미는 그들이 무엇을 하고 있을지 상상한다. 소설이 막바지에 달하고 최종적으로 잭을 보낼 때 에이미는 그들의 젊은 시절의 이야기, 즉 짧은 연애와 결혼, 준의 출산, 제2차 세계대전 동안 빈스의 입양에 관해 이야기한다. 에이미가 이야기할 때 떠오르는 중요한 개념은 시간의 순환 개념이다. 에이미의 이야기를 통해 이야기의 효과적인 시작, 즉 마게이트로의 여정 이전에 일어나서 여정을 시작하게 한 사건은 이야기의 결말과 동시에 펼쳐진다. 다시 말해 원인과 결과가 말하기와 기억이 동시에 발생하는 단일한 틀 속으로 들어가게 되어, 《마지막 주문》은 제목이 최종적인 것을 의미함에도 불구하고 순환적인 움직임을 보여주게 된다. 원은 전통적으로 완성과 완벽의 상징이고, 합해서 하나가 되는 시작과 끝의 상징, 달리 표현하자면 시작과 끝을 정확하게 판정할 수 없음을 상징한다. 스위프트는 이 모든 함축된 의미를 사용하고 있다. 원을 함축된 구조적 장치로 사용한다. 에이미는 잭 자신의 대체라 할 수 있는 그의 유골이 그를 좋아하는 사람들에 의해 바다로 가서 뿌려질 때 그에 관한 이야기를 끝마친다.

소설가로서 스위프트는 이야기 그 자체가 확정되어 있지 않다는 표시로서, 이야기의 모호한 이중성의 표시로서, 역사로서 원에 관심이 있다. 《마지막 주문》에서 마지막에서의 명백한 죽음은 인간의 삶의 논리에 대해 질문하게 하는데, 잭이 죽음에도 불구하고 지속하고 있고 알지 못하는 준은 시설에서 살고 있지만 실제로는 죽은 거나 다름없기 때문이다. 시간을 통해 삶과 인간의 여정을 이해하기 위한 선형의 모형은 여정의 양극단을 불분명하게 해서 일치시키는 형식으로 시간의 경과를 붕괴시켜 버리는 원형의 모형과 동시에 작용한다. 스위프트의 소설에서 이러한 시간과 삶과 죽음의 모호한 순환의 전형이 여성이다. 여성의 몸은 그의 소설에서 심히 상징적인 곳이다. 발단과 결말, 시작과 끝, 삶과 죽음 지점인 것이다.

스위프트의 여주인공들은 어떤 면에서는 여신들과 같다. 그들은 전형적인 여성성, 즉 불멸의 원리로서의 여성을 암시한다. 이 소설의 여성 인물들은 어우러져서 하나가 된다는 인상을 준다. 이는 영원한 남성 욕망의 대상으로서, 어머니로서, 보편적인 인간 경험의 소유자로서, 지혜를 가진 자로서 작용하는 불가해한 여성이라는 힘이다. 에이미는 신화적인 인물이다. 타락 전의 이브와 타락 후의 이브가 혼합된 인물이고 동정녀 마리아이기도 하다. 잭과 레이와 레니를 매료시킨 요부이기도 하고, 딸에게 충실하기 위해 결혼생활을 희생하는 어머니이기도 하며, 남편의 유해를 포기하고 마지막 유언도 실제로 따르지 않는 노파이기도 하다. 그녀는 이교도 신처럼 생명을 주기도 하고 죽음을 다루기도 한다. 그녀는 잭과 레이와 관계를 한다. 자식을 낳지만, 준이 유일한 자식일 뿐이고 그녀는 장애로 인해 산송장이나 다름없는 삶을 살게 된다. 에이미는 성과 낭만적 정열을 지닌 현실적인 화신으로서 희망을 나타내는 인물이지만 자연의 불가피한 일부로서 죽음을 나타내는 인물이기도 하다.

소설 속 다른 여성 인물들은 어떤 면에서 다른 모습의 에이미 도즈라 할 수 있다. 이 인물들은 여성의 전형적인 본질 때문에 욕망과 유혹, 신비함과 모성과 죽음 등과 같은 주제에 대해 논할 때 조금의 차이만 있을 뿐이다. 예를 들어 캐럴과 수지처럼 맨디가 어린 형태의 에이미인 것처럼 말이다. 이렇게 나이 든 여성에서 젊은 여성으로의 되풀이를 통해서 여성들이 나타내는 순환성이 사실상 구체적으로 표현되어 있다. 더욱이 이는 세대 간의 관계를 통해 무엇보다 중요한 주제인 시간과 역사와 연결된다. 소설 속에서 세대가 계승하기도 하고 서로 반항하기도 하고 서로 되풀이하기도 할 때 시간의 선형성이 강조되고 탐구되며, 여정이라는 개념이 특히 강조된다.

《마지막 주문》의 단순한 플롯은 여정이라는 심오한 문학적 장치를 통해 구성되어 있다. 여정은 전략적으로 적절한 자리에 닻을 내리고 극적인 사건이 벌어질 수 있도록 여러 지리적인 장소를 제공함으로써 플롯이 전개될 수 있도록 한다. 여정은 작가가 성장과 변화의 주제를 전면에 내세우고 변화하는 인간의 심리를 보여주고 시작, 중간, 끝의 전통적인 이야기 단계에 문제를 제기하는 유연하지만 분명한 방법이다. 이런 식으로 여정이라는 장치는 이야기의 내용뿐만 아니라 이야기를 말하는 그 과정까지도 탐구할 수 있게 한다. 이야기 그 자체를 하나의 여정이고 허구와 사실 그리고 창작과 기록을 시도 때도 없이 수시로 먹을 수 있는 식사 같은 것이다.《마지막 주문》에서 스위프트는 나아가 이야기의 복잡성, 특히 스토리와 역사와 기억의 상호 작용을 탐구하기 위해 여정을 사용한다.

먼저 스위프트는 종교적인 여정의 개념을 사용하는데, 초서의 《캔터베리 이야기》를 약간 흉내 내고 있다. 네 남자가 4월에 그들의 여정을 떠나는데 그 시기는 봄이고 죽음과 생명을 모두 가져오는 시기이다. 초서의 순례자들이 캔터베리 대성당에 있는 성 토머스 베켓의 무덤에 여행 감으로써 영혼의 갱생을 바라는 것처럼 친구의 죽음에 상심한 그들은 새로운 성장과 생명을 찾으려 한다. 스위프트의 소설에서 캔터베리 대성당으로의 즉흥적인 방문은 그들의 사명이 시간과 죽음이라는 어려운 문제에 직면하여 계시나 진실 등의 정신적 추구임을 확인시켜 준다. 플롯상 성당의 방문은 일종의 클라이맥스인데, 채텀의 전쟁 추모탑의 방문과 윅스 팜에서의 주먹다짐 이후에 벌어진 일이기 때문이다. 앞서 말한 두 에피소드에서 남자들은 국가적인 차원에서뿐만 아니라 몹시 개인적인 차원에서 죽음을 직면하고 있다. 해군 추모탑에서는 전사자들의 명단 속에서 죽음이라는 꾸밈없는 사실을 직면한다. 전사한 장병들을 실제로 아무도 기억하지 못한다는 사실에 여기 온 사람들은 도의적으로 충격을 받는다. 윅스 팜에서 빈스는 드러나지 않은 감정에 사로잡혀 잭의 유골을 뿌리게 될 때 남자들은 잭의 죽음을 사랑과 가정생활과 정서적 관계를 모두 잃은 또 다른 패배나 좌절이라는 관점에서 보면서 심한 슬픔을 다시 느끼게 된다. 윅스 팜은 잭과 에이미가 만난 곳이고 준이 수태된 곳이고 빈스에겐 최초의 상실감 느끼게 해준 곳이다. 양부모와 레니의 딸 샐리와 함께 해변으로 당일치기 여행 중에 윅스 팜에 멈춰 섰을 때마다 빈스는 부모의 행복했던 이 장소가 결국 불행하게 된 장소라고 느꼈다. 왜냐면 잭과 에이미의 짧은 동안의 정열적인 사랑이 뜻밖의 임신과 결혼과 원치 않은 아이의 출생 이후까지 이어지지 않았기 때문이다. 여기 멋진 전원을 배경으로 레니와 빈스가 벌이는 싸움은 에덴의 동산에서 인간의 타락 이후의 결과를 상징적으로 보여준다. 캔터베리 대성당으로의 이들의 방문은 죽음과 슬픔과 분노와 상실뿐만 아니라 욕망과 앎으로써 생기는 유혹과의 인간의 보편적인 싸움에 희망과 속죄와 용서를 가져다주려는 작가의 방법이다. 대성당에서 네 남자는 알거나 이해하기 어려운 지식에 압도되어 자신들이 작고 나약한 인간임을 깨닫게 되고 화해를 이루게 된다. 스위프트는 개별적인 인간의 삶과 인류

나 인종의 광범위한 삶 사이의 관계가 무엇인가를 묻는다.

윅스 팜에서 한때 사랑의 꽃이 피었던 낙원 같은 곳에 잭의 유골을 뿌리고 싶은 빈스의 필사적인 열망은 각 개인의 죽음에서 의미를 찾고 싶고 불멸에 이르는 유일한 방법으로서 계속 기억해 두고 싶은 인간의 마음을 말하는 것이다. 하지만 인간사에 고유한 갈등과 분노는 언제 어디서든 일어나고 심지어 흔히 보는 것이다. 레니는 빈스에 대한 해묵은 반감에 사로잡혀 빈스가 잭의 유골함을 관리하는 데 화가 나서 싸움을 건다. 이 싸움은 상한 자존심과 슬픔과 타오르는 복수심에 비롯된 것이다. 이러한 원시적인 충동은 인간이 순수성을 상실한 결과이기에 그들에게 심히 필요한 대답은 믿음인 것이다. 신성한 추모탑으로서 대성당은 다른 세계로 가는 통로이고 정신적인 문인 것이다.

캔터베리 대성당에서 남자들은 상징적으로 정화되어 마침내 바다로의 여정을 이어가게 된다. 건축물의 무중력 상태는 마음의 짐을 덜고 속죄함을 나타낸다. 고로 대성당은 재생과 정신적인 희망의 장소인데 레이가 다음 세계는 상상으로도 닿을 수 없다고 하지만 그런 암시를 받아들인다. 인간의 나약함이 여기서 인정되고 통합되어 변화가 약속된다. 스위프트가 순례의 개념을 사용하는 것은 여정을 총체적인 노력, 인간관계의 문젯거리, 이해의 추구, 그리고 결정적으로 신의 은총의 추구로 만들고자 함이다.

소설에서 잭의 유골을 뿌리러 가는 여정은 남자들의 일이라고 이미 언급되었다. 네 남자가 도시에서 해변으로, 육지에서 바다로 여행을 하는데, 확장과 일종의 해방을 암시하는 이동 속에 있는 것이다. 육지의 끝에 있는 바다는 망각과 자유를 표시한다. 이 자유는 또 다른 요소로의 변환의 자유이다. 물은 자취를 남기지 않기 때문이다. 남자들이 해안으로 가는 여정의 외부 궤적은 여성들이 하는 여정의 내부 궤적과 대비되어 강조된다. 맨디와 에이미는 육지 내에서의 집 밖으로보다는 집으로의 여행을 한다.

맨디는 소설 속에서 단 하나의 독백만을 말한다. 어떻게 랭카셔주의 블랙번에 있는 집에서 도망 나와 결국 버먼지에 있는 도즈의 집에서 또 다른 가정을 갖게 되었는지를 설명한다. 그녀가 짧은 동안 여행한 경험은 절대 일어나지 않은 잠재적인 원정을 암시한다. 그녀의 원정은 여성 탐험가의 잘리거나 좌절된 이야기인데 아내나 어머니나 주부로서의 전통적인 여성의 역할을 수락하는 데서 절정을 이룬다. 가정생활의 지루함, 다시 말해 가정에 관한 역사가 없다는 점은 스위프트가 가진 가장 중대한 관심사다. 그가 이성 관계에서 연애와 성적 열정을 강조하는 것은 자신의 작품에서 시간의 주제를 다른 식으로 말하는 것이다. 그의 남녀 인물들은 늘 남편과 아내로서보다 연인으로서 최고의 성취감을 경험한다. 열렬한 연애가 재빨리 시들어 평범한 결혼생활이 되어버리는 이야기는 그의 소설에 되풀이되는 주제이다. 그러한 결혼생활과 그에 종종 수반되는 난처한 부모 자식 관계는 여러 형태의 생지옥이고 시간과 삶이 생각대로 되지 않고 불합리하다는 점을 확인시켜 준다. 정열적인 주부를 환멸을 느낀 아내로 변하게 함으로써 스위프트는 현대를 생각할 때 결혼에 대해 비판하고 성 역할을 제한한 결과에 대해 힘든 조사를 하고 있는 것이다. 에이미는 규칙적으로 시설에 있는 딸을 보러 가기 때문에 마게이트로 가기를 거부한다. 시내에서 병원까지 운행하는 버스를 타는 여정에만 국한함으로써 가정의 일상생활을 유지한다. 에이미의 반복되고 제한된 이동, 어머니가 자식을 보러 가고 오는 이동을 통해 스위프트는 인간의 삶에서 배치와 위치의 결과를 강조한다. 그는 가정의 개념과 가장자리와 중심 사이의 관계와 관련된 공간적 문제를 이용한다. 소설에서 남성 여행자의 궤적과 여성 여행자의 궤적 사이를 대조하면서 스위프트는 가정을 구성하고 있는 것과 세상을 돌아다니는 것이 어떤 의미이며, 자유의 결정자로서 성은 어떤 기능을 하는지를 탐구하고 있다.

지금까지 《마지막 주문》에 대해 인물과 플롯, 그리고 여정이라는 주제의 면에서 살펴보았다. 좀더 살펴본다면 시점과 화자, 스위프트의 유머, 배경으로서의 장소, 젠더의 문제, 나이와 죽음의 문제 등에 대해 살펴볼 수 있겠다. 그리고 이 작품이 윌리엄 포크너의 영향을 받았고 그의 소설 《내가 죽어 누워있을 때》와 유사하다는 점을 언급했는데, 이 점에 관해서는 많은 연구가 이미 이루어졌으니 참고해 볼 수 있을 것이다. 이 외에 스위프트가 영문학을 공부한 만큼 많은 다른 작가의 영향도 받았을 것으로 생각하며, 그리스 로마 신화와 그 시대 작가의 영향을 받은 것 또한 알 수 있으니 그 점을 생각하며 읽는다면 더욱 작품이 깊이 있고 재미있어지리라 생각한다. 그만큼 생각하며 읽을 것이 많은 작품이라 하겠다.

마지막 주문

초판 발행 2024년 2월 29일
초판 2쇄 2024년 5월 10일

지은이 그레이엄 스위프트
옮긴이 손영도
펴낸곳 고려대학교출판문화원
www.kupress.com
kupress@korea.ac.kr
(02841) 서울특별시 성북구 안암로 145
Tel 02-3290-4230, 4232
Fax 02-923-6311
찍은곳 네오프린텍(주)

ISBN 979-11-6956-069-6 03840

값 19,000원
※ 잘못 만들어진 책은 바꿔 드립니다.